Unis jusqu'au ciel

EMILY BLAINE

UNIS JUSQU'AU CIEL

ROMAN

Cette œuvre est une œuvre de fiction. Les noms propres, les personnages, les lieux, les intrigues sont soit le fruit de l'imagination de l'auteur, soit utilisés dans le cadre d'une œuvre de fiction. Toute ressemblance avec des personnes réelles, vivantes ou décédées, des entreprises, des événements ou des lieux serait une pure coïncidence.

HARPERCOLLINS FRANCE
83-85, boulevard Vincent-Auriol, 75646 PARIS CEDEX 13.
www.harlequin.fr

ISBN 978-2-2805-0311-2 — ISSN 2271-0256

Prologue

Eileen

Je vissai mon casque sur les oreilles, espérant que la musique étouffe la voix désagréable de ma conscience.

Ou peut-être était-ce celle de la raison, celle qui me répétait, avec ce ton culpabilisant et doctoral, que j'allais provoquer un cataclysme. L'ouragan Eileen, un aléa climatique qui annoncerait la fin des vacances et produirait des dégâts irréversibles.

Je me tournai dans mon lit, faisant face à la baie vitrée ouverte. L'air frais, saturé d'iode, m'apaisait. Les yeux clos, je me perdis dans le rythme rassurant d'une de mes chansons préférées. Elle ne parvenait pas à me faire sentir moins coupable, mais elle repoussait mes pensées envahissantes et me réconfortait : cette chanson ranimait des souvenirs heureux de l'époque où nous étions tous insouciants, un peu inconscients et véritablement soudés.

J'aurais dû agir autrement.

J'aurais dû faire passer notre amitié avant tout le reste.

J'aurais dû réfléchir aux conséquences.

Et, maintenant que j'y pensais, je prenais conscience que j'étais en train de conjuguer toutes mes vacances au conditionnel. Comme si j'avais une chance de les revivre depuis le début pour faire mieux.

Non, pas mieux. Autrement. Parce qu'on ne pouvait pas vraiment faire mieux, mais j'étais certaine qu'on pouvait faire différemment. J'aurais ainsi pu m'épargner une flopée de migraines et autant de crises contemplatives nocturnes.

Rouvrant les paupières, j'entendis le pêne de la porte de ma chambre et me tournai immédiatement. Stan se tenait sur le seuil, sa silhouette éclairée par un rayon de lumière provenant du couloir. Même dans la pénombre, je décelai la ligne carrée de ses épaules, heureux résultats d'années de natation. Habillé d'un jean déchiré et d'un débardeur blanc sous une chemise noire, Stan était terriblement attirant. Quand on ajoutait son sourire en coin, celui dont il se servait pour répondre silencieusement à toutes les questions possibles, il devenait même irrésistible.

Je retirai mon casque, me redressai et attendis qu'il avance vers moi.

— Merde, tu l'as fait sans moi, lâcha-t-il en grimpant à genoux sur mon lit.

— Fait quoi ? demandai-je.

Il alluma la lampe de chevet et s'allongea près de moi. Les effluves de son parfum, mélange de cuir et d'une pointe d'agrume, flottèrent autour de nous, réveillant d'agréables et brûlants souvenirs. Je retins un soupir : le parfum de Stan, entêtant et tenace, ressemblait fortement à celui de la culpabilité.

— Retirer ta robe.

J'éclatai de rire, pendant que Stan m'attirait contre lui, mon dos confortablement calé contre son torse puissant. Il entoura ma taille de son bras et glissa ses doigts entre les miens.

— J'y ai pensé toute la soirée, dit-il en me pressant encore un peu plus contre lui.

— À retirer ma robe ?

— À buter le lien autour de ta nuque. Il m'a carrément nargué.

Il embrassa mon épaule délicatement. Un long frisson me parcourut, électrisant tout mon corps. Je laissai échapper un soupir d'aise et resserrai ma main dans celle de Stan. C'était ça, la culpabilité : la présence réconfortante de Stan associée aux remords envahissants qui grignotaient ma conscience.

— Je t'ai regardée toute la soirée, chuchota Stan contre ma peau. Et je n'arrêtais pas de me dire que tu étais superbe et que j'étais un putain de chanceux.

— Tu dis vraiment ça aux femmes ? l'interrogeai-je, avec un sourire aux lèvres.

— Ça m'arrive. Mais la plupart du temps, elles ne me rient pas au nez.

— Je ne ris pas, me défendis-je en tournant la tête vers lui.

— Tu ris, répéta-t-il en plantant son regard bleu océan dans le mien. Tu ris avec tes yeux. Ils s'illuminent quand tu ris. J'ai toujours trouvé ça fascinant. Tes yeux disent tout de toi, Eileen. Tes joies, tes peurs, ton désir, tes failles. Tout.

— Tu es le seul à voir ça, murmurai-je, émue.

— J'espère bien.

Il m'offrit son fameux sourire en coin et, d'un geste rapide, me repoussa sur le lit pour m'y allonger. L'instant suivant, son corps musclé couvrait le mien et ses lèvres frôlèrent la ligne de ma mâchoire. Il souffla doucement sur la peau de mon cou, et ma culpabilité s'effrita, remplacée peu à peu par un désir incandescent. Mon cœur battait si fort qu'il risquait de s'échapper de ma poitrine.

— Je veux être le seul à voir ça, Eileen. Et je veux être le seul à découvrir tout ce que tu caches encore : tes secrets honteux, tes fantasmes, tes rêves.

— Tu sais déjà beaucoup de choses, fis-je, embarrassée.

— Je veux tout, je crois. Ce que je sais déjà, ce qu'il me reste à découvrir et tout le reste. Tout, Eileen. Je veux tout et surtout, je te veux toi.

Ses mains rugueuses se glissèrent sous mon T-shirt, remontant lentement vers ma poitrine. Je me laissai aller à sa caresse, oubliant toutes les bonnes raisons que j'avais de le repousser. À croire que le désir intense et brûlant qui embrasait déjà mon corps, consumait ma raison. Dès que nous étions ensemble, dès que nos peaux se touchaient, plus rien d'autre n'existait.

Mes lèvres trouvèrent les siennes, et j'agrippai sa chemise pour la lui enlever. Stan s'écarta de moi, se débarrassant de son vêtement. Il m'offrit un sourire, avant de fondre sur ma bouche. Je me débattis avec son débardeur et, à nouveau, Stan se redressa pour que je puisse l'enlever. J'en profitai pour retirer mon T-shirt, et un gémissement lourd m'échappa quand nos peaux se retrouvèrent. Mes mains naviguèrent sur son dos, et je sentis ses muscles se tendre sous mes paumes.

Stan quitta ma bouche et, lentement, ses lèvres descendirent le long de mon corps, s'attardant sur mes seins, puis sur mon ventre. Je me cramponnai à ses cheveux et fermai les yeux quand ses lèvres longèrent le tissu de ma culotte.

— J'avais raison, murmura-t-il en relevant ses yeux vers moi

— Tu me fais peur parfois, plaisantai-je en accrochant son regard.

À sa mine sérieuse, je compris qu'il ne s'agissait pas d'une de ses blagues catastrophiques. Si Stan ne savait pas doser son humour, il se révélait particulièrement doué pour me déstabiliser. En une phrase, il parvenait systématiquement à me toucher.

— J'ai dit au mec qui vendait des beignets que tu étais la plus belle fille de la plage, fanfaronna-t-il.

Nouveau baiser sur mon ventre, nouveau frisson, nouvelle vague de culpabilité, nouvelle salve de désir dans mes veines. Le souffle court et les joues rouges, je me risquai à sourire.

— Je sais que tu dis aussi ça à toutes les femmes, répondis-je.

Stan entama le chemin inverse, remontant le long de mon corps, ses lèvres partout sur moi, jusqu'à déposer un baiser furtif sur ma bouche. Il repoussa les cheveux de mon visage, avant de coller son front au mien. Son petit sourire énigmatique apparut.

Stan et moi avions été ensemble de multiples façons, mais être si près de lui, au point où son souffle et le mien ne faisaient plus qu'un, était si intime que mon cœur, en pleine cavalcade, manqua un battement.

C'est à la mine sérieuse de Stan que j'en pris conscience : cette étreinte ne ressemblait à aucune autre.

Cette nuit ne ressemblerait à aucune autre.

— Je n'ai jamais dit ça à une autre femme, chuchota-t-il contre ma bouche avec une sincérité désarmante.

Il embrassa mes lèvres délicatement, comme pour me prouver qu'il ne mentait pas. J'étouffai un gémissement contre sa bouche et m'agrippai à sa chevelure pour intensifier notre baiser, bâillonnant ainsi mes doutes persistants. Je volai du temps, des souvenirs, des baisers, des étreintes et quelques promesses. Au matin, tout cela disparaîtrait, englouti dans un océan de culpabilité et d'inquiétudes. Quand Stan quitta mes lèvres, ce fut pour ancrer ses iris bleus malicieux dans les miens.

— Le vendeur de beignets m'a cru sur parole, poursuivit-il, en souriant largement.

Je gardai mes yeux rivés aux siens. Stan et moi nous connaissions depuis des lustres. Deux, en l'occurrence. Nous savions donc anticiper les réactions de l'un et de l'autre, je savais tout de ses manies, il supportait mes obsessions. Mais ce qui m'interpellait le plus chez lui, c'était son optimisme démesuré. Stan ne souffrait d'aucune culpabilité, alors que j'avais la sensation que cette dernière avait élu domicile dans mon estomac et prenait, chaque jour, un peu plus d'espace.

— Alors qu'il ne t'a même pas vue nue, ajouta-t-il en faisant glisser ses mains jusqu'à mes hanches.

— C'est ce que tu crois ! le taquinai-je.

Son sourire s'effaça aussitôt.

— Tu ne peux pas coucher avec un vendeur de beignets, assura-t-il en tirant sur ma culotte.

— Je pourrais tout à fait coucher avec un vendeur de beignets, protestai-je.

— Pourquoi coucherais-tu avec un vendeur de beignets, quand tu vas très prochainement coucher avec un mec qui sait les faire ?

— Très prochainement ?

Il acquiesça, avec cet éclat de fierté enfantine dans le regard qui me faisait toujours rire. Lentement, il abaissa ses lèvres vers les miennes.

— De façon imminente, chuchota-t-il contre ma bouche.

Notre conversation était terminée. Les mains de Stan repartaient déjà à l'assaut de mon corps, pendant qu'un désir brûlant réduisait en cendres mes incertitudes et ma culpabilité.

Chapitre 1

Stan

— Dis-moi que ton café est aussi bon et relevé que tes pâtes de cette nuit, lança Enzo, d'une voix rauque et pâteuse.

— Il était 6 heures du mat', Enzo. On peut dire que la nuit était terminée, dis-je en relevant les yeux vers l'un de mes meilleurs amis.

D'un coup de pied, Enzo referma la porte de sa chambre, apparaissant dans un vieux jogging usé jusqu'à la corde et un maillot de foot des années 1970. Je secouai la tête en le voyant s'étirer de tout son long, bâillant comme un nourrisson après une bonne sieste. Enzo n'avait rien d'un nourrisson. Je me demandais même s'il en avait été un. Du haut de ses presque deux mètres, il affichait une carrure imposante qui l'avait rendu indispensable à tout déménagement. À en croire ce qu'il nous racontait, ce gabarit de héros olympien tenait autant de la génétique – son père était rugbyman de haut niveau, d'origine polynésienne et affichait plus de cent vingt kilos à la pesée – qu'à sa passion dévorante, depuis l'adolescence, pour la mécanique automobile.

D'après lui, porter des jantes et soulever des moteurs à la poulie était tout aussi efficace que de traîner à la salle de sport.

— Le café est encore chaud, lui indiquai-je, en désignant la cafetière.

Il se dirigea vers le petit coin cuisine de mon appartement, bâillant encore. Je le suivis des yeux, un peu inquiet pour les placards qu'il maltraitait, tandis qu'il cherchait un mug. Dans cette minuscule cuisine, Enzo paraissait encore plus imposant.

À vrai dire, Enzo paraissait plus imposant en toutes circonstances.

— Pas de café pour ton invitée ? l'interrogeai-je en relevant les yeux de mon carnet de notes.

— Elle n'est pas restée, répliqua-t-il en souriant.

Je réprimai un rire, pendant qu'Enzo s'asseyait à califourchon sur une chaise. Sans me demander mon avis, il tira mon carnet de notes vers lui et déchiffra mes gribouillis et petits dessins avec un hochement de tête. Puis, de l'index, il tapota sur le haut d'une page avant d'avaler une gorgée de café.

— À mon avis, tu peux augmenter la dose de piment, lança-t-il.

— Vraiment ? Je trouvais que la sauce était déjà suffisamment piquante.

— Tes pâtes de 6 heures du mat' sont un remède contre la gueule de bois. Crois-moi, tu peux forcer. On testera demain, si tu veux.

— Enzo, on est censés prendre la route demain matin. Il faut que l'un de nous deux soit raisonnable.

Il grimaça et fit semblant de réprimer un frisson. Être raisonnable n'avait jamais été la priorité d'Enzo. À ses côtés, n'importe qui passait pour trop sérieux. Je l'enviais ainsi que sa capacité à faire fi de l'avis des autres et à démontrer une confiance sans faille.

— Tu connais mon avis, là-dessus, me répondit-il en s'emparant d'un reste de la baguette de pain de la veille.

Il en arracha un morceau, aussi facilement qu'un catcheur aurait déchiré son T-shirt après un combat victorieux. Cela me fascinait qu'une masse comme lui puisse, à l'occasion, démontrer autant de force pour soulever un pare-chocs que de délicatesse pour soigner un chat errant.

— Je n'aime pas être raisonnable, expliqua-t-il.

— Tu n'as jamais aimé ça, lui fis-je remarquer.

— J'ai toujours considéré que c'était une sanction. Plus jeune, ma mère me demandait régulièrement d'être raisonnable. Et récemment, le dernier message de mon père reprenait ce fameux « sois raisonnable ».

Il se releva et fila vers le réfrigérateur, probablement à la recherche de confiture. Je n'avais pas fait de courses depuis des semaines, je doutais qu'il trouve mieux qu'un pot de moutarde.

Aussi, quand il revint à table avec un pot en verre à demi rempli de guacamole, je fus plus surpris par le fait qu'il ait déniché quelque chose de comestible que par le contenu.

— Donc, je refuse d'être raisonnable, assura-t-il en tartinant avec application la purée d'avocat sur son morceau de pain. C'est bien trop chiant. Et puis, tu t'ennuierais ! Il te faut quelqu'un pour te détourner du droit chemin.

J'étouffai un rire et tendis le bras pour récupérer mon carnet de notes. Malgré moi, je notai sa remarque sur l'ajout de piment dans la marge. Mes amis avaient toujours testé mes plats avec franchise et honnêteté. Et, même si cela me faisait mal de me l'avouer, ces amis, qui savaient à peine préparer une omelette ou suivre une recette basique de crêpes, me donnaient toujours les meilleurs conseils.

— Oh ! et hormis le piment, tu devrais rajouter des légumes. Des poivrons peut-être.

— Rajouter un légume piquant sur du piment ? l'interrogeai-je.

— Tomates alors. Ou des petits pois ! s'exclama-t-il, fier de sa trouvaille.

Aussi farfelu que cela semblait être, je notai tout de même son idée en marge de la recette. Enzo avait un don pour les associations improbables, mais réussies. Même si, en le regardant tremper sa tartine de guacamole dans son café, quelques doutes persistaient.

— Tu vas revoir ton invitée aujourd'hui ?

— Il faudrait que je connaisse son prénom et que j'aie son numéro de téléphone pour ça, répondit-il après avoir avalé rapidement une bouchée de sa tartine.

— Tu… tu n'as même pas son prénom ? m'esclaffai-je.

— Non. À ma connaissance, elle n'a pas le mien non plus.

— Je ne sais pas si je dois t'admirer ou te faire la morale.

— Mec, je peux te soulever d'une seule main et te propulser sur Neptune, me rappela-t-il, la bouche pleine. À ta place, je choisirais la première option.

— Pas faux, admis-je dans un rire. Même si aller sur Neptune est tentant, ajoutai-je plus sérieusement.

Mon colocataire me scruta avec intensité. En dix ans, c'était la première fois que j'avais hésité à partir en vacances avec la bande. Habituellement, la question ne se posait pas. Nous programmions les dates, nous coordonnions nos déplacements et nous nous retrouvions avec enthousiasme sur place, prêts à passer nos meilleures vacances, dans la maison des parents de Julien. Cette année, notre précieux et improbable équilibre se montrait bancal et incertain.

— Ça se passera bien, assura Enzo, avec son optimisme habituel.

— Tu veux dire bien de manière générale ou bien par rapport aux derniers mois de guerre froide avec Amélie.

— Je veux dire bien. On sera tous là et on veut tous passer de chouettes vacances.

Nous échangeâmes un regard : Enzo en semblait convaincu, quand moi, empreint de doutes, je n'avais pas encore fait ma valise.

— Ce que je veux dire, reprit mon meilleur ami, c'est qu'on sera suffisamment nombreux pour vérifier qu'elle ne te noie pas dans la piscine ou pour contrôler qu'elle ne verse pas d'arsenic dans tes cocktails.

— Elle me déteste à ce point ? demandai-je à Enzo.

— Tu sais combien elle a toujours aimé les travaux pratiques. Eh bien, tu pourrais être un parfait cobaye.

Je fermai les yeux, dépité. Trois semaines. Trois semaines à tenter de survivre à toutes les petites bombes vicieuses et ravageuses qu'Amélie allait lancer à chaque fois qu'elle en aurait l'opportunité. Je les méritais toutes, mais j'étais fatigué de slalomer façon soldat en plein milieu du champ de tir ennemi. Je voulais retrouver ce qui nous liait avant, quand on pouvait encore plaisanter sur les expressions périmées de Diane ou sur l'incapacité pathologique d'Eileen à lire un plan.

— Ça va bien se passer, répéta Enzo. D'ici quelques mois, elle aura tout oublié et vous redeviendrez bons amis.

— J'aimerais y croire, marmonnai-je.

— Julien m'a dit qu'il avait planqué les sabres japonais de son père.

— Enzo ?

— Oui ?

— Accorde-moi une faveur : expédie-moi sur Neptune, soupirai-je.

— Je croyais que l'un de nous deux devait être raisonnable, ironisa Enzo. Mon père dit toujours qu'il faut assumer ses bêtises.

— Au péril de ma vie ?

— Ce qui ne nous tue pas nous rend plus fort, répondit Enzo avec une confiance mâtinée d'un inquiétant paternalisme.

Je haussai un sourcil, me demandant qui avait changé mon meilleur ami pendant la nuit. Enzo termina sa tartine, avant de s'emparer de son café.

— Diane a laissé son dernier *Cosmo* dans ma chambre, expliqua-t-il en buvant une gorgée, et si j'en crois le test psycho du mois de mars, je suis une femme sensible, compatissante et loyale. Mon épaule est assez large pour que tu viennes y pleurer, si besoin.

— Enzo, ton épaule est assez large pour qu'une équipe entière de foot vienne y pleurer !

Il m'adressa un sourire épanoui, comme un gamin heureux d'une mauvaise blague. Je secouai la tête et vérifiai mes messages. Pendant des semaines, j'avais tenté de trouver un prétexte crédible pour échapper à ces trois prochaines semaines. Mais prendre la fuite ne servait à rien : au mieux, je passais pour un lâche, au pire, je me retrouvais avec une casquette de coupable.

La culpabilité était bien réelle, mais je refusais qu'elle prenne le dessus sur mon amitié avec le reste de la bande. C'était un sacrifice trop important et injuste.

— Ça va bien se passer, répéta Enzo, en constatant que je me perdais dans mes pensées.

— Je la jouerai profil bas, marmonnai-je, prêt à un compromis.

— Bonne idée. Oh ! et à ta place, je travaillerais la marche à l'égyptienne. Histoire de ne pas lui tourner le dos, s'esclaffa-t-il.

Je levai les yeux au ciel, avant de quitter la table sous les rires moqueurs de mon meilleur ami. Amélie m'en voulait, c'était une certitude, mais nous étions adultes, elle finirait par faire passer nos vacances et notre amitié avant sa déception et son amertume.

Je passai le reste de la journée à préparer mes affaires et à ranger l'appartement. Enzo s'occupa de son garage, confirmant les rendez-vous planifiés le mois prochain et commandant les pièces détachées dont il avait besoin. En chargeant nos valises dans sa voiture – un bolide des années 1960 qu'Enzo avait retapé pendant des mois –, le doute me taraudait toujours. Amélie était en colère contre moi depuis des semaines, mais je ne pouvais pas imaginer qu'elle ne veuille pas, elle aussi, passer de bonnes vacances et sauver notre amitié.

Songer que j'étais peut-être le seul à vouloir préserver le groupe me mina encore plus.

La sonnerie de mon téléphone chassa mes idées sombres. La photo d'Eileen, à la sortie de son dernier examen de sage-femme, levant ses poings joints à la façon d'un boxer victorieux du combat de sa vie, illumina l'écran et me tira un sourire. C'était son quart d'heure de gloire.

— Tu ne vas jamais me croire, lança-t-elle, dans un gémissement plaintif, alors que je m'appuyais contre le capot de la voiture.

Derrière elle, un brouhaha s'éleva. De toute évidence, elle était au milieu d'une foule dense et animée. Je vérifiai l'heure : Eileen devait descendre dans le Pays basque en train. À cette heure, elle devait être installée, prête à contempler le paysage défiler.

— Je me suis perdue, soupira-t-elle.

Je ne pus m'empêcher d'éclater de rire. Eileen était brillante, drôle, subtile. C'était sûrement son tempérament résolument optimiste qui la poussait à espérer qu'elle pourrait, un jour, retrouver son sens de l'orientation, porté disparu depuis ses cinq ans.

— Tu vas trouver ça bizarre : mais je n'ai aucun de mal à te croire, répliquai-je, hilare.

— Stan, je t'assure que j'y étais presque !

— On ne peut pas être presque quelque part, Eileen. Surtout pas pour prendre un train.

— Pour ta gouverne, je suis à la gare, répondit-elle, sans masquer son agacement face à mes moqueries.

— Oh ! donc tu es juste arrivée trop tard ? Tu progresses, je...

— Je suis dans la *mauvaise* gare, me coupa-t-elle, dépitée. J'étais persuadée que le train partait de gare de Lyon, alors qu'apparemment...

— Il partait de Montparnasse, finis-je pour elle.

— Je m'en suis rendu compte en regardant le tableau d'affichage, soupira-t-elle.

Je ris à nouveau, incapable de me contenir. Imaginer Eileen, fière d'être parvenue à destination pour découvrir qu'elle s'était trompée. Ça ressemblait à un ascenseur émotionnel de l'extrême. Derrière elle, le brouhaha s'accentuait, et je devinais le vrombissement d'un train au départ.

— Ma valise pèse deux ânes morts, se lamenta-t-elle. Je suis dans la gare, archi-lessivée, en plein courant d'air et assise à même le sol : je propose qu'on passe nos vacances dans le hall 1 avec vue sur les wagons et le bureau des objets trouvés. De toute façon, tous les trains sont complets pour le week-end !

Je connaissais Eileen par cœur. Elle avait sûrement rassemblé sa tignasse auburn bouclée dans un chignon approximatif, maintenu par un stylo ou une baguette chinoise. Elle devait ruminer sa déception tout en jouant avec la bague fantaisie qu'elle portait à l'index.

— On ne peut pas faire ça, Eileen, dis-je finalement.

— Et pourquoi ça ?

— Parce que je n'aurais rien pour cuisiner et que tu ne pourrais pas perfectionner ton bronzage dans une gare.

— Je suis presque rousse, Stan. Je ne bronze pas. Au mieux, je deviens un parfait nuancier de rouge. À la réflexion, ça me permettrait peut-être de ne plus être transparente aux yeux de la gent masculine.

— Tu n'es jamais transparente, Eileen.

— Ton avis ne compte pas vraiment, tu sais.

— La dernière fois que j'ai regardé, je faisais bien partie de la gent masculine, rétorquai-je en riant. Donc je peux t'assurer que tu n'es pas transparente.

Eileen semblait échapper d'un conte, avec sa peau diaphane, ses boucles rousses et ses yeux noisette. Elle apparaissait comme une beauté fragile et délicate. C'était mal la connaître : Eileen était déterminée, confiante, capable d'engloutir, sans frémir, deux pizzas à l'ananas en un temps record et de s'époumoner sur une chanson d'Eminem avec une bière à la main.

— Certes. Mais dans la mesure où tu m'as tenu les cheveux, le soir de la remise des diplômes alors que je vomissais tout le contenu de mon estomac et une partie de mon âme dans un buisson, ton avis ne compte pas.

— Merde, je suis dans la friendzone alors ?

— Tu es la friendzone, Stan.

Nous rîmes ensemble. Discuter et rire avec Eileen avait toujours un effet bénéfique. Dernièrement, elle avait été une oreille attentive à mes déboires avec Amélie, faisant parfois office de médiatrice pour tenter d'apaiser la situation. En vain.

Amélie s'était montrée aussi butée et rancunière avec Eileen qu'avec moi.

— Tu n'es pas transparente, Eileen, répétai-je. Tous ces mecs sont juste aveugles.

— Je devrais t'appeler plus souvent, lâcha-t-elle sans masquer le sourire dans sa voix.

— Tu as besoin d'être valorisée ?

— Stan, j'ai des cernes, mes cheveux ressemblent à de la paille, ma peau surréagit à tout et je ne suis pas allée faire les magasins depuis presque un an. Même ma grand-mère a une garde-robe plus tendance que moi.

— Oh ! donc c'est là que je dois dire que même avec un sac-poubelle, tu es rayonnante ?

— Tu as relu ton petit guide de la drague pour les nuls ?

— Eh bien puisque je suis la friendzone, je me sers de toi comme cobaye. C'est gagnant pour nous deux : je regonfle ton ego et je me remets en selle tranquillement.

— Je ne savais pas que tu étais de nouveau sur le marché.

— Pour être honnête, je ne le suis pas vraiment, répondis-je. Je crois que je vais rester sur la touche quelque temps et regarder les autres s'éclater sur le terrain.

— Toutes ces femmes que tu vas décevoir, s'esclaffa-t-elle.

— Enzo ne sera pas loin, elles sauront gérer leur déception.

J'entendis Eileen rire à nouveau et je pris conscience que j'avais été trop défaitiste sur ces vacances. Être avec toute la bande me manquait. Si, le reste de l'année, nous parvenions à planifier les anniversaires ou quelques dîners, ces trois semaines ensemble étaient notre véritable point de ralliement, le moment où nous rechargions nos batteries, au contact des uns des autres.

Derrière Eileen, j'entendis l'annonce de départ d'un train. Mon amie poussa un soupir las, et je devinai de l'agitation. Je contournai la voiture et vérifiai le coffre du bolide d'Enzo. Avec un peu de chance, on pouvait caler la valise d'Eileen.

La banquette arrière de la voiture était étroite, mais Eileen et son petit mètre soixante d'énergie pouvaient sûrement s'y glisser.

— Rejoins-nous, dis-je finalement. On descendra ensemble.

— Dans la voiture d'Enzo ?

— Elle-même.

— Je reformule : dans la toute petite voiture d'Enzo ?

— Elle n'est pas si petite. Si elle peut contenir une armoire à glace comme lui et une statue grecque comme moi, elle peut...

Le rire sonore d'Eileen m'interrompit. Je m'éclaircis la gorge pour l'arrêter, mais, à l'inverse, son rire contagieux et franc redoubla. Ce rire homérique nous avait valu quelques mésaventures : en cours, à la moindre blague insignifiante, Eileen était incapable de se contenir, et nous finissions au mieux avec des regards courroucés de nos profs, au pire avec des remarques sur nos bulletins respectifs.

Pourtant, j'adorais l'entendre s'esclaffer, parce que invariablement, je riais avec elle.

— Ôte-moi d'un doute : tu n'es pas en train de te moquer de mon incroyable corps d'athlète ? plaisantai-je.

— Je n'oserais pas, gloussa-t-elle, avant de repartir dans un fou rire tonitruant.

— Tu sais que toute la gare doit t'entendre et te regarder.

Après quelques secondes, Eileen finit par se calmer. Au téléphone, je devinais son souffle court et je savais qu'elle avait dû plaquer une main sur sa poitrine pour tenter de reprendre une respiration normale.

— Je ne doute pas qu'Enzo rentre dans sa voiture, mais est-ce que tes chevilles trouvent leur place ? lança-t-elle.

— En tout cas, mes chevilles et moi sommes certains d'être sur la plage demain soir, pendant que tu végéteras toujours à la gare en espérant trouver une place dans un train.

J'entendis Eileen marmonner dans sa barbe, avant de déceler le bruit caractéristique d'une valise qu'on fait rouler. L'instant suivant, un juron étouffé lui échappa, suivi d'un gémissement de douleur.

— Eileen ? lâchai-je, inquiet.

— Un poteau m'a percutée. Je vais bien.

— On t'attend pour dîner ? On va sûrement commander des pizzas.

— Stan, il est 16 heures, je serai chez toi bien avant le dîner ! râla-t-elle.

— Appelle-moi quand tu es perdue.

Sans lui laisser le temps de répondre, je raccrochai, riant déjà à la perspective du récit du trajet épique et mouvementé d'Eileen jusqu'à chez moi. Même quand elle parvenait à trouver son chemin, elle menait une guerre sans merci contre les éléments. C'était certainement la seule femme au monde capable de se trouver sur la trajectoire d'une météorite, tout en cherchant l'itinéraire pour rejoindre l'hôpital où elle travaillait.

Après avoir verrouillé la voiture, je regagnai mon appartement. Tout en mangeant du pop-corn, Enzo s'attardait devant une émission de télévision consacrée aux rénovations improbables de voitures anciennes.

— Eileen nous rejoint. Elle a loupé son train, expliquai-je en m'emparant d'une bouteille d'eau dans le réfrigérateur.

— Tu sais, le jour où tu m'annonceras qu'elle a eu son train ou attrapé son vol, je serai effectivement très surpris.

— Elle s'est trompée de gare. Elle dînera avec nous.

— Elle dînera avec nous ? répéta-t-il, incrédule. Tu parles du dîner de ce soir ?

— Laissons-lui une chance.

Enzo haussa un sourcil, avant de retourner son attention vers son émission. Près d'une heure plus tard, la voix d'Eileen grésillait dans l'interphone. Je la rejoignis dans le hall et, rien qu'en voyant mon sourire, elle secoua la tête.

— Je me suis trompée de métro, admit-elle, sans cacher son agacement.

En silence, je la pris dans mes bras pour une étreinte amicale. Des effluves d'agrumes – son shampooing certainement – chatouillèrent mes narines. Elle enroula ses bras autour de ma taille, et je déposai un baiser sur son front.

— Récupère le minimum pour cette nuit, lui indiquai-je, je vais mettre ta valise dans le coffre. On partira tôt demain matin, pour profiter de la plage en soirée.

— Je rêve de ces vacances depuis des mois, soupira-t-elle alors que je tentai de remporter la partie de Tetris de ma vie en logeant sa valise dans le coffre.

Devant mon silence et mon acharnement logistique, Eileen s'appuya à la voiture, défit le chignon qui maintenait ses boucles et cala son dos contre l'une des portes. Quand enfin je parvins à trouver une solution, je fermai le hayon de toutes mes forces, comme si je craignais que les valises ne s'échappent par protestation.

Eileen osa un petit applaudissement admiratif qui me tira un furtif sourire. Elle devait attendre ces vacances, autant que je les redoutais. Parce qu'elle me connaissait par cœur, elle approcha de moi pour tenter de me rassurer.

— Tout ira bien, fit-elle. Amélie finira par se calmer.

— Ou elle me noiera dans l'océan, dis-je.

— Je te protégerai, promit Eileen.

— Eileen, elle aura eu le temps de me tuer dix fois, avant que tu ne retrouves ton chemin dans les pins.

En guise de réponse, elle écrasa son poing contre mon biceps, avant de rire aux éclats.

— Tu as sûrement raison, admit-elle, les yeux pétillants. À ma décharge, tous ces pins se ressemblent !

— Je ferai en sorte que tout aille bien, promis-je. Je ne veux gâcher les vacances de personne.

J'entourai les épaules d'Eileen de mon bras, pendant que le sien trouvait à nouveau ma taille. Je l'entraînai vers le hall, ravi de passer la soirée avec elle. La présence d'Eileen me permettait de ne pas ressasser mes inquiétudes en boucle. Elle avait toujours une vision positive de toutes les situations.

— Je pourrais faire une excellente garde du corps. J'ai pratiqué le judo, rappelle-toi.

— Tu as fait deux mois de judo et tu as fini par te casser un orteil en entrant sur le tatami.

— C'était une attaque perfide du tatami. Je ne me ferais tout de même pas mal toute seule !

— Évidemment, répondis-je en souriant.

Je retrouvai mon appartement, parfumé au pop-corn caramel écœurant d'Enzo. En voyant Eileen, il se leva du canapé et l'étreignit si fort que je craignis un instant qu'il la casse. Mon amie rit aux éclats, les pieds décollés du sol, les mains agrippées aux épaules d'Enzo.

— Bon sang, tu as encore fait de la gonflette ? lança-t-elle quand elle retoucha le sol.

— De gonflette ? répéta-t-il, vexé. C'est du muscle, ça, madame ! s'offusqua-t-il. Stan m'a dit que tu avais loupé ton train ?

— Pour être tout à fait exacte, je dirais que j'ai même loupé ma gare ! Mais ça me permet de passer la soirée avec vous. Stan m'a promis des pizzas.

— Oh ! tu régales ? me demanda Enzo, avec un large sourire aux lèvres.

— Apparemment ! dis-je, mis au pied du mur.

— Alors ? Prête pour ces vacances ? reprit Enzo.

Eileen m'adressa un coup d'œil complice et rassurant. Je lui répondis d'un sourire, la remerciant silencieusement pour son soutien sans faille. Les yeux d'Enzo passèrent d'Eileen à moi, avant de revenir sur Eileen :

— Archi-prête ! s'exclama-t-elle.

Le jour où Enzo a connu son quart d'heure de gloire

Julien

Mars 2018C'était Amélie qui avait eu cette brillante idée. Amélie avait toujours les idées les plus brillantes et folles. Amélie avait toujours des idées sur tout, à tout moment, et un avis arrêté sur un tas de choses : manger des frites avec les doigts les rendaient forcément meilleures, courir sous la pluie était l'acte ultime de rébellion et chanter du Abba devrait être obligatoire dans n'importe quelle thérapie.

— C'est un grand moment pour lui, plaida-t-elle. Il faut célébrer ça !

— Il va probablement se fâcher définitivement avec ses parents, objecta Stan, avec un froncement de sourcils.

— Ils seront sûrement contrariés quelque temps, mais je doute qu'ils restent en froid avec lui, contra Eileen. Je suis d'accord avec Amélie, il faut célébrer ça !

Les regards de Stan, Eileen et Amélie se dirigèrent alors vers Diane et moi. De toute évidence, nous étions devenus les juges-arbitres de la décision à prendre. Je haussai les épaules. Sur l'instant, je ne compris pas que nous étions en train de créer un rituel incontournable.

— Diane, qu'est-ce que tu en penses ? demanda Amélie, un peu pressante.

Diane avait toujours été la plus effacée d'entre nous. Bonne élève, raisonnable, pas un mot plus haut que l'autre, serviable, adepte des expressions désuètes et des mots obsolètes, Diane ne déviait jamais du droit chemin. Jusqu'à sa rencontre avec nous, ses parents avaient dû la considérer comme une fille modèle. En nous fréquentant, elle avait appris quelques jurons, avait obtenu une note en dessous de 15 et avait consciencieusement déchiré un jean flambant neuf au niveau du genou en signe de rébellion.

— Je suis d'accord avec toi, répondit-elle à Amélie. Il faut fêter ça !

Stan et moi échangeâmes un regard, nous demandant, l'un comme l'autre, comment cette fille aussi discrète et sage était en train de passer du côté obscur de l'adolescence.

— Et c'est quoi ton plan ? s' enquit Stan. Une fête ? Une soirée ?

— Vous pouvez déjà oublier ça, affirmai-je en sentant mes amis se tourner comme un seul homme vers moi. Mes parents sont à la maison et pas de déplacements prévus avant au moins quinze jours.

— Dommage, soupira Diane. On aurait pu faire un raout du tonnerre dans ton salon !

— On devrait faire un truc plus spontané, plus marquant, reprit Eileen.

— Silence ! hurla la voix de la documentaliste.

Elle jeta explicitement un regard vers notre table. À chaque fois que nous venions au CDI, notre petit groupe se faisait remarquer. Nous étalions nos cours sur la table, nous ouvrions nos livres, mais nous passions le plus clair de notre temps à bavarder de tout, sauf de nos cours.

— Elle va finir par mettre nos têtes à prix, murmurai-je.

— On est les seuls à venir ici et donc à légitimer sa présence entre ces murs, souffla Amélie. C'est dans son intérêt de nous garder, ajouta-t-elle, un ton plus haut.

À nouveau, le petit air pincé de la documentaliste se tourna vers nous, et Eileen éclata d'un rire sonore et communicatif. Elle plaqua les mains sur sa bouche, pour se contenir, mais le mal était fait : nous nous regardions tous et nous étions en train de rire aussi doucement que possible.

C'était peine perdue : chercher à retenir notre fou rire le rendait encore plus incontrôlable.

— Ne nous dispersons pas, rappela Amélie, entre deux rires, pour nous ramener à notre réflexion initiale. Enzo mérite son quart d'heure de gloire.

— Genre confettis, cotillons et champagne qui coule à flots ? l'interrogeai-je.

Face à moi, Diane esquissa un sourire, pendant que Stan gribouillait un petit dessin abstrait sur son devoir de géométrie. Il leva les yeux vers moi, secouant la tête devant mon idée improbable.

— C'est exactement ça, reprit Eileen : confettis, cotillons et champagne.

— J'ai les confettis, indiqua Amélie en levant la main.

Je jetai un coup d'œil vers Stan, espérant qu'il intervienne pour ramener un peu de bon sens dans cette conversation. Enzo était en train d'annoncer à ses parents qu'il allait renoncer aux études pour ouvrir son propre garage, et nous parlions confettis et champagne.

— On ne peut pas faire ça, soufflai-je finalement.

— On doit le faire, répondit Stan. Je suis d'accord avec Amélie, c'est son quart d'heure de gloire et ça mérite une célébration.

— Il est probablement en pleine dispute avec ses parents ! objectai-je.

— C'est pour ça qu'on doit le faire, reprit Eileen. Pour qu'il garde un souvenir plus sympa de cette journée.

— On devrait faire une banderole, suggéra Diane, d'une voix si basse que l'entendre tenait du miracle.

— Mais oui ! s'exclama Eileen. Récoltant un raclement de gorge agacé de la documentaliste, Eileen ajouta avec un sourire moqueur :

— Une pastille pour la gorge, madame ?

J'étouffai un rire, pendant que Stan se tordait le cou pour intercepter la réaction de la gardienne du silence des lieux. Diane plongea dans ses notes, comme pour passer inaperçue, pendant qu'Amélie et Eileen échangeaient un coup d'œil complice.

— Donc, je reprends, murmura Amélie. Des confettis, des cotillons, du champagne et une banderole.

— J'ai le champagne, annonçai-je. Enfin, j'ai les clés de la cave de mon père, et on devrait y trouver ce qu'il nous faut.

— Je croyais qu'on ne pouvait pas faire ça, se moqua Stan.

— Vous le ferez avec ou sans moi. Et je ne refuse jamais une petite fête improvisée. Comment on fait pour la banderole ?

— Il faut déjà trouver ce qu'on va y écrire, déclara Eileen, en nouant ses boucles rousses autour d'un crayon de couleur jaune vif.

Son regard navigua autour de la table, espérant qu'une inspiration divine et parfaite nous frappe dans l'instant. Stan haussa les épaules, reprenant son petit gribouillis sur son devoir de géométrie.

— Peut-être qu'un simple « bravo Enzo » peut suffire, indiqua finalement Amélie. Le message n'est pas si important, ce qui compte, c'est qu'on soit là pour lui.

— J'ai une idée, souffla Stan, en se redressant légèrement.

L'instant suivant, il se levait de notre table. Je pivotai sur ma chaise, constatant qu'il se dirigeait à grandes enjambées vers notre documentaliste revêche. Les yeux rivés sur lui, nous tentâmes de comprendre ce qu'il était en train de faire.

— Il lui fait son sourire en coin, constata Amélie, avec amusement.

— Tu crois qu'il lui fait du charme ? demandai-je, inquiet.

— J'en suis sûre. Il fait ça aux filles qui lui plaisent. Elles sont comme ensorcelées ensuite.

— Tu as raison. Il a essayé avec moi, renchérit Eileen.

— Pour te... euh... draguer ? s'enquit Diane d'un ton inquiet.

— Il draguait surtout mes devoirs de maths. De toute façon, je suis insensible à ce sourire depuis que je l'ai vu habillé d'un sac-poubelle, ivre mort et beuglant du Metallica à un festival l'été dernier.

Diane se contenta de sourire, avant de reporter son attention sur Stan. Je n'étais pas certain qu'elle soit, elle, parfaitement immunisée contre ce fameux sourire, car je décelai un léger rougissement sur son visage. En matière de filles, la réputation de Stan le précédait : J'étais passé à côté de cette histoire de sourire hypnotisant, mais ses yeux bleus, sa tignasse châtain, son tempérament insouciant et son humour douteux suffisaient à le rendre irrésistible.

Dans le silence du CDI, l'éclat de rire de la documentaliste nous fit frissonner de peur. Penché devant elle, Stan lui souriait largement pendant qu'elle se touchait les cheveux, un peu gênée.

— C'est moi ou ça devient légèrement embarrassant ? demandai-je.

— Ça ressemble beaucoup à un début de scénario de film d'horreur, approuva Eileen.

— Je nierai avoir assisté à quoi que ce soit, répondit Amélie en camouflant un rire derrière un cahier.

L'instant suivant, brandissant une liasse de feuilles blanches, Stan revenait à notre table, un sourire triomphant accroché aux lèvres. Il posa son butin sur la table, pendant que nous le fixions, partagé entre sidération et incompréhension.

— Pour la banderole, lâcha-t-il en guise d'explication.

Devant notre silence, il poussa un soupir, avant de passer une main agacée dans ses cheveux.

— Enzo habite à dix minutes d'ici. J'imagine que personne n'a un drap ou une paire de rideaux à disposition pour faire cette fichue banderole. Donc...

— Donc, tu as fait du gringue à la documentaliste pour obtenir des feuilles, conclut Diane.

— Qui dit encore « faire du gringue » ? interrogea Eileen, en nous regardant tour à tour.

— Stan, si je ne te connaissais pas aussi bien, je dirais que tu frôles le génie ! s'exclama Amélie, en s'emparant des feuilles.

— Merci, répondit ce dernier en s'asseyant. Quelqu'un a un feutre ?

— J'ai ! m'écriai-je, en dégainant un marqueur.

Déjà, Eileen repoussait nos livres et nos cahiers pour étaler les feuilles, les unes à la suite des autres, au milieu de la longue table que nous occupions. L'idée me paraissait toujours aussi folle et improbable. Mais, parce qu'elle était folle et improbable, nous en garderions un souvenir impérissable.

Et Enzo méritait ce souvenir – ce bon souvenir – impérissable.

— Julien, il faut que tu ailles chez toi pour récupérer le champagne, lança Amélie d'un ton qui nous souffrait aucune objection.

J'étais persuadé que cette fille finirait à la tête d'une entreprise, voire du pays. Amélie avait l'art de galvaniser les foules et de les diriger avec une fine autorité. Sans même m'en rendre compte, je rassemblai mes affaires et vérifiai l'heure sur ma montre. Faire l'aller-retour chez moi, puis aller chez Enzo en moins de dix minutes ressemblait à une mission impossible. Malgré tout, je quittai le CDI en trombe et courus jusqu'à la maison pour dénicher la précieuse bouteille. J'arrivai sur le seuil de la porte d'entrée le souffle court et trempé de sueur. À ce rythme, je finirais par battre un record olympique.

Je jetai mon sac à dos sur le canapé, cavalai jusqu'à la cave et après avoir récupéré la clé, planquée dans un vase en porcelaine blanche, je fonçai jusqu'au casier des champagnes. Mon père avait toujours été un passionné de vin : toutes ses bouteilles réunies devaient représenter le PIB d'un petit État insulaire des Caraïbes.

À l'instant où je dénichai une bouteille, mon téléphone vibra dans la poche arrière de mon jean. Amélie, maîtresse des horloges, m'informait qu'ils étaient sur place. Je grognai un juron à rallonge, avant de reprendre ma course folle vers la maison des parents d'Enzo. Escalier, traversée du salon, sprint dans le vaste hall, puis une course effrénée vers Enzo, ma bouteille à la main : même en cours de sport, je n'avais jamais été aussi impliqué.

Quand finalement j'aperçus la troupe, ils étaient sur le trottoir, en face de la maison des parents d'Enzo, alignés en rang d'oignons, avec, chacun, deux feuilles à la main et le sourire aux lèvres. Trempé de sueur, je les rejoignis et m'emparai de la feuille de papier que me tendait Diane.

— Stan va mettre de la musique, m'indiqua cette dernière.

— On est censés chanter ? m'enquis-je.

Diane esquissa un sourire, mi-moqueur, mi-amusé, avant de secouer la tête. J'en étais presque soulagé. Si nous voulions qu'Enzo garde un bon souvenir, chanter n'était définitivement pas une bonne option.

— Contente-toi de bouger, souffla Eileen.

Je n'eus pas le temps de demander plus d'explication. La porte d'entrée de la maison s'ouvrit, laissant apparaître Enzo, sa haute carrure, sa tête basse, avec la capuche de son sweat vissé sur le crâne. À sa démarche lente, presque traînante, on devinait qu'il était abattu. Il n'avait jamais eu de doute sur l'issue de sa discussion avec ses parents : malgré tout, parce que Enzo était du genre à voir le verre à moitié plein, il devait certainement espérer qu'ils comprennent.

Il descendit l'allée pavée proprette qui zigzaguait devant la maison et, dès qu'il fut sur le trottoir, parfaitement à l'unisson, nous nous lançâmes dans une acclamation bruyante et joyeuse, rien que pour lui. Du téléphone de Stan, une vieille chanson des années 1970 s'échappa.

Ce n'était que ça : de la joie pure, intense et communicative, de l'enthousiasme fiévreux, de l'amour à haute dose sans condition ou ultimatum. Pour nous, c'était une façon de lui dire que nous étions là, heureux et prêts à le soutenir.

Enzo releva le visage vers nous, alors que nous brandissions nos feuilles bariolées au marqueur. Nos cris de joie et nos encouragements, associés à la musique et à notre banderole bricolée, nous faisaient ressembler à des pom-pom girls de seconde zone. Mais ce n'était pas important. Ce qui comptait, c'était de voir le visage d'Enzo et ses yeux pétillants. Pendant quelques minutes, il nous observa, les pieds fichés dans le trottoir qui longeait la maison de ses parents. Nos cris redoublèrent, et sa figure se fendit d'un large sourire incrédule.

Près de moi, Diane commença à scander le prénom d'Enzo, avant d'être presque immédiatement accompagnée par nous tous. Les quelques passants dans la rue prenaient un soin scrupuleux à nous éviter, se demandant certainement si nous n'étions pas un peu cinglés. Sûrement que nous l'étions un peu, mais nos cris de joie et nos acclamations couvraient parfaitement nos petites voix intérieures raisonnables respectives.

Enzo traversa finalement la rue pour nous rejoindre, repoussant sa capuche, avant de passer une main embarrassée sur son crâne rasé. Son regard nous détailla, tandis que notre enthousiasme démonstratif s'éteignait peu à peu.

— Mes parents vont finir par déménager pour ne pas affronter les regards des voisins, déclara-t-il, amusé.

— On voulait fêter ça, expliqua Amélie.

Enzo leva un sourcil, interloqué, avant de croiser ses bras sur son torse, lui donnant l'apparence d'un garde du corps de mauvais poil.

— Pas ta dispute avec tes parents, reprit Stan. Mais plutôt... enfin, disons qu'on voulait...

— On voulait célébrer ton choix, intervint Eileen. On voulait fêter ta décision.

— On s'est dit que tu aurais besoin de soutien, continuai-je. Oh ! et d'un peu de champagne aussi !

L'instant suivant, je dévissai prestement le muselet de la bouteille, tirai le bouchon et laissai la moitié du champagne se répandre, dans un sifflement, en mousse blanche à nos pieds.

Quand je parvins enfin à poser mon pouce sur le goulot, je secouai à nouveau la bouteille, pour disperser en jet le reste de son contenu sur un Enzo stupéfait, sous les applaudissements nourris et les cris de joie du reste de la bande.

Notre banderole improvisée gisait au sol, couverte de champagne, l'encre s'écoulant sur le trottoir, tandis qu'Amélie nous lançait des poignées de confettis, planqués dans le fond de ses poches. Stan augmenta le volume de la musique, et je vis Diane chantonner discrètement les paroles.

— Vous êtes des fous furieux, s'exclama finalement Enzo, trempé de champagne.

Ses yeux pétillaient d'amusement et, sur son visage, je ne voyais plus ni contrariété ni tristesse. J'échangeai un bref regard avec Amélie, qui pouvait désormais se targuer d'avoir eu la meilleure idée de l'année.

Et rien que pour ça, ce jour-là, elle aurait, elle aussi, mérité son quart d'heure de gloire.

Chapitre 2

Eileen

Je vérifiai mon téléphone pour la cinquième fois, avant de lever les yeux vers les portes automatiques de la station-service bondée. Des enfants couraient dans tous les coins, des touristes hagards tentaient de baragouiner français, pendant qu'une impressionnante file d'attente s'étirait pour rejoindre les toilettes.

En temps normal, la foule nous aurait fait fuir cet endroit, mais, avec Enzo et Julien, après deux minutes de concertation et malgré le fait qu'il nous restait moins de deux heures de trajet, nous avions choisi d'y faire un arrêt d'urgence.

Sur la route qui nous menait à nos vacances, Diane m'avait envoyé un message.

Ou plutôt un appel à l'aide. Une supplique plutôt.

Son covoiturage était, d'après elle, un aller simple vers l'enfer. Le conducteur avait ouvertement avoué que son permis de conduite n'était plus valide et il semblait prendre un plaisir certain et sadique à faire tourner la même chanson – du rock metal scandinave, à tendance colérique et hurlante – depuis leur départ de Paris. Elle abordait Bordeaux lors de son premier message, et nous avions donc monté un plan de sauvetage, qui prévoyait de nous retrouver sur cette aire de repos.

— Des nouvelles ? m'interrogea Stan en déposant un café sur la table haute devant moi.

— Non, aucune. Tu as appelé Julien ? m'enquis-je.

— Il arrive. Il a pris la jeep de son père, si tu veux voyager plus confortablement, tu pourras aussi repartir avec lui.

— Et louper toutes les histoires croustillantes d'Enzo avec ses conquêtes d'un soir ? répondis-je en feignant la déception.

— Avoue que tu prends des notes pour tes prochaines nuits torrides !

— Je fais plus que ça : je vis par procuration. Enzo pourrait réécrire le *Kâma-Sûtra* avec sa seule expérience.

— Tu es jalouse ?

— Stan, le dernier homme avec qui j'ai passé un moment torride, c'était le mec chargé de la réparation de la climatisation à l'hôpital. Et je n'étais ni nue, ni anéantie de plaisir.

Stan éclata de rire, avant de boire une gorgée de son café. Il me dévisagea avec intensité, avant de murmurer :

— Tu mens. C'était moi ton dernier moment torride.

Un silence flotta, tandis que nous étions perdus dans nos souvenirs réciproques.

— J'espère que ces trois prochaines semaines vont me permettre de retrouver une vie sexuelle.

— Donc, c'est une question de temps ?

— Évidemment. Je travaille à l'hôpital, Stan. Quand je rentre, je veux prendre une douche, manger un truc qui ne me demandera pas plus de dix minutes de préparation et tenter de regarder en entier un épisode d'une série quelconque avant de m'endormir.

Stan esquissa un sourire, pendant que j'analysais en deux minutes ma vie privée. Ou mon absence de vie privée, plutôt. J'avais eu quelques propositions, mais je me sentais constamment à bout de souffle. Me préparer, aller dîner, tenir une conversation, jouer le jeu de la séduction... tout cela m'épuisait.

— Le temps a toujours été le problème, murmurai-je.

— Thomas savait dans quoi il s'embarquait quand vous avez commencé à sortir ensemble.

— Il y a une différence entre le savoir et le vivre, Stan. Thomas espérait me voir chaque soir à la même heure, il voulait du temps.

Stan m'entoura de son bras gauche et me serra contre lui pour me réconforter. J'avais mis du temps à me remettre de cette rupture. Puis, après plusieurs soirées à pleurer chez Amélie, avec mon pot de glace au chocolat, à rejouer mon histoire, à culpabiliser d'aimer mon travail plus que tout, j'avais pris conscience que Thomas m'avait finalement rendu service.

Il m'avait soulagée d'une relation pour laquelle je ne voulais pas vraiment me battre. Désormais, je n'étais plus abattue ni triste. Je me sentais libre et surtout, avec le reste de la bande, je me sentais rarement seule. Néanmoins, à l'occasion, et en particulier en écoutant Enzo, il m'arrivait de regretter ma vie routinière et mes nuits trop calmes.

— Il a bien fait, dis-je finalement.

— De te quitter ?

— De prendre une décision pour nous deux. De toute façon, il ne s'était jamais intégré à notre petit groupe. Je crois qu'il avait du mal à accepter que je passe plus de temps avec vous qu'avec lui.

— Il avait surtout du mal à accepter que tu prennes plus de plaisir avec nous qu'avec lui, s'esclaffa Stan.

Je coulai un regard vers lui, comprenant maintenant qu'aucun secret, qu'aucune confidence ne pouvait survivre à dix ans d'amitié. J'avais livré des informations intimes à Amélie, certaine qu'elle les garderait pour elle. J'avais eu tort. Évidemment, c'était avant que Stan et Amélie sortent ensemble, et qu'outre un lit ils partagent aussi quelques-uns de mes aveux. Maintenant qu'ils ne se parlaient plus, je me demandais même s'ils partageraient un café. J'en doutais. Stan passait son temps à fuir Amélie, tandis qu'elle œuvrait à lui rappeler, avec une amertume non dissimulée, encore et encore, à quel point il l'avait déçue.

— Elle t'a parlé de ça ? m'enquis-je, dans un murmure.

— Longuement. Tout ce que je peux dire, c'est... que tu n'es pas en cause.

Je sentis mes joues s'échauffer et je camouflai mon visage dans mes mains. Je n'arrivais pas à croire qu'Amélie ait donné des détails sur ma vie sexuelle avec Thomas. Ou mon absence de vie sexuelle avec Thomas, plutôt. Ou, du moins, une vie sexuelle à sens unique, où lui parvenait à en tirer de la satisfaction pendant que je me questionnais sur les réactions inexistantes de mon corps.

— Il était si mauvais que ça ? m'interrogea Stan en décollant mes mains de mon visage.

— Il était prévenant.

Je défendais Thomas, malgré mes frustrations passées, malgré nos disputes interminables et malgré mon actuelle indifférence envers lui. Que Stan soit au courant de ces détails privés me mettait mal à l'aise. Il dissimula mal son sourire amusé, puis il ancra son regard dans le mien, décelant immédiatement ce que camouflait ce « prévenant ». Il secoua la tête, tandis que je cherchais un endroit où m'enterrer. Les joues encore chaudes de mon humiliation, Stan me serra à nouveau contre lui.

Il rit doucement et déposa un baiser affectueux sur ma tempe.

— Je vais tuer Amélie pour t'avoir raconté ce genre de choses ! marmonnai-je.

Je pris mon café et en bus une gorgée. L'amertume de ma boisson atténuait à peine celle que je ressentais. Enzo n'était même pas là pour faire distraction, et Diane se faisait attendre. Je vérifiai à nouveau mon téléphone, sans résultat.

— Si besoin, tu sais où est ma chambre, murmura Stan, sans se départir de son sourire contre ma peau.

— Maintenant, je me sens vraiment humiliée, répondis-je en me détachant de lui. Je ne suis pas une fichue cause humanitaire.

Je pivotai vers Stan, me sentant toujours mortifiée par notre conversation. D'accord, on était proches, on était soudés et on avait affronté un paquet de trucs... mais parler du désert de ma vie affective et sexuelle était une ligne rouge. Sans échappatoire, je tournai mon attention vers la porte, espérant voir Diane la franchir, fendre la foule et ainsi me sortir de ce guêpier. Naturellement, non. Proches, mais sans aucune solidarité. La sororité était bel et bien portée disparue.

— Eileen ?

Dans le brouhaha de la station-service, Stan parvint à capter mon attention et, d'un mouvement de l'index, me força à diriger mon regard vers lui.

— Tu es une belle cause, Eileen.

Je levai les yeux au ciel. Stan n'était pas du genre à être sérieux ou prêt à se lancer dans de grandes déclarations charmeuses. Mais il avait toujours su trouver comment me remonter le moral quand celui-ci était au plus bas.

Encore une fois, ça fonctionnait.

— Et parce que tu es une belle cause, mon invitation pour rejoindre ma chambre tient plus que jamais, ajouta-t-il avant de rire.

— Je vais devoir décliner. Tu es la friendzone, tu te rappelles ?

— Il n'y a pas si longtemps, j'étais Stan des Toilettes. C'est une vraie rétrogradation. Des tas de femmes seraient plus que ravies d'avoir une telle opportunité !

— Ces mêmes femmes ne savent pas que tu dors encore avec ton doudou.

— Oh. Amélie t'a donc parlé ? répliqua-t-il, moqueur.

— Évidemment. On parle entre filles. En particulier des mecs qui dorment avec leur doudou.

— Je ne dors pas avec mon doudou, corrigea-t-il. C'est un souvenir d'enfance que je garde. Tu devrais trouver ça... touchant. Ou mignon, ajouta-t-il.

Je levai un sourcil, avant de secouer la tête. C'était effectivement touchant. Mais ce n'était qu'un infime détail dans tout ce que m'avait raconté Amélie au sujet de Stan. En particulier de ses nuits avec lui. Pendant le temps où ils avaient été en couple, j'avais même éprouvé des difficultés à regarder Stan dans les yeux.

— Je suis certaine qu'elle n'a pas parlé que de cette histoire de doudous, souffla-t-il, avant de prendre une gorgée de son thé à la menthe.

— C'est vrai, admis-je, entretenant volontairement le mystère.

— Et tu ne vas rien me raconter, n'est-ce pas ?

— Ce qui se dit entre filles reste entre filles.

— Tu veux que je te remonte vraiment le moral ? demanda Stan.

— Mon moral va bien. C'est mon ego qui est veut se jeter du pont qui enjambe l'autoroute.

— Mon dernier moment torride remonte à la semaine dernière, continua-t-il.

Je pivotai vers lui. Stan arborait son célèbre sourire en coin, celui dont il se servait pour séduire ou pour faire le malin. Il était en train de se moquer de moi, alors que j'étais déjà au fond du trou.

— Pas besoin de m'enfoncer la tête dans le sable, Stan. Thomas a déjà fait le job !

— J'étais dans ma salle de bains, et...

— Je n'ai pas besoin des détails scabreux, l'interrompis-je.

— ... et j'étais seul, Eileen. Si tu vois ce que je veux dire.

Je voyais bien. Je voyais même parfaitement parce que, entre les détails suffocants d'érotisme d'Amélie et le fait que j'avais vu Stan régulièrement en maillot de bain, les images qui me venaient étaient très explicites.

— Absolument et tristement seul, marmonna-t-il.

Stan, esseulé sous sa douche.

Le Stan des toilettes, celui que les filles vénéraient au collège, dans sa salle de bains, s'offrant un plaisir solitaire : j'aurais pu en rire si je n'avais pas été incroyablement embarrassée.

— Tu rougis, dit-il en riant.

— J'ai... euh... chaud.

— Besoin d'une douche ? rétorqua-t-il immédiatement.

Je me réfugiai dans mon café. Même s'il était infâme, c'était toujours mieux que de continuer cette conversation qui glissait sur une pente savonneuse avec Stan. J'en profitai pour maudire Diane et son absence criante de timing : jamais présente quand on avait besoin d'elle.

— Il faut croire qu'on a, tous les deux, trois semaines pour nous remettre en selle, lâcha-t-il.

— Apparemment, marmonnai-je.

Quand je relevai les yeux, tentant de dissiper la vague d'embarras qui m'avait submergée, je trouvai la haute silhouette d'Enzo, sourire aux lèvres, fossettes espiègles, heureux comme un gosse en pleine fête foraine. En me voyant, il fronça des sourcils et son sourire s'estompa.

— Tout va bien, Eileen ? Tu es toute rouge !

— Ça va, oui. La voiture est en panne ? m'écriai-je, alarmée, en voyant les mains d'Enzo maculées de taches de graisse.

— Oh non. J'ai aidé quelqu'un, répondit-il d'un ton crâneur.

J'échangeai un regard avec Stan. Pendant que nous galérions dans nos vies amoureuses et intimes, Enzo trouvait le moyen, au beau milieu d'une aire d'autoroute, d'accoster une fille.

— Elle va dans la même ville que nous, alors je lui ai proposé d'aller boire un verre à l'occasion.

Enzo draguait aussi facilement que je respirais. J'en étais presque envieuse : pas tant de sa capacité à séduire à la vitesse de l'éclair, que de son détachement mécanique. Il voyait des filles, partageait une nuit avec elles et, aussi rapidement qu'il les draguait, il passait à une autre.

— Je vais aller me laver les mains. On a des nouvelles de Diane ? s'enquit-il.

— Toujours pas, soupirai-je.

— Elle ne devrait plus tarder, assura Stan. Et regardez qui vient d'arriver ! s'exclama-t-il.

Julien, en bermuda rouge délavé et en T-shirt gris déformé par le temps, nous rejoignit. Il passa une main dans sa tignasse châtain, dégageant un petit nuage de poussière blanchâtre.

— J'étais en plein ponçage quand tu m'as appelé, m'expliqua-t-il, avant de me prendre dans ses bras pour me saluer.

Il me serra contre lui et embrassa ma joue encore chaude. Puis, il offrit une accolade à Stan et à Enzo. Ce dernier s'éclipsa vers les toilettes, pendant que, courageusement, Julien sélectionnait un cappuccino à la machine.

— Tu as l'air en forme, remarqua Stan.

— Je suis arrivé depuis trois jours. J'ai donc fait trois belles nuits complètes. Mes premières en... six ans ! J'avais presque oublié ce que ça faisait.

— Tu ponçais quoi ? demandai-je.

— Une des barrières du jardin.

— Oh ! on fait l'extérieur cette année ? l'interrogeai-je.

— Bibliothèque, répondit Julien.

À l'unisson, Stan, Enzo, revenu des toilettes, et moi soufflâmes avant de grimacer. À l'instar de la maison et des pièces qui la composaient, la bibliothèque était immense, dotée de hauts murs, d'un plafond bordé de moulures et d'étagères copieusement garnies de livres. Chaque année, en échange de notre hébergement gratuit, nous rénovions une pièce : peinture, sol, meubles, nous nous occupions de tout et partagions, lors de ces travaux, nos meilleurs fous rires.

— C'est ambitieux, commenta Stan. Mettre les livres en carton va déjà nous prendre beaucoup de temps.

— On s'en sortira, assura Enzo, avec son optimisme habituel.

Mon téléphone vibra dans ma poche, et je découvris un message de Diane, indiquant que son chauffeur se garait sur le parking. Julien avala sa boisson d'un trait, pendant que Stan et moi emboîtions nos gobelets pour les jeter.

— Tu veux finir la route avec Julien ? me demanda ce dernier.

— Ça ira.

Son sourire s'élargit, et nous dirigeâmes notre attention vers l'entrée de la station-service. Quand Diane, habillée d'une robe longue en lin écru, sa chevelure brune nouée dans une tresse, nous aperçut, le soulagement se peignit sur son visage. Elle se dirigea vers nous, tirant sa valise derrière elle.

— Je crois que je n'ai jamais été aussi heureuse de vous voir, lança-t-elle, avant de se précipiter dans les bras d'Enzo.

Il la serra contre lui en riant, puis elle passa à Stan et à moi. Nous nous étreignîmes avec chaleur, heureuses de nous voir après de longs mois sans partager une soirée ensemble. Pour sa carrière de chanteuse lyrique, Diane voyageait, donnant des représentations régulières. Et, quand elle n'en donnait pas et qu'elle se trouvait dans le même fuseau horaire que nous, elle s'astreignait à une discipline de fer, refusant de parler pendant des jours pour préserver sa voix.

Aussi, l'entendre se réjouir avec autant de décibels était très rare.

— Promets-moi qu'on va aller boire un cocktail scandaleux pour médire à profusion sur tous ceux qu'on n'aime pas ! me dit-elle avec un large sourire.

— Il en faudra plus d'un !

Diane fit mine de réfléchir pendant quelques secondes, avant d'acquiescer. Dire que j'étais surprise était un euphémisme. Pour préserver sa voix et la faire durer, Diane ne buvait jamais. Elle se contentait d'eau. À l'occasion, pleine d'audace, elle ajoutait un trait de citron.

— J'ai cinq mois de pause, annonça-t-elle, la mine réjouie.

C'était si stupéfiant que nous en restâmes muets. Ces vacances d'été, ces trois petites semaines, étaient notre rendez-vous annuel, des retrouvailles programmées pour tout le groupe. Le reste de l'année, entre nos métiers, les études, les déplacements et autres obligations familiales, nous rassembler était beaucoup plus aléatoire.

— C'est une nouvelle fantastique, répondit finalement Julien.

Diane pivota vers lui, un léger sourire aux lèvres. Comme à chaque fois qu'ils se retrouvaient, les regards de Diane et Julien s'accrochèrent un bref instant, avant qu'elle enroule les bras autour de sa taille pour l'étreindre. Julien la serra contre lui, les yeux clos, le menton parfaitement calé au-dessus de son crâne, l'air apaisé et serein.

Puis, comme à chaque fois, après leur longue étreinte silencieuse, Julien embrassa le haut du crâne de Diane, avant de s'écarter d'elle.

C'était leur rituel depuis des années, et personne n'avait jamais osé les interroger sur le sujet. On se contentait de regarder, comme on admirait une pluie d'étoiles filantes, émerveillés par la beauté de leur lien et fascinés par le mystère que renfermait ce geste éphémère.

— On y va ? proposa Enzo.

— On y va, acquiesça Julien, en saisissant la valise de Diane.

J'avais toujours envié la vie de Julien. Du moins, son enfance. En tout cas, son enfance estivale. Jusqu'à mes douze ans, j'avais passé mes vacances chez ma grand-mère. Je l'adorais, mais vivre en pleine campagne, au fin fond d'un hameau perdu, dans une des fermes les plus éloignées du dernier commerce encore ouvert et avec pour plus proches voisins une horde de sangliers, m'avait convaincue que je n'étais pas destinée à devenir ermite.

Ici, à chaque fois que nous longions la route qui bordait la baie, j'avais cet immense sourire collé aux lèvres. Le parfum de l'iode, le piquant du sel, le bruit des vagues... Julien avait toujours passé ses vacances ici, à profiter des glaces au bord de mer et du soleil brûlant, pendant que, au même âge, dès que le temps virait à la pluie – tous les jours ou presque – j'exhumais une cassette vidéo sur laquelle ma grand-mère avait enregistré *Jumanji*.

— J'adore venir ici, dis-je, le nez collé à la vitre.

— Tu adores surtout les crêpes en bord de plage, rectifia Enzo aussitôt.

— Ne te moque pas : je suis ton alibi quand tu as une fringale à 23 heures !

— Je ne savais pas que vous faisiez ça ! intervint Stan.

— C'est notre moment, à Enzo et moi, répondis-je. Il m'offre une crêpe, on marche le long de la plage, j'enroule mon bras autour du sien et pendant une petite heure je suis jalousée par toutes les filles de la ville.

— Je booste son ego, s'esclaffa Enzo en me désignant du pouce.

— Et vous parlez de quoi ? s'enquit Stan, avec curiosité.

— Enzo parle de voitures. Et je fais comme si j'y comprenais quelque chose en hochant la tête et en m'extasiant quand il dit des mots comme « incroyablement génial », « prodigieux » ou « dernière innovation en termes de turbo ».

Via le rétroviseur, je vis Enzo sourire largement, avant de secouer la tête. Il avait tenté de m'expliquer plusieurs fois le fonctionnement du moteur à explosion. En vain. Les voitures ne me passionnaient pas.

Je me décalai sur le siège et m'avançai pour être plus près de Stan. Enzo me jeta un regard perplexe.

— En vrai, il ne me laisse pas en placer une, avouai-je à Stan.

— Vraiment ?

— La dernière fois qu'il m'a posé des questions sur mon travail, il a blêmi quand j'ai parlé épisiotomie et forceps.

Stan éclata de rire, pendant qu'Enzo, feignant l'ignorance, demeurait stoïque, les yeux rivés sur la route et les mains soudées au volant. Je ris à mon tour, observant l'extrémité de ses oreilles passer au rouge flamboyant.

— Ce que je fais lui fout la trouille, expliquai-je. Alors tant qu'il parle voitures, il ne me laisse pas l'occasion de lui parler de mes derniers accouchements.

— C'est intime, se défendit Enzo.

Nos rires redoublèrent, et je savais que Stan et moi étions en train de replonger dans le même souvenir. Enzo était baraqué et immense. Sa stature était impressionnante et il savait parfaitement gonfler ses muscles pour éloigner n'importe qui.

Oui, Enzo était un colosse.

Un colosse qui hurlait de terreur à la vue d'une goutte de sang.

Alors évidemment, quand j'étais encore étudiante et que je lui parlais de mes stages pratiques, de mes patientes et des pathologies auxquelles j'étais confrontée, Enzo était aussi horrifié que moi, devant une carte, armée d'une boussole. Sa frayeur était l'objet de nos plaisanteries les plus mauvaises.

— Je n'irai plus manger une crêpe avec toi, décréta Enzo, en boudant.

Après presque cinq minutes de fou rire incontrôlable, Enzo se gara dans l'allée de la villa des parents de Julien. La pelouse était parfaitement tondue, les branches des arbres fruitiers flottaient au gré du vent et la villa trônait, splendide, avec son porche courant tout le long de la façade, sa piscine ombragée, bordée de bains de soleil, son bardage en bois vieilli et ce balcon, à l'étage, qui donnait sur l'océan. À chaque fois, j'étais émerveillée.

Ce n'était pas qu'une villa pour nos vacances, c'était notre port d'attache, la gardienne de nos souvenirs et, accessoirement, l'endroit où j'avais appris à faire des cocktails.

— Prête pour un premier bain ? demanda Stan, alors que je franchissais la porte de ma chambre, en face de la sienne.

— À ton avis ?

À peine avais-je ouvert ma valise, que j'entendis les premiers plongeons dans la piscine. Je me changeai aussi vite que possible, enfilai mes lunettes de soleil, et, sans prendre le temps de ranger quoi que ce soit, je me précipitai vers le jardin, dévalant les marches comme une enfant de cinq ans. Ce premier plongeon était une tradition... Tradition qui générait des photos, qui tapissaient un coin de mur dans la chambre de Julien et qui dévoilaient autant nos déboires orthodontiques que notre amitié complice.

Je traversai le salon, slalomant entre l'imposant canapé en tissu beige et les fauteuils moelleux bleu marine, franchis la baie vitrée, décelant les cris enthousiastes de mes meilleurs amis, avant de sentir la pelouse sous mes pieds. Je galopai jusqu'à l'eau, me débarrassai de mes lunettes en les jetant au sol et plongeai avec plaisir dans la piscine. Quand je réémergeai, Diane était près de moi, juchée sur le dos de Julien, pendant que Stan profitait du soleil, flottant paresseusement sur le dos.

— Bière ?

Perdue dans mes pensées et me régalant de l'eau, la voix d'Enzo me fit presque sursauter. Assis au bord de la piscine, avec ses lunettes de soleil, il tendit une bouteille à Stan avant de me questionner du regard. J'acquiesçai et remontai au bord de la piscine pour m'y asseoir. Les yeux clos, je savourai la chaleur du soleil sur ma peau, devinant, aux remous de la piscine, que mes amis s'y agitaient. Je ne pus m'empêcher de sourire en entendant Diane crier - c'était tellement rare - pendant que Julien riait aux éclats. Je terminai lentement ma bière, appréciant chaque seconde de mes vacances. Près de moi, Enzo lança de la musique.

Quand je rouvris les yeux, Enzo était dans l'eau, tentant de faire couler Julien, tandis que Diane avait récupéré un matelas gonflable et bronzait. Je me penchai légèrement en arrière, devinant quelques gouttes d'eau rouler sur ma peau, tout en fredonnant la chanson qui perçait des haut-parleurs.

— Tu comptes virer écrevisse dès le premier jour ? m'interrogea Stan en me rendant mes lunettes de soleil.

— On ne vit qu'une fois, marmonnai-je en les glissant sur mon nez.

— Ton sens des responsabilités est parti en vacances aussi ?

— J'ai déjà tout vécu avec vous, que pourrait-il m'arriver de grave ? l'interrogeai-je.

J'entendis le clapotis de l'eau, avant de sentir des mains effleurer mes mollets. Je fronçai des sourcils, remuant mes orteils, imaginant Enzo ou Julien en train de faire les idiots.

— J'aime bien, continua Stan.

— Tu aimes bien quoi ?

— Ce côté insouciant.

Je me redressai, trouvant Stan debout dans l'eau, parfaitement face à moi. Ses lèvres se retroussèrent dans un petit sourire. Je connaissais Stan depuis suffisamment longtemps pour savoir quand il préparait un mauvais coup. Aussi, quand il tendit la main vers moi, je virai carrément méfiante.

— On devrait faire un pacte, proposa-t-il avec sérieux.

— Un pacte ? Je suis déjà amie avec toi, Stan. Tu m'as vue vomir et je t'ai vu en train de pleurer devant *Toy Story*. On n'a pas besoin d'un pacte, on est déjà suffisamment liés comme ça ! soulignai-je en abaissant doucement mes lunettes.

— Si, si. Un truc qui dit qu'on n'aura aucun regret sur ce qu'on fait cet été.

— Tu ne veux pas d'un pacte ! Tu veux un alibi pour te faire toutes les filles du coin et lancer autant de jeux à boire que possible.

— Je veux qu'on se sente libres, Eileen.

À nouveau, il tendit sa main et m'encouragea d'un sourire à l'accepter. Confiante, je réajustai mes lunettes et acceptai sa main. À l'instant où nos paumes se touchèrent, je compris mon erreur. D'un geste vif, Stan me tira en avant. Je poussai un cri de surprise, mes fesses glissèrent le long de la margelle, et je terminai dans l'eau avec la grâce d'un éléphanteau, maudissant autant Stan que ma naïveté.

Il s'enfonça dans l'eau avec moi, avant de nous ramener à la surface, son bras autour de ma taille et mes lunettes accrochées à mes cheveux.

— Pourquoi je te fais confiance ? criai-je, entre deux rires.

— Aucun regret.

— Aucun regret ? T'es sûr ?

L'instant suivant, je bondissais sur lui, tentant, de toutes mes forces, de l'enfoncer dans l'eau. Nous bataillâmes quelques instants, sous les rires de nos amis. Je bus la tasse dix fois, pendant que Stan, en sa vertu d'ancien nageur, parvenait, entre deux fous rires, à se faufiler partout et à m'attirer sous l'eau systématiquement.

Alors que je me débattais contre Stan, mon dos contre son torse, ses bras fermement accrochés à ma taille, prêts à me faire voler dans les airs pour mieux finir dans l'eau, une ombre apparut au-dessus de l'eau.

— Vous auriez pu m'attendre pour faire la fête !

Je relevai les yeux vers le jardin, découvrant Amélie, fraîchement arrivée. Nos cris de joie couvrirent la musique. Le sourire d'Amélie s'élargit : elle avait toujours aimé être le centre de l'attention. Elle nous fit un petit signe de la main, façon grande diva évaporée. Puis, elle lâcha sa valise, retira ses chaussures et, sans prendre la peine d'enlever sa robe, elle avança en direction de la piscine avant de s'y jeter, avec un sens de la performance qu'elle seule maîtrisait.

Cette fois, les vacances pouvaient vraiment commencer.

Le jour où Eileen a pris une retenue

Stan
Octobre 2013

— C'est ici ? fit une voix féminine.

Je relevai les yeux de mon bloc-notes, découvrant une silhouette fine, camouflée par une chevelure imposante. Presque rousse. Très bouclée. Assez spectaculaire en fait. Son regard vert émeraude trouva le mien.

— Pour la colle, c'est ici ? répéta-t-elle.

Je hochai la tête distraitement, pendant que mes yeux s'arrêtaient sur son jean noir, agrémenté d'une broderie de fleurs qui s'enroulait autour de sa jambe gauche. Avec sa chemise bleue à carreaux, elle donnait l'impression d'avoir mélangé cinq looks différents pour en créer un nouveau.

Amélie finirait par lui mettre le grappin dessus, songeai-je avec un sourire.

— Je suis en retard, je me suis perdue dans les couloirs, grogna-t-elle.

— C'est bien ici, oui.

Ma voix était enrouée et donnait la sensation qu'on venait de me tirer du sommeil. Je me redressai, passai les doigts dans mes cheveux hirsutes et, d'un geste de la main, je lui indiquai la chaise sur ma gauche. Elle réajusta son sac à dos en tirant sur la bretelle et, dans un soupir agacé, ignorant la centaine d'autres places disponibles, s'installa près de moi.

— Première colle ? l'interrogeai-je.

— Première de toute ma vie, dit-elle, dents serrées.

— Il faut un début à tout.

— Tu es… tu es du genre habitué ? s'enquit-elle en se penchant vers moi.

Sa voix était si basse, que, pendant une seconde, je crus qu'elle me confiait un secret honteux et intime. Je retins un rire, tandis qu'elle rougissait et se redressait sur sa chaise, droite comme un I, les yeux rivés sur la porte.

— La rumeur dit que cette salle va bientôt porter mon nom, plaisantai-je, sans masquer la pointe de fierté dans ma voix.

— Génial. Assise à côté d'un récidiviste, marmonna ma voisine.

Elle jeta un coup d'œil à l'horloge installée au-dessus de la porte et laissa échapper un soupir sonore. Je secouai la tête, me retenant de rire à nouveau. Elle se perdit dans la contemplation des murs vert amande, maculés de trous et de taches. Sûrement que la peinture datait d'au moins trente ans.

— Et on est censé faire quoi ? demanda la nouvelle venue.

— La plupart du temps, le prof qui t'a collé te donne un devoir inspirant. Du genre « Qu'est-ce que le respect ? » ou « Expliquez en quoi le travail enrichit l'âme ».

— J'ai été collée en maths, lâcha-t-elle en haussant un sourcil incrédule.

— Tu as Perez ?

À la seule mention du nom de sa prof de maths, son visage se referma et son corps tout entier se tendit. Je risquai un sourire. Perez était intraitable, exigeante et passablement injuste.

— C'est une peau de vache, repris-je. Doublée d'une garce grincheuse.

Près de moi, la nouvelle écarquilla les yeux, avant de vérifier, d'un mouvement de tête frénétique et inquiet, si nous étions toujours seuls. Je me mis à rire, conscient d'avoir près de moi l'incarnation de la bonne élève, terrifiée à l'idée d'être prise en flagrant délit d'accointance avec un récidiviste.

— Il y a des micros sous la table, expliquai-je.

La nouvelle arbora un teint de cendre et, même si elle se pencha pour vérifier, je vis nettement ses mains parcourir le dessous de sa table, parsemé de chewing-gums aussi vieux que notre prof décati de latin, pour s'assurer que je mentais. J'éclatai de rire, avant de tendre ma main vers elle.

— Stanislas, dis-je. Stan.

Elle fronça des sourcils, jeta un œil à ma main toujours tendue, avant de la prendre prudemment dans la sienne.

— Eileen, murmura-t-elle. C'est le prénom de mon arrière-grand-mère. Elle était irlandaise, expliqua-t-elle spontanément.

— On en est déjà aux confidences ? la taquinai-je en libérant sa main.

Pour la première fois depuis son entrée dans la salle, je vis un sourire éclairer son visage. Il était discret et fugace, mais j'eus la sensation d'avoir gagné accidentellement un prix prestigieux. Je parvins à capter son regard noisette, parsemé d'éclats verts. Même si son sourire s'était estompé, ses yeux trahissaient son amusement.

— La majorité des gens posent la question, dit-elle après quelques instants. J'anticipe.

— Ça ne compte pas, répondis-je.

— Ça ne compte pas ?

— Non. J'ai le droit à une vraie question. Pas un truc à la con comme l'origine de ton prénom.

Un sourire furtif flotta une fois encore sur ses lèvres, et ses yeux pétillèrent à nouveau. J'étais un peu impressionné. La plupart des filles, dans les couloirs du collège, baissaient les yeux en me croisant ; en classe, dès que j'avais l'audace de capter un regard, même par hasard, elles me fuyaient.

— Quoi alors ? demanda-t-elle.

Ses yeux étaient verrouillés aux miens, confiants, déterminés, avec cette lueur de défi que je ne découvrais que maintenant. J'avais sous-estimé Eileen dès qu'elle était entrée dans cette pièce : cette fille rangée, polie et qui désirait rester dans le rang cachait de l'audace et une pointe de mystère.

— Ne te laisse pas avoir, cria une voix qui résonna dans toute la salle avec un insupportable écho.

D'un même mouvement, Eileen et moi pivotâmes sur nos chaises pour découvrir Amélie et Julien, remontant la rangée de tables vides pour me rejoindre. Amélie, coiffée de son éternelle et longue queue-de-cheval blonde, s'assit devant moi, observant Eileen avec curiosité, pendant que Julien prenait place derrière moi.

— Vous êtes collés aussi ? les interrogeai-je.

— Je le suis, annonça Julien en levant la main. Amélie m'a suivi par solidarité.

Amélie leva les yeux au ciel, pendant que Julien remontait ses lunettes sur son nez. Un silence inattendu s'installa, et Amélie me jeta un coup d'œil, avant de désigner Eileen d'un geste du menton.

— Je vous présente Eileen. Première colle de sa vie. Nouvelle, ajoutai-je en lui adressant un sourire.

— Enchanté. Julien, déclara mon ami avec un hochement de tête heureux.

— Ravie, murmura-t-elle.

— Eileen. Ça vient d'où ? demanda Amélie.

J'échangeai un sourire complice avec la nouvelle venue. Amélie venait de démontrer ce que Julien et moi savions depuis longtemps : elle était prévisible. Du coin de l'œil, je la vis détailler la tenue d'Eileen et je savais déjà que sa prochaine question porterait sur son look.

— C'est le prénom de mon arrière-grand-mère irlandaise, expliqua la nouvelle avec patience.

À nouveau, nous échangeâmes un sourire, puis elle haussa un sourcil, comme pour mieux me faire remarquer qu'elle avait raison. Je levai les mains devant moi, admettant mon erreur. Combien de fois dans sa vie avait-elle dû balancer cette explication ?

— Jolie broderie, fit Amélie. Ça a dû te prendre du temps.

— J'ai passé l'été sur une île bretonne, quasiment coupée du monde, je n'avais que ça à faire pour être honnête.

Je scrutai le visage d'Eileen. Une fois de plus, ses yeux parlaient pour elle, semblant détenir des secrets. C'était comme plonger dans une insondable énigme. Dès que la nouvelle lâchait une bribe d'information, j'avais envie de lui poser une salve de questions. Sûrement l'attrait de la nouveauté au milieu de ma routine.

— Nouvelle, hein ? fit Julien. Parents fraîchement divorcés ? Ou peut-être une mutation ? Ou alors, tu...

— Ce n'est pas du tout son genre, le coupa Amélie.

— Le genre de quoi ? s'enquit Eileen, avec curiosité.

— Le scénario 3, répondis-je.

Les yeux d'Eileen passèrent de Julien à Amélie, pour revenir sur moi. Amélie se montrait parfois sèche, voire brutale. Ce n'était qu'une façade : Amélie gardait les gens à distance, ne s'attachant qu'à un tout petit nombre d'élus de son cercle. Avoir ses parents professeurs dans l'établissement que nous fréquentions devait sûrement y être pour beaucoup. Elle détestait ce collège et ne rêvait que de le quitter au plus vite.

— Je n'en suis pas si sûr, dis-je finalement. Le scénario 3 pourrait très bien lui convenir.

Eileen plongea son regard dans le mien, et l'ombre d'un sourire amusé accrocha ses lèvres. Subtil, fugace, volatile. Tandis qu'Amélie n'était qu'affirmation bouillonnante et énergique, Eileen, elle, semblait être un nuancier de calme, mâtiné d'ironie.

Elle nous observa, un à un, attendant patiemment qu'on fournisse la réponse à sa question silencieuse. Subitement, son visage s'éclaira et elle laissa un rire lui échapper.

— Je ne me suis pas fait virer de mon ancien collège, dit-elle avant de rire à nouveau.

— Tu vois ? Je te l'avais dit, me lança Amélie. C'est une fille sage.

Nouvel éclat de rire de la part d'Eileen. Je l'accompagnai volontiers, désormais convaincu que son allure lisse et bien élevée n'était bien qu'une couche de vernis superficielle sur sa véritable personnalité.

— J'aime bien les filles sages, reprit Amélie, avant de se présenter officiellement.

— Ravie, répondit Eileen, avant de jeter un coup d'œil à l'horloge. Personne ne vient jamais vérifier que nous sommes bien présents ?

— Ils viennent à la fin de l'heure, répondis-je. Donc, c'est quoi ton excuse ?

— Mon excuse ?

— Personne ne déboule en cours d'année dans un collège privé sans un motif précis, répondit Julien.

— On en est déjà aux confidences ? m'interrogea-t-elle.

— C'est la coutume. Ensuite, on fait une petite danse rituelle pour sacraliser l'instant.

— Évidemment, répliqua-t-elle en riant. Mon père a été muté…

— Ah, scénario 1 : classique, la coupa Amélie.

À la moue contrariée d'Eileen, je compris que le scénario 1, dans son cas, n'était peut-être pas aussi simple. Elle repoussa une mèche de cheveux derrière son oreille et baissa les yeux vers le petit bureau qu'elle occupait. Son changement d'attitude me surprit.

— Muté en Indonésie. Avec ma mère, ils ont préféré que je reste ici.

Son aveu effrita nos sourires. Nous ne voyions plus que le profil d'Eileen, mais cela nous suffit à percevoir sa peine. Je n'avais jamais été particulièrement proche de mes parents, mais seulement imaginer qu'ils me laissent ici pour aller vivre à des milliers de kilomètres m'attristait.

— Tu vis seule ? demanda Amélie, entre curiosité et envie.

— Avec ma grand-mère. Elle a un appartement à deux rues d'ici, c'était le collège le plus proche, donc… me voilà !

Elle tourna son visage vers nous, un sourire heureux plaqué sur les lèvres. À nouveau, je trouvai son regard, y lisant tout ce qu'Eileen voulait cacher : sa tristesse, son incompréhension et sa solitude. Débouler dans un collège privé, où tout le monde ou presque se connaît depuis la maternelle, en cours d'année, loin de ses parents, ne devait pas être simple à gérer. Mais, évidemment, Eileen ne s'écartait jamais beaucoup de son rôle de fille rangée. Elle encaissait, sans rien dire.

— Pour combien de temps ? demandai-je.

— Normalement, ils reviennent dans deux ans. Normalement, répéta-t-elle dans un murmure, comme pour mieux s'en convaincre.

Nous restâmes silencieux pendant quelques secondes, un peu gênés d'avoir été aussi intrusifs alors que nous nous connaissions à peine.

— Personnellement, je n'ai rien contre l'idée d'exiler mes parents en Indonésie, lâcha finalement Amélie. Je pense que je peux boucler des valises en moins de deux heures.

— Tu te sous-estimes. Tu peux sûrement les faire en une heure, répondit Julien dans un rire.

Du coin de l'œil, je vis Eileen esquisser un bref sourire. À mon tour, je me surpris à rire, imaginant Amélie garnir des valises à la va-vite. Je ne doutais pas de son efficacité. J'en doutais encore moins quand il s'agissait de gagner son indépendance.

— Par quoi je ne devais pas me laisser avoir ? demanda finalement Eileen.

Je laissai Julien et Amélie prolonger leur discussion animée et changeai de place pour m'asseoir devant la nouvelle. Je m'installai à califourchon sur la chaise et, avant même que je puisse poser ma question, Eileen m'interrompit.

— C'est un truc de drague ? s'inquiéta-t-elle.

— Non, pourquoi ?

— Pour savoir.

— Tu es dans ta phase « pas de mecs avant mes seize ans » ?

— Pas du tout. Juste… disons que tu n'es pas trop mon genre.

Elle risqua un coup d'œil vers Amélie. Sans même la voir, je savais que cette dernière se retenait de rire. Mes relations avec les filles étaient un sujet infini de blagues au sein de notre petit groupe. Apparemment, si j'en croyais mes amis, j'étais une sorte de fantasme sur pattes pour la population féminine du collège. J'aurais certainement pu en profiter et devenir un tombeur, mais je préférais passer mon temps à lire des livres de cuisine et à faire semblant de comprendre ce que me disait Enzo, quand il me parlait d'alternateur et de culasse.

— Je voulais juste dissiper un éventuel malentendu, reprit Eileen.

Près de moi, j'entendis Amélie et Julien rirent franchement de notre échange. Je les ignorai, me concentrant sur la nouvelle, plongeant dans son regard étincelant et malicieux. Je passai une main dans mes cheveux, camouflant ma vexation. Je ne voulais pas la draguer, mais apprendre que je n'étais pas son genre était, tout de même, un peu décevant.

Évidemment – et je n'aurais pas dû en être surpris – Eileen ne faisait rien comme les autres.

— Stan a l'habitude qu'on lui coure après, expliqua Amélie.

— Mais il court encore plus vite que les filles, ajouta Julien.

La nouvelle fronça des sourcils, puis, en une seconde, son regard s'éclaira. Pour une raison incompréhensible, son changement brutal, passant de la confusion à la jubilation, m'alarma.

— Tu es le Stan des toilettes ? demanda-t-elle, les yeux brillants.

Je baissai la tête, abattu. En deux minutes, Eileen venait de coller deux uppercuts à mon ego et je n'étais pas certain de pouvoir m'en relever rapidement. Près de nous, les rires de Julien et d'Amélie redoublèrent. Quand je me redressai, Eileen me fixait toujours, avec une curiosité digne d'une exploratrice en terres inconnues.

— Je n'arrive pas à y croire, gloussa-t-elle. Tu es le Stan des toilettes.

— Oui, en effet, avouai-je.

— Le Stan. Celui dont on entoure le prénom avec des cœurs et tout... je me demandais si c'était un mythe ou... en même temps, j'aurais dû m'en douter, dit-elle en secouant la tête.

Je risquai un sourire. Peut-être que je n'étais pas son genre, mais elle pouvait tout de même être sensible à mon physique, celui que la majorité des filles trouvait avantageux. Mon ego, pas totalement K-O, se relevait péniblement pour un ultime round.

— Stanislas n'est pas un prénom très courant, expliqua Eileen.

Et là, comme ça, mon ego déclara forfait, terrassé par une fille énigmatique et hermétique à mon charme dévastateur. Amélie et Julien s'étouffèrent de rire, pendant qu'Eileen se pinçait les lèvres, prenant conscience de sa gaffe.

— C'est vrai, admis-je, d'une voix blanche.

— Je l'adore ! décréta Amélie. On va devenir amies, assura-t-elle.

— Alors, cette question ? me lança Eileen.

Un silence s'installa, et j'eus la sensation d'être scruté par les trois autres. Eileen attendait que je réponde, Amélie guettait sa réaction et Julien semblait compter les points. Je savais déjà qu'il préparait son compte rendu pour Enzo. Je repris mon souffle et plantai mon regard confiant – du moins ce qu'il en restait – dans le sien. Un sourire se dessina sur ses lèvres et, peut-être parce qu'un rayon de soleil perçait par l'une des fenêtres au même instant, je pris conscience qu'Eileen était belle.

Ni mignonne, ni charmante, ni adorable. Belle. Son regard énigmatique, sa peau diaphane, ses sourires complices, la manière même dont elle repoussait ses cheveux derrière son épaule : la plupart des gens n'y auraient vu que de la banalité, quand j'y voyais de la grâce et de la délicatesse.

— Tu fais quoi samedi soir ? l'interrogeai-je.

— Tu m'invites à sortir avec toi ? s'exclama-t-elle. Bordel de merde, les filles des toilettes vont me maudire. Je vais retrouver mon prénom entouré de dessins horribles.

Grâce et délicatesse, donc. Elle barra sa bouche d'une main. J'espérais qu'elle était plus effrayée par les conséquences imaginaires et terrifiantes d'être en couple avec moi... que d'être en couple avec moi. À nouveau, j'entendis Amélie et Julien rirent, égratignant encore un peu plus ma confiance en moi.

— Pas vraiment, en fait, répondis-je.

— Tant mieux, répliqua Eileen visiblement soulagée. Je m'en voudrais de ruiner les espoirs d'autres filles. Et puis, tu ne me plais pas vraiment.

— Tu l'as déjà dit, rétorquai-je, dents serrées.

Je ne savais pas pourquoi je m'acharnais autant. Eileen continuait de mitrailler mon ego, déjà bien abîmé, hermétique aux rires de mes amis. Malgré tout, ma curiosité prenait le pas sur mes contrariétés successives. J'aimais sa naïveté et sa spontanéité, même si ces dernières se retournaient contre moi.

— En revanche, repris-je, tu ne m'as toujours pas dit ce que tu faisais samedi soir.

Son regard se braqua sur Amélie et Julien, comme pour vérifier que je n'étais pas un tueur en série, sévissant les samedis soir de pleine lune.

— Vous savez que le bizutage est illégal, n'est-ce pas ? s'inquiéta-t-elle.

— Pourquoi imagines-tu les scénarios les plus tordus quand je te pose une question ? demandai-je.

— Les plus tordus ? répéta-t-elle, sans comprendre.

— Eh bien le bizutage, lui expliquai-je en décomptant avec mes doigts. Et puis, sortir avec moi semblait aussi te terrifier.

— Tu es le Stan des toilettes, dit-elle calmement. Sortir avec un type dont le nom est gravé au moins vingt fois sur la porte des toilettes est un peu flippant. Et puis, ce n'est pas un peu cliché, la nouvelle qui sort avec la star pour laquelle toutes les filles mouillent leurs culottes... ?

Amélie éclata de rire et se leva de sa chaise pour étreindre Eileen. Cette dernière, stupéfaite, demeura immobile, pendant que j'observais la scène, incrédule. Amélie, la fille la plus distante et froide au monde, se trahissait en devenant chaleureuse et tactile.

— Tu es officiellement des nôtres, s'exclama avec enthousiasme Amélie, avant de se rasseoir.

— Mouillent leurs culottes ? répétai-je, partagé entre effroi et hilarité.

— Mouillent leurs culottes, oui, déclara-t-elle, avec sérieux. Si tu savais ce qu'elles racontent sur toi, c'est obscène. Ou dégradant, j'hésite.

— Personnellement, je n'ai rien contre l'obscène ou le dégradant, intervint Julien.

Je passai une main sur mon visage, me sentant subitement sali et utilisé. Je ne sortirais pas indemne de cette salle, je le savais maintenant. Il y aurait un avant et un après ma rencontre avec Eileen.

— Tu viens avec nous samedi soir, décréta Amélie. On peut faire ça chez toi, Julien ?

— Mes parents sont partis pour le week-end, annonça-t-il.

Je me tournai vers lui, avec un large sourire. Les parents de Julien avaient une maison immense, dotée d'une cuisine spectaculaire et parfaitement équipée. J'adorais cuisiner chez eux. Avec des parents régulièrement absents, leur maison était devenue notre point de ralliement.

— Attendez, attendez, on est censés faire quoi samedi soir ? intervint Eileen, paniquée.

— Manger, répondis-je. Manger un truc si bon que tu finiras par en mouiller ta culotte.

Chapitre 3

Stan

Cela faisait cinq bonnes minutes que je regardais Diane, en pleine lutte, sans merci, avec la poêle. Les sourcils froncés, sa chevelure brune coincée dans une pince, habillée d'une salopette courte en jean, elle tirait la langue, s'appliquant à verser de la pâte à pancakes. Entendant le grésillement que cela provoqua, je secouai la tête. La poêle était surchauffée et l'appareil, trop saisi, prenait une couleur brunâtre. Après cinq tentatives, j'eus autant pitié de Diane que de notre petit déjeuner.

— Tu me laisses faire ? demandai-je.

Elle sursauta de surprise et tourna un visage soulagé vers moi. Elle repoussa la poêle sur le plan de travail et leva les mains en signe de défense.

— Je t'assure que j'ai suivi ta recette à la lettre, lança-t-elle.

J'entrai dans l'immense cuisine des parents de Julien. Rénovée il y a deux ans, elle était parfaitement équipée et rutilante : un piano six feux, un four à vapeur, un robot pâtissier et un plan de travail assez grand pour que je puisse m'y allonger et piquer un roupillon. C'était ma pièce préférée de cette maison, parce que sa baie vitrée coulissante donnait sur la terrasse, et plus loin, sur l'océan.

Je vérifiai la qualité de la pâte. Elle était parfaitement lisse, et la texture était suffisamment épaisse pour ne pas se déliter à la cuisson.

— Tu as toujours été une bonne élève, affirmai-je en souriant.

— C'est vrai. J'ai repris mes notes de l'an dernier, quand tu nous avais fait un cours magistral. Le lait tiédi, les œufs frais, le beurre salé, franchement, j'ai fait exactement la même chose que toi.

— Je sais, Diane. Tu es la seule à m'écouter avec attention. Où sont les autres ?

— Sur la terrasse. Enzo est parti courir, pendant que Julien et Eileen élaborent le planning travaux. Oh ! Julien a fait du café.

Je levai un sourcil, plus que dubitatif. Julien était incollable sur le fonctionnement d'une pompe à morphine, sur l'histoire des échographes et pouvait vulgariser le fonctionnement d'un scanner, mais, pour une raison qui nous échappait à tous, il était incapable de dompter la machine à expresso dernier cri de ses parents.

— Julien a fait du café, répétai-je, aussi épaté que si on m'avait annoncé ma migration prochaine sur Mars.

— Il est bon, assura Diane.

Elle avait tendance à voir le verre à moitié plein en permanence, à défendre l'indéfendable et à trouver des circonstances atténuantes à tout le monde. La plupart du temps, c'était mignon ; dans le cas de Julien et de son café, c'était surtout malhonnête.

— Diane, je sais que tu es bonne élève, et que tu es bien élevée.

— Mais...

— Donc, ce n'est pas parce qu'il nous héberge ici à chaque vacance qu'il faut enjoliver la vérité. Julien est un mec bien, mais il ne sait pas faire le café. L'humanité s'en remettra plus vite que nos estomacs.

— J'ai goûté son café, Stan. Il était parfait, vraiment.

— Diane, je sais que tu es du genre à défendre la veuve et l'orphelin, mais ce que fait Julien avec le café est criminel.

— Ses parents ont une nouvelle machine à grain, il suffit de suivre les instructions sur l'écran, m'expliqua-t-elle en pointant du doigt ladite machine.

Comme pour prouver ses dires, elle se dirigea vers un des meubles hauts, en sortit un mug et, après quelques bips de la machine, du café coula dans la cafetière. J'observai le liquide noir d'un œil suspect, mais le parfum me rendit finalement optimiste.

— Il faut croire que certains changent, fit une voix féminine derrière moi.

Nous pivotâmes vers Amélie, et je pris conscience que j'avais presque oublié que nous étions toujours en froid. Du moins, elle était en froid, tendance période glaciaire. Amélie offrit un sourire avenant à Diane, puis, l'instant suivant, j'eus le droit à un regard dur et à la sensation d'une brise glaciale roulant sur ma nuque.

Elle me détestait. Alors que le reste du groupe pensait qu'elle se calmerait pour préserver nos vacances et l'ambiance, Amélie s'en fichait, prenant un grand plaisir à m'envoyer sur les roses systématiquement.

Trois semaines.

Trois longues semaines. Et nous n'en étions qu'au premier matin.

— Tu veux un café ? proposa Diane, consciente du malaise silencieux dans la pièce. Stan allait faire des pancakes.

— Avec plaisir pour le café. Jamais été fan des pancakes.

Sa voix claquait comme un désagréable coup de fouet. Elle voulait me punir pour notre histoire courte et désormais terminée. Pour autant, je ne me sentais coupable de rien : nous nous étions embarqués dans cette relation sans même en discuter, comme si une forme d'évidence avait dû nous guider. C'était une erreur, dès le début, j'avais compris que notre relation était construite sur des non-dits et un fantastique malentendu. Y mettre un terme était vite devenu une urgence.

Depuis cette rupture, Amélie s'était transformée en un iceberg ambulant, trimbalant ses copines, froideur et animosité, partout avec elle et les dirigeant systématiquement contre moi. C'était insupportable : non seulement parce que je refusais d'être considéré comme le seul fautif, mais surtout parce que cela déstabilisait l'ambiance de notre petit groupe.

Elle darda son regard colérique sur moi, me faisant soupirer lourdement.

— Amélie, tu n'es pas obligée d'être...

— Je ne m'oblige à rien, Stan. À vrai dire, j'y prends beaucoup de plaisir.

— À me pourrir la vie ?

— En effet.

— Tu te rends compte que nous sommes tous ici en vacances ?

Amélie se contenta de sourire, énigmatique, avant de se diriger vers la machine à café. Dans un silence réfrigérant, elle s'empara de la verseuse et remplit un mug. Diane m'adressa un regard désolé, et je haussai les épaules. Je ne pouvais rien faire : me taire lui donnait raison, lui répondre revenait à jeter de l'huile sur le feu. Je m'appuyai contre le plan de travail, bras croisés, prêt à subir une nouvelle offensive.

— De toute façon, je n'ai pas prévu de passer tout mon temps à la maison, reprit-elle après avoir bu une longue gorgée de son café.

— Oh ! tu es en période créative ? l'interrogea Diane.

— Un peu. Je veux surtout m'amuser un peu. Voire beaucoup, si j'ai de la chance et si possible, pas seule !

Amélie coula un regard vers moi. Je me contentai d'esquisser un sourire : Amélie, notre grande diva, à tendance excentrique était aussi une grande séductrice. Il n'y avait aucun doute qu'elle trouverait aisément un partenaire de soirée et de nuit. Mieux, je le lui souhaitais : cela lui permettrait peut-être d'oublier sa vendetta envers moi.

— Tu as toujours su très bien t'entourer, s'amusa Diane.

— Presque toujours, corrigea-t-elle.

Elle porta son mug à ses lèvres, mais son regard sombre pétillait de jubilation. Elle saisissait toutes les occasions possibles pour me renvoyer dans les cordes. Je résistais à l'envie de lui répondre, gardant les mâchoires serrées à m'en faire mal.

— D'ailleurs, j'ai prévu de sortir dans la semaine, on fera un truc tous ensemble ?

— Avec plaisir, s'exclama Diane, enthousiaste. Avec un peu de chance, je finirai par rencontrer quelqu'un, moi aussi.

— Je te prêterai une de mes robes, promit Amélie.

— J'y compte bien. Il faut absolument porter du Amélie Russo dans sa vie, n'est-ce pas ?

Deux ans auparavant, Amélie était parvenue à atteindre un de ses rêves : voir ses créations en vente en magasin. Ce n'était qu'une capsule – quelques pièces, en nombre limité –, mais cela avait suffi à la faire connaître dans le petit monde fermé de la mode. Elle travaillait depuis sur de nouvelles créations, avec une préférence marquée pour les robes.

— Où sont les autres ? demanda finalement Amélie.

— Sur la terrasse, répondis-je. Ils s'occupent de la liste de courses.

— Et du planning des travaux, ajouta Diane.

Amélie grimaça, et j'eus la certitude absolue que nous étions en train de penser à la même chose : nous ne voulions pas finir en binôme. Enfin, j'étais prêt à faire l'effort, mais endurer pendant une matinée entière sa mauvaise humeur et sa rancœur me pesait déjà. Connaissant Julien et Eileen, qui avaient à cœur que le groupe retrouve de la sérénité, j'étais certain qu'ils avaient comploté pour me me mettre en duo avec Amélie, espérant ainsi que cela apaiserait nos tensions. Saisissant l'urgence de la situation, Amélie se réfugia à nouveau dans son mug. Je la connaissais suffisamment pour savoir qu'elle cherchait un prétexte pour échapper à un binôme forcé de travaux.

— Je... je vais aller les rejoindre sur la terrasse, dit-elle finalement.

— Dis-leur qu'on arrive ! Normalement, Stan doit s'occuper de mon problème de pâte à pancakes !

— Ce n'est pas la pâte le problème, intervins-je avec un sourire.

— Sacrebleu, si la pâte n'est pas le problème, c'est donc que le problème vient de moi ? m'interrogea Diane.

J'eus à peine le temps de voir les lèvres d'Amélie se retrousser.

— Avec Stan, le problème vient forcément des autres.

À ce rythme, je finirais les vacances avec une collection de balles sifflantes. Je m'étais promis de ne pas réagir, de ne pas rentrer dans son jeu. Mais c'était ce qu'elle voulait. À entendre le silence autour de nous, je savais qu'elle attendait patiemment que je la reprenne.

J'avais suffisamment ruminé.

— On ne va pas pouvoir jouer à ce petit jeu pendant toutes les vacances, dis-je, d'un ton sévère.

— Et pourquoi pas ? s'exclama-t-elle.

— Parce que nous sommes tous ici en vacances. Et parce que je ne mérite pas tout ça. Si tu ne veux plus me parler, fais-le, mais, s'il te plaît, cesse de balancer des bombes partout où je marche.

Le silence, déjà plombant, était désormais étouffant. Nous étions tous les trois dans cette cuisine, parfaitement figés. Pendant un instant, j'envisageai que ma plaidoirie ait ruiné les vacances et notre amitié.

— Je fais ce que je veux, Stan. C'est bien ça que tu voulais, non ?

— Ne me fais pas porter la responsabilité de toute cette histoire, Amélie.

— Tu as rompu, tu es responsable.

— Il fallait que l'un de nous deux ait le courage de rompre. On était en train de tout ruiner ! ripostai-je, agacé.

— Parce que tu n'étais pas à la hauteur, rétorqua-t-elle.

Cette bombe-là... Cette parfaite, perfide et violente bombe me fit un mal de chien. Parce que, parmi toutes les vacheries made in Amélie, celle-ci était vraie. Je n'avais pas été à la hauteur, ni d'elle, ni de notre amitié. C'était aussi pour cette raison que j'avais rompu : je ne supportais plus de voir de la médiocrité dans les détails de notre relation. Nous méritions mieux.

— Je vois que tu n'es pas surpris, continua mon ex-petite amie.

— Amélie, tu devrais peut-être rejoindre..., commença Diane, d'une voix douce.

— Tu n'es pas surpris, parce que tu n'es jamais à la hauteur, Stan.

Je regrettais maintenant d'avoir répondu. Sa dernière remarque m'avait refroidi jusqu'aux os. Ce ton glacial masquait mal son amertume ; et moi, je luttais pour me composer un visage neutre. Amélie pouvait m'attaquer sur tout et n'importe quoi – notre relation avortée, notre rupture, mes erreurs, mon attitude –, mais elle savait parfaitement où viser pour faire mal. Et là, la plaie était à vif, la douleur intense.

Elle quitta la cuisine, laissant dans son sillage un courant d'air glacé et un silence de plomb.

Je croisai le regard désolé de Diane, qui avait eu le bon sens de ne pas intervenir dans notre dispute. Malgré l'animosité entre Amélie et moi, le groupe avait pris la sage décision de rester neutre, tentant parfois de nous rabibocher, sans jamais prendre parti.

— Elle a sûrement besoin de se détendre et sera moins contrariée d'ici quelques jours, me rassura Diane.

— Elle est contrariée depuis plusieurs mois. Je ne crois pas que du repos change quoi que ce soit.

— Du repos, non. Un galant, oui.

— Un galant ? répétai-je, en me retenant de rire.

— Un galant, oui. Un vrai, un type courtois, attentionné et aimable, qui lui fera la cour et qui finira par lui faire oublier son ire.

— Diane, on est au XXIe siècle. Ce dont Amélie a besoin, c'est de la faire la une de *Vogue* !

— Je croyais que le sexe était le remède à tout ?

— Entièrement d'accord !

La voix rugissante d'Enzo nous fit nous retourner. Brillant de sueur, un large sourire aux lèvres, il approcha de nous avec une pointe de malice dans le regard. Diane et moi savions déjà qu'il avait une mauvaise idée derrière la tête, du genre nous entourer de ses bras énormes pour mieux coincer nos têtes sous ses aisselles puantes.

— Je vais le distraire en parlant de nourriture, soufflai-je à Diane.

— Et je pourrai prendre la poudre d'escampette !

J'acquiesçai et pris le saladier de pâte à pancakes entre mes mains. Enzo ne résistait jamais à la nourriture. Parfois, même, cela passait avant les femmes.

— Diane a fait de la pâte à pancakes, tu en veux ?

Il hocha la tête, pendant que Diane s'échappait par le salon, m'adressant un petit signe de la main pour me remercier. Je sortis une nouvelle poêle, allumai le feu et étalai un peu de préparation quand elle commença à chauffer. Ma diversion ne dura pas assez longtemps. Enzo se plaça derrière moi et colla son corps humide et nauséabond contre mon dos, puis il frotta mon crâne avec son poing dans un rire gras.

— Si tu allais plutôt te servir un café, proposai-je, en retournant un premier pancake.

Il me libéra et, à mon grand soulagement, il se dirigea vers la machine. Il s'empara de la verseuse, avant de se tourner vers moi, les sourcils froncés.

— Attends, qui a fait ce café ? s'inquiéta-t-il.

— Julien.

Il reposa la verseuse sur son support et dégaina un jus de fruits du réfrigérateur. Après avoir bu une gorgée, et alors que j'en étais à la cuisson de mon troisième pancake, Enzo s'esclaffa :

— Comme si j'allais boire le café de Julien !

Je retrouvai toute la troupe sur la terrasse, penchée sur la liste des menus de la semaine. Ce n'était qu'indicatif : la majorité du temps, nous pique-niquions sur la plage le midi, et, le soir, on optait pour des grillades et de la salade. Néanmoins, en vertu de mon statut de cuisinier de la bande, je bénéficiais de deux créneaux au choix pour tester mes recettes.

— Enzo nous a parlé de tes pâtes au piment, lança Eileen avec un sourire.

— Oh ! et de ton clafoutis croustillant aux cerises, renchérit Julien.

— Dès que j'ai mon restaurant, je demande à Enzo de faire ma publicité, répondis-je. Merci de votre confiance.

— À mon avis, Enzo va être tranquille quelque temps, marmonna Amélie.

Le groupe resta silencieux. En une phrase, Amélie venait de plomber l'ambiance et de remuer le couteau dans une plaie profonde. Je pris la liste de courses. Je devais sortir de cette maison et m'éloigner d'Amélie : le supermarché était une distraction comme une autre.

— Qui vient avec moi ? demandai-je.

— J'inaugure les travaux avec Amélie, indiqua Julien. On doit emballer les livres et recouvrir quelques meubles.

— J'ai des coups de fil à passer pour le boulot, s'excusa Enzo. Des pièces détachées d'une vieille Porsche à récupérer.

— Je t'accompagne, proposa Diane. Laisse-moi le temps d'enfiler un truc plus élégant.

Elle portait une robe en lin noire, parfaitement repassée, rehaussée d'un liseré argenté, tandis que deux strass ornaient les fines bretelles. De mon point de vue, c'était déjà trop habillé pour un petit déjeuner.

— Tu es déjà sur ton trente et un, assurai-je.

— Arrête, cette robe a au moins cinq ans, elle est toute dépenaillée.

À l'instant où je laissais échapper un rire, je vis Julien et Eileen camoufler leurs visages dans leurs mains. À la façon dont leurs épaules bougeaient, je savais qu'ils riaient.

La seconde suivante, Enzo s'esclaffa à son tour, accompagné par Amélie.

Diane, interdite, nous dévisagea un à un, avant de comprendre.

— Dépenaillée, c'est ça ? demanda-t-elle.

Nos rires redoublèrent, au point que des larmes me montèrent aux yeux. Nous ne nous moquions pas d'elle. Au contraire, nous étions presque admiratifs qu'une fille aussi brillante et parfaitement éduquée qu'elle ose frayer avec des gens comme nous - sûrement qu'elle nous aurait qualifiés de va-nu-pieds. Son ton décalé et désuet la rendait charmante, et donnait l'impression qu'elle était naïve.

Elle ne l'était pas. Diane était la plus fine d'entre nous et avait su, à la fois, utiliser son talent vocal et son don pour la discussion pour percer dans l'art lyrique.

Je croisai le regard d'Amélie, hilare et détendue. Après des mois de guerre froide, c'était génial de retrouver nos mécanismes habituels.

— Et ta robe est superbe, hoqueta Amélie, entre deux rires. Inutile de te changer.

— En revanche, vu que je viens avec vous, c'est moi qui vais me changer, lança Eileen, en tirant sur son débardeur élimé, avant de s'éclipser.

— Je vais afficher le planning des travaux sur le réfrigérateur, annonça Julien.

— Je te suis, dit Amélie, après un nouveau regard dans ma direction.

Je risquai un sourire. Ce fou rire nous avait fait du bien, mais je doutais qu'il suffise.

Enzo engouffra un pancake entier dans sa bouche, tirant une grimace de dégoût à Diane. Sans lui demander son avis, il prit son verre de jus de fruits et le vida d'un trait, marmonnant un « merci » à peine intelligible.

Je m'emparai de la liste de courses, ajoutant quelques articles.

— Ça ira ? demanda Diane en approchant de moi.

— Je rajoute juste deux ou trois trucs.

— Je ne parlais pas de la liste. Julien m'avait prévenue que c'était compliqué, mais je ne m'attendais pas à autant... de colère.

— Ça ira, ne t'inquiète pas.

Je tentais de m'en convaincre. Encore plus depuis la scène dans la cuisine. Trois semaines. On avait trois semaines de vacances, qui ressemblaient à du sursis. Si nous ne parvenions pas à apaiser notre relation pendant cette période, nous pourrions tirer un trait définitif sur notre amitié.

— Tu es à la hauteur, Stan.

Diane planta son regard sincère dans le mien. La gorge serrée, je me contentai d'acquiescer. Parce que Diane était discrète, pesant chacun de ses mots avant de les dire, cette marque de confiance me touchait d'autant plus.

— Tu l'es vraiment, précisa-t-elle. Tu es un ami précieux pour tout le monde. Sans toi, je ne serais sûrement pas ici avec vous.

— Tu m'as giflé quand on s'est rencontré, lui rappelai-je.

— Je préfère me souvenir de ce que tu as fait après. Je suis fille unique, Stan. Quand je suis avec vous, j'ai enfin l'impression d'avoir une famille.

Nous échangeâmes un sourire complice, qui nous replongea dans les souvenirs de notre rencontre mouvementée au coin d'une rue. Ému, je pris Diane dans mes bras et déposai un baiser sur son front.

— Merci, murmurai-je.

Elle entoura ma taille de ses bras, et cette étreinte suffit à me convaincre que ces vacances se passeraient bien.

— Et merci pour le fou rire, ajoutai-je en m'écartant d'elle. Dépenaillé, vraiment...

— Ça aura eu au moins le mérite de tous vous faire rire. Donc je ne m'excuserai pas.

— Ne t'excuse pas. Et, s'il te plaît, ne change pas, soufflai-je.

Un raclement de gorge interrompit notre échange. Eileen était là, tout sourire, vêtue d'une robe à fleurs à bustier.

— J'interromps quelque chose ? s'inquiéta-t-elle.

— Juste une étreinte amicale. Maintenant que je vous regarde toutes les deux, c'est moi qui ressemble à un pouilleux !

— Tu es Stan des Toilettes, me rappela Eileen. Ça permet tout !

— On y va ? demandai-je en prenant les clés de la voiture.

Eileen passa son bras sous celui de Diane et se dirigea vers l'allée principale. Je leur emboîtai le pas, restant à distance, entendant leurs rires, sans vraiment saisir leurs conversations. Je savais que ces courses allaient durer des heures, qu'elles iraient à la parfumerie pour acheter du shampooing à la noix de coco, qu'elles finiraient au rayon chaussures pour trouver « la » paire de sandales idéale pour l'été et qu'elles attireraient tous les regards masculins.

Je les connaissais par cœur et je m'estimais chanceux.

Eileen déverrouilla la voiture, avant de me tendre les clés.

— J'ai toujours aimé l'idée d'avoir un homme à mon service, expliqua-t-elle, avant de monter sur le siège passager.

— Celui qui conduit choisit la musique, lui rappelai-je.

— J'ai saccagé ta playlist il y a deux mois, Stan. Tu te souviens ?

— Tu as mis quoi sur sa playlist ?

— C'était l'anniversaire de ma grand-mère. Elle est en maison de retraite et n'a plus toute sa tête. Mais, dès que tu mets un air de musette, elle se lève de son fauteuil roulant et oublie son arthrose.

— J'ai donc un best of des chansons françaises à l'accordéon, résumai-je, tout en lançant le premier de la liste.

Dans le rétroviseur, pendant que, près de moi, Eileen riait à gorge déployée, je vis Diane dodeliner de la tête. Je poussai un profond soupir : je n'aurais pas dû être surpris. Quand il s'agissait de musique, Diane trouvait de l'intérêt dans tout, du hard rock le plus acide aux chansons folkloriques auvergnates, en passant par le disco. Je montai le son et sortis la voiture de l'allée principale. Dans la rue, je baissai la vitre, captant le regard médusé des passants, tandis que des bribes d'accordéon s'échappaient de l'habitacle.

J'enfilai mes lunettes de soleil, affichai mon sourire le plus large et saluai d'un mouvement de tête, les vieilles dames éblouies sur mon passage.

Diane, Eileen et de l'accordéon.

Cela suffit à me faire oublier Amélie, son amertume, mon inquiétude et notre mésentente.

Cela suffit à me convaincre que j'allais passer de très bonnes vacances.

Le jour où Diane a chanté

Julien
Novembre 2015

— Voilà pourquoi je déteste les vacances de la Toussaint, maugréai-je, frigorifié.

— Tu dramatises, répondit Eileen en rabattant sa capuche sur sa tête. C'est juste un peu de pluie !

— Il pleut depuis trois jours, lui fis-je remarquer. Et on marche depuis une heure pour trouver un cadeau d'anniversaire pour Amélie, j'ai les pieds trempés, râlai-je.

— C'est vrai qu'on aurait pu prendre une carte cadeau, intervint Enzo.

— C'est nul, une carte cadeau, répondit Eileen. On peut sûrement faire mieux, un truc plus personnel.

— Facile, on signe la carte, plaisanta Stan.

Eileen secoua la tête. Malgré sa capuche, les pointes de ses cheveux étaient humides. Le bas de son jean était trempé, mais nous étions venus ici dans le but de trouver un cadeau d'anniversaire pour Amélie, et Eileen était suffisamment butée pour ne jamais abandonner. Elle menait la marche, déterminée, s'arrêtant devant chaque vitrine de magasin, pendant qu'avec Stan et Enzo nous restions à distance, condamnés à la suivre.

— Un vêtement ? lança Enzo.

— Un vêtement ? Pour Amélie ? Enzo, c'est comme si je t'offrais des balais d'essuie-glace ou un porte-clés !

— Un livre ? proposai-je en repérant une librairie. Genre les mémoires de Saint-Laurent ou la biographie de Dior ?

— Julien, tu peux faire mieux que ça, non ? Ce n'est pas parce qu'Amélie est férue de mode qu'on doit lui offrir quelque chose en rapport avec ça !

— Elle a pris un 2 en maths, on lui offre un manuel ? plaisanta Stan.

Eileen le fusilla du regard et, en solidarité avec Stan, Enzo et moi fîmes profil bas, les yeux rivés sur nos chaussures trempées. À ce rythme, on finirait avec un rhume et une Eileen en mode valkyrie.

— C'est son anniversaire. Essayons de trouver quelque chose qui lui fera plaisir !

— Le numéro de Lucas ? proposai-je.

— La tête de la prof de maths au bout d'une pique ? lança Stan.

— Une ligne de crédit chez Balenciaga ? suggéra Enzo.

— Je précise : quelque chose qui lui fera plaisir et qui est accessible. D'ailleurs, ajouta Eileen, elle a déjà le numéro de Lucas. Pourquoi pas un bijou ?

Elle désigna une boutique de créateurs sur notre droite. Je jetai un coup d'œil vers Enzo et Stan. Nous connaissions très bien Amélie et nous l'adorions. Mais lui faire un cadeau ressemblait à une épreuve atroce. Nous avions seize ans : les seules femmes à qui nous offrions quoi que ce soit, c'était nos mères. Et la plupart du temps, ça finissait par un bouquet de fleurs.

— Ça vous va ? insista Eileen.

Devant notre silence confus, elle leva les yeux au ciel. Embarrassé, je finis par hausser les épaules. Je ne supportais plus la pluie et j'aurais juré que j'étais en train de perdre deux ou trois orteils à cause du froid et de l'humidité. M'aurait-elle proposé d'acheter un tas de cailloux ou du fromage en tranches, que j'aurais trouvé l'idée formidable.

— C'est ça ou de la lingerie ! nous provoqua Eileen.

— Un bijou, ça sera très bien, répondit Stan précipitamment.

Il jeta un œil furtif vers la boutique de lingerie, et la mortification se peignit sur son visage. Un livre, un caillou ou un fromage : on pouvait acheter tout ça en passant inaperçu. En revanche, quatre ados, dont trois garçons – avec Enzo qui faisait la taille d'un menhir – dans une boutique de lingerie, c'était l'affiche garantie.

— Elle pourrait aimer la lingerie, remarqua Enzo.

Je me contentai de lui donner un coup d'épaule, espérant le faire taire. Si lui était parfaitement à l'aise avec les filles et la lingerie, c'était loin d'être mon cas. Un seul regard d'une vendeuse et j'aurais fini en cendres après une combustion spontanée.

— Pas de lingerie, fit Stan, interrompant mes réflexions.

— J'aime bien la lingerie, moi, répondit Enzo.

— C'est un cadeau pour elle, pas pour toi, rétorqua Stan. Et ça serait trop… bizarre de lui offrir ça !

— Eileen a dit qu'il fallait lui faire plaisir, objecta Enzo.

— Donc, quand elle va ouvrir son cadeau et qu'elle va découvrir de la lingerie, tu seras parfaitement à l'aise ? demandai-je à Enzo.

Il haussa les épaules, comme si, pour lui, offrir de la lingerie ne signifiait rien. Au fur et à mesure de cette conversation, mon cerveau faisait le lien. Choisir de la lingerie, l'acheter, demander un paquet cadeau, le donner à Amélie et, fatalement, imaginer ensuite Amélie avec ladite lingerie sur elle. J'en frissonnai d'effroi. Personne ne doit imaginer ses amis en lingerie, ça détruit une part nécessaire de mystère.

— Allons à la bijouterie, lança Stan, déterminé. C'est moins…

— Dangereux ? finis-je pour lui.

Il acquiesça, et la pluie s'intensifia, nous forçant à accélérer le pas vers la boutique. Eileen menait la troupe, longeant les murs pour s'abriter. Je profitai qu'elle soit un peu éloignée pour me pencher vers Stan.

— Tu crois vraiment qu'Amélie met… de la lingerie ?

— Je ne crois rien, éluda Stan.

J'attendis qu'il reprenne la conversation, pendant qu'un flot d'images à la fois inédites et dégoûtantes envahissait mon esprit. Amélie était mon amie, une fille, celle avec qui je riais de la prof de maths et qui posait sa tête sur mon ventre quand nous allions lézarder au parc.

Amélie. Blonde, belle, drôle et... parfaitement habillée. Malgré tout, en passant devant la vitrine de la boutique de lingerie, je me surpris à tourner la tête : des soutiens-gorge en dentelle fines des culottes en soie noire, et je m'étouffai presque en découvrant des jarretelles.

— Très joli, commenta Enzo avec un large sourire.

— On parle d'Amélie, lui rappelai-je.

— C'est une fille, Julien. Tu crois qu'elle ne met pas déjà ce genre de choses ?

Sa remarque me laissa sans voix. Pour Enzo, il ne s'agissait que de vêtements usuels et nécessaires. Pour moi, c'était surtout embarrassant et lourd de sous-entendus. Amélie et Eileen étaient nos amies, et cela suffisait à les exclure de cette partie graveleuse de mon cerveau.

— Est-ce que toi aussi tu l'imagines avec... enfin sans... enfin, non, je veux dire avec de...

Stan enroula sa main autour de ma nuque, me coupant dans mon questionnement.

— Notre petit Julien est tout chamboulé, se moqua-t-il.

— Tu ne voulais pas y aller non plus, lui fis-je remarquer.

— Certes, mais je ne suis pas en train de découvrir qu'Amélie a des seins. Mais nous sommes ses amis et elle voudra sûrement quelque chose qu'elle pourra garder longtemps.

— C'est vrai, admis-je.

Cet aveu ne suffisait pas à endiguer les effets de mon imagination productive. Apparemment, j'étais le seul à m'en émouvoir. Pour Enzo, en bon dragueur invétéré, cela devait ressembler à de la routine, et Stan, lui, savait encaisser n'importe quelle émotion sans frémir.

— Tu l'as déjà vue en maillot de bain, non ? demanda Stan. C'est pareil, Julien. Cesse de t'affoler et trouve-toi une fille !

— Les garçons, si vraiment la lingerie vous intéresse, je vous donnerai mes mensurations, cria Eileen derrière nous.

Comme un seul homme, nous nous tournâmes vers elle. Même s'il pleuvait et que les passants étaient rares, elle avait parlé suffisamment fort pour nous afficher. Enfin, nous... pas Enzo qui riait à gorge déployée. Nous quittâmes la vitrine pour rejoindre Eileen de l'autre côté de la rue.

La bijouterie était grande et décorée de rouge et de touches de noir. Des spots éclairaient les petites vitrines. Enzo s'intéressa aux montres, pendant que je déambulais, perdu entre les colliers et les pendentifs. Plus loin, Stan et Eileen discutaient, pointant de l'index certaines vitrines. Ils avaient l'air de savoir quoi faire, quand moi, je me demandais pourquoi on n'achetait pas simplement un livre ou des entrées au musée de la mode.

Après quelques minutes, nous nous retrouvâmes tous les quatre devant une vitrine.

— Et pourquoi pas des boucles d'oreilles ? suggéra Enzo.

— Parce que Amélie va avoir dix-sept ans et qu'elle n'est pas ta mère, répondit Stan.

— Chaque bijou a une signification, expliqua la vendeuse.

— À moins que tu veuilles offrir une bague ? me provoqua Enzo.

— Ce qui démontrera votre attachement et votre engagement, continua la vendeuse.

— On s'est dit qu'un bracelet irait, indiqua Eileen, me sauvant d'une nouvelle vague d'embarras.

— Parfait, oui ! m'exclamai-je.

La vendeuse nous présenta un nombre impressionnant de modèles : grandes mailles, en or, en argent, fin, à breloques, à pendentifs. Eileen et Stan semblaient très attentifs, pendant qu'Enzo et moi, en pleine souffrance, espérions sortir de cette boutique au plus vite.

Notre choix se porta finalement sur un bracelet fin, avec, en son centre, le symbole de l'infini. Sans Eileen, nous n'y serions pas parvenus.

— Ça lui rappellera les maths, ironisai-je alors que la vendeuse emballait notre cadeau.

— Tu vois, c'est exactement pour ça que tu n'as pas de copine, répondit Enzo.

— Peut-être que je n'ai pas besoin de collectionner les filles, rétorquai-je.

— Je ne parle pas de collection, je parle d'une fille, jeune padawan. Tu vis comme un moine !

— Tu devrais arrêter de l'emmerder, intervint Stan.

J'étais à deux doigts de le remercier de son intervention amicale, quand il ajouta :

— Notamment si tu veux qu'on retourne dans la villa de ses parents l'été prochain. Julien est un grand romantique, il tombera un jour sur une fille et ça sera *la* fille.

— Et je trouve ça très touchant, dit Eileen en me tendant le cadeau d'Amélie. N'écoute pas un mec qui n'est même pas capable de retenir le nom de sa dernière conquête, m'encouragea-t-elle.

Elle m'embrassa furtivement sur la joue et sortit du magasin, notre mission fièrement accomplie. Nous la suivîmes à distance, et Enzo se pencha vers moi.

— Passer pour le mec bien : excellent plan drague, s'exclama-t-il.

— Je ne drague pas Eileen, lui répondis-je, les dents serrées.

— J'espère bien, répondit Stan.

Sans me laisser le temps de répondre, il sortit de la bijouterie, retrouvant Eileen dans la rue. Nous l'imitâmes, heureux de constater que la pluie avait cessé. Après nous être arrêtés pour acheter des cafés et des chocolats chauds, nous remontâmes la rue vers la place principale.

Nous parlions de nos projets pour la soirée, débattant du meilleur choix entre pizzas et burgers, quand Stan percuta brutalement une fille avec un long manteau vert. Son café au lait se déversa sur elle, de longues coulées maculant le tissu et gouttant sur ses chaussures.

L'instant suivant, alors que nous étions tous sous le choc de l'impact et des dégâts, la jeune femme gifla Stan avec une force déroutante. Sonné, il posa la main sur sa joue. Nous restâmes muets, sidérés.

— Vous êtes un mufle ! lança la fille, les yeux brillants de colère.

— Désolé, je...

— Doublé d'un malotru !

Elle portait un chignon serré, si serré que je me demandais comment elle parvenait à parler. Sa peau semblait tirée et ses expressions figées. Elle avait sûrement notre âge, mais en paraissait dix de plus : un mélange de contrariété et d'attitude glaciale.

— Je suis vraiment désolé, répéta Stan. Donnez-moi votre numéro et je vous rembourserai le pressing !

Stan avait l'air aussi embarrassé qu'elle était furieuse. Je regardais son manteau, possiblement ruiné. Il était élimé et déformé par les années. Un des boutons menaçait de lâcher, quand une des poches était légèrement décousu. Ce manteau vivait ses dernières heures, et Stan venait de lui porter le coup fatal.

Après réflexion, la jeune femme hocha la tête et accepta de prendre le numéro de Stan. Elle demeura froide et indifférente, pendant qu'il s'excusait encore et lui proposait même de lui offrir un café.

— Je n'ai pas le temps, souffla-t-elle.

Elle braqua ses yeux noirs sur moi un court instant et un frisson inexplicable me parcourut. L'ombre d'un sourire flotta sur ses lèvres, et elle finit par reporter son attention sur Stan.

Elle disparut aussi vite qu'elle était apparue, traversant la place à grandes enjambées, pendant que je suivais sa silhouette des yeux. Stan frotta sa joue avec une grimace et jeta son gobelet désormais vide dans la poubelle.

— C'était... violent, commenta Eileen. Tu es sûr que ça va ?

Elle vérifia la joue de Stan et lui tendit son gobelet pour qu'il vole une gorgée de son chocolat. Le téléphone d'Enzo sonna, et il s'éloigna pour prendre la conversation. Je fixais toujours la jeune femme qui finit par s'immobiliser de l'autre côté de la place. Je laissai Eileen et Stan ensemble, et m'écartai.

Cette fille avec son chignon et son air guindé attisait ma curiosité. Au-delà de sa colère, il y avait une lueur de détermination et de fierté dans son regard qui me plaisait.

En pleine rue, elle retira son manteau taché, laissant apparaître un jean et un pull en laine blanche. Elle ouvrit son sac et en sortit un bonnet qu'elle posa au sol.

— Julien ?

La voix d'Eileen me parvint à peine. J'avançai de quelques pas, tentant de mieux distinguer ses traits. Et, soudain, elle se mit à chanter. Sa voix, puissante et haute, captait déjà des passants et semblait se répercuter sur les murs autour d'elle. Sa voix parfaite associée à cet écho superbe vibrait tout autour de nous.

— C'est quoi, ça ? fit Enzo en revenant vers moi.

— La fille, répondis-je.

Je n'avais aucune idée de comment nous étions arrivés à nous rapprocher d'elle. Nous avions sûrement traversé la place, Eileen m'avait certainement parlé, et Stan avait probablement fait un commentaire sur son nouveau destin de martyr de la baffe. Mais nous étions arrivés devant elle, parmi le public improvisé qu'elle avait attiré et qui l'écoutait religieusement.

Elle chanta pendant dix minutes, un chant puissant et qui me colla la chair de poule. De l'opéra, certainement. En tout état de cause, un morceau suffisamment émouvant pour lui tirer une larme lors des dernières secondes. Quand elle se tut, il y eut un instant parfait et suspendu où le silence régna. À croire que le temps s'était arrêté.

Puis, nous applaudîmes, fort et longtemps, conscients qu'elle nous avait fait un cadeau magnifique. Quelques passants laissèrent des pièces dans son bonnet, et son regard balaya la foule pour s'arrêter sur notre petit groupe. Je lui fis un petit sourire, espérant en recevoir un en retour.

En guise de réponse, elle détacha ses longs cheveux et les étala sur ses épaules.

— Putain de merde, c'était quoi, ça ? lâcha Enzo près de moi.

— Elle chante, répondit Eileen.

— Non, c'est plus que chanter.

Parce que écouter quelqu'un chanter ne vous donnait pas cette sensation de légèreté, de joie intense et de sérénité. Après quelques minutes, la fille se lança dans un nouvel air, plus joyeux que le premier et qui me fit même oublier mes pieds humides. Quand elle eut terminé, ce fut le même rituel : le court silence de stupéfaction, puis les applaudissements de gratitude et, enfin, les quelques pièces dans son bonnet.

La foule se dispersa, et la fille ramassa son couvre-chef. Elle approcha de nous et, sans rien dire, attrapa le menton de Stan pour vérifier sa joue.

— Je survivrai, affirma ce dernier avec un sourire.

— Je m'en doute. C'était un réflexe, expliqua-t-elle.

— C'était très beau, déclara Eileen.

— Merci. Ça me permet de me faire un peu d'argent. Les gens ne sont pas habitués au chant lyrique, ça attire toujours un peu les foules.

Son regard accrocha le mien et, à nouveau, je sentis un frisson me parcourir. Je ressemblai sûrement à un chien mouillé et bougon, et elle, jolie et brillante, rayonnait. Elle finit par m'adresser un sourire timide et je baissai les yeux : elle me collait le vertige.

Je passai les minutes suivantes à l'observer à la dérobée. Eileen et la fille parlèrent avec animation, mais je ne parvins pas à suivre la conversation. Nous finîmes par nous séparer, et je me fustigeai d'être aussi stupide. Je ne comprenais pas pourquoi, mais j'avais envie de la retenir, j'avais envie de lui poser mille questions et de l'entendre chanter encore et encore.

Nous retraversâmes la place, mes pensées éparpillées et contrariées. La voix de la fille résonna à nouveau. Elle s'était remise à chanter avec une voix vibrante d'émotions contenues.

Et soudain, comme pris de frénésie, j'abandonnai mes amis, fis demi-tour et courus jusqu'à elle. En me voyant arriver, sa voix s'éteignit progressivement.

— Désolé, m'excusai-je, autant pour elle que pour son public.

— Tes chaussures couinent, me signala-t-elle.

— On fait une soirée ce soir. Pizza, si Enzo gagne et burger si c'est Eileen... tu devrais venir. Oh ! Julien, dis-je pour me présenter en tendant la main dans sa direction.

— Julien, j'ai giflé l'un de tes copains.

— Tout le monde a son histoire.

— Diane, fit-elle avec un large sourire.

Après lui avoir donné mon numéro et pris le sien, je retournai vers mes amis, le cœur en fête. Je savais déjà que j'allais subir les moqueries de Stan et d'Enzo. Mais tout ce qui tournait en boucle dans ma tête, c'était qu'avec mes chaussures qui protestaient contre la pluie j'avais obtenu le numéro de la fille.

La fille.

Chapitre 4

Eileen

— Tu sais ce que j'aime le plus quand je fais la cuisine avec toi ? demandai-je à Stan.

— Moi ? répondit-il, tout en montant des blancs en neige.

— Qu'on puisse goûter les préparations.

Je plongeai mon index dans le crémeux au citron, gémissant de plaisir en sentant l'acidité du fruit et la douceur de la crème se mêler, pour couler dans ma gorge. Cuisiner avec Stan était mon péché mignon estival. Le reste de l'année, j'avalais des plats préparés sur le pouce et mangeais au milieu de la nuit ou au petit matin. Une fois par mois, prise de culpabilité et dans un accès de bonne conscience, j'allais au supermarché où j'achetais quantité de fruits et de légumes... qui finissaient invariablement par flétrir, faute d'avoir été accommodés.

Ici, avec Stan, je retrouvais le plaisir de cuisiner et de manger de vrais aliments.

— Je pensais que tout tenait à mon délicieux sens de la conversation, répliqua Stan.

— Ton délicieux sens de la conversation ? répétai-je en me retenant de rire. Tu m'as aboyé dessus il y a cinq minutes à cause du beurre !

— À cause du beurre brûlé, rectifia-t-il.

— Certes. Mais j'aime quand même cuisiner avec toi.

— Donc, si ce n'est pas pour ma conversation fine et délicate... ah, je sais. Mon physique de rêve ?

Il m'offrit un sourire dévastateur, de ceux qui étaient capables de générer une onde de choc et changeaient votre vision du monde. Stan était beau. Beau à subir les commentaires jaloux de mes camarades de classe au lycée, puis à éprouver les commentaires graveleux de mes collègues de l'hôpital. Un athlète accompli, un cuisinier hors pair, des yeux bleus envoûtants, une voix grave un peu éraillée, une barbe de trois jours qui couvrait une mâchoire parfaitement dessinée : les fées avaient été généreuses au berceau.

Et tout le long de sa vie, puisque Stan n'avait subi ni les affres de l'acné ni celles de l'orthodontiste. Honnêtement, au tout début de notre amitié, j'avais été un peu jalouse de cette avalanche de chance. Au bout de quelques mois, j'avais pris conscience que tout cela lui pesait : on le prenait pour un séducteur et donc pour un idiot. Les filles lui couraient après, sa mère le plaçait sur un piédestal, ses coachs en natation lui prédisaient une carrière... cette pression était intense et continue. Le groupe et la cuisine étaient devenus ses exutoires.

— Ton silence est vexant, reprit-il, alors que j'étais perdue dans mes réflexions.

— Tu as besoin de compliment ? demandai-je avec un sourire.

Il haussa les épaules, me laissant juste entrevoir que son sourire s'était estompé. Stan n'était pas un saint. Il avait eu des histoires avec des tas de filles. La plupart du temps, sans lendemain. Et, quand cela durait, Stan finissait par culpabiliser de devoir choisir entre nous et la fille avec qui il sortait.

Et il y avait eu Amélie. Amélie, qui résolvait l'équation insoluble du choix entre nous et la fille. Cela n'avait pas duré. Si Amélie et Stan étaient amis de longue date, devenir amants avait été une erreur.

Erreur que Stan payait, d'après moi, un peu trop fort désormais.

Il battait toujours les œufs, pensif. Le dos tourné, même sans voir son visage, je savais qu'il était attristé. Nous avions passé beaucoup de temps ensemble, ces derniers mois.

— Amélie est difficile, mais avec les vacances, elle finira par trouver un autre centre d'intérêt.

— Je sais. C'est juste que je refuse qu'elle ruine les vacances de tout le monde. Je me fiche qu'elle passe son temps à me rappeler à quel point elle me déteste. Mais je ne veux pas de dommages collatéraux, soupira-t-il. Je m'en veux déjà suffisamment.

— Elle ne ruine rien, le rassurai-je. Et elle ne te déteste pas.

— Ce n'est pas ce qu'elle laisse entendre.

— Elle s'en remettra.

— Elle, oui. J'ai encore des doutes sur notre amitié.

J'avais les mêmes doutes que Stan. Amélie finirait par cicatriser de leur rupture et de leur histoire. En revanche, leur amitié vacillait et, même si nous faisions notre possible pour rester éloignés de leur animosité, nous subissions, nous aussi, les remous de leur séparation.

— On ne fait pas une croix sur une amitié de presque dix ans comme ça, repris-je, avec assurance.

— Je le sais. Mais, ça sera différent, maintenant.

— Elle finira par passer à autre chose. Et si elle ne le fait pas, rien ne t'empêche, toi, de le faire. Peut-être que ça suffirait à calmer la situation.

Stan pivota vers moi, puis secoua la tête. Ma théorie était fumeuse, je pouvais bien l'admettre, mais Amélie ruminait et la situation était passée de tendue à intenable. Assister à leurs échanges tout en refusant de prendre parti pour l'un ou pour l'autre était usant.

— Stratégie de la terre brûlée ? s'enquit Stan.

— Peut-être. Peut-être que ça la sortira de sa spirale négative. Trouve-toi une fille, qui acceptera de te partager avec nous tous, pas totalement éblouie par ton physique, suffisamment cinglée pour sortir avec toi, et qui sera assez indulgente pour rire à tes blagues.

Stan éclata de rire et abandonna ses blancs en neige pour se tourner totalement vers moi, s'appuyant sur le plan de travail.

— Qui acceptera de me partager avec vous tous ? s'esclaffa-t-il.

— C'est le premier prérequis, soulignai-je, tout en prenant une cuillère pour m'offrir une nouvelle dégustation du crémeux au citron.

Stan me regarda faire, un petit sourire aux lèvres. Il semblait avoir retrouvé le moral. Vu que nous devions dîner tous ensemble ce soir, j'en étais ravie.

— Et, évidemment, ajoutai-je, la bouche pleine, il faut qu'elle aime ta cuisine.

Je repris une cuillerée de crémeux, les yeux clos, bénissant le jour où j'avais rencontré Stan. Ce crémeux aurait même pu me rendre pleine de gratitude envers la prof de maths.

— C'est une fiche de poste très ambitieuse, lança Stan.

— Bah, tu mérites mieux que la première venue !

Il me fixa pendant un long moment, pendant que, consciencieusement et avec une gourmande détermination, je ravageais son crémeux.

— Tu te rends compte, bien sûr, qu'il y a au moins deux filles dans cette maison qui correspondent à cette fiche de poste.

— Je doute qu'elles soient intéressées.

— Vraiment ? Et pourquoi ?

— Eh bien, l'une passe son temps à arpenter la planète pour chanter l'amour et ses vicissitudes et sait écrire ce mot : trop brillante pour toi et puis il y a Julien.

— C'est vrai, admit-il. Et l'autre ?

— L'autre sait que tu es Stan des Toilettes : c'est totalement éliminatoire. C'est comme si tout le mystère s'était évaporé.

— Dommage, murmura-t-il.

Il planta son regard dans le mien avant de sourire largement. Je ris doucement à mon tour, reportant mon attention sur la nourriture.

— Tu sais que ce truc est délicieux, dis-je, en pointant le plat avec ma cuillère.

— Je sais. Je vais devoir en refaire, me prévint-il.

— Tu veux me faire sentir coupable ?

— Non. Je vais en faire un peu plus pour te mettre une part de côté. Enfin, si tu me dis pourquoi tu aimes tant cuisiner avec moi ?

— Parce qu'on peut manger en même temps !

À nouveau, je piochai dans le crémeux.

— Et ça, ajoutai-je en me léchant les doigts, c'est vraiment ce que j'aime le plus chez toi !

— J'abandonne ! souffla Amélie avant de s'effondrer sur le ventre sur sa serviette de plage. Elle glissa les mains sous sa tête avant de la tourner vers moi. J'ajustai mes lunettes de soleil et posai le livre que j'étais en train de lire. Mes yeux trouvèrent la partie de beach-volley actuellement en cours. Julien venait de réussir un excellent smash, et Diane n'avait rien pu faire pour sauver le point. Étalée sur le sable, elle riait aux éclats, pendant que Julien et Stan se félicitaient comme seuls les hommes savent le faire : en cognant leurs torses l'un contre l'autre.

Amélie se retourna, épousseta le sable collé sur sa peau, avant de s'asseoir. Elle plissa des yeux en direction du terrain improvisé de beach-volley, avant de retirer les cheveux qui voletaient sur son visage.

— Où en est le score ? demandai-je.

— Enzo et Diane gagnent, je crois. Et Julien et Stan trichent.

Amélie saisit son sac de plage et en sortit une paire de lunettes, digne d'une star hollywoodienne. Puis, elle dénicha son paréo et le noua autour de la taille. Amélie était tout ce que je n'étais pas : glamour, chic et à la pointe de la mode. Elle pouvait assembler deux pièces désassorties au possible et être parfaitement élégante et raffinée ; quant à moi, même en écoutant les conseils des vendeuses et en copiant les looks travaillés en vitrine, je paraissais déguisée.

Cet après-midi, Amélie ne dérogeait pas à cette règle. Elle portait un bikini fleuri, à la coupe vintage qui était sensationnel sur elle ; sur moi, il aurait donné l'impression que ma grand-mère m'avait dépannée d'un de ses vieux maillots de bain.

— Je devrais venir faire du shopping avec toi, soupirai-je.

Amélie abaissa ses lunettes, avant de me détailler des pieds à la tête.

— J'ai cru que tu allais t'entraîner pour le cent mètres dos après la plage, se moqua-t-elle.

— Je n'ai pas eu le temps de me mettre en quête du maillot de bain idéal !

— Tu n'as pas fait de shopping depuis combien de temps ? m'interrogea-t-elle.

— Des mois ! Mais, honnêtement, je passe mes journées en tenue de sage-femme et en sabots. Ce n'est pas comme si je défilais chaque matin dans les couloirs de la maternité.

— Certes. Et quand tu dois te la jouer grande séductrice pour un dîner ?

Je grimaçai et fis mine de m'intéresser au match de volley. Apparemment, j'avais loupé une action remarquable, car Diane et Enzo étaient en pleine danse de célébration, tandis que Stan s'était éloigné du terrain pour récupérer la balle près des vagues. Même d'ici, je remarquai le sourire lumineux et plein de promesse que lui adressait une jeune femme blonde. J'étais presque certaine que son bikini avait rétréci au lavage.

Ou qu'elle l'avait piqué à sa jeune sœur de huit ans.

En tout cas, cette fille, son sourire et son bikini me donnaient envie de brûler mon maillot de bain une pièce, couleur corail. J'étais son parfait contraire : je me sentais ringarde et transparente.

— Mon dernier dîner en tête à tête était un fiasco. Et crois-moi, ça ne tenait pas à mes vêtements !

— On pourra y aller dans la semaine, si tu veux. Je connais quelques boutiques.

— Merci. Après ça, je tenterai de me transformer en grande séductrice.

Amélie étouffa un rire. Ce n'était ni moqueur ni ironique. Je n'avais jamais été une grande charmeuse, à tendance mystérieuse, lançant des œillades avec assurance. Ce n'était pas mon style.

— Tu devrais... te challenger ! proposa Amélie.

— Me challenger ?

— Forcer le destin. Si on met de côté ce maillot de bain... douteux, tu es très séduisante. Tu pourrais accoster n'importe quel type sur cette plage et lui proposer d'aller boire un verre ce soir.

Je dirigeai mon attention sur le sable. Nous étions en plein mois d'août, au soleil, et la plage me paraissait surpeuplée. J'avais l'embarras du choix, entre les pères de famille ingénieurs en château de sable, les jeunes étudiants aux sourires éclatants en passant par les vendeurs de beignets, luisant de transpiration.

— C'est pas trop mon truc, éludai-je en récupérant une boîte de gâteaux dans mon sac.

— Eileen, ce sont les vacances. C'est le moment d'être fantasque et d'oublier de réfléchir. Regarde ce type, là-bas. Grand, brun, athlétique. Il serait parfait pour toi.

— Sûrement, répondis-je en souriant.

D'un geste du menton, elle désigna la cible, affrontant les vagues avec des amis. Je devais admettre qu'Amélie avait raison : il était loin d'être repoussant et, si j'avais eu une once de courage – comme cette fille avec ce bikini étriqué qui parlait en ce moment à Stan –, je serais allée l'accoster.

Je pris un biscuit, avant de tendre la boîte à Amélie.

— C'est l'été, reprit Amélie. Tu as le droit d'être légère et de t'envoyer en l'air avec un type au bord de la plage. À vrai dire, tu peux même le faire avec des types différents chaque soir.

— Autant je peux imaginer de m'amuser avec un mec, autant je ne suis pas une collectionneuse.

— Parce que tu t'attaches, marmonna Amélie, la bouche remplie de biscuit.

Je hochai la tête, parfaitement d'accord avec son analyse. Je m'attachais et, surtout, je ne pouvais pas me contenter d'un physique agréable. J'avais besoin de discuter et d'apprendre à connaître la personnalité de l'autre avant de me lancer dans une relation.

— Du sexe, Eileen. Juste du sexe. Un truc sauvage, débridé, sans conséquence et, surtout, sans lendemain, où aucun mec ne pourra te décevoir.

— Je crois me rappeler ce à quoi ça ressemble, dis-je avec un large sourire.

— Très bonne nouvelle ! J'ai prévu de sortir ce soir, tu viens avec moi ?

— Pour que je t'attende au bar pendant que tu te transformes en chasseresse ? l'interrogeai-je.

— Les hommes aiment être chassés, répondit-elle en nouant ses cheveux dans un élégant ruban en soie. J'ai trois semaines devant moi, je compte bien en profiter. J'ai besoin d'une histoire sauvage et débridée, avec un homme qui comprendra ce dont j'ai besoin.

Son regard se dirigea vers Stan. Il se préparait à servir, souriant largement, sa peau brillant au soleil. Au cours des derniers mois, nous nous étions vraiment rapprochés. Même si j'avais promis d'être neutre vis-à-vis d'Amélie, je ne pouvais m'empêcher de vouloir prendre sa défense.

— Écoute, Amélie, je sais que ça ne me regarde pas vraiment, mais ce qu'il se passe avec Stan...

— Il ne se passe plus rien avec Stan depuis quelque temps, répondit-elle dans un grand éclat de rire.

— Dans ce cas, tu devrais le laisser respirer.

Un silence s'installa, et je pris mon courage à deux mains, espérant que cela aiderait à dénouer le malaise ambiant.

Comme tout le groupe, j'avais besoin de ces trois semaines de vacances, besoin de recharger les batteries, besoin de rire avec les autres, besoin de manger la cuisine de Stan, besoin de repeindre la bibliothèque des parents de Julien... Parce que je n'avais plus qu'eux et que je refusais de voir notre petit groupe se disloquer bêtement.

— Je n'arrive pas à croire que tu le défendes, ricana-t-elle. Il te l'a demandé ?

— Bien sûr que non !

— Alors, ne t'en mêle pas.

— C'est trop tard, Amélie. Peut-être qu'il aurait fallu y penser quand vous avez commencé à sortir ensemble !

— Parce qu'il fallait vous demander la permission ?

À nouveau, elle laissa échapper un rire. Amélie ne cachait pas son amertume mais, maintenant qu'ils avaient rompu, je ne comprenais pas pourquoi elle s'acharnait à être détestable avec Stan.

— Évidemment que non ! rétorquai-je, agacée. Mais peut-être aurait-il fallu penser aux conséquences de votre relation et d'une éventuelle rupture.

— J'imagine que tu as aussi eu cette conversation avec Stan ?

— Il souffre de la situation, répondis-je en portant à nouveau mon regard vers lui.

— Et donc, parce qu'il souffre, tu as décidé que j'en étais la seule responsable ? Stan a toujours su se donner le beau rôle. Il n'a pas été à la hauteur, pendant notre relation et même après. Il n'est juste pas habitué à la contradiction.

Amélie attrapa un magazine de mode dans son sac, marquant ainsi la fin de notre conversation. Je poussai un soupir, cherchant comment nous pouvions sortir de cette impasse.

Nous ne pouvions pas. Seuls Stan et Amélie avaient la solution, et elle semblait s'éloigner de plus en plus. Cela me dévorait de l'intérieur au point que je commençais même à leur en vouloir.

— C'est difficile pour nous de vous voir ainsi, dis-je finalement.

— Rassure-toi, je ne compte pas passer beaucoup de temps à la villa.

— Je ne parle pas de cet été, Amélie. Je parle de vos dix ans d'amitié. Votre histoire est terminée, mais vous étiez amis, avant ça. D'excellents amis.

— Il faut donc croire qu'être d'excellents amis ne suffit pas à devenir de bons amants, répondit-elle, le nez plongé dans son magazine, comme si elle était à distance de toute cette conversation.

— Je ne peux pas croire que tu sois si... dure. Vous avez toujours été là l'un pour l'autre, vous étiez même amis avant qu'on se connaisse.

— Les choses changent, Eileen. Nous sommes amis depuis dix ans, rien ne dit que nous le serons encore dans dix.

Elle tourna son visage vers moi, son regard perçant dans le mien. Elle avait raison. Mille fois raisons. Mais l'entendre me glaça. Nous avions tellement de souvenirs en commun, nos vies étaient si enchevêtrées, qu'envisager de ne plus se voir était inconcevable.

— Diane est en tournée une grande partie de l'année. Enzo gère son garage et va bientôt en ouvrir un second. Julien va devenir médecin... Nos vies prennent des chemins différents et tu ne peux rien faire pour lutter contre ça.

— Je ne veux pas lutter, Am. Je veux qu'on se souvienne pourquoi nous sommes tous amis. Peut-être que ce n'est pas si important que ça pour toi, mais pour moi, comme pour tous les autres, c'est important. Sinon, nous ne serions pas ici tous ensemble.

— C'est important pour moi aussi, répondit Amélie d'une voix plus douce.

Elle prit ma main dans la sienne et m'adressa un sourire chaleureux. Cela me rassura : au moins, nous étions d'accord sur ce point, et c'était le principal. Avec un peu de chance, cela suffirait à sauver l'essentiel.

— Et pour Stan ? demandai-je.

Elle haussa les épaules et libéra ma main. Amélie n'était pas rancunière, mais elle était tenace. J'ignorais pourquoi elle en voulait autant à Stan, mais je ne voulais pas pousser plus loin notre conversation, au risque d'abîmer notre relation. Amélie connaissait mes secrets, m'avait aidée à réviser pour mes examens, était ma confidente après une garde éprouvante, toujours là pour me distraire... Je refusais de me fâcher avec elle.

Nous échangeâmes un sourire. J'espérais que notre conversation permettrait d'apaiser Amélie. Qu'elle sorte le soir même me rassurait : au moins, elle ne ruminait pas seule dans son coin et allait de l'avant.

Je récupérai mon livre, me replongeant dans une enquête policière particulièrement sombre.

— Qui est le tueur ? demanda ma meilleure amie.

— Sûrement la voisine du quatrième étage. Sinon, son personnage n'aurait pas été introduit au chapitre 3. Le légiste est aussi une hypothèse : il parvient à réciter une recette de cuisine tout en réalisant une autopsie.

— Tu passes tes journées à faire naître des enfants et tu lis des histoires de tueurs en série.

— Ça me tranquillise, expliquai-je. Comme ça, j'ai l'impression que le mal n'est que dans la fiction.

— En l'occurrence, le mal marche dans notre direction !

Je relevai les yeux de mon livre, découvrant Stan et Enzo, hilares, avançant à grandes enjambées dans notre direction. Plus loin, Diane et Julien se dirigeaient vers les vagues, prêts à rentrer dans l'eau.

— On va se baigner, annonça Stan. Vous êtes des nôtres ?

— Eileen est à deux doigts de débusquer le meurtrier et, de mon côté, je dois vérifier mon horoscope. Il paraît que Mercure n'est plus rétrograde en Scorpion.

— Ce sont les excuses les plus pourries que j'ai jamais entendues, remarqua Enzo.

— Et le meurtrier avoue tout à la page 185, ajouta Stan.

Je n'eus pas le temps de vérifier l'information, que le livre se volatilisait de mes mains et que j'étais projetée sur l'épaule de Stan, la tête à l'envers. J'entendis Amélie crier et je devinai qu'elle subissait le même sort.

— Enzo, non ! Mais lâche-moi ! hurla-t-elle, entre deux rires.

— Rêve !

La tête renversée, je tentai de m'orienter, notamment pour anticiper l'instant où j'allais finir dans les vagues. Contrairement à Amélie, je ne luttais pas : Stan m'avait ceinturé les jambes et râler n'aurait fait que renforcer sa motivation. Aussi, je me redressai, découvrant Amélie, tambourinant sur le dos d'Enzo, tout en gesticulant vainement pour se libérer.

— Tu ne te bats même pas, bougonna Stan.

— Je me disais que c'était un moyen de transport intéressant, gloussai-je.

— Prête pour l'impact ? m'interrogea Stan en commençant à courir.

— Absolument pas !

Près de nous, Amélie cria de joie. J'entendis le bruit de l'eau, puis le son distinct d'un plongeon suffisamment puissant pour nous éclabousser. Enzo éclata de rire, et, l'instant suivant, j'étais propulsée dans les vagues. Quelques secondes plus tard, j'émergeai de l'eau fraîche, haletante, un goût de sel sur les lèvres et la peau agressée par le sable. Les vagues me caressaient doucement, atteignant quasiment ma poitrine.

Je passai une main sur mon visage, y chassant les quelques gouttes d'eau égarées. Je sentis des mains se poser sur mes hanches, puis juste après la voix de Stan vibra à mon oreille.

— J'ai besoin d'un instant avant de jouer un nouveau remake de *La Petite Sirène*, le prévins-je.

— Je voulais juste m'assurer que tu allais bien.

Je me tournai vers lui, hochant la tête. Stan se contenta d'un sourire, avant de dégager des cheveux trempés collés sur ma joue. Je réprimai un frisson, mon corps appréciant moyennement le choc thermique entre la chaleur du sable et la fraîcheur de l'océan. Au loin, je repérai la silhouette parfaite de la fille au bikini trop petit.

— J'ai vu que tu faisais encore des ravages, dis-je en rajustant la bretelle de mon maillot de bain.

— C'est pas ce qu'on avait dit ? Aucun regret ? me rappela-t-il.

— C'est vrai. Tu la vois ce soir ?

Stan laissa échapper un rire, et je pris conscience que je devenais presque intrusive. Notre amitié était solide, mais, même moi, je devinais l'amertume dans ma question. Ma discussion avec Amélie m'avait sûrement plus égratignée que ce que j'imaginais.

— Enfin, je suppose que tu la vois ce soir, repris-je.

— J'aurais aimé, répondit-il. Ne serait-ce que pour vérifier si toute sa garde-robe est frappée de minimalisme...

— Tu l'as remarqué toi aussi ! m'exclamai-je, hilare.

— Il m'a presque fallu une loupe, mais oui, j'ai bien vu que son maillot était... très ajusté.

Je ris à nouveau, accompagnée par Stan et étonnamment soulagée par son aveu. Lui et moi avions toujours eu le même humour, penchant volontiers vers le sarcasme.

— C'est plutôt le genre de fille destinée à Enzo, expliqua-t-il.

— Et ta politique du « aucun regret » ?

— Je n'en ai pas. Disons que je suis plutôt adepte de la subtilité.

Ses yeux bleus glissèrent sur moi et, pendant une fraction de seconde, je l'interprétai comme un compliment. Quand son regard fit le chemin inverse pour retrouver mes yeux, j'avais quasiment perdu le fil de mes pensées, perturbée par ce mélange de désir contenu et d'embarras palpable.

Ce n'est qu'en voyant le sourire de Stan s'élargir que ma confusion s'estompa et que je compris ses intentions. Je me promis de brûler mon hideux et trop subtil maillot dès mon retour à la villa.

Et après ça je ferais comme si je ne me sentais pas parfaitement ridicule d'avoir imaginé que Stan des Toilettes avait lorgné sur moi.

— Eileen, fit-il avec un sourire sournois.

Je secouai la tête à m'en faire mal et reculai pour tenter de prendre la fuite.

— Stan, non !

Ce fut tout ce que je pus hurler avant qu'il me saisisse par la taille pour m'entraîner avec lui dans l'eau.

Le jour où Stan et Eileen ont pris la pluie

Stan
Juin 2022

— Tu veux pas qu'on se tire de là ? demandai-je à voix basse à Eileen.

— J'ai cru que tu n'allais jamais le proposer. Tu as un plan ?

Debout côte à côte, nous faisions comme si la soirée nous plaisait. Une des collègues d'Eileen nous avait tous invités à son anniversaire. Et, honnêtement, ça ressemblait plus à une veillée funèbre qu'à une fête. La nourriture était fade et les invités semblaient s'ennuyer ferme. J'enviais Diane et Amélie qui avaient eu un impératif professionnel de dernière minute, Julien, lui, était plongé dans des révisions.

Et Enzo... Enzo amenait un semblant d'animation en draguant tout ce qui ressemblait à une fille.

— Depuis quand il faut un plan ? lançai-je en affichant un sourire de façade.

— Histoire de savoir ce que je dois faire.

— Tu dois me faire confiance.

— Et c'est donc justement pour cette raison qu'il me faut un plan, répliqua-t-elle d'un ton amusé.

Nous échangeâmes un regard complice. Je savais qu'Eileen avait confiance en moi. Mais je savais aussi que mon merveilleux et inimitable sens de l'improvisation la laissait souvent perplexe, voire inquiète.

— Prête ?

Je glissai ma main dans la sienne, ignorant la chaleur agréable de sa paume contre la mienne. Doucement, je nous exfiltrai de la foule, marchant à reculons, entraînant Eileen avec moi. Nous récoltâmes quelques regards envieux et finîmes par rejoindre une porte. Dès que je la refermai derrière nous, le brouhaha des conversations s'apaisa, remplacé par le bruit saccadé d'une pluie battante.

— Ma veste est de l'autre côté, dit Eileen, prête à retourner dans la pièce principale.

— Il faut accepter de faire quelques sacrifices.

— On va finir trempés !

— On va finir libres !

Sans attendre une nouvelle objection, je poussai la lourde porte d'entrée. Un rideau de pluie nous barrait le chemin. Comme la veste d'Eileen, ma voiture était de l'autre côté. Cela ne représentait pas une grande distance, mais elle suffirait pour qu'on finisse trempés jusqu'aux os.

— On peut attendre une accalmie, proposa Eileen.

— Ça rendrait l'évasion moins spectaculaire, dis-je en serrant sa main un peu plus fermement dans la mienne.

— Ça la rendrait surtout moins humi...

Elle n'eut pas le temps de finir sa phrase. Je m'élançai sous la pluie, Eileen derrière moi. Nous courûmes aussi vite que possible vers ma voiture, nos pieds frappant les flaques, tandis que je baissais la tête. Comme si ça pouvait me permettre de finir sec. Quand nous parvînmes à la voiture, je tâtai mes poches, à la recherche de mes clés. Eileen me tuait du regard, ses cheveux plaqués contre sa tête, son haut collant contre sa peau.

Je déverrouillai la voiture, et nous nous ruâmes à l'intérieur. Dès que les portes furent refermées, je risquai un regard vers Eileen. J'étais aussi essoufflé qu'elle, et on donnait l'impression d'avoir pris une douche tout habillés.

Quand son regard croisa finalement le mien, je ne pus m'empêcher de rire.

— Je te déteste, tu sais, dit-elle, en riant à son tour.

— Je t'ai sauvée.

— Pas d'une grippe.

Le trajet jusqu'à mon appartement, bercés par la musique et à peine apaisés par le chauffage, dura presque trente minutes. La pluie ne s'arrêta pas une seconde. Eileen avait les lèvres bleues, et moi, je sentais à peine mes doigts crispés sur le volant. Je garai ma voiture dans la rue, et à nouveau nous dûmes fendre la pluie jusqu'à mon appartement.

Après avoir abandonné nos chaussures dans l'entrée, je proposai à Eileen d'aller à la salle de bains pour se sécher. De mon côté, je filai dans ma chambre et me débarrassai de mes vêtements pour un jogging et un T-shirt élimé. Je frictionnai mes cheveux dans une serviette et me dirigeai vers la cuisine, prêt à préparer un dîner réconfortant pour me faire pardonner mon initiative douteuse.

— Je t'ai emprunté un sweat.

La voix d'Eileen me fit sursauter. Je fis volte-face, découvrant ma meilleure amie, habillée d'un de mes sweat-shirts zippés à capuche gris trois fois trop grand pour elle et couvrant ses cuisses. Elle avait rassemblé sa chevelure dans une tresse qui tombait sur son épaule et avait effacé les traces de maquillage qui avaient coulé.

Elle était à couper le souffle.

— J'ai quelque chose sur le visage ? s'enquit-elle, inquiète.

— Non. Tu es... Tu es magnifique, dis-je avec un sourire.

— J'ai les pieds gelés. Je t'ai pris des chaussettes aussi.

Mon cœur menaçait d'exploser. Nous nous dévisageâmes de longues secondes ; je résistai à l'envie la plaquer contre le mur pour l'embrasser. Je savais que ça ruinerait notre amitié, que ça bouleverserait notre relation et menacerait l'équilibre de notre petit groupe d'amis. Pourtant, la façon dont mon cœur tambourinait m'empêchait d'être raisonnable.

— Stan ?

Sa voix me tira de mes pensées déviantes. Je me détestais d'être aussi lâche. Nous étions seuls, sans risque d'être interrompus, je préparais un dîner, c'était sûrement un des rares moments où j'aurais pu prendre mon courage à deux mains et lui avouer mes sentiments.

— Tu veux que je t'aide à cuisiner ? m'interrogea-t-elle.

— Je... Je fais des pâtes aux légumes. Tu veux t'occuper du dessert ?

— Chocolat ? lança-t-elle.

— Quoi d'autre ?

Après vingt minutes de préparation, je déposai nos assiettes sur la table basse. Eileen était installée sur le canapé, les jambes repliées sous elle.

— Antoine ne va pas s'inquiéter ? demandai-je.

— Dans la mesure où il a préféré prendre le large il y a deux jours, je ne crois pas.

Elle enroula des spaghettis autour de sa fourchette et gémit de plaisir en les glissant dans sa bouche. Elle s'empara de son assiette et, après s'être finalement assise en tailleur, la posa dans le creux de ses jambes.

— Pourquoi tu n'as rien dit ? l'interrogeai-je.

— Parce que c'est sans importance. Ça n'a duré que quelques semaines, ça ressemble plus à un passe-temps finalement. Je n'étais pas amoureuse de lui.

— Oh ! donc le sexe uniquement ?

— Uniquement. Et honnêtement, tes pâtes me donnent plus de plaisir qu'un moment débridé avec Antoine.

— Tu sais que je suis toujours prêt à rendre service.

Elle étouffa un rire et avala rapidement sa bouchée.

— On parle de nourriture ou de sexe ? demanda-t-elle.

— Il faut choisir ?

Je n'étais pas assez courageux pour tenter ma chance avec elle, mais je pouvais jouer et voir où cela nous mènerait. Eileen resta muette et me dévisagea. Mon souffle s'accéléra, et je sentis une petite bulle de tension se former autour de nous.

— On est vraiment en train de parler de ça ?

— De nourriture ? plaisantai-je.

— Je suis déjà convaincue par tes talents en cuisinier. Pour le reste...

— Tu veux appeler mes ex ? Le problème, c'est que vu que la plupart m'en veulent, je ne suis pas certain que ce soit bien objectif.

— Il est tard, Stan, je ne vais pas me lancer dans une enquête satisfaction sur tes prouesses sexuelles.

— Tu loupes des trucs croustillants, répliquai-je, provocant.

— Vraiment ?

Elle s'intéressa de nouveau à son assiette et enroula une énorme portion de spaghettis. Après l'avoir engloutie, elle déposa son assiette sur la table basse et se tourna vers moi. À mon tour, je mangeai une bouchée de mon plat, conscient que j'avais initié une conversation dangereuse.

J'étais prêt à me confronter à Eileen et à glisser sur une pente risquée. Sûrement parce qu'elle valait la peine de se cramer les ailes.

— Je veux savoir, reprit-elle.

— Tu veux savoir ? Eh bien laisse-moi trouver mon téléphone et on va appeler...

— Non. Pas comme ça. Je veux que tu me montres.

Elle m'adressa un petit sourire inédit, mélange de défi et de séduction. À mon tour, je posai mon assiette sur la table basse. Je n'étais pas certain d'avoir compris la requête exacte d'Eileen. Mais, puisque j'étais celui qui avait tendu une perche, je ne pouvais pas me défiler.

De toute façon, je n'en avais pas vraiment envie. Elle était seule avec moi, belle comme jamais, excitante et désirable. M'aurait-elle demandé de me lancer dans la sculpture sur glace que je l'aurais joyeusement fait.

— Tu veux savoir quoi au juste ? l'interrogeai-je d'une voix enrouée d'embarras.

— Comment tu fais.

— Comment je fais quoi ?

— Comment tu séduis toutes ces filles. Elles sont peut-être fâchées contre toi, mais les quelques-unes que j'ai croisées avaient l'air plutôt satisfaites au réveil.

— D'accord. Donc, la plupart du temps, on va dîner. Ensuite...

— Stan, passe au croustillant, m'intima Eileen dans un rire. Quand tu es seul avec une fille. Par exemple, sur ce canapé, j'imagine ?

Je hochai la tête. J'avais la gorge nouée et les mains moites. Ce n'était plus une pente dangereuse à ce stade, c'était un piège. Ou un duel. Parce qu'à la façon brûlante dont Eileen me regardait, je ne pouvais pas perdre.

Elle voulait que je lui montre. Très bien. Je pouvais le faire.

— On... Généralement, on boit un verre, commençai-je.

— Stan...

— Et ensuite, j'enroule mon bras autour d'elle.

Je joignis le geste à la parole, plaçant mon bras autour des épaules d'Eileen. Elle se laissa faire, calant son corps contre le mien.

— Ensuite, murmurai-je en frôlant des lèvres la ligne de sa mâchoire, je me lance dans une tentative d'approche.

Eileen frémit, mais ne fit rien pour se dégager. Elle tourna son visage vers moi, et ses yeux se braquèrent sur mes lèvres.

— Et après ? chuchota-t-elle, le souffle court.

— Je pose ma main sur leur joue – je joignis le geste à la parole – et je les attire contre moi. Je dois admettre que j'aime prendre mon temps.

L'air autour de nous était lourd, et le désir me brûlait la peau. Les iris d'Eileen prirent une teinte plus sombre. Elle bougea, se rapprochant encore plus de moi.

— Et là, je l'embrasse, continuai-je.

— Langue ?

— Lèvres, langues, dents. J'embrasse, Eileen.

Elle passa sa langue sur ses lèvres. Aucune chance qu'elle ait froid tant l'atmosphère était chaude. J'étais à quelques centimètres de sa bouche, à quelques centimètres de ruiner notre amitié pour de bon et avec application.

— Et... Ap... après ? bégaya-t-elle.

En guise de réponse, je l'allongeai sur le canapé. Elle enfonça sa tête dans les coussins, tandis que je la surplombais. Sa poitrine se soulevait à toute vitesse et le sweat qu'elle portait avait légèrement remonté sur ses cuisses. Prudemment, je m'installai entre ses jambes, une de mes mains posée sur sa taille.

— Après, on se met à l'aise, dis-je en haussant un sourcil.

— Tu aimes dominer la situation.

— Parfois ce sont elles qui s'installent sur mes cuisses. Il n'y a rien de vraiment formaté.

— Je crois que je préfère comme ça, répondit-elle en remontant ses jambes pour me garder auprès d'elle. J'imagine que tu ne restes pas... sans rien faire ?

— Eileen, on devrait peut-être... s'arrêter là, proposai-je sans conviction aucune.

— Montre-moi.

Son ton était presque implorant. J'étais excité comme rarement je l'avais été. M'allonger sur elle trahirait mon état. Malgré tout, je me pressai contre elle, nos lèvres toutes proches, ses yeux rivés aux miens. Mon sexe tendu frottait contre le tissu et était sur le point d'exploser.

— Ensuite, je l'embrasse à nouveau. Et, la plupart du temps, je finis dans son cou.

J'abaissai mon visage vers elle, effleurant sa joue, jusqu'à me diriger vers le creux de son cou. Son pouls palpitait, pendant que ma main pressait sa hanche. Eileen se cambra contre moi, son bassin rencontrant le mien. La tentation était insoutenable. Je fermai les yeux, rassemblant mon self-control.

— Et après ? lança Eileen.

Elle posa ses mains sur mes épaules, se cramponnant au tissu de mon T-shirt. Je croisai furtivement son regard, cherchant un indice de ce qu'elle ressentait.

— Les vêtements, dis-je d'une voix étranglée.

Eileen laissa échapper un soupir, et, sans rien dire, remonta lentement mon T-shirt le long de mon dos. Elle garda ses yeux dans les miens, sûre, confiante et incroyablement sexy. Ses doigts pianotèrent sur ma peau dénudée, avant de me retirer complètement mon vêtement.

J'abandonnai l'idée d'être raisonnable et pressai mes lèvres contre son cou. Eileen se cambra, me laissant libre accès tandis que je traçais des cercles avec ma langue. Je devinai un gémissement et j'embrassai sa peau, me dirigeant lentement vers sa gorge. Ma main abandonna sa hanche et passa sous son sweat. Je la sentis frémir à mon contact et m'aventurai vers la courbe de ses fesses.

Je remontai de l'autre côté de sa gorge, pendant que ma main libre faisait lentement descendre le zip de son sweat. Elle avait gardé ses dessous et je me réjouissais déjà de lui retirer tout ça rapidement. Je voulais sentir sa peau nue contre la mienne.

— Stan, murmura-t-elle.

— Je veux t'embrasser. Parce que je n'arrête pas de penser à t'embrasser depuis un certain temps.

Je passai mon pouce sur ses lèvres, sa langue venant à ma rencontre Lentement, je posai ma bouche contre la sienne et je l'embrassai. Doucement. Très doucement. Pour en savourer chaque instant. Pour entendre chaque gémissement s'échapper d'elle. Pour apprécier la douce ondulation de son corps contre le mien. Eileen noua ses bras autour de ma nuque, me retenant contre elle.

— Et ensuite ? demanda-t-elle.

Je repoussai le pan du sweat qui couvrait encore le haut de son corps et laissai traîner mes doigts sur sa peau.

— Tout dépend. Que veux-tu que je fasse ?

Je l'embrassai à nouveau et longeai la ligne de sa mâchoire. L'entendre gémir mon prénom était en train de me faire perdre les pédales. Ses mains parcouraient mon dos, ses doigts s'enfonçant dans ma peau à chaque fois que j'aspirais la peau de son cou entre mes lèvres.

— Alors, Eileen... Qu'est-ce que je fais ? l'interrogeai-je dans un murmure.

Elle se contenta de soupirer lourdement, pendant que je descendais le long de son corps, traçant une ligne de baisers de son menton jusqu'à son nombril. Je relevai les yeux vers elle : Eileen me fixait, haletante, offerte et superbe.

Je descendis encore, lentement, longeant la dentelle de son sous-vêtement.

— C'est ce que tu veux ? m'enquis-je, alors que je passais un index sous le tissu pour caresser sa peau.

Elle hocha la tête, ses yeux incandescents rivés aux miens. Le cœur battant, tout mon corps se tendit d'anticipation. À l'instant où j'allais enfin lui retirer son sous-vêtement, j'entendis le grincement typique de la porte palière de l'étage. Et juste après, le tintement d'un trousseau de clés.

— Enzo, grognai-je.

Je me redressai précipitamment, me rendant compte que je n'avais sûrement pas verrouillé la porte et qu'Enzo allait débouler dans le salon. Je récupérai mon T-shirt au sol, tandis qu'Eileen, paniquée, se réinstallait convenablement sur le canapé, tentant, en tremblant de refermer mon sweat.

J'envisageai d'envoyer Eileen dans ma chambre pour sauver la soirée, mais je savais déjà qu'Enzo l'avait fichue en l'air.

— Ah, vous êtes là ! fit la voix tonitruante d'Enzo. Vous avez fugué ? Oh ! des pâtes, il en reste ?

Il se précipita à la cuisine. J'échangeai un regard avec Eileen. Nous étions encore essoufflés. Ses yeux brillaient d'excitation, mais son sourire, fané, transpirait l'inquiétude.

— Je vais rentrer, annonça-t-elle.

Elle se leva, et j'eus tout juste le temps de saisir sa main pour la retenir contre moi.

— Je ne pourrai pas oublier ça, murmurai-je comme un secret à son oreille.

Elle se libéra et retourna à la salle de bains récupérer ses vêtements. Je restai dans le salon, frustré et en colère contre moi. Eileen quitta l'appartement en catimini, sans un seul mot pour moi. Quand Enzo revint dans le salon, avec ses pâtes, il me pointa de son assiette.

— Toi, t'as la tête du mec qui a trop bu.

— Je vais aller me coucher, répondis-je sèchement.

— Gueule de bois ?

Gueule de bois. C'était exactement ça. : mon attirance pour Eileen n'était pas nouvelle et ce soir nous avions enfin franchi un cap. J'allais maintenant devoir convaincre Eileen qu'on pouvait faire encore mieux.

Chapitre 5

Stan

— Quelle heure est-il ? demanda Diane dans un bâillement sonore.

Nous étions tous dans le salon : Amélie assise dans un des fauteuils, Eileen calée dans un coin du canapé, ses jambes étendues sur Enzo près d'elle, pendant que Julien, installé sur la méridienne, accueillait Diane entre ses jambes. Perché sur un pouf, je faisais face au large canapé, grignotant une des brochettes de fruits que Diane avait préparées.

— Presque minuit, répondis-je.

— L'heure idéale pour sortir ! s'exclama Amélie avec enthousiasme.

Elle bondit de son fauteuil, s'étira et défit l'élastique qui maintenait sa queue-de-cheval. Après trois après-midi de plage, Amélie affichait déjà une peau dorée et un sourire lumineux. Nous étions parvenus à passer une soirée sans joutes verbales. Nous ne nous étions pas parlé, mais, au moins, je n'avais pas eu à esquiver des remarques acerbes ou à subir des regards furieux.

— Trop fatigué pour sortir, marmonna Julien.

Diane lui tendit un morceau de fraise, avant d'acquiescer et de répondre.

— Trop claquée aussi. J'ai l'impression que toute la fatigue des derniers mois est en train de s'abattre sur moi.

— Tu subis encore les affres du décalage horaire, commenta Eileen.

— C'était quoi ton dernier pays déjà ? s'inquiéta Enzo.

— Corée du Sud. Deux concerts en trois jours. Pour être franche, cette pause, ces vacances, étaient plus que nécessaires. Je ne sais pas si… enfin, je ne me vois pas reprendre un rythme aussi soutenu d'ici quelques mois.

— Tu as toujours voulu chanter, s'étonna Enzo.

— J'aime chanter. Mais… prendre l'avion, ne voir que des chambres d'hôtel, manquer les appels de groupe… Je pourrais tout aussi bien chanter ici. Ou être prof, suggéra-t-elle.

— Tu es faite pour chanter, lâcha Julien avec force et assurance. Tu ne peux pas nous priver de ça. Tu ne peux pas priver les gens de ça.

J'observai Diane et Julien. Nous étions amis, plus qu'amis. Mais eux… J'aurais aimé dire qu'il y avait un lien ou une histoire entre eux, mais ça n'aurait pas suffi à décrire ce qu'ils étaient. Julien protégeait et défendait Diane, comme personne ; et elle semblait veiller sur lui en permanence. J'évitais de me trouver seul avec eux, car j'avais toujours la sensation de déranger, d'interrompre une danse silencieuse ou de perturber un courant magnétique qui surpassait tout.

Ce soir encore, ils étaient ensemble, le dos de Diane collé au torse de Julien, elle en plein doute et lui, la rassurant. Leur mécanique était stupéfiante. Et, avec franchise, je ne pouvais qu'admettre que j'en étais un peu jaloux : j'aurais aimé avoir une relation aussi intense et sûre que la leur.

J'avais questionné mille fois Julien sur sa relation avec Diane. La plupart du temps, ça le faisait rire, parce qu'il ne voyait pas en quoi ce qu'il partageait nous paraissait si unique. Et il se contentait de hausser les épaules, n'offrant aucune explication. Cela ne faisait qu'entretenir le mystère autour d'eux, car l'explication existait et eux seuls la connaissaient.

— Qui veut sortir alors ? Eileen, tu viens ?

— Sans moi, souffla-t-elle. Tu me raconteras demain !

— Moi, je viens, annonça Enzo. Laisse-moi enfiler un truc un peu plus sympa !

Dans un même mouvement, Enzo quitta la pièce, et Diane se leva pour regagner sa chambre. Elle pressa la main de Julien, comme pour le saluer, avant de nous adresser un petit signe de la main.

— Qui est à la bibliothèque demain ? demanda-t-elle.

— Enzo et toi. Il faut finir de mettre les livres en carton. J'irai avec Stan chercher les peintures, répondit Julien.

— On vous aidera à la bibliothèque, annonça Eileen. Et après, Amélie se chargera de nous faire dépenser trois mois de salaire dans les boutiques.

— On vous retrouvera sur la plage, ajouta cette dernière.

Quelques minutes plus tard, Enzo réapparut, avec sa tenue fétiche de drague – chemise noire, jean brut –, faisant tourner les clés de sa voiture autour de son index pour signaler le départ. Amélie le suivit, et je me retrouvai seul avec Julien et Eileen.

— Un film ? proposa Julien.

— Je vais faire du pop-corn, annonçai-je.

À mon retour de la cuisine avec deux saladiers de pop-corn, Julien avait abandonné la méridienne pour le fauteuil, et Eileen s'était glissée sous une couverture. Je m'assis près d'elle, la laissant allonger ses jambes sur mes cuisses. Le salon plongea dans l'obscurité, tandis que les premières secondes du générique de *Jurassik Park* s'affichaient sur l'écran.

Après presque une heure, mal installé, je gigotai sur le canapé, cherchant une meilleure position.

— Tu veux t'allonger ? murmura Eileen.

— Ça ira, répondis-je.

— Il est tard, viens. Je vais te faire de la place, proposa-t-elle en nous débarrassant du saladier de pop-corn pour le poser au sol.

Eileen se décala, se rapprochant du bord du canapé, me laissant suffisamment de place pour m'allonger entre le dossier et elle. Je marquai un temps d'arrêt, prenant conscience de la position dans laquelle nous allions nous trouver. Ce n'était pas la première fois que nous finirions étroitement serrés l'un contre l'autre : dernièrement, quand nous regardions un film ensemble, nous finissions même par nous endormir, la tête d'Eileen sur mes cuisses, ma main jouant avec ses cheveux, nos restes de plats chinois encore sur la table basse. Nous avions toujours été proches : entre la passion dévorante d'Enzo pour la mécanique, les absences de Diane, les études de Julien et nos boulots en horaires décalés, nous avions développé un lien particulier. Nous flirtions. Nous le savions tous les deux, mais notre amitié était trop importante pour aller plus loin.

Du moins pour Eileen.

Nous nous prenions régulièrement dans les bras, Eileen grimpait sur mes épaules pendant les concerts, elle m'avait massé les épaules après des journées difficiles en cuisine, nous avions même dansé ensemble pour l'anniversaire de sa grand-mère.

Mal et en riant la plupart du temps, certes. Mais nous avions fini par danser, son corps pressé contre le mien, ses yeux embués de larmes de joie, sous les applaudissements des copines de sa grand-mère qui adoraient me pincer les joues quand nous venions rendre visite à la vieille dame.

Mais ce soir, dans l'obscurité, à partager cette couverture, l'idée de me serrer contre Eileen me sembla... différente.

Différente au point d'y réfléchir.

Différente au point de me sentir mal à l'aise.

Différente au point d'envisager ma relation avec Eileen autrement.

— Stan ?

Je hochai la tête, chassant mes doutes et mes questions. Maladroitement, je m'installai derrière elle, mon dos épousant au plus près le dossier du canapé, espérant ainsi créer une distance raisonnable entre Eileen et moi. Elle ajusta la couverture sur nous, et je calai mes mains sous ma tête pour me concentrer, tant bien que mal, sur le film.

C'était la position la plus inconfortable du monde et, pendant que les dinosaures reprenaient le contrôle de leur destin, je me redressai, espérant, de mon côté, reprendre le contrôle des sentiments qui m'habitaient.

Sentant mon agitation, Eileen se tourna vers moi, les sourcils froncés, m'interrogeant du regard. Je lui adressai un sourire, et elle secoua la tête.

— C'est ridicule, murmura-t-elle.

Sans me laisser le temps de réagir, elle prit ma main et la posa autour de sa taille, avant de se lover confortablement contre moi. J'ajustai ma position, mon visage dans ses cheveux au parfum de l'océan et de noix de coco. Elle mit sa main sur la mienne, et je me détendis finalement.

Si Eileen était si à l'aise, je n'avais pas de raison d'être embarrassé.

C'était une piètre excuse rassurante.

Je me détendais parce que être ainsi, avec elle, se révélait naturel et instinctif. Son corps épousait le mien, ses doigts étaient entrelacés aux miens, son souffle coïncidait avec le mien. Je frôlai sa nuque de mes lèvres, respirant son parfum. Je risquai un sourire contre sa peau, et Eileen bougea légèrement, abandonnant ma main pour piocher du pop-corn.

Je réitérai mon sourire. Elle avait senti le premier et avait pris la fuite. Je voulais être certain qu'elle sente aussi le deuxième. Elle pressa mes doigts, elle l'avait senti.

Eileen étira ses jambes et replaça la couverture. Dans le mouvement, son débardeur bougea et ma paume se retrouva contre sa peau chaude. J'attendis qu'elle me repousse ou qu'elle ajuste son haut, mais elle grignota son pop-corn, avant de se réinstaller. De toute évidence, elle n'avait pas pris conscience que notre position sur ce canapé était passée de proche à intime.

Je regardai le film sans vraiment le voir, toute mon attention concentrée sur Eileen serrée contre moi. Ma main n'avait pas bougé d'un millimètre, mais mes doigts brûlaient de caresser sa peau. La voix de ma conscience me répétait en boucle que nous étions amis, qu'Eileen n'avait même pas véritablement réagi… et que, surtout, l'échec de ma relation avec Amélie aurait dû suffire à me ramener sur le droit chemin de l'amitié loyale et sincère.

— Je vais dormir, annonça Julien.

Je tressaillis presque, prenant conscience que le générique défilait sur l'écran. Heureusement que j'avais vu ce film au moins mille fois, j'aurais été bien incapable d'en parler sinon.

— Je vous laisse éteindre, continua-t-il en quittant la pièce.

— Bonne nuit, lançai-je alors qu'il était déjà dans l'escalier, prêt à rejoindre sa chambre.

Je me redressai, sur le point de quitter mon désormais spot préféré, mais Eileen se tourna vers moi et nous nous retrouvâmes face à face, ses lèvres à proximité des miennes. Ma main avait glissé et était désormais dans le bas de son dos. Après m'être retenu pendant plus d'une heure, je cédai à la tentation. Ma main remonta dans son dos, longeant doucement sa colonne vertébrale.

Eileen riva ses yeux aux miens, tandis que le tissu de son débardeur remontait, encore et encore, le long de son corps.

— Dis-moi quand je dois m'arrêter, dis-je d'une voix enrouée.

J'étais assez téméraire pour dire « quand » et pas « si ». En guise de réponse, j'obtins un sourire lascif et un léger hochement de tête.

Tout aussi lentement, ma paume fit le chemin inverse, mes doigts pianotant sur sa peau. Eileen soupira doucement avant de se mordre la lèvre, comme pour se retenir de réagir davantage. Malgré tout, elle laissa échapper un gémissement d'aise.

— On devrait aller dormir, murmura-t-elle, alors que ma main était revenue à sa place initiale.

— On devrait, oui. Dis-moi quand, ajoutai-je avec un petit sourire.

Mais nous ne bougeâmes pas. Pas d'un centimètre. Mes yeux restèrent plongés dans les siens, jusqu'à ce qu'ils se braquent sur ses lèvres. J'avais déjà embrassé des tas de filles. Je les draguais, je les embrassais. C'était machinal et cela ressemblait plus à de la routine, presque à de l'habitude. Ce que je ressentais maintenant pour Eileen – du désir et de l'impatience – était une évidence. Je voulais l'embrasser. Pas par habitude, pas pour me vanter de l'avoir embrassée.

Je voulais l'embrasser pour sentir les réactions de son corps. Prendre son visage en coupe, attirer ses lèvres contre les miennes, deviner les battements de son cœur, prolonger notre proximité, sentir sa bouche contre la mienne et ses mains dans mes cheveux, transformer la tension irrépressible entre nous en désir dévastateur.

J'étais prêt à tout pour ça. À tout pour elle, en pleine nuit, dans ce canapé, dans la semi-obscurité.

— Tu te rappelles ce qu'on a dit ? demandai-je dans un chuchotis.

Elle hocha la tête, et nous murmurâmes à l'unisson :

— Aucun regret.

Elle posa ses mains sur mon torse et me repoussa doucement. En une seconde, l'ambiance changea. Rappeler notre mantra des vacances avait percé notre bulle, et la tension crépitante et agréable que j'avais ressentie se transformait en cruel courant d'air glacé.

Eileen quitta le canapé et réajusta son débardeur. Je me redressai à mon tour. À son regard fuyant, je devinai ce qui était en train de se passer.

— On devrait aller au lit, suggéra-t-elle.

— Eileen...

— Si réellement on ne tient pas à regretter quoi que ce soit, on devrait vraiment aller dormir. Dans nos chambres, jugea-t-elle utile de rappeler.

J'aurais pu tenter de la retenir, d'argumenter ou même essayer de la convaincre de reprendre sa place sur ce canapé. Mais Eileen était têtue et tenace. Pour l'instant, je devrais me contenter d'une seule chose : elle avait ressenti, comme moi, ce même désir instinctif et puissant qui était sur le point de faire basculer notre amitié.

Maintenant que j'y pensais, ce même désir était assez intense pour faire vaciller l'équilibre même de notre groupe.

Après un ultime regard, rempli de regrets amers et de suppliques silencieuses, elle quitta le salon et grimpa l'escalier à toute vitesse. Je m'effondrai sur le canapé, fixant le plafond. Le moment était passé, pourtant l'envie demeurait.

Ce n'était pas nouveau : désirer Eileen était une torture habituelle. A l'adolescence, j'avais fait avec. J'avais toujours imaginé que cela passerait. Maintenant que nous étions adultes, je savais que je m'étais bercé d'illusion. Eileen n'était pas une passade. Et plus je passais du temps avec elle, plus je comprenais qu'il n'y avait qu'elle

Après une nuit difficile, où je me rejouai la scène avec Eileen, je descendis sur la terrasse. Avec un peu de chance, j'aurais ainsi l'occasion de lui parler et d'éclaircir la situation. À ma grande surprise, Enzo était déjà là, sirotant un café et discutant avec Julien.

— On n'attendait plus que toi ! me lança ce dernier en guise de salut.

— Tu ne devrais pas être en train d'emballer des livres ? demandai-je à Enzo.

— Eileen et Diane y sont, avec Amélie. J'étais un peu fatigué de les entendre parler chiffons. Et puis, Amélie débriefait sa soirée.

— Oh. Vous êtes rentrés tard ? l'interrogeai-je.

— À vrai dire, on a dû dormir deux heures. Heureusement que Julien sait maintenant faire le café, ajouta-t-il tout sourire en levant son mug dans sa direction.

— J'en prendrais bien un aussi, dis-je.

— Je vais t'en chercher un. Et je vais en profiter pour en donner aux filles, aussi.

Il s'éclipsa, et je m'effondrai sur une des chaises qui garnissaient la table de jardin. J'étais fatigué et déçu. J'envisageai brièvement d'aller dire bonjour aux filles, mais je redoutais autant de faire face aux attaques d'Amélie qu'au regard fuyant d'Eileen.

— Mal dormi ? demanda Enzo.

— Une insomnie, rien de grave.

— Amélie ?

Je coulai un regard dans sa direction. Oui, c'était Amélie. Et non, ce n'était pas Amélie. Mais je ne pouvais pas vraiment réfléchir à ma situation avec Eileen sans inclure Amélie et notre histoire chaotique.

— Tu ne devrais pas t'inquiéter. Elle est passée à autre chose, reprit Enzo.

— C'est ce que tu me dis depuis plusieurs mois.

— Amélie a rencontré un type hier soir. Genre grand brun ténébreux et elle ne voulait plus le lâcher ! Crois-moi, elle n'a pas parlé de toi une seule fois.

— Tant mieux, marmonnai-je.

— Café, hurla Julien en revenant sur la terrasse. À emporter, expliqua-t-il en me donnant un mug de voyage. On file au magasin de bricolage pour la peinture et au magasin de meubles pour changer les deux fauteuils.

Dans la voiture, je m'installai à l'arrière, pendant qu'Enzo et Julien jacassaient à l'avant. Après les voitures, le sujet de prédilection d'Enzo était les femmes. Il nous fit donc un compte rendu précis de sa soirée. Par le rétroviseur, je vis Julien m'adresser plusieurs coups d'œil, s'assurant que j'allais bien.

Je sirotais mon café lentement. Il agirait certainement sur la fatigue, mais pas sur mes pensées envahissantes.

Dans le magasin, la rétine agressée par les néons et les oreilles assourdies par les annonces publicitaires, je poussai le Caddie sans grande conviction, suivant en silence Enzo et Julien. Je hochai épisodiquement la tête, pour leur faire croire que je participais activement à la conversation. Je n'avais qu'une hâte : quitter cet endroit et me retrouver seul.

— Si tu continues à ignorer la vendeuse, murmura Julien en me gratifiant d'un coup de coude dans les côtes, c'est Enzo qui va finir avec son numéro de téléphone.

— Enzo finit toujours avec les numéros de téléphone, répondis-je, sans enthousiasme.

Nous étions en zone d'attente, assis sur les fauteuils les plus inconfortables du monde. Je regardais, sans vraiment le voir, un écran où défilait un film publicitaire vantant les mérites d'un produit décapant.

— Certes. Mais je crois que c'est toi qui lui plais. Elle n'a pas arrêté de te regarder, pendant qu'on attendait la commande de peinture.

Je jetai un coup d'œil dans le Caddie : effectivement, des pots de peinture y avaient été entassés et nous stationnions désormais à un autre guichet derrière lequel se tenait une jeune femme brune, assez jolie, au sourire timide.

— C'est tout à fait ton genre, en plus, renchérit Julien.

— Mon genre ?

— Jolie, tendance ingénue, sourire discret, cheveux longs.

Je relevai les yeux vers la jeune femme... qui baissa instantanément les siens. En temps normal, j'aurais au moins engagé la conversation avec elle. Mais aujourd'hui j'étais comme paralysé, revivant en boucle mon échange de la veille avec Eileen.

— Je passe mon tour, dis-je avec un sourire.

— Vraiment ? s'étonna mon ami. Habituellement, je compte les points entre Enzo et toi, tu rends les armes ?

— Pour le moment, oui. Je n'ai pas vraiment la tête à ça...

— La tempête Amélie a fait des dégâts ?

Je ne pus m'empêcher de rire à la mention du mot « tempête ». Je devais admettre que ça lui allait bien : Amélie avait toujours eu une énergie folle, qu'elle mettait au service d'elle-même. Elle ne laissait personne indifférent et se fichait éperdument de ce qu'on pensait d'elle. C'était ce que j'appréciais le plus chez elle : sa confiance en elle.

Alors oui, Amélie était une tempête, une tempête qui vous secoue, qui vous stimule et qui vous emporte avec elle. C'est ce qu'elle avait fait avec moi : elle m'avait emporté avec elle et nous avions vécu notre histoire à une vitesse folle.

C'était pour cette raison qu'Amélie m'en voulait. Parce que je n'avais pas suivi son rythme ni sa direction. Je n'avais été ni grandiose ni romanesque.

Je crois même que, même si j'aimais Amélie avec tendresse et amitié, je n'avais pas été réellement amoureux d'elle. Elle avait toutes les raisons de m'en vouloir.

— J'aime l'idée de la tempête, répondis-je à Julien.

— C'est comme ça que je la vois. Elle arrive dans une bourrasque, elle attire l'attention et, dans une nouvelle bourrasque, elle s'évapore.

— Tu es trop poétique pour un mec au rayon… pinceaux, rouleaux et accessoires de peinture, dis-je en lisant la pancarte au-dessus de nos têtes.

— Vous êtes toujours amis, n'est-ce pas, Amélie et toi ?

— Je crois. Je m'en voudrais d'avoir ruiné ça aussi.

— Elle finira par se calmer.

— C'est ce que tout le monde dit. Alors j'espère que tout le monde a raison.

— Les tempêtes finissent toujours par se calmer. En attendant, si j'ai bien compris, tu te la joues ascète ?

D'un mouvement du menton, il désigna encore la vendeuse. Elle parlait toujours avec Enzo, mais parvint à me jeter un coup d'œil. Jolie, oui. Mais mes doigts picotaient encore agréablement du contact de ma peau avec celle d'Eileen.

— Il te suffirait de débouler là maintenant, pour damer le pion à Enzo.

— Damer le pion ? m'esclaffai-je. Tu traînes trop avec Diane !

— Pas vraiment, non. Mais on se parle beaucoup.

Pendant un instant, Julien se perdit dans ses pensées. Il finit par m'adresser un sourire, un peu triste. Je me sentis brutalement coupable. Frustré et déçu par ma nuit blanche, je n'avais même pas pris des nouvelles de mes amis. Chassant mes pensées en boucle sur Eileen, je lui donnai, à mon tour, un coup de coude dans les côtes.

— Et toi, ça va ? demandai-je.

— Je déteste cette question.

— Pas autant que je redoute ta réponse.

— Ça va, répondit-il finalement. J'ai réussi mes derniers examens, je termine ma spécialisation, mes parents m'ont laissé la clé de la cave, je dors seul depuis des lustres, Enzo va m'économiser l'entretien de ma voiture et je parviens même à faire du bon café.

Il fit une pause et s'enfonça dans son fauteuil. Ça faisait un paquet d'informations. Mais aucune n'avait vraiment d'intérêt.

— Cette histoire de café est quand même l'événement de l'année. On devrait appeler le journal local.

— J'essaye de devenir adulte, Stan. Tu devrais essayer.

— Je ne fais que ça, me défendis-je. Regarde, je suis dans un magasin de bricolage, à discuter avec mon meilleur ami, je n'ai pas pris une cuite depuis le début des vacances et aucune fille n'est ressortie honteusement de ma chambre au petit matin !

Julien mima une moue admirative, avant d'applaudir sans masquer la pointe d'ironie dans son regard.

— Dis-moi juste si tu vas bien, insistai-je.

— Ma dernière scintigraphie est parfaite.

— C'est génial, répondis-je avec une joie non dissimulée. Vraiment génial !

— Ouais. Je trouve aussi. Tu sais, à propos d'Amélie, Enzo m'a dit qu'elle avait rencontré quelqu'un et que...

— Je sais, le coupai-je.

— Ce que je veux dire, c'est que... disons que... enfin vu que je sais faire du café maintenant, si une fille sort de ta chambre, je pourrai au moins lui proposer ça.

— On est tous ravis que tes talents de barista soient enfin révélés au grand jour, mais, comme je te le disais, je passe mon tour.

Enzo était désormais accoudé au comptoir, parlant avec la vendeuse comme s'il la connaissait depuis toujours. Je passai une main sur mon visage. J'avais la sensation de garder un secret honteux… alors que je ne regrettais rien des événements de la veille. Je me sentais maintenant coupable de ne pas avoir été saluer Eileen ce matin. Elle devait penser que je la fuyais.

— Si tu veux en parler, tu sais que je suis un parfait confident.

— Parler de quoi ?

— De ce qui t'empêche de dormir.

— C'est… compliqué, éludai-je.

— Tu devrais en parler à Eileen.

Entendre son prénom me fit presque sursauter. Je fixai Julien, me retenant de le bombarder de questions. Il avait regardé le film avec nous, peut-être avait-il remarqué quelque chose. Ne rien dire était déjà difficile, je ne me voyais pas lui mentir.

— Eileen ?

— Je sais que je n'ai aucune chance en tant que confident, elle a déjà pris le poste, finit-il dans un rire.

— Probablement.

— Tu devrais lui en parler, elle donne souvent de bons conseils.

Nous échangeâmes un sourire. Nous savions tous les deux que nous partagions le même souvenir, celui qui nous avait fait rire aux larmes au cinquième étage d'un hôpital et qui avait provoqué une salve de regards agacés.

Notre commande fut enfin annoncée, et je vis Enzo noter un numéro de téléphone sur son portable.

— Prévisible, murmura Julien en se levant de son fauteuil. Et tout ça, avec deux heures de sommeil seulement ! Je suis officiellement jaloux !

— Peut-être que tu devrais faire sortir honteusement des filles de ta chambre, suggérai-je.

— C'est évident. Il y aura sûrement des vendeuses au magasin de meubles. D'ailleurs, c'est une de tes premières missions demain.

— Les vendeuses ?

— Les meubles. Tu es en binôme avec Eileen toute la matinée, ça vous laissera le temps de discuter et de monter les meubles. Il faut aussi que...

La suite des explications de Julien se perdit dans le brouhaha du magasin, entre les annonces hurlantes dans les enceintes, le vacarme des magasiniers rassemblant notre commande et la catastrophique musique d'ambiance. C'était sans importance, j'avais de toute façon cessé d'être attentif dès qu'il avait prononcé le prénom d'Eileen.

Une matinée entière avec elle... Comme dirait Diane, ça tombait à pic.

Le jour où Julien a eu une insomnie

Julien
Mars 2019

— Alors, tu rentres quand chez toi ?

La question d'Amélie, naïve et brutale, me tira un sourire. Allongé dans mon lit, branché à deux machines, alimenté en médicament grâce à une perfusion et habillé d'un superbe pyjama à motif canard – merci, maman pour ce cadeau –, je lui offris un pâle sourire.

— Pas tout de suite, à l'évidence, répondit Enzo en fronçant des sourcils.

— Pas tout de suite, non, affirmai-je. J'ai encore deux séances de chimio pour finir ce deuxième protocole.

— On t'a ramené de quoi manger, m'annonça Stan en sortant un gâteau au chocolat de son sac à dos.

Puis il fit apparaître un couteau et commença à le découper. Je secouai la tête. Depuis le début des traitements, rien n'avait vraiment de goût. Et, quand bien même ce ne serait pas le cas, je ne gardais quasiment rien dans l'estomac. En quelques mois, j'avais perdu plus de dix kilos, au grand désespoir de mon oncologue.

— Ne vous privez pas pour moi, dis-je, en voyant que personne n'osait se servir.

— On l'avait fait pour Diane. Avant qu'elle annule.

— C'est son anniversaire, je sais, soufflai-je, ruminant encore ma déception de ne pas voir ma troupe d'amis au complet.

— Elle a un vol ce soir pour une audition importante à Londres, expliqua Eileen. Elle était vraiment désolée de ne pas pouvoir venir.

— Elle m'avait parlé de cette audition. Je prendrai des nouvelles demain. Allez, servez-vous ! Sinon mes médecins finiront par le manger. Tandis qu'Enzo avait choisi de s'installer sur une des chaises, les trois autres avaient fini par s'asseoir sur mon lit. Même dans cette chambre verdâtre et froide, nous avions vite retrouvé nos habitudes : Eileen me parlait de ses cours, Stan se lamentait sur son prof de pâtisserie, Amélie râlait sur la météo trop humide, Enzo parlait des dernières pièces de voiture qu'il avait dénichées.

Avant d'être malade, ces conversations me paraissaient banales. Maintenant, elles me semblaient incroyables. Sûrement parce que j'étais nostalgique de ma vie normale d'étudiant sans problème.

— J'ai hâte de reprendre les études, dis-je finalement.

— Tu n'as pas vraiment dit ça, répliqua Amélie, alarmée.

— Si, je t'assure. J'ai hâte de revenir en cours, d'arpenter les couloirs, de prier pour qu'un prof soit absent en fin de journée et même de manger les pâtes trop cuites, sauce coupée à l'eau de la cafétéria.

— Mon pauvre vieux, t'es vraiment malade, plaisanta Stan.

Je ris avec lui, avant de m'arrêter net en sentant une douleur intense m'écraser la poitrine. Je grimaçai, avec la sensation que ma cage thoracique était prise en étau. Peinant à respirer, je vis mes amis se lever d'un bond et me regarder avec inquiétude et impuissance. Les yeux clos, je tentai de reprendre mon souffle et de canaliser ma douleur.

— Tu veux qu'on appelle un médecin ? demanda Enzo.

— Ça ira, exhalai-je, d'une voix rauque.

Près de moi, les machines s'affolèrent et les alarmes s'enclenchèrent dans un vacarme sinistre. Je soupirai lourdement, lassé autant des machines que de ma propre vie. Ces sons stridents m'accompagnaient régulièrement et affolaient les infirmiers. Généralement, une équipe déboulait en moins de trente secondes, s'assurant que j'étais encore en vie et arrêtant ces insupportables bips.

— Julien, ça va ?

Comme prévu trois infirmiers entrèrent dans ma chambre, écartant mes amis pour s'occuper de mes machines hurlantes. Je fermai les yeux à nouveau, pendant que l'un d'eux abaissait le lit pour me coucher totalement. Les alarmes cessèrent, alors que je ne parvenais pas à retenir mes larmes.

J'entendis une autre voix demander à mes amis de quitter les lieux, tandis que la douleur, maintenant plus soutenable, semblait se diffuser dans tout mon corps, me ceinturant des tempes jusqu'aux orteils.

— Tu es à combien ? demanda mon infirmier habituel.

— Six, soufflai-je.

— Et en vrai ? insista-t-il.

— Six et demi.

Je m'autorisai un sourire et rouvris les yeux pour voir mon infirmier secouer la tête. Il avait l'habitude de m'entendre mentir au sujet de ma douleur. La seule et unique fois où j'avais été honnête, il m'avait donné un antidouleur si puissant que j'avais passé les trois jours suivants complètement anesthésié et incapable même de tenir assis sur mon lit.

Du coin de l'œil, je le vis pousser une seringue dans mon intraveineuse et, quelques secondes plus tard, la douleur reflua, remplacée par une sensation de flottement cotonneux. Je respirais mieux, mais mes larmes coulaient toujours, comme incontrôlables.

— Tu veux que je fasse revenir tout le monde ?

Mon infirmier, Frédéric, m'avait vu dans les moments les plus humiliants de mon traitement. Il connaissait mes parents, partageait mes soirées télé-réalité où on se moquait des candidats, me ramenait de la vraie nourriture en douce et me racontait les potins les plus croustillants de l'hôpital. Je le connaissais bien, et, à sa mine inquiète et à son front plissé, je me doutais que mon état le préoccupait.

— C'est moche, hein ? demandai-je, la voix enrouée.

— Assez, oui, admit-il.

Avec douceur, il prit un mouchoir de mon chevet et effaça mes larmes. La honte était plus insupportable que n'importe quelle douleur. Je pivotai la tête vers la machine, observant les battements de mon cœur apparaître sur l'écran. J'étais toujours en vie, mais je ne savais plus m'en réjouir.

— Alors, c'est laquelle ? lança-t-il.

— Laquelle ? répétai-je.

— La fille qui te plaît. Il y en a forcément une des deux dans le couloir qui te branche un peu, insista-t-il.

— Normalement, elles sont trois, corrigeai-je. Diane est partie à Londres pour chanter.

— Oh ! donc c'est celle qui n'est pas là ?

— Non. Aucune d'entre elles. On est juste très amis. Et puis, honnêtement, quelle fille voudrait d'un mec dans mon état ?

— Deux chambres plus loin, il y a Lucille. Aussi chauve que toi, mais très joli sourire. Je vous mettrai l'un près de l'autre lors de votre prochaine séance.

Je me contentai de sourire : je n'avais pas la force d'argumenter. Ma décision était pourtant prise. Ce cancer aurait ma peau. Je le savais. Cette chimio ne faisait que retarder l'échéance. Je n'avais jamais été un mec très patient, et là, j'avais envie d'en finir. La douleur, les visites de mes parents aux yeux constamment rougis, mes amis qui blêmissaient à chaque bip des machines. Je ne le supportais plus.

Frédéric quitta ma chambre après avoir vérifié à nouveau les machines et mon intraveineuse.

L'instant suivant, mes amis remplissaient ma chambre. À voir leurs mines, ma petite crise les avait secoués. Dans leurs regards se disputaient appréhension et soulagement. J'étais toujours dans le coton, incapable de vraiment me concentrer et luttant contre le sommeil. Cette crise m'avait épuisé.

— Vous auriez dû aller au ciné, dis-je avec un petit sourire.

— Et manquer le moment où tu tiens le premier rôle ?! s'exclama Amélie.

— C'est toi la star, murmurai-je.

Mes paupières pesaient trois tonnes. Elles tombaient lourdement, et je luttai pour les soulever. Je ne voulais pas sombrer, pas avec eux ni devant eux.

— Tu veux qu'on te laisse ? m'interrogea doucement Eileen. Tu as l'air exténué.

Je secouai la tête. J'avais encore assez d'énergie pour mentir. Je voulais grappiller du temps avec eux, parce que ça m'aidait à me sentir vivant et normal. Rester seul dans cette chambre me rendait fou, la solitude me pesait, et l'idée de ne jamais en sortir sur mes deux jambes me tourmentait.

— On va te laisser, déclara Enzo, alors que mes paupières se fermaient de nouveau.

Il pressa ma main dans la sienne en guise de salut. Amélie m'embrassa sur le front, laissant son parfum épicé flotter autour de moi.

— Le moment le plus érotique de l'année, marmonnai-je.

— Pour moi aussi, me confia-t-elle dans un chuchotis à l'oreille. On revient vite.

Eileen l'imita, m'embrassant doucement sur le front en me souhaitant de me reposer. Je parvins à rouvrir les yeux, croisant furtivement son regard. Elle était inquiète et triste. Je risquai un pâle sourire et parvint à saisir sa main dans la mienne.

— Ça va aller, dis-je.

— Tu vas me faire pleurer, répondit-elle en serrant ma main si fort qu'elle aurait pu aisément me briser les os.

— Je ne fais pas pleurer les filles. J'ai trop peur qu'elles me bottent les fesses après !

Eileen laissa échapper un petit rire, puis ravala ses larmes. Stan surgit derrière elle pour l'attirer contre son torse, le bras autour de sa taille.

— Tu as un fan-club très envahissant, plaisanta-t-il.

— Tu es jaloux, lui fis-je remarquer.

Eileen s'échappa, rejoignant Enzo et Amélie déjà à la porte. Comme l'avait fait Enzo, Stan pressa sa main dans la mienne, me soutenant silencieusement. Quand il voulut me lâcher, je le retins.

— Tu es un abruti, lui murmurai-je.

— Merci. Je t'aime bien aussi, tu sais, répondit-il avec humour.

— Tu es Stan des putains de toilettes, mec. De quoi as-tu peur ? rétorquai-je, agacé.

— Actuellement, de ta tête. Tu es effrayant de fatigue.

— Je suis malade, Stan. Pas fatigué. Malade, répétai-je.

Je libérai sa main et, à nouveau, il me fit un petit signe d'encouragement. Même s'ils venaient aussi souvent que possible me rendre visite, ma maladie restait taboue. Jamais ils n'en parlaient, et je ne faisais rien pour évoquer le sujet. Mais, après ma quinte de toux, c'était illusoire d'ignorer la situation.

— Prends soin de toi, Julien. On reviendra demain, déclara Stan en se dirigeant vers la porte.

Je tournai la tête vers mes quatre amis, jaloux de les voir en bonne santé et encore plus envieux de les voir quitter cette chambre.

— Tu seras toujours un abruti ? lançai-je à destination de Stan.

— Je le crains, oui.

Nous échangeâmes un sourire, sous les regards interloqués des trois autres. Stan était un abruti. Un abruti chanceux, mais un abruti.

Après leur départ, je parvins à grignoter un morceau de gâteau au chocolat. Les yeux rivés sur la fenêtre, j'observai la tempête de ciel bleu qui se déroulait sans moi. J'avais souvent la sensation d'être écarté du monde, malgré moi. En fin de journée, mes parents me firent une visite surprise.

Pendant mes hospitalisations, mes parents s'assuraient que je ne manquais de rien. S'ils avaient pu, ils auraient même embauché un cuisinier privé pour que je puisse manger convenablement.

— Je ne savais pas que vous viendriez aujourd'hui, dis-je finalement à ma mère.

— Ce n'était pas prévu, répondit mon père.

Je n'eus pas le temps de poser plus de questions. On frappa à la porte, qui s'ouvrit, laissant apparaître mon oncologue. Le visage de ma mère se ferma, et mon père posa une main sur son épaule, comme pour lui éviter de s'effondrer. Je me redressai dans mon lit, prêt à affronter ce que je savais déjà être une mauvaise nouvelle.

— On fête quoi aujourd'hui ? demandai-je. Vous avez tous la mine réjouie des grands jours !

— Nous sommes venus te voir pour te parler de tes derniers examens.

La voix de mon oncologue était aussi grave que son visage. Ce n'était pas bon signe. Puis, il soupira. Un soupir long, pénible, douloureux. Un soupir qui valait pas loin d'un dix.

Après le départ de mon médecin et de mes parents, j'avais été incapable de toucher à mon plateau-repas. J'avais fixé le mur, perdu et découragé. La chimio fonctionnait... mais pas autant qu'espéré. La tumeur principale n'avait que peu diminué et, désormais, résistait. J'avais maintenant le choix : soit j'acceptais une nouvelle cure, soit... soit on attendait de voir comment la maladie se développait.

J'enfonçai la tête dans mon oreiller, maudissant mon destin. Je pris mon téléphone, relisant les messages envoyés par tout le monde, me promettant un rétablissement rapide. Ma vie était dans toutes ces photos : mes parents, mon dernier anniversaire sans la maladie et avec mes cheveux, mes amis à la sortie du lycée, nos quarts d'heure de gloire, nos dernières vacances d'été.

Les yeux fermés, je pouvais encore sentir le sel de l'océan sur mes lèvres.

Ou me régaler d'un plat de Stan.

Ou rire avec Enzo à en avoir mal à l'estomac.

Ou tenter de comprendre la mode avec Amélie.

Ou d'apprendre à Eileen à lire une carte.

Ou entendre Diane chanter.

C'était ça être malade : c'était regretter les bons moments. Regretter de les avoir vécus, parce que ça m'avait rendu heureux et que, maintenant, j'avais l'impression de les voir s'envoler. Le cancer me volait tout : ma vie, mon corps, mes souvenirs, mon temps et tous mes rêves.

— Il y a quelqu'un pour toi.

La voix de Frédéric, mon infirmier, me tira de mes pensées moroses. J'avais tenté de dormir, préférant oublier ma vie dans le sommeil plutôt que de l'affronter, en vain. Le cancer me volait maintenant mon sommeil.

— Qu'est-ce que tu racontes ? l'interrogeai-je, sans masquer mon agacement.

— Il y a quelqu'un pour toi. Enfin, je crois.

Il alluma la lampe, m'éblouissant un court instant. Puis, il tira les rideaux de ma fenêtre - un cadeau de ma mère parce que les volets étaient cassés - et s'empara du fauteuil roulant.

— Je peux encore marcher, grommelai-je en m'extirpant du lit. Tu dois te tromper, les horaires de visite sont terminés depuis quelque temps.

— Je sais. Mais je sais que c'est pour toi.

Frédéric m'aida à me lever, un air joyeux sur le visage pour me diriger vers la fenêtre. En jogging et vieux T-shirt, avec mon corps amaigri et sans force, je ressemblais à un fantôme. Mon reflet dans le miroir de la salle de bains me fit presque peur. Je n'étais plus moi-même, je n'étais que le cancer.

— Et pourquoi crois-tu que c'est pour moi ?

— Parce qu'elle chante. Tu m'as bien dit que tu avais une amie qui chantait ?

— Oui, mais...

Il ouvrit la fenêtre et, l'instant suivant, la voix de Diane, puissante et habitée entra dans ma chambre et se faufila partout sur ma peau, me collant la chair de poule. Trois étages plus bas, Diane chantait, les yeux clos, sans micro ni robe imposante. Elle avait simplement tracé un cœur sur le sol, à la craie, annoté d'un « avec toi » qui me fit presque défaillir. Je me cramponnai à la fenêtre, me concentrant sur sa voix, pendant que mon corps semblait se redresser avec fierté.

— C'est pour toi, non ? demanda Frédéric.

Je hochai la tête, fasciné par mon amie. Sa voix effaçait tout : la douleur, les mauvaises nouvelles, mes doutes. Elle chantait à s'en fendre l'âme et, même si je ne comprenais rien aux paroles, je devinais de l'espérance et une pointe de joie. Je fixai son visage, découvrant des larmes roulant sur ses joues. Je ne retenais plus les miennes, lourdes, mélange de peine, d'affection et de gratitude. Sa voix monta crescendo, me faisant frissonner, avant de vibrer d'émotion et de s'éteindre progressivement.

Quand elle rouvrit les yeux, ce fut pour planter son regard baigné de larmes dans le mien. Elle passa les mains sur ses joues avant de me sourire. Je n'avais pas la force de descendre, encore moins de courir pour la rejoindre, mais c'était sans importance. Pendant que d'autres fenêtres s'étaient ouvertes et que mes voisins de chambre applaudissaient sa prestation, nous étions les yeux dans les yeux, seuls au monde, à nous promettre d'être toujours là, l'un pour l'autre.

Elle quitta les lieux sans un mot de plus, sa voix semblant encore être suspendue au-dessus de nous.

Frédéric referma la fenêtre, toujours sous le choc, mais heureux. La voix de Diane était ce dont j'avais besoin pour me donner de l'espoir et de la force. Elle avait probablement annulé son audition pour venir ici. Une pointe de culpabilité me piqua l'estomac.

Tu as annulé ton audition pour faire ça ?

Je n'avais jamais tapé un message aussi vite. Et je n'avais jamais fixé mon écran aussi intensément à attendre que sa réponse apparaisse.

— Tu vaux bien plus qu'une audition, lâcha-t-elle en riant, dès que je pris la communication.

— Tu n'aurais pas dû. Tu aimes chanter et...

— Et j'ai chanté. Pour toi. Mon meilleur concert !

Je m'assis sur mon lit, le souvenir de sa prestation suffisant à me faire frémir. Je devinais son souffle et, même si ni elle ni moi ne décrochions un mot, c'était la conversation la plus agréable et réconfortante que j'avais eue depuis des semaines.

— Je n'aime pas te voir là-dedans, continua-t-elle. J'ai l'impression... Je me sens impuissante et inutile. On te raconte nos vies, alors que la tienne... Chanter... Bon, c'est vrai que ça ne te sert pas à grand-chose, mais...

— Au contraire. C'était génial de t'entendre.

À nouveau le silence. Doux, chaud et apaisant.

— Je viendrai demain, annonça-t-elle.

— J'ai une séance de chimio demain. Je ne serai pas au meilleur de ma forme.

— Je viendrai demain, répéta-t-elle avec conviction.

Elle coupa la conversation et je restai longuement à fixer mon téléphone, comme sous le choc de ce qu'il venait de se passer. Je passai une nuit agitée, secoué par des douleurs résiduelles et des rêves inachevés.

Le lendemain, comme prévu, Diane était là. Sa prestation de la veille lui avait fait marquer des points auprès des médecins et avait suffi à lui permettre de franchir les portes en dehors des horaires de visite habituels. Aussi, elle assista à la mise en place de ma nouvelle séance de chimio, les yeux rivés sur moi pendant que Frédéric vérifiait que tout était en place.

Dès qu'il fut parti, elle vint s'asseoir près de moi et resta silencieuse pendant que les médicaments se diffusaient.

— Je ne suis pas certain que ça fonctionne, murmurai-je.

— Vois ça comme un saut dans le vide. Si le parachute s'ouvre, tu pourras profiter du paysage.

— Et s'il ne s'ouvre pas ?

— Il s'ouvrira, Julien. Il s'ouvrira. Maintenant, chut, il faut que tu te concentres sur le paysage.

Je lui étais reconnaissant de ne rien dire. Tout le monde pensait qu'on devait me faire la conversation.

C'était la solitude qui me pesait, pas le silence. La solitude et la sensation de vide sous mes pieds. Avec Diane, le vide existait toujours, insondable et quasiment inévitable, mais, en me tenant la main, elle m'évitait de tomber trop vite dedans.

En fin d'après-midi et alors que je subissais les effets secondaires de ma prise de médicaments, Diane était assoupie près de moi, sa tête sur mon torse, mon bras autour de ses épaules. Ça aurait dû être inconfortable, pourtant, je n'avais aucune envie de bouger. Aussi, quand la troupe débarqua, armée de jus de fruits et d'une tarte aux noix de pécan, ils nous trouvèrent l'un contre l'autre, Diane endormie, et moi, luttant contre un début de migraine carabinée. Je posai mon index contre mes lèvres, leur intimant de se taire.

Ils ne posèrent aucune question et me saluèrent de loin, restant sagement à l'autre bout de ma chambre, le nez plongé dans leurs téléphones respectifs. Seul Stan nous fixa, sourcils froncés, comme s'il cherchait à décrypter une énigme. Après quelques secondes, il secoua la tête et laissa échapper un petit rire.

L'instant suivant, mon téléphone vibra sur mon chevet. Je tendis le bras pour découvrir un message de Stan, désormais en conversation avec Eileen.

Tu es un abruti.

Chapitre 6

Eileen

Autant mon maillot de bain corail était déformé - voire informe -, passe-partout et aussi vieux que mon dernier cours de piscine - en primaire, si mes souvenirs étaient bons -, autant ce bikini, bleu roi, rehaussé de touches d'or était… spectaculaire.

Et digne d'une danseuse de samba au carnaval de Rio. Les plumes et la grâce en moins.

Je passai une bonne minute à m'examiner dans le reflet du miroir de la cabine. Je n'avais aucune passion pour la mode et aucune patience pour y attacher de l'importance. À l'hôpital, j'étais en tenue ; chez moi, je traînassais en jean ou en jogging. À l'occasion, quand je sortais, j'exhumais une robe et une paire de talons.

Cet essayage était donc historique et très embarrassant. J'ajustai les deux anneaux qui tenaient le bas de mon maillot sur mes hanches et replaçai mes seins dans les bonnets. Bleu roi, avec des touches d'or et visiblement magique, car ma poitrine paraissait plus à son avantage. Je n'étais pas certaine d'aimer ça.

— Allez, Eileen, tu nous montres ?

La voix d'Amélie me fit presque sursauter. Je pivotai à nouveau devant la glace, tirant sur le bas du maillot pour qu'il masque un maximum de peau. Ce n'est qu'à cet instant que je compris d'où venait le problème.

— Tu es sûre d'avoir pris la bonne taille ? demandai-je planquée derrière le rideau.

— Certaine, affirma Amélie. Allez, sors de là ! Je suis sûre que tu es canon là-dedans !

Je tripotai l'anneau doré, coincé entre mes seins, nullement convaincue. Amélie était notre diva, spectaculaire, exubérante, attirant la lumière avec facilité et aisance. Pour elle, faire des essayages et porter un tel maillot était presque le quotidien. Mais je lui en étais reconnaissante : en étant mon parfait opposé, elle me poussait dans mes retranchements.

Je poussai un soupir et tirai le rideau suffisamment pour y glisser la tête. D'un coup d'œil, je vérifiai qui était là. Amélie, assise dans un fauteuil en velours rouge, guettait ma cabine, pendant que Diane vérifiait sa tenue dans un miroir.

— Pourquoi Diane a le droit d'essayer des robes longues, alors que je dois me pavaner en maillot ? demandai-je.

— Parce qu'il n'y a que le vin, le fromage et Brad Pitt qui vieillissent bien, Eileen. Pas les maillots de bain !

Diane esquissa un sourire amusé, avant de capter mon regard agacé. Elle s'intéressa de nouveau à sa tenue, tirant sur les pans de sa robe vaporeuse noire pour laisser apparaître une interminable fente.

— Diane a besoin de robes pour ses prochains concerts, expliqua finalement Amélie.

— Amélie m'a promis une de ses créations, ajouta Diane.

— Je peux t'en faire une aussi, me proposa Amélie avec un large sourire.

— Contrairement à Diane, je n'ai pas souvent l'occasion de mettre une de tes créations, Amélie, lui fis-je remarquer. Combien mesurait la traîne de ta dernière robe de mariée déjà ?

— Quinze mètres d'organza froufroutants, répondit-elle, en se rengorgeant. Une de mes plus belles créations.

— Voilà. Eh bien, je ne suis pas très frou-frou de toute façon ! plaisantai-je. Ça ne va pas avec ma tenue.

Je rentrai dans la cabine, vérifiant à nouveau mon reflet. Je remontai mes mèches bouclées dans une pince. Je me plaçai de profil, grimaçant à la vue de mon corps – ni musclé ni fuselé – et de ma peau pâle, à l'exception des deux coups de soleil massifs qui ornaient mes épaules, marques de maillot incluses.

— Rien de ne va avec le vert pistache de ta tenue de sage-femme. Tu te rends compte que c'est la première chose que les nouveau-nés que tu aides à venir au monde voient ? Allez, sors de là, maintenant !

— Les nouveau-nés ne distinguent pas les couleurs, Amélie, dis-je en riant.

— Eh bien, ils ne savent pas la chance qu'ils ont ! Parce que, personnellement, ce pistache me file de l'urticaire.

— Aucun regret, murmurai-je, songeant à mon échange avec Stan.

Je tirai le rideau, incertaine, fuyant volontairement le regard acéré et professionnel d'Amélie, et me dirigeai vers le mur de miroirs devant lequel se tenait Diane. Nos yeux se croisèrent, et elle hocha la tête en signe d'approbation.

— Ça te va comme un gant, dit-elle.

— On devrait mettre un paréo, suggérai-je, mal à l'aise.

— Un paréo ? Pour cacher ce chef-d'œuvre ? s'exclama Amélie. C'est hors de question !

Elle se plaça derrière moi, contemplant ma silhouette d'un œil expert. J'attendais son verdict avec fébrilité. J'étais parvenue à sortir de cette cabine à moitié nue, je ne comptais pas renouveler l'expérience en multipliant les essayages.

— Comment te trouves-tu ? demanda Amélie.

— Dénudée, grommelai-je.

Du coin de l'œil, je m'assurai que personne ne surgisse dans la zone des cabines. Je n'avais pas spécialement envie de me faire reluquer – au mieux – ou juger – au pire – par d'autres clients.

— Eileen, tu as admis toi-même que tu avais besoin de faire du shopping, me rappela Amélie.

— C'est vrai. Mais... disons que je ne suis pas habituée à ça.

— C'est un bikini, Eileen. Désolée, ils ne l'ont pas en vert pistache. Mais, si tu préfères, ils l'ont en argenté intégral.

— En argenté ? répétai-je.

— Argenté.

— Pour ressembler à un homard en papillote ?

Diane rit près de moi. Avec sa peau mate, Diane prenait le soleil parfaitement, arborant ensuite un bronzage pain d'épice qui s'accordait avec ses yeux noirs et ses longs cheveux bruns.

— Tu es superbe, déclara Diane. Et tu ne ressembles pas à un homard.

— Je savais que tu n'étais pas prête pour l'argenté. C'est pour cette raison que le bleu me semblait un bon début, reprit Amélie.

Elle posa ses mains sur le haut de mes bras et, par le miroir interposé, planta son regard rieur dans le mien, terrifié.

— Tu n'as pas besoin d'un paréo, Eileen. Tu es belle, je t'assure. Avec Diane, nous n'avons pas trouvé d'explication à ton célibat.

— Parce que vous parlez de mon célibat, ensemble ? les interrogeai-je tour à tour.

— Section « Grandes énigmes de l'histoire ». Tu es juste après le chapitre sur le sourire de Mona Lisa et avant celui sur le triangle des Bermudes. Mais maintenant que j'y réfléchis, je pense que cette histoire de vert pistache éclaire le sujet.

— Il y a des tonnes de raisons à mon célibat : mon métier, mes horaires, mon tempérament casanier, mon sens de l'humour affreux. Et puis, il y a vous tous : cinq autres bonnes raisons qui expliquent que je suis seule.

— Parce qu'on te suffit ? se réjouit Diane.

— Parce que vous foutez la trouille à n'importe qui ! corrigeai-je.

— Ce bleu te va bien, Eileen, assura Amélie. Ce bleu te va super bien. Ce bleu va te donner confiance, il va montrer au monde la fille incroyable que tu es. Peut-être même qu'il va sauver ta vie sentimentale.

Elle m'adressa un sourire sincère qui parvint à me rasséréner. Plus confiante, j'osai me regarder dans le miroir. Les spots renvoyaient une lumière chaude et, sous mes pieds, la moquette était si épaisse que je pouvais m'y enfoncer. Je pris une profonde inspiration et hochai la tête.

— C'est vrai, insista Diane. Ce bleu te va bien.

— Et quand tu iras à la plage cet après-midi, avec ce maillot et auréolée de toute ta magnifique confiance en toi, tu seras radieuse.

— Et il n'y aura plus de célibat ! renchérit Diane.

— À mon avis, avec ta silhouette, tu pourrais te permettre un maillot plus échancré.

— La plage et le reste du monde devront se contenter de ce maillot, répondis-je.

Amélie hocha la tête, entérinant ainsi mon choix, avant d'être interpellée par une des conseillères de la boutique. Elle s'éloigna, me laissant seule avec Diane qui tournait sur elle-même, vérifiant le dos nu de sa robe.

— Il faut que tu la prennes, continuai-je, alors que mon amie s'examinait dans le miroir.

— Pas sûre que la fente soit très correcte pour de la scène, répondit-elle en pivotant à nouveau.

Son regard se voila furtivement, avant qu'un large sourire n'éclaire son visage. Diane avait toujours été secrète, voire énigmatique. Elle gardait ses pensées pour elle, ne laissait jamais ses états d'âme prendre le dessus et, en toutes circonstances, arborait un visage neutre.

— Tu étais sérieuse hier soir ? lui demandai-je. Pour le chant.

— J'y pense souvent, admit-elle. J'aime chanter. J'adore chanter, même. Mais j'ai la sensation d'être seule.

— On fait illusion, dis-je en retournant à ma cabine.

Je me débarrassai de mon maillot à toute vitesse et renfilai mon jean raccourci au niveau des chevilles et mon débardeur noir. Dans l'autre cabine, j'entendis Diane faire de même et nous sortîmes au même moment, nos achats à la main.

— Illusion ? lança-t-elle.

— On ne se voit pas beaucoup hors de ses vacances. Enzo travaille sans relâche, Julien étudie et enchaîne les stages, Amélie passe plus de temps avec sa machine à coudre qu'avec nous, et Stan et moi vivons en décalé avec nos horaires. On culpabiliserait que tu t'arrêtes pour nous.

— Ça va plus loin que ça. J'ai juste… J'ai l'impression de… C'est étrange à expliquer, mais c'est comme si je loupais une partie de ma vie, comme si j'étais un courant d'air permanent dans la vie des gens.

— Tu n'es pas un courant d'air permanent, Diane. On fait de notre mieux, mais tu ne peux pas sacrifier le chant. Tu… Tu es le chant, Diane. Ce que tu fais, c'est…

Les mots me manquaient. Le seul qui aurait pu la convaincre, Julien, n'était pas là pour m'aider. Aussi, je préférais replonger dans nos souvenirs communs. J'aurais pu parler du jour où nous l'avions rencontrée ou du moment précis où nous nous étions tous levés pour applaudir, sidérés et éblouis par sa performance, le soir de son premier vrai récital.

— Tu changes le monde, Diane, dis-je finalement.

Elle éclata de rire et secoua la tête.

— J'ai vu Enzo pleurer en t'écoutant, poursuivis-je. Et pendant ce concert d'une heure, Amélie n'a pas une seule fois commenté la tenue des autres spectateurs. Et Stan… Stan a appelé Julien pour qu'il écoute en même temps que nous.

Son téléphone était resté consciencieusement sur sa cuisse. J'avais gardé les yeux rivés sur Diane pendant de longues minutes. Je l'avais déjà entendue chanter, et elle avait répété ce rôle pendant des mois. Mais la voir sur scène, vivre son récital et captiver autant de gens m'avait bouleversée.

— Tout va bien ? m'avait demandé Stan au bout de quinze minutes.

J'avais hoché la tête, incapable d'expliquer ce que je ressentais : un mélange de joie, de fierté, de fascination et d'amour. Mon cœur battait la chamade, et il me semblait que toutes mes émotions étaient à fleur de peau, prêtes à me submerger. Sans rien dire, Stan avait saisi ma main et avait noué ses doigts aux miens.

— Et toi ? demanda Diane avec curiosité.

— Comme Enzo, j'ai pleuré. Stan m'a passé un mouchoir et je me suis mouchée si bruyamment que toute la salle m'a assassinée du regard. Je n'ai jamais ressenti la même chose que ce soir-là, Diane.

Elle se contenta de sourire, pendant que je ravalais mon émotion à l'évocation de ce concert. Nous étions sortis de la salle sonnés, incapables de parler et les yeux brillants de fierté. « C'est notre copine qui fait ça », avait lâché Enzo en pointant la salle de l'index.

— Même avec Thomas ? m'interrogea Diane.

— Quoi avec Thomas ?

— La grande majorité des opéras ne font que parler d'amour fou et inconditionnel. Je ne fais que chanter ça, l'amour. Donc ce que tu as ressenti ce soir-là ne devait pas être si inédit.

Je ris à mon tour. Je n'avais jamais réfléchi à ce que j'avais éprouvé pour Thomas. Mais j'étais certaine que c'était à des années-lumière de mes émotions le soir de ce concert. J'avais été transportée par la voix de Diane… pendant que Thomas, lui, se contentait de me faire culpabiliser sans même prononcer le moindre mot.

— C'était inédit, Diane. Inédit et beau. Il faut que tu continues à chanter pour changer la vie des gens.

— Qui doit changer la vie de qui ? s'enquit Amélie en surgissant à nos côtés. Parce que je vous ai dégoté des tenues fa-bu-leuses pour ce soir !

Elle les sortit de son dos, les cintres pendant à ses doigts. Effarée, je jetai un œil à son butin, avant de relever les yeux vers Diane. Son sourire s'élargit, et elle s'empara de l'une des tenues pour foncer dans une cabine.

— Je me suis dit que cette couleur t'irait, dit Amélie en désignant ma tenue. Je te prêterai des talons, ajouta-t-elle avec un sourire de traîtresse.

À notre départ de la boutique, j'étais certaine que la vendeuse avait réalisé son chiffre du trimestre rien qu'avec mes achats. Mes sacs regorgeaient de tenues, pour à peu près toutes les situations, de la soirée after-work imprévu, à un improbable dîner aux chandelles, en passant par une séance intensive de courses au supermarché. Épuisée par ce shopping sportif, je renonçai à la plage, récoltant les huées d'Amélie et de Diane pour refuser d'étrenner mon charmant maillot. Ces dernières me laissèrent donc seule à la villa. Autant j'appréciais l'énergie du groupe, autant j'aimais aussi avoir des moments de solitude.

Après avoir rangé mes achats et soupiré, plus que dubitative, sur la robe qu'Amélie voulait me voir porter, je décidai de profiter de la piscine et du soleil. Mon ancien maillot m'attendait sur une des chaises de la chambre. Évidemment, à côté du nouveau, il faisait pâle figure.

J'étais seule et à l'abri des regards, je pouvais me permettre de porter un bikini sans redouter les jugements ou les coups d'œil pervers.

— Aucun regret, marmonnai-je. Stan, je vais te tuer pour m'avoir fait promettre ce truc !

Je râlai devant le miroir. Ce n'était pourtant pas nouveau que Stan m'embarque, malgré moi, dans des plans douteux et débiles. Grâce à lui, j'avais découvert qu'on pouvait partir en week-end en Grèce en le décidant le matin même, que chanter dans un ascenseur après une journée affreuse s'avérait bénéfique et que prendre une averse monumentale pour dénicher LE fromage italien fumé au bois de hêtre à l'autre bout de Paris n'était pas si dramatique.

Vu la grippe carabinée qui avait suivi cette chasse au fromage, j'étais clairement en mesure de dire que si, c'était dramatique et que mes cheveux ne s'en étaient pas encore tout à fait remis.

Je ne savais pas comment il faisait ça, comment il parvenait à me convaincre de le suivre les yeux fermés et de lui faire confiance. Notre amitié, sûrement. L'habitude aussi. Sa conviction, probablement. Stan était déterminé et savait communiquer son enthousiasme. Le fait que je ne sache pas vraiment dire non ne faisait que lui faciliter la vie.

Habillée de mon maillot, je descendis à la piscine. Je m'autorisai une baignade rapide, plongeant avec plaisir dans l'eau chaude. Après quelques brasses paresseuses, je m'installai sur un des bains de soleil pour sécher. Je plongeai dans mon livre, sentant les rayons du soleil chauffer ma peau.

— Psychopathologie du bébé ?

La voix de Stan m'interrompit dans ma lecture. Debout près de moi, il masquait partiellement le soleil, m'offrant une ombre bienvenue. Je baissai mes lunettes de soleil, remarquant qu'il était torse nu, en bermuda et le corps décoré de grains de sable.

— Je vais me spécialiser, expliquai-je. Donc un peu de lecture éducative.

— Joli maillot.

— Ah. Euh. Merci.

J'avais sûrement déjà pris un coup de soleil sur le visage, parce que je savais que je rougissais, mais je ne sentais pas la chaleur de la honte se répandre sur ma peau. Avec ma chance, j'avais déjà la marque des lunettes et mes amis finiraient par m'appeler Fantômette.

Je me redressai, regrettant maintenant de ne pas avoir acheté un paréo pour me camoufler. Je tirai inutilement sur le tissu encore humide, avant de croiser les bras sur ma poitrine.

— C'est Amélie qui… Enfin, elle m'a dit que ça m'allait bien et que…

— Elle a raison.

Stan s'accroupit, et son visage se retrouva à proximité de mes seins. Ce n'était pas la première fois qu'il me voyait en maillot de bain. Au retour de cette chasse au fromage sous une pluie diluvienne, il m'avait même vue en sous-vêtements, grelottant de froid, attendant patiemment qu'il me prête de quoi me réchauffer. Mais ce regard curieux qui glissait sur ma peau et ce lourd silence étaient inédits. Mes muscles se tendirent et ma gorge se serra.

Et même si j'étais embarrassée, même si Stan agissait comme jamais il ne l'avait jamais fait, cette atmosphère chargée et crépitante était agréable.

Le regard de Stan finit par trouver le mien et il le soutint pendant de longues secondes, comme s'il cherchait à percer un mystère. Je finis par lui adresser un petit sourire et je baissai les yeux.

— Ce n'est pas le maillot, dit-il finalement. C'est toi.

Une nouvelle vague de chaleur m'enveloppa. J'aurais aimé rire et botter en touche, mais Stan était si sérieux que cela me troubla. Je finis par retrouver mes esprits :

— Attends de me voir quand mes cheveux auront séché ! plaisantai-je.

— À vrai dire, je crains plus pour ta peau que pour tes cheveux. Tu devrais mettre de la crème. Sauf si tu veux finir bien cuite d'ici vingt minutes.

Et, en une seconde, le soufflé retomba. C'était la deuxième fois en quelques jours que cela m'arrivait avec lui. J'interprétais un regard, un souffle ou une parole et finissais par tomber de haut en comprenant que j'avais l'esprit mal placé.

Ou peut-être que ma conversation avec Amélie sur mon célibat me travaillait plus que je voulais bien l'admettre.

Je pris le tube qu'il me tendit et commençai à en appliquer sur mes jambes.

— Je vais t'aider. Allonge-toi sur le ventre, je vais faire ton dos.

Il appuya sa proposition d'un mouvement de l'index. Je lui obéis, refoulant la fébrilité inexplicable qui me gagnait. Stan était bien trop silencieux. Cela ne nous ressemblait pas. Il écarta mes cheveux mouillés de mon dos et versa de la crème froide sur ma peau brûlante. Je sursautai, et Stan commença à étaler la protection solaire.

— On est en vacances, Eileen, tu es censée être détendue, lança mon ami alors que je tournais la tête pour tenter d'accrocher son regard.

— C'est froid, expliquai-je.

— Tu manques de pratique.

— Sur la crème solaire ?

— Sur les massages.

— Oh ! parce que là, j'ai un expert sur le sujet ?

— Je suis cuisinier, Eileen : mes mains sont mon expertise !

Ses doigts atteignirent mes épaules, pressant le nœud de stress dans le bas de ma nuque. Je soupirai d'aise, enfouissant ma tête dans mes bras. Stan avait raison sur un point : je manquai vraiment de pratique.

Il s'appliqua à dénouer quelques tensions persistantes boulonnées à mes muscles, me tirant un sonore soupir d'aise. Je me retournai vers lui, un large sourire aux lèvres.

— Je sais qui appeler si j'ai une journée difficile, dis-je.

— Et tu le découvres après… quoi ? Dix ans ?

— À chaque vacances, je découvre un trait de ta personnalité : l'an dernier, je t'ai surpris en train de faire des pompes dans ta chambre et l'année d'avant, tu m'as avoué que tu savais danser le tango.

— Je dois me souvenir de ne pas trop boire en ta compagnie. Je te fais bien trop de confidences.

Ses mains descendirent dans mon dos, s'arrêtant à peine quand mon maillot de bain fit obstacle. Ses pouces longèrent ma colonne, tandis que ses paumes épousaient ma taille. Je me cambrai, gémissant à nouveau, pendant que Stan accentuait la pression sur mon corps.

— Cette face cachée de ta personnalité est l'une des plus agréables, affirmai-je.

En silence, il poursuivit son massage, faisant aller et venir ses mains sur moi. J'étais au bord de l'endormissement, enfin détendue, quand Stan s'arrêta. À contrecœur, je me redressai pour me réinstaller. Stan était assis aussi, à l'autre extrémité du bain de soleil, ses yeux rivés sur moi.

— Oui, je vais me tartiner de crème, le rassurai-je en saisissant le tube.

Il ne répondit pas, et son regard sembla prendre une teinte plus foncée, tandis qu'il glissait le long de mon corps. Pendant un court instant, cette tension palpable et inédite entre Stan et moi réapparut. Je restai muette, incapable de réagir, incapable de savoir si ce que je ressentais était bien ou mal, incapable de retrouver les murs hauts et infranchissables de notre amitié.

— Stan ? soufflai-je finalement, le cœur battant.

— Je m'extasiais sur les traits inconnus de ta personnalité, plaisanta-t-il.

— Comme quoi ? Ma capacité à bronzer en bikini ?

— Comme ta capacité à m'éblouir, Eileen. Tu fais ça depuis le jour où on s'est rencontrés et je ne m'en étais jamais vraiment rendu compte.

— Et tu le découvres après quoi... ? Dix ans ? lançai-je en le plagiant, tout sourire.

— À ma décharge, ton art de la triche au Monopoly et ta facilité à te perdre dans une impasse sont bien plus remarquables.

Nous rîmes aux éclats, et Stan prit ma main pour en embrasser délicatement le dos. Ses yeux ancrés aux miens, mes rires s'estompèrent suffisamment pour l'entendre murmurer :

— Perds-toi autant que tu veux, Eileen, je saurai toujours te retrouver.

Je n'osai rien répondre.

J'étais déjà perdue, et Stan, sans le vouloir ou le savoir, venait juste de me trouver. Ce n'était pas une première, Stan était mon point de repère depuis des années. Notre amitié était solide, importante, primordiale même. Mais nous dansions l'un autour de l'autre, nous nous manquions, nous flirtions.

Cet été, tout semblait parfaitement aligné.

Et cela m'effrayait.

Le jour où Eileen a failli partir

Enzo
Mars 2017

— Pardon, je suis en retard, lança Stan en arrivant d'un pas vif.

Il tira une chaise jusqu'à un bout de la table et s'y assit. Il arborait un sourire enfantin qui s'évanouit quand il prit conscience que l'ambiance à table était loin d'être joyeuse.

— Qui est mort ? demanda-t-il dans un rire.

— Personne, grommela Julien. Eileen...

— Ta grand-mère ? s'enquit Stan d'un ton inquiet en tournant son attention vers elle.

— Non. Je... Mes parents sont rentrés en France, expliqua-t-elle.

Un silence de plomb s'abattit sur notre petit groupe. Eileen avait les yeux baignés de larmes, et Diane lui étreignait la main. Je pivotai vers Stan, qui avait blêmi soudainement. Il me lança un regard affolé et balbutia avant de réussir à poser sa question.

— Et... que... enfin, ils repartent, non ?

— Les parents d'Eileen veulent qu'elle les rejoigne.

— Mon père a dégoté un poste à Chicago, précisa cette dernière.

Stan accusa la nouvelle, s'enfonçant dans sa chaise, les yeux dans le vague. Depuis trente minutes, Eileen nous disait à quel point elle était partagée : Chicago était une ville importante qui pourrait lui plaire. C'était aussi l'opportunité de renouer avec ses parents.

— Tu... Tu pars ? demanda Stan d'une voix blanche.

Le silence devint étouffant. Stan avait osé poser la question qui nous brûlait les lèvres depuis vingt-neuf minutes. Nous avions assimilé l'information du retour de ses parents, nous avions eu le temps d'encaisser le choc, nous avions vu Eileen, perdue et un peu désemparée à l'idée de changer de vie.

Mais personne n'avait osé la confronter à ce qu'on imaginait. Personne, sauf Stan. Et je savais pourquoi il arborait ce visage couleur de cendres et pourquoi il posait la question.

— Je ne sais pas, répondit Eileen.

— Quand ? insista-t-il.

— Mec, elle te dit qu'elle ne sait pas, intervins-je.

Stan me fusilla du regard. Puis, brutalement, il se leva de sa chaise, la repoussa violemment contre la table et quitta le bar que nous avions l'habitude de fréquenter. Nous étions sidérés. Et moi, j'étais un peu inquiet. Depuis plusieurs semaines, Stan était distant et jouait au taiseux. Ça ne lui ressemblait pas, mais quand j'avais tenté de lui poser des questions, il s'était contenté d'éluder le sujet.

Ça n'avait fait que confirmer mes doutes.

— Je vais... Je vais voir ce qu'il a, dis-je en quittant la table à mon tour.

— On se rejoint chez Eileen ? C'est toujours son anniversaire, lança Julien.

— Je n'ai vraiment pas le cœur à faire la fête.

— Au contraire, il faut. Si ça se trouve, c'est la dernière fois avant longtemps ! répondit Amélie.

— On vous rejoint là-bas, dis-je.

J'espérais pouvoir tenir ma promesse. Eileen avait l'air déjà dévastée, si Stan ne venait pas à sa soirée d'anniversaire, elle plongerait dans la déprime. Et Stan finirait par s'en vouloir dans tous les cas : soit c'était sa dernière soirée, et il culpabiliserait de l'avoir loupée, soit elle restait, et il se mordrait les doigts d'avoir gâché son anniversaire.

En sortant du bar, je le repérai facilement. Il était assis sur un banc, tête baissée, donnant la sensation d'être pourchassé par un nuage gris. Je m'installai près de lui et attendis patiemment qu'il prenne la parole.

Ce qu'il ne fit pas.

— Elle a dit qu'elle ne savait pas, dis-je finalement.

— Je sais. Ce qui veut dire qu'elle va partir.

— Stan, ça veut juste dire qu'elle ne sait pas.

— Ça veut dire que ses parents ne vont pas lui laisser le choix. Elle a dit qu'elle ne savait pas pour ne pas nous ruiner le moral. Si elle était certaine de rester, elle l'aurait dit, riposta-t-il, agacé.

Sa logique était douteuse, mais elle fonctionnait. Je soupirai, incapable de lui remonter le moral. Le départ d'Eileen allait tous nous attrister. Mais, dans le cas de Stan, je savais que ça serait pire. Plus long, plus douloureux et plus marquant.

— Peut-être que tu devrais... lui parler, suggérai-je.

— Lui parler ?

— Si ta théorie est bonne, elle risque donc de partir. Elle a, par conséquent, besoin d'au moins une bonne raison de rester.

Stan se redressa et me regarda avec perplexité. Ses sourcils étaient froncés, son sourire porté disparu, et je me demandais s'il avait compris un mot de ce que je venais de dire.

— Nous sommes une bonne raison ! s'exclama-t-il.

Cela se confirmait : Stan n'avait rien compris. Enfin si. Mais j'avais sûrement été trop subtil, et dans son nuage de colère et de tristesse il n'avait pas vu l'évidence. Je poussai un nouveau soupir. Stan était pourtant un type futé. Mais, dès qu'il s'agissait d'Eileen, il pédalait dans la semoule.

— Stan, je vais parler lentement pour que tu comprennes enfin ce que je suis en train de te dire. Eileen a besoin d'une bonne raison de rester : je crois que c'est toi la bonne raison.

Aurais-je parlé un dialecte d'un obscur pays d'Asie centrale, que Stan ne m'aurait pas regardé autrement. J'attendis quelques minutes, espérant que ma remarque fasse son chemin.

— Tu veux dire que... Eileen voudrait que...

— Putain, Stan ! Comme dirait Diane, tu es long à la comprenette. Je ne sais pas ce qu'Eileen veut. En revanche, je sais ce que toi, tu veux.

— Ah oui ?

J'étais à deux doigts de lancer une alerte enlèvement pour son cerveau. J'abandonnai l'ambition d'être subtil.

— Tu la veux, elle, déclarai-je, confiant.

— Tu... Enzo...

— Si tu veux qu'elle reste, il faut que tu lui parles, insistai-je. Il faut que tu lui dises que tu veux être plus qu'un ami.

Stan passa une main sur son visage. Il fallait qu'il réagisse. Il fallait qu'il la retienne, pour nous, pour lui et pour elle. J'avais capté suffisamment de regards complices et de sourires timides pour comprendre que le lien qui existait entre Eileen et Stan dépassait le simple stade de l'amitié. Je n'avais aucune idée de ce qui les empêchait de franchir le cap. Mais aujourd'hui nous n'avions plus le temps de patienter et d'espérer qu'un des deux soit le plus courageux et assume ses sentiments.

— Tu es un grand malade, murmura Stan.

— J'aurais dit « visionnaire », corrigeai-je.

— Tu veux que j'aille la voir et que je lui dise qu'elle doit rester pour moi ?

La voix de Stan était monocorde. Il semblait sous le choc, me fixant comme si j'avais un troisième œil. Pourtant, j'étais sûr de moi. C'était le moment. C'était précipité et impulsif, mais nécessaire. Ils s'aimaient. Sûrement qu'ils ne le savaient pas vraiment, sûrement qu'ils redoutaient même d'y penser.

— Je ne ferai pas ça, reprit Stan.

— Donc, tu préfères déprimer et te morfondre sur son départ ?

— Je préfère surtout éviter de prendre un vent monumental. Je peux gérer son départ. On restera amis, on s'appellera et ça sera génial. Mais si je fais ce que tu me demandes, je prends le risque de la perdre définitivement.

— Certes. Tu prends aussi le risque de la garder définitivement.

Il se leva de son banc et me toisa. Stan était un peu plus petit que moi et, surtout, beaucoup moins épais. Il ne voulait sûrement pas m'affronter, mais son regard brillait de détermination et de curiosité.

— Tu sais quelque chose, fit Stan.

— Qu'est-ce que...

— Elle t'a parlé ? insista Stan. Elle s'est confiée à toi ? Elle t'a parlé de moi ?

— Calmos, la mitraillette. Elle ne m'a rien dit.

— Mais...

— Mais la dernière fois que je suis allé chez le médecin, j'avais 10/10 aux deux yeux. Et je vois parfaitement ce qu'il se passe entre vous deux. À mon avis, tu ne prends pas beaucoup de risques si tu... enfin si tu déclares ta flamme.

— Tu parles comme Diane, grommela Stan.

— Tu dévies le sujet.

— Non, répondit Stan d'une voix ferme.

— Non ?

— Non. Je n'irai pas... déclarer ma flamme. Ni chanter la sérénade. Si elle me repousse... Je peux encore supporter d'être là, sans être avec elle. Mais lui dire et...

Il grimaça, imaginant sûrement une scène improbable où Eileen le rejetait. Il s'écarta de moi et passa les mains dans ses cheveux. J'avais terriblement envie de lui botter le cul. C'était sidérant d'être aussi têtu et de se rendre si malheureux.

— Si elle me repousse, j'aurai ruiné notre amitié pour rien, dit-il, en me tournant toujours le dos.

— Stan, je t'assure que...

— J'ai besoin d'être seul.

— Stan...

— S'il te plaît. Je vous rejoindrai à la soirée, mais pour le moment je veux être seul.

— Elle partira si tu te tais.

Stan s'éloigna et je renonçai à le suivre. Il était triste et perdu. Je finirais par m'agacer de me répéter. Impuissant, je le regardai s'éloigner. Imaginer Eileen partir pour suivre ses parents était douloureux.

Je n'osais pas songer à ce que ça pouvait être pour Stan.

Quelques heures plus tard, nous tentions de fêter le dix-huitième anniversaire d'Eileen. Nous avions de la musique, de quoi manger et boire pour trois régiments, un gâteau, un paquet de bougies et une Eileen au bord des larmes. L'ambiance était lourde et pesante.

Et Stan brillait par son absence, pendant que j'avais la sensation de vivre les mêmes échanges, encore et encore.

— Tu as essayé de l'appeler ? me demanda Diane d'une voix douce.

— Il ne répond pas. Il avait besoin d'être seul. Comment va Eileen ?

— Elle pense que ses parents ne vont pas lui laisser le choix. Je crois qu'elle ne se rend pas bien compte.

J'entourai ses épaules de mon bras et lui donnai une furtive étreinte. Je n'étais pas du genre sentimental, mais l'ambiance était si triste que ça finissait par me miner. Je trouvais ça presque ridicule : nous étions amis et nous agissions comme si un membre de notre famille allait disparaître.

— Stan ?

La voix de Julien me tira de mes pensées. Stan était dans le salon de la grand-mère d'Eileen, affichant son sourire habituel, complètement à contre-courant de la soirée.

— On sort, déclara-t-il.

Nous le dévisageâmes, interdits et toujours secoués par la situation d'Eileen. Stan hocha la tête, nous offrit son sourire le plus lumineux qui soit.

— On sort, répéta-t-il. C'est l'anniversaire d'Eileen, elle mérite une soirée inoubliable. Donc, on sort. Allez !

— Stan, on peut aussi...

— On sort, Amélie. J'ai un taxi qui nous attend et, avec un peu de chance, vous vous bougerez suffisamment vite pour rejoindre la table VIP que je nous ai réservée.

— Tu as réservé une table VIP ? demanda Eileen.

— Si ça doit être une dernière, autant que ce soit spectaculaire, non ?

Nous demeurâmes figés dans ce salon, complètement ébahis. Stan attendait sur le seuil, son impeccable sourire vissé aux lèvres. Eileen fut la première à réagir. Après avoir passé les mains sur ses joues encore mouillées de larmes, elle se leva de sa chaise et rejoignit Stan.

Et, en une seconde, Julien, Diane, Amélie et moi étions de trop.

Dans une joyeuse agitation, nous nous entassâmes dans le taxi pour rejoindre le bar de nuit dans lequel Stan avait bloqué une table. C'est un lieu branché et hors de prix. À l'intérieur était regroupé un tas de gens, hurlant sur de la musique et se déhanchant au rythme des basses surpuissantes.

Passé l'instant de stupéfaction et après avoir commandé de quoi oublier cette soirée et les dix jours précédents, nous plongeâmes dans l'ambiance de la soirée. Pour quelques heures, nous allions faire comme si Eileen ne risquait pas de partir. Au cours de la soirée, j'observai Stan et Eileen. Ils agissaient comme ils l'avaient toujours fait : riant ensemble, se parlant à l'oreille et partageant leurs verres.

Stan n'irait pas plus loin. Je le savais. Parce que son amitié avec Eileen était plus importante que tout et que, si elle partait, il y aurait au moins ça qui durerait.

— Je ramène Diane et Amélie, tu as vu Stan ? me demanda Julien alors qu'il était près de 4 heures de matin.

La foule était plus éparse, la musique plus douce et l'ambiance plus feutrée. Des yeux, je balayai le bar, la piste de danse et même les recoins sombres, mais Stan et Eileen avaient disparu.

— Il est sûrement avec Eileen, soufflai-je.

— OK. Et donc, où est Eileen ?

— Sûrement avec Stan.

Nous échangeâmes un sourire entendu. D'ici quelques heures, le jour allait se lever, Eileen replongerait dans son dilemme et Stan dans sa déprime. Ils avaient besoin d'être ensemble, c'était plus fort que tout.

Et, en une seconde, le monde entier était de trop.

Chapitre 7

Stan

Enzo apparut sur la terrasse en bâillant si fort que sa mâchoire menaçait de toucher les lattes de bois. Je réprimai un rire, tandis qu'il installait son corps massif sur le banc en face de nous. Ses lunettes de soleil vissées sur le nez, il tendit la main vers la cafetière, en renifla le contenu et se servit dans un des mugs qui traînaient sur la table.

— Diane a déjà bu dans ce mug, prévint Julien dans une grimace près de moi.

— On se connaît depuis dix ans et j'ai déjà vu Diane toute nue, répondit Enzo après avoir haussé les épaules.

Julien recracha son café, pendant que je m'étouffais avec mon toast à la confiture d'abricot. Julien me jeta un regard perdu et reprit son souffle.

— Tu as vu Diane… nue ? répéta Julien.

— Furtivement. Et je me suis excusé, expliqua Enzo avant de boire une gorgée de son café.

— Un vrai gentleman, raillai-je.

— Est-ce que je veux vraiment en savoir plus ? me demanda Julien.

Je haussai les épaules, cherchant dans mes souvenirs à quelle occasion Enzo aurait pu voir Diane dans le plus simple appareil. C'était la première fois que j'entendais cette histoire.

— C'était pour ton anniversaire, commença Enzo en me désignant.

À nouveau, Julien me lança un regard, me donnant la sensation qu'il était en train de me faire des reproches. À nouveau, je haussai les épaules. On se connaissait depuis des années, j'avais organisé une tripotée d'anniversaires chez moi.

— Je n'y suis pour rien dans cette histoire, me défendis-je.

— Elle avait eu un concert, reprit Enzo. Elle portait encore sa tenue de scène, son maquillage… Alors Stan lui a proposé de se changer dans ma chambre.

— Oh ! oui, je me souviens maintenant ! m'exclamai-je.

Nouveau regard consterné de Julien. Chaque détail de l'histoire semblait le contrarier. Je me tassai sur ma chaise, conscient que mon enthousiasme ne devait pas le mettre de bonne humeur.

— Il est rentré du garage et je n'ai pas pensé à le prévenir, me justifiai-je.

— Tu n'as pas pensé à le prévenir ? répéta Julien, incrédule.

— J'étais occupé, me défendis-je.

— Tu as oublié de dire à Enzo que Diane était en train de se changer dans sa chambre ? demanda à nouveau Julien.

— Tu montes dans les aigus, mec, commenta Enzo avant de boire une nouvelle rasade de café.

— Je cuisinais. Et ça n'a pas l'air comme ça, me justifiai-je en désignant Enzo, mais il parvient parfois à passer inaperçu.

Enzo me fit un doigt d'honneur, tandis que Julien, contenant assez mal sa jalousie mâtinée de colère, nous regardait l'un après l'autre, sans comprendre.

— Enzo ? Passer inaperçu ? gronda Julien. On l'a appelé l'éclipse pendant des années et il pourrait te soulever d'une seule main !

— Je l'ai déjà fait, claironna Enzo.

— Et tu ne l'aurais pas vu ? poursuivit Julien, agacé.

— Bref, dit Enzo, je suis rentré sans prévenir et Diane était là. Franchement, ça a duré à peine cinq secondes. J'ai refermé la porte et j'ai attendu qu'elle sorte. Fin de l'histoire.

Pour Enzo, c'était une anecdote sans importance. Pour moi, c'était un vague souvenir refoulé, mais pour Julien, c'était une révélation aussi violente qu'un signe annonciateur de l'apocalypse.

— Il y a prescription, arguai-je, espérant détendre Julien.

— C'est vrai, renchérit Enzo. En plus, je n'ai vu que ses fesses.

Je secouai la tête. Enzo n'était pas idiot et savait parfaitement doser ses effets pour faire sortir Julien de ses gonds. Il baissa ses lunettes de soleil sur son nez et approcha de nous, décidé à nous faire des confidences. Julien était blanc comme un linge, mais ses yeux flamboyaient de colère. Je priai pour qu'Enzo ne jette pas de l'huile sur le feu. Julien n'aurait sûrement pas supporté un commentaire salace ou un compliment graveleux.

À notre tour, nous nous rapprochâmes de lui, prêts à tout entendre. Ou presque.

— Vous saviez qu'elle avait un tatouage sur la fesse droite ? demanda-t-il dans un murmure.

Je me pinçai les lèvres pour me retenir de rire, tandis que Julien, livide, ressemblait à un joueur de boxe venant de prendre le dernier uppercut du K-O. Nous reprîmes nos positions initiales : Enzo sirotant son café dans le mug de Diane, Julien le fusillant du regard, pendant que je comptais les points.

— Les filles dorment encore ? lança Enzo.

— Eileen est allée courir. Diane et Amélie doivent encore dormir.

— Si Amélie dort, ce n'est sûrement pas dans son lit. Elle a revu le mec de l'autre soir. Il était en boîte avec nous hier.

Enzo me lança un regard, comme s'il analysait ma réaction. Je restai neutre : j'étais content et soulagé qu'Amélie sorte avec quelqu'un. Même si ce n'était qu'une relation de vacances, cela me permettrait de reprendre mon souffle dans ma relation compliquée avec elle.

— Je suis content pour elle.

— Et nous sommes tous soulagés, ironisa Julien.

— Soulagés par quoi ?

La voix d'Eileen me tira un sourire. Les joues rouges et luisantes de transpiration, elle s'assit près de moi et, sans me demander mon avis, elle prit mon mug de café d'entre mes mains pour en boire une gorgée.

— C'était le mug de Stan, fit Enzo en relevant ses lunettes sur le crâne.

— Je sais, répondit Eileen en grimaçant. Il ne met jamais de sucre dans son café. Alors pourquoi on est soulagés ? demanda-t-elle en me rendant mon mug.

— Amélie a un nouveau mec, résuma Julien.

J'échangeai un regard furtif avec Eileen. Soulagé. C'était le mot. Quand Amélie était avec nous, j'étais en permanence sur la brèche. Ce mec ne serait sûrement que de passage dans sa vie, mais il la distrairait de ses reproches permanents et sibyllins envers moi.

— Je ne suis pas soulagée, reprit Eileen. Je suis plutôt... déprimée.

— Déprimée ? répéta Julien.

— Qu'elle trouve un mec me rappelle ma propre vie amoureuse. Et disons que ce pan de ma vie n'est pas des plus brillants.

— Je vais sûrement sortir ce soir, tu veux venir avec moi ? proposa Enzo.

— Enzo, si je sors en ta compagnie, je doute qu'un mec m'accoste. Je vais demander à Diane si elle veut se joindre à nous.

— Diane cherche un mec ? demanda Julien.

Eileen éclata de rire, pendant que j'ajoutais du sucre à mon café – enfin mon ex-café, désormais le sien. Je lui tendis à nouveau le mug, et elle en but une gorgée avant de répondre à Julien :

— Tu en parles comme d'une quête biblique. J'appellerais plutôt ça... une opportunité !

— Je n'avais pas compris que le but de ces vacances était de trouver une espèce de +1 saisonnier, se justifia Julien.

Il s'empara d'un croissant et le déchiqueta de frustration. Enzo bâilla à nouveau et annonça qu'il filait dormir.

— Eileen, si tu veux sortir ce soir, lança ce dernier avant d'entrer dans la maison, je serai ravi de t'accompagner.

— Je vais y réfléchir, répondit-elle.

Julien termina son croissant à toute vitesse, avant de prendre la fuite, débarrassant la table du jus de fruits et de quelques verres. J'avais envie de lui dire qu'il était un abruti, mais je me sentais un peu solidaire. Imaginer Eileen, en train de danser, prête à saisir des « opportunités », me donnait envie de recracher mon café.

— Bien couru ? l'interrogeai-je.

— Je n'avais pas couru depuis des mois. Donc j'étais un peu rouillée.

Elle resta silencieuse quelques secondes, avant de m'adresser un sourire lumineux.

— Je suis soulagée, aussi, dit-elle sur le ton de la confidence.

— Pour Amélie ?

— Oui. Je... Il faut qu'elle tourne la page et c'est une bonne façon d'y arriver, non ?

— Certainement. Les fameuses opportunités, soulignai-je.

Eileen se contenta de hocher la tête doucement, ses yeux rivés aux miens. Mon cœur s'emballa dans la seconde et mon souffle s'accéléra. Regarder Eileen dans les yeux, c'était comme regarder dans le vide en ayant le vertige, un mélange de peur et d'excitation. Elle se pinça les lèvres, et c'est à ce moment que je me rendis compte que je contemplais sa bouche avec envie.

— Je devrais aller prendre une douche, murmura-t-elle. On a les meubles à monter.

Tout en se redressant, elle posa sa main sur la mienne avec délicatesse, et j'en profitai pour la serrer et la retenir. J'aurais dû la retenir avec moi des milliers de fois, ce matin, j'osais enfin le faire. Je ne savais pas si c'était du courage, de la trouille, notre conversation avec Enzo ou juste le fait d'apprendre qu'Amélie était avec un autre homme, mais je ne pouvais plus rester à attendre.

Je risquais de le payer cher et plus vite que prévu.

— Tu vas sortir ce soir ? demandai-je.

— Probablement, oui.

Elle se rassit, nouant ses doigts aux miens. Son geste me tira un sourire et une vague de regret : j'aurais dû embrasser Eileen quelques minutes avant. Ça aurait sûrement mis fin à mes doutes et à mes questions. Habituellement, les yeux d'Eileen suffisaient à me dire tout ce que je devais savoir.

Depuis que nous étions ici, j'étais dans le flou.

— Tu devrais venir, suggéra-t-elle.

— Eileen...

— Stan, je... On devrait juste sortir ce soir.

Je hochai la tête, toujours dans ce même insupportable flou.

— On ne peut rien faire de plus, ajouta-t-elle.

Elle dénoua ses doigts des miens et m'adressa un pâle sourire. Ce n'était pas la Eileen lumineuse et enthousiaste que je fréquentais habituellement. Et ce sourire n'était qu'un masque pour prendre la fuite, mais il répondait au moins à une de mes premières interrogations : Eileen partageait le même flou que moi, ce flou qui estompait et brouillait les limites de notre amitié solide et qui me rendait fébrile.

— On se voit dans la bibliothèque ?

Je me contentai d'opiner du chef, pendant qu'elle retournait à l'intérieur, dénouant ses cheveux bouclés sur le chemin.

Je terminai mon café dans une grimace - beaucoup trop sucré pour moi - quand Julien revint sur la terrasse avec un plateau pour débarrasser la table. Je détachai mon regard d'Eileen, ruminant encore mon acte manqué. À mon tour, je rassemblai les couverts et les tasses éparpillés sur la table.

— Tout va bien ? demandai-je à Julien.

— On sort ce soir, répondit-il.

— Euh, ouais. Si tu veux.

— Ce n'était pas une question. On ne va quand même pas laisser les filles sortir toutes seules !

— Julien, la dernière fois que j'ai regardé, il me semble qu'elles étaient assez grandes pour se défendre en cas de problème. Notre rencontre avec Diane en est la meilleure preuve, lui rappelai-je.

— Tu sais qu'il y a des tonnes de mecs comme Enzo dans ces boîtes. C'est comme si on lâchait un élevage de vautours dopés à la testostérone pour se taper un maximum de filles !

Je retins un rire. Julien était offusqué et virait dans la crise mélodramatique. Amélie aurait été fière de lui : aussi diva et fantasque qu'elle. Il entassait tout ce qu'il pouvait sur son plateau, s'agaçant quand une assiette ne tenait pas ou quand un verre vacillait. Dramatique et nerveux.

— Tu remontes dans les aigus, lui fis-je remarquer.

— Tu as conscience qu'on ne tient pas la distance avec tous ces mecs ?

— Et maintenant, une petite crise d'ego. Tu manques de confiance en toi ? Julien, tu dramatises.

Il resta silencieux et retourna à la cuisine, avec son plateau trop chargé et le risque criant de voir un ou deux verres lui échapper. Je ris doucement, l'imaginant déjà, prêt à défendre la vertu de Diane. Quand il réapparut, il avait toujours ce même rictus de contrariété sur le visage.

À nouveau, il s'attela à la tâche, rassemblant les pots de confiture. Il vérifia la chaleur du café dans la verseuse, avant de prendre un mug propre pour s'en verser. Il s'installa sur une des chaises, sirotant son café, le regard perdu dans l'océan en face de lui.

J'aurais aimé le rassurer, voire plaisanter de la situation, mais je ne valais pas mieux que Julien. Enfin, si, parce qu'avec Eileen il me semblait que j'avais un peu avancé… même si je ne savais pas où j'allais et si nous y allions ensemble.

— On sortira ce soir, promis-je pour le dérider.

— Je sais. Je te l'ai dit, ce n'était pas une question, marmonna-t-il.

— Qu'est-ce qui n'était pas une question ?

La voix de Diane me fit presque sursauter. Tout sourire avec une salopette-short en jean et un débardeur noir, elle se dirigea vers Julien et s'assit près de lui.

— Merci pour le café, fit-elle en prenant le mug coincé entre les mains de Julien.

Il se dérida enfin et lui adressa un sourire.

— Alors ? Qu'est-ce qui n'était pas une question ? persista-t-elle, son regard passant de Julien à moi.

— Stan insistait pour sortir ce soir. Je lui disais que ce n'était pas une question et qu'évidemment j'allais l'accompagner.

J'ouvris la bouche, prêt à protester et à crier au mensonge. Mais Julien secoua imperceptiblement la tête pour que je me taise. Il avait déjà souffert avec Enzo, je comprenais qu'il veuille s'en tirer à bon compte.

Et puis, ça me permettrait de lui soutirer une ou deux bières durant la soirée.

— Super idée ! Je crois que j'ai besoin d'une nuit blanche. Histoire de rencontrer des gens de mon âge.

Julien afficha un visage de marbre. Diane reprit une gorgée de café, pendant que je m'éloignais vers la cuisine, me sentant de trop.

— Un abruti, marmonnai-je. Un véritable abruti.

Vingt minutes plus tard, je grimpai l'escalier qui menait aux chambres et à la bibliothèque en travaux. Le sol était couvert d'une bâche transparente. Au fond de la pièce se tenaient une dizaine de cartons - les meubles - et, à l'opposé, la bibliothèque avec ses étagères couleur acajou, parfaitement encastrée dans le mur.

Eileen se tenait devant l'amas de cartons, bougeant et chantonnant au rythme de la musique - un vieux morceau des Clash - que diffusait une enceinte. Ses cheveux, encore humides de sa douche post-footing, tenaient dans un chignon approximatif dans lequel était coincé un crayon noir. Elle avait remis sa tenue fétiche de travaux, celle qu'elle portait à chaque fois que nous nous retrouvions à peindre des murs dans cette maison, un T-shirt grisâtre de Queen et un jean retroussé au niveau des chevilles.

— Le karaoké me manque, soupirai-je, très dramatiquement.

Et ce seul sourire suffisait à la rendre irrésistible. Mon regard glissa sur elle de haut en bas, avant de remonter vers ses yeux pétillants.

— J'avais oublié cette tenue, dis-je pour justifier cet examen minutieux.

— Oh. Le bleu est de l'an dernier, expliqua-t-elle en désignant une tache sur son T-shirt.

— Cabane dans le jardin.

Je réduisis l'espace entre nous, mes yeux sur le T-shirt qui, à lui seul, rassemblait un paquet de souvenirs.

— Et le rouge... Arrière-cuisine, il y a trois ans, continua-t-elle.

— Je me souviens : on a galéré pour repeindre le plafond.

J'approchai encore, désormais face à Eileen. Je tentai d'accrocher son regard, mais elle me fuyait, tirant sur son T-shirt pour évoquer un vieux souvenir.

— Et ça, fit-elle, en désignant un trou dans le tissu, c'est...

— C'est la chambre de Julien, l'an dernier. Tu as accroché la poignée de son placard, finis-je pour elle.

J'étais si près d'elle, qu'elle devait légèrement relever la tête pour ancrer ses yeux aux miens. Nous échangeâmes un sourire, faisant comme si nous ignorions la tension crépitante entre elle et moi. Elle finit par poser ses mains sur mon torse, avant d'y appuyer son front.

— Dis-moi que c'est aussi difficile pour toi que pour moi, murmurai-je.

Elle hocha la tête, et je résistai encore plus à l'envie de la toucher. Je déposai un baiser léger sur le haut de son crâne, savourant cette minuscule victoire. Elle s'écarta de moi et s'éloigna de plusieurs pas, plaçant une distance froide et désagréable entre nous.

— On a une table basse et un présentoir à monter, dit-elle.

— Eileen...

— Tu as pris la visseuse ? Je refuse de me ruiner les mains avec un tournevis !

— Eileen, s'il te plaît. Tu me parles meuble alors que...

— Nous sommes là pour monter des meubles, Stan.

Je fis un pas vers elle, mais, aussitôt, elle recula. De la distance, encore et toujours. Eileen prenait la fuite, et je la connaissais suffisamment pour savoir que son entêtement était d'un niveau olympique. Eileen doutait parfois, se questionnait souvent, mais dès qu'elle prenait une décision – du plat au restaurant qu'elle choisissait au fait de rester avec nous plutôt qu'avec ses parents –, elle s'y tenait farouchement.

— D'accord, fis-je. D'accord, on monte des meubles. Mais je ne renoncerai pas.

Elle me dévisagea silencieusement, triturant son T-shirt trop long. Il était dans un état pitoyable et son jean avait trop vécu, mais Eileen irradiait. Elle était belle, c'était certain. Mais en plus il émanait d'elle une forme de grâce discrète, et cela me subjuguait.

— Je... J'ai du mal à comprendre ce qu'il se passe, dit-elle finalement.

— Tu veux vraiment que je t'explique ?

— Ce n'est pas ce que je voulais dire. J'ai... Ce n'est pas... bien, soupira-t-elle.

— Parce que nous sommes amis ?

— Parce qu'il y a Amélie ! répondit-elle aussitôt. Parce que... parce qu'on est amis, aussi. Parce que nous sommes un groupe, Stan. Parce que vous êtes tout ce que j'ai et que je ne veux pas perdre ça.

— Tu ne devrais pas culpabiliser.

— Et moi je crois que tu devrais culpabiliser autant que moi.

Son ton était sans appel. Mais je voulais me défendre et défendre encore plus ce que je ressentais. Eileen méritait que je me batte, elle méritait même une guerre entière, avec artillerie lourde et combats rapprochés. J'étais prêt à mener cette guerre.

— Je culpabilise, répondis-je. Mais ça ne suffit pas à m'arrêter de penser à toi ou... à nous.

Je fis un pas vers elle, mesurant ainsi mes chances qu'elle comprenne ce que j'éprouvais. J'avais la certitude qu'elle le ressentait aussi. Ou, en tout cas, qu'elle finirait par le ressentir quand elle cesserait de se battre contre. Parce que se battre contre des évidences était épuisant et inutile.

— Alors tu ne me laisses pas vraiment le choix, continuai-je, heureux de constater qu'elle n'avait pas bougé.

Elle tressaillit et jeta un coup d'œil nerveux vers la porte de la bibliothèque, comme si elle craignait d'être prise en flagrant délit. À mon tour, je vérifiai que nous étions seuls. Cependant, je m'en fichais. J'étais déterminé à convaincre Eileen.

— Tu vas pas faire un truc débile, hein ? s'enquit-t-elle avec inquiétude.

— Je fais tout le temps des trucs débiles ! répondis-je dans un rire.

À nouveau, je fis un pas vers elle. Chaque centimètre gagné me grisait. Eileen était distante, mais pas inatteignable.

— Je sais. D'où ma question. Parce que tu fais souvent des trucs débiles et que, je ne sais pas trop comment, tu arrives à m'embarquer dans ces trucs. Même quand je ne veux pas.

— Surtout quand tu ne veux pas, précisai-je. J'aime le défi. Et je sais que tu finis par être heureuse que je t'embarque dans mes plans.

Encore un pas. Puis un autre. Et encore un. Et j'étais devant elle, si proche que je sentais le parfum familier de son gel douche à la noix de coco. Si proche, que je devinais sa respiration trop rapide ; si proche que j'aurais pu toucher ses lèvres ou dégager ses cheveux égarés sur son front.

— Dans certains de tes plans, corrigea-t-elle. Jurisprudence Amsterdam.

— On avait juste fraudé pour prendre le train.

— Et on a fui l'hôtel sans payer les chambres. À cause de toi, je suis une délinquante aux Pays-Bas !

— À cause de moi, tu as passé un super week-end à Amsterdam et ne dis pas le contraire, répliquai-je alors qu'elle allait ouvrir la bouche, parce que pendant des mois, la photo que nous avons prise ensemble dans le train a été sur ton téléphone en fond d'écran.

Elle referma la bouche et croisa les bras sur sa poitrine. Jamais elle ne l'admettrait, mais j'étais certain qu'elle avait adoré ces deux jours ensemble, improvisés, après sa rupture avec Thomas.

— Ai-je tort ? insistai-je.

Elle se contenta de sourire, me donnant ainsi raison. Ce seul sourire suffit à m'insuffler un peu de courage pour poursuivre.

— À quel genre de trucs débiles tu pensais ? lui demandai-je.

— Rien de particulier.

Elle avait répondu si vite que je me demandai une courte seconde si j'avais bien compris. Eileen avait des tas de qualités, en premier lieu son honnêteté. De fait, elle ne savait pas mentir. Et, quand elle le faisait, elle le faisait si mal qu'elle avouait son mensonge dans la seconde en bégayant.

— À quel genre de trucs débiles tu pensais ? l'interrogeai-je à nouveau.

— C'était vraiment... Oublie ça !

Elle tenta de s'échapper, mais je parvins à la retenir par le coude. Elle en avait trop dit. Comme Eileen l'avait souligné, j'étais parfaitement aguerri au sujet des trucs débiles et autres initiatives tordues mais, vu son attitude, son idée était visiblement plus embarrassante qu'insensée.

— Dis-moi, repris-je dans un murmure. On s'est toujours tout confié, Eileen.

— Tu as dit que... Que je ne te laissais pas le choix. Et ça sonnait comme si tu allais prendre des mesures drastiques. Ou que tu allais te lancer dans un truc spectaculaire et...

— Eileen...

C'était ridicule et insoutenable. Elle n'osait plus accrocher mon regard. Mon cœur battait à toute allure, rythmé par un mélange de trac et de désir.

— J'ai cru que tu allais m'embrasser, lâcha-t-elle finalement.

— Tu as cru que... quoi ? m'exclamai-je.

— Que tu allais m'embrasser. Que tu allais faire un truc stupide, genre foncer sur moi, agripper mon visage et m'embrasser façon grande scène de cinéma.

Eileen était rouge d'embarras, tandis que je la regardais fixement. Maintenant que j'avais l'image en tête, je ne parvenais plus à la désincruster de mon esprit. Pire, elle allait me hanter pendant des jours et être une inépuisable source de regrets.

— Tu vois ? C'était débile, dit-elle à voix basse.

— Tellement débile que j'aurais dû y penser, murmurai-je. Est-ce qu'on peut prévoir un retour en arrière ? Genre... Cinq minutes en arrière ?

Elle éclata de rire, et cela fit exploser la bulle de tension qui se nichait entre nous. Je ne parvenais pas à rire. Parce que les regrets étaient déjà là et déboulaient comme une interminable et douloureuse lame de fond.

J'aurais dû l'embrasser. C'était évident.

— C'était quand même... un truc débile, fit-elle en retournant vers les meubles toujours dans leurs cartons.

— C'était brillant, répondis-je aussitôt. Débile, mais brillant. Je m'en veux de ne pas y avoir pensé, mais, en même temps, j'aime découvrir que tu as l'esprit assez tordu pour y avoir songé.

— Stan, cela a duré une courte seconde. Sûrement que je manquais d'oxygène ! Tu devrais laisser tomber.

L'embrasser. Évidemment. J'aurais dû y penser. J'aurais dû le faire. Et j'aurais dû en être fier. Maintenant, j'étais frustré. Mon plan était beaucoup moins spectaculaire et, désormais, je doutais même de son efficacité. Maintenant, c'était trop tard. J'avais laissé filer ma chance et le moment était passé.

— Ce... Ce n'était pas ce que j'allais faire, dis-je finalement. Et crois-moi, je le regrette.

— Alors qu'est-ce que tu voulais faire ?

— Te draguer, répondis-je, en haussant les épaules.

— Me... Me quoi ? demanda-t-elle en retenant un rire.

— Te draguer. Je ne pensais pas que c'était si drôle, marmonnai-je.

— C'est nerveux, se justifia Eileen.

Elle parvint à se calmer et, après de longues secondes où j'eus l'impression qu'on me triturait l'estomac sans anesthésie, elle accrocha finalement mon regard. Cette fois, je ne réprimai pas mon geste : je posai ma main sur sa joue et caressai sa peau de mon pouce. Cela suffit à éteindre les derniers soubresauts de rire et capter son attention. Elle retint son souffle, ses yeux dans les miens, son corps tendu, anticipant le moindre de mes gestes.

— Je sais que tu vas me repousser, Eileen. Parce que tu es une fille bien et parce que tu tiens à notre amitié. Mais je suis têtu, alors je reviendrai à la charge et je finirai par te convaincre.

— Stan...

— Enfin, non. Tu finiras par voir l'évidence et tu auras du mal à l'admettre, corrigeai-je. Mais évidemment, je te trouverai toujours adorable et je savourerai ma victoire. À ce moment-là, précisément, je t'embrasserai.

J'approchai d'elle, mes lèvres à quelques centimètres de son cou, frôlant sa peau diaphane et délicate.

— Et crois-moi, chuchotai-je, ça sera spectaculaire.

Elle esquissa un sourire qui valait tous les assentiments du monde. Sa culpabilité ne s'estomperait pas facilement, il fallait donc que je sois capable de l'en distraire. Je déposai un baiser sur son front, scellant ainsi ma promesse.

— Aucun regret, lui rappelai-je, contre sa peau.

— Aucun regret, répondit-elle.

Le jour où Enzo a gagné contre une voiture

Stan
Mars 2022

— Je ne le sens pas, marmonnai-je.

Je m'appuyai contre le capot ouvert de la voiture, bras croisés, prêt à dégommer le premier qui viendrait. Ça m'aurait détendu. Depuis la veille, je me rejouais la scène de notre dernier dîner. Nous ne nous étions pas retrouvés ensemble depuis plusieurs mois, aussi, l'arrivée de Thomas au moment du dessert m'avait passablement contrarié.

Qu'il se présente comme le petit ami d'Eileen m'avait donné envie de lui arracher les yeux.

Qu'il l'embrasse devant nous avait été une véritable provocation. Ce type marquait son territoire, et Eileen semblait s'en réjouir.

— Tu ne sens personne, répondit Julien, en pleine lecture d'un livre d'anatomie.

— Absolument pas. C'est juste que lui, je ne le sens pas.

— Clé de dix, hurla Enzo de dessous la voiture.

De la main droite, il accrocha le pare-chocs et fit rouler son chariot de visite pour laisser son visage apparaître. Il avait une tache de graisse sur la joue et avait sa mine des mauvais jours. La voiture dont il s'occupait était en panne depuis plusieurs jours, et il était lassé de la désosser et d'échouer à la faire repartir.

Je tendis la clé qu'il attendait, et il disparut à nouveau sous la voiture.

— Avouez que c'est quand même bizarre, non ? Il a payé la bouffe et…

— … il s'est juste montré amical, grogna Enzo.

— Il a montré qu'il avait de l'argent, contrai-je. Qui invite six personnes sans frémir alors qu'il ne les connaît que depuis une heure ?

— Quelqu'un qui veut s'intégrer, intervint Enzo en surgissant de dessous la voiture. Il me faut une clé à pipe.

— Dix ?

— Onze.

— Enzo a raison, renchérit Julien. Il veut s'intégrer à notre groupe. Il sort avec Eileen depuis presque trois mois, ça paraît assez normal.

Je restai silencieux. Rien n'était normal : Eileen sortait avec un mec. Mec qui offrait le repas. Mec qui voulait s'intégrer, quand j'avais surtout envie de le désintégrer membre par membre. Ce Thomas… Médecin, joueur de squash, fils de bonne famille : à croire qu'il avait coché toutes les cases au bingo du gendre idéal.

— Il va falloir t'y faire. Il a l'air d'être là pour rester, commenta Julien.

En bougonnant, je me dirigeai vers la petite machine à café à disposition dans le garage d'Enzo. Ce Thomas me sortait par les yeux, mais entendre Julien et Enzo le défendre me mettait encore plus en colère. Aucune solidarité.

Enzo s'extirpa du dessous de la voiture et jeta bruyamment ses deux clés dans sa caisse. Il s'installa derrière le volant et mit le contact.

— Démarre, bordel, gronda-t-il.

La voiture toussota et, miraculeusement, le moteur vrombit. J'eus le temps de voir le sourire d'Enzo s'élargir avant de s'effondrer aussitôt qu'il cala. J'échangeai un regard avec Julien.

Enzo avait l'air remonté comme un coucou et, quand il était de mauvais poil, il valait mieux garder ses distances.

Il sortit de l'habitacle et me rejoignit devant la machine à café. Je lui tendis mon gobelet, et il alla s'asseoir à la table que Julien occupait, les yeux rivés sur son ennemie récalcitrante.

— Juste un réglage, marmonna-t-il.

À mon tour, je m'assis près de Julien, ronchonnant dans ma barbe. Ce mec, aussi parfait semblait-il être, devait bien avoir un défaut. Un truc horrible et gênant. Ou une double vie.

— Il faut t'habituer, dit Enzo, après un long silence. Amélie, Diane et Eileen ne finiront sûrement pas leurs vies en étant célibataires. Donc, oui, il y aura des pièces rapportées.

— Ce n'est pas le problème, contrai-je. C'est juste que cette pièce rapportée est… douteuse.

— S'il rend Eileen heureuse, c'est l'essentiel, non ? lança Julien.

Je sentis les regards d'Enzo et de Julien dardés sur moi. Je me réfugiai dans mon café. Il la rendait heureuse. Argument de merde. Mais imparable. Je ne pouvais pas lui reprocher ça. Hier soir, Eileen avait l'air effectivement ravie, ses yeux pétillaient, et elle riait à gorge déployée.

Elle était superbe. Et c'était ça, précisément, qui me rendait dingue. Elle était belle et avec un autre.

— J'y retourne, annonça Enzo. J'ai compris le problème.

S'armant d'une clé à pipe, il se réinstalla sur son chariot et disparut sous la voiture. Dépité et agacé, je restai seul avec Julien. Ce dernier me fixa, avant de secouer la tête avec un petit sourire.

— Quoi ? aboyai-je.

— Tu encaisses très mal ta jalousie.

— Ma quoi ?

— Tu es jaloux, Stan. Tu as toujours eu un lien spécial avec Eileen, et maintenant, elle a ce lien spécial avec quelqu'un d'autre. Ce n'est pas Thomas que tu détestes, c'est juste l'idée d'être… écarté.

Mon silence sonna comme un aveu. J'étais dévoré par la jalousie. Je le savais, mais c'était plus fort que moi. Et parce que j'aimais me faire du mal, j'avais passé une partie de la nuit à imaginer Eileen avec ce mec. Les images se succédaient, horriblement précises.

— Honnêtement, je ne voudrais pas être à sa place, reprit Julien.

Je fronçai les sourcils, cherchant à comprendre où il voulait en venir. Parce que moi, je voulais être à sa place. Je voulais sa place. Je l'avais eue l'espace de quelques minutes après une pluie diluvienne... et maintenant je devais subir ce mec insupportable de bonnes manières.

— Il doit se confronter à nous cinq. Tu te rends compte ? Il arrive à ce dîner, il nous voit rire et plaisanter, partager de vieux souvenirs, faire des blagues que personnes ne comprend sauf nous. Il doit s'intégrer. Il fait sûrement de son mieux.

— Il doit s'intégrer ? répétai-je.

— Sa relation avec Eileen ne peut pas fonctionner s'il ne s'entend pas avec nous. Ne reproche pas à ce type de multiplier ses chances. C'est déjà assez compliqué.

— Parce qu'on devrait être amis en plus ? m'exclamai-je.

— Mec, Eileen passe tout son temps libre avec nous. Ce type n'a aucune chance de la voir s'il ne devient pas ami avec nous. Ou alors, tu laisses Eileen choisir entre lui et nous.

Je ne pus retenir un rire. Julien, lui, affichait un sérieux désarmant. Cela me calma instantanément.

— Tu crois que...

— Elle tient à notre amitié. Mais elle ne va pas renoncer à sa vie amoureuse juste parce que « tu ne le sens pas », répondit-il en mimant les guillemets. Donc... à ta place, je tenterais de m'entendre avec Thomas.

Sa théorie m'horripilait, mais elle avait du sens. La situation était merdique et elle pouvait devenir catastrophique. Je devais choisir entre supporter Thomas et voir Eileen... ou ne plus la voir du tout. Cette dernière idée me retournait l'estomac.

— Appelle-la, me conseilla Julien.

— Eileen ?

— Qui d'autre ? Appelle-la. Passe du temps avec elle, tu te sentiras mieux.

— Pour qu'elle me parle de Thomas ? dis-je en grimaçant.

— Elle te parle de lui, tu hoches la tête et tu joues les mecs ravis. De toute façon, un jour ou l'autre, ils finiront par se quitter et devine qui elle appellera en premier ?

— On est d'accord que c'est assez moche que je me réjouisse de cette perspective ?

— Très moche, Stan. Évite de lui dire.

Je repris une gorgée de mon café, me répétant les conseils de Julien. Subitement, je percutai et me tournai vers lui. J'étais tellement obnubilé par l'arrivée de Thomas dans nos vies, que je ne parvenais plus à réfléchir sereinement.

— Ils finiront par se quitter ?

— Ton temps de réaction est lamentable, déclara Julien en tournant une page de son manuel.

— Tu as des infos ?

Je me sentais un peu minable. Techniquement, j'étais en train de souhaiter la fin de la relation d'Eileen avec Thomas. Ils n'avaient pourtant rien à se reprocher. Mais c'était plus fort que moi. La voir avec un autre me rendait mesquin et foutrement... jaloux. Agacé, Julien finit par fermer son livre dans un claquement.

— Tu le sais, non ? me demanda-t-il.

— Quoi donc ?

— Ton problème, ce n'est pas Thomas. Ton problème, c'est toi, Stan. Appelle-la. Passe du temps avec elle. Montre-lui que...

— J'ai trouvé ! hurla Enzo.

Pris dans notre conversation, nous n'avions pas vu Enzo grimper derrière le volant de la voiture. Cette fois, il avait l'air détendu et heureux. Il tourna la clé dans le contact, et le moteur ronronna en quelques instants.

Il afficha un large sourire avant de commenter :

— C’est quand même pas une bagnole qui va me résister !

Il prit un grand plaisir à faire ronfler le moteur plusieurs fois, pressant son pied sur l’accélérateur. Elle faisait un vacarme affreux, mais Enzo était heureux. Il finit par couper le moteur et nous rejoignit à table.

— Vous parliez de quoi ? s’inquiéta-t-il.

— À ton avis ? répliqua Julien. Stan est en boucle sur Thomas.

— Vous en êtes aux paris ? Parce qu’à mon avis, ils vont rompre.

— Et tu sais ça comment, petit génie ? ironisai-je.

Julien et Enzo échangèrent un regard avant d’éclater de rire. À nouveau, je marmonnai dans ma barbe. Ils étaient en train de se foutre de moi et ne faisaient rien pour le cacher. Maintenant, j’étais agacé, jaloux et humilié.

Une journée délicieuse.

— Je vais tuer ce mec, me promis-je.

Chapitre 8

Eileen

— S'il vous plaît ?

J'en étais à mon douzième « s'il vous plaît ». Après une vingtaine de « excusez-moi » et autant de bras levés pour tenter de capter l'attention du barman. Évidemment, je n'avais pas les atouts de ma voisine de droite, avec son top en cuir gainé sur son corps façon corset, ni les facilités de ma voisine de gauche, qui parvenait à faire des promesses graveleuses avec un seul regard langoureux.

Je finis par m'appuyer sur le bar, les deux mains à plat sur le comptoir, espérant que gagner dix centimètres me ferait sortir du lot. Commander quelques verres ne devrait pas ressembler à un parcours du combattant. En particulier, quand vous aviez déjà subi l'épreuve des talons aiguilles, sur une piste de danse trop fréquentée, dans une robe qui scintillait plus qu'une boule à facettes, le tout sur une musique assourdissante.

— Tu t'en sors ? fit la voix d'Amélie près de moi.

— Pas vraiment. Soit le barman m'a vue et m'ignore, soit il ne m'a pas vue, parce que je l'aveugle avec les reflets de ma robe.

— Cette robe est fantastique sur toi, Eileen.

— Amélie, je fais le même bruit qu'un carillon à vent.

La robe était un assemblage de pièces métalliques brillantes, dans un camaïeu de vert. À chaque mouvement, les pièces s'entrechoquaient et tintaient, me donnant la sensation d'être un renne du Père Noël annonçant son arrivée.

— Mais je n'en fais pas assez pas pour attirer l'attention du barman, dis-je, en voyant l'homme passer devant moi sans même un regard. S'il vous plaît ! hurlai-je en agitant la main.

— Laisse-moi faire.

Amélie avait revêtu une de ses créations : une robe noire asymétrique, qui laissait entrevoir son épaule droite. Elle avait ajouté une ceinture en strass, assortie à une impressionnante paire de talons aiguilles. Après m'avoir lancé un regard confiant, elle aplatit le plat de sa main sur le bar avec énergie. Elle frappa le comptoir ainsi plusieurs fois, ses yeux verrouillés au barman qui jonglait avec deux shakers.

Aussi, quand ce dernier approcha de nous, je retins un cri de victoire… avant de comprendre qu'il ne faisait que passer devant nous pour servir deux autres jeunes femmes.

Nous échangeâmes un regard avec Amélie, avant d'éclater de rire.

— Barman ! cria une voix masculine qui nous fit sursauter.

Le barman pivota dans notre direction, mais accrocha le regard de l'homme derrière nous. Nous étions à nouveau transparentes.

— Ces deux jeunes femmes attendent de passer commande, fit l'homme.

Il baissa son regard sombre vers moi et esquissa un sourire. Chemise blanche immaculée ouverte sur le haut de son torse, sourire conquérant, un parfum piquant et boisé : apparemment, c'était le saint patron des séducteurs de boîte de nuit. Je répondis distraitement à son sourire, nullement impressionnée.

Amélie, elle, irradiait. Il l'embrassa sur la joue, et c'est là que je compris qui il était. Je haussai un sourcil à son intention. Elle hocha la tête, dissipant un malentendu qui n'existait pas. L'homme l'enlaça, avant de murmurer quelque chose à son oreille. En moins de deux secondes, je me sentais de trop.

Après l'ignorance du barman, je portais la chandelle pour Amélie. Je passais une soirée délicieuse.

— Qu'est-ce que je vous sers ? demanda le barman.

— Champagne ! commanda le petit ami d'Amélie.

Agacée, je roulai des yeux. Ce parfum piquant ressemblait en fait à de l'esbroufe. S'il cherchait à m'épater, ce n'était pas le bon chemin. Derrière le bar, l'employé s'exécuta, dégainant un seau à glace doré et une bouteille hors de prix.

— Et des verres, s'il vous plaît, ajoutai-je.

Alors que je fouillais dans ma pochette, à la recherche de ma carte bancaire, je sentis une main se poser sur mon épaule.

— C'est pour moi, dit-il.

Évidemment. Je ravalai un soupir agacé et pivotai vers ma meilleure amie, affichant mon plus beau sourire de soutien et d'affection. Après, s'il plaisait à Amélie, il ne devait pas être si désagréable. Je devais lui laisser une chance.

— Eileen, je te présente Warren. Warren, ma meilleure amie, Eileen.

Il prit ma main et l'approcha de sa bouche pour me saluer. C'était le premier baise-main de ma vie, et je n'étais pas certaine d'être séduite par cet excès de galanterie. Mais je comprenais pourquoi Amélie était sous son charme : en grande diva excentrique, elle avait sûrement adoré ses manières désuètes.

— Eileen. Une compatriote anglaise, peut-être ?

Un léger accent trahissait en effet ses origines anglo-saxonnes. Je lançai un regard à Amélie, qui frétillait de joie et de fierté, comme si elle avait gagné le gros lot.

— J'ai des origines irlandaises, expliquai-je.

— Mère anglaise, père français.

— Personne n'est parfait, répondis-je avec un sourire.

D'un signe de tête, je remerciai le serveur, prête à m'emparer du seau à champagne. Mais Warren fut plus rapide et s'en saisit. Amélie récupéra une partie des coupes, me confiant celles qu'elle ne prenait pas.

— Notre table est là-bas, indiqua Amélie à son alpha de petit ami.

Nous nous faufilâmes dans la foule, et Amélie présenta Warren au groupe. Je déposai les verres sur la table, avant de m'asseoir à côté de Julien. En face de moi, Stan fronça les sourcils et je secouai la tête, espérant chasser l'impression désagréable que Warren m'avait faite.

— Tout va bien ? s'inquiéta Julien près de moi.

— Oui, oui. Ne t'inquiète pas, répondis-je.

Warren était avenant et souriant. Et bien élevé : après avoir salué tout le monde, il avait pris soin de poser une question différente à chacun, affichant un visage intéressé à chaque réponse. Amélie avait dû lui donner des éléments, car il avait déjà quelques informations, notamment sur la maison des parents de Julien ou le métier d'Enzo.

— Et toi, Eileen, Amélie m'a dit que tu étais fâchée avec les GPS ?

Je manquai de recracher ma gorgée de champagne. Amélie et moi étions amies depuis des lustres, et la seule chose dont elle avait parlé à son petit ami trop beau et trop gentil pour être honnête, c'était mon absence de sens de l'orientation. Sympa.

— J'ai plein d'autres qualités, raillai-je.

— Je n'en doute pas.

Warren afficha son plus beau sourire, celui des hommes qui n'apprécient que très moyennement la contrariété. Je soutins son regard, prête à en découdre, mais très vite il se détourna de moi et se pencha vers Amélie qui lui parlait.

Je finis mon verre d'un trait, et Julien eut la présence d'esprit de me resservir aussitôt. C'était ça l'amitié : anticiper votre envie d'avoir du champagne pour compenser, aussi vite que possible, un accès de mauvaise humeur.

— Amélie m'a aussi dit que tu étais sa plus vieille amie et que tu l'avais beaucoup soutenue pour sa première collection.

— En effet, répondis-je. Amélie est très douée. Elle t'a montré son travail ?

— Elle me l'a montré hier, j'ai beaucoup aimé. En particulier sa revisite de la salopette.

— J'aime beaucoup aussi. Amélie est très talentueuse.

— C'est ce que je lui ai dit : que c'était une femme brillante. J'ai beaucoup de chance, ajouta-t-il en la serrant contre lui.

J'étais presque impressionnée... et presque jalouse. Warren n'était pas mon type, il était trop dans l'excès pour plein de choses. Mais la façon dont il regardait Amélie éteignait mes doutes. Je ne pouvais pas le contredire sur sa chance : Amélie avait un tempérament de feu, des exigences parfois, des rêves souvent et des colères de temps à autre, mais elle était franche et loyale. Elle savait garder un secret et écouter vos confidences et, même quand j'avais tort, elle prenait mon parti devant ceux qui s'opposaient à moi.

— On va danser, proposa Amélie avec enthousiasme en se levant de la banquette.

Sans lui laisser le temps de répondre, elle prit la main de Warren et l'attira sur la piste de danse. Diane, Stan et Enzo suivirent, pendant que Julien et moi restions assis, sirotant nos verres.

— Il a l'air sympa, dit finalement ce dernier.

Warren et Amélie dansaient ensemble dans une belle harmonie, sourire aux lèvres. Même au milieu de la foule, ils n'avaient d'yeux que l'un pour l'autre. Amélie avait toujours eu le *crush* facile, s'entichant tous les deux jours d'un nouveau garçon. Cette fois, ça semblait différent et sérieux.

— Un peu crâneur, non ? répondis-je.

— Un peu, oui. Mais n'est-il pas parfait pour Amélie justement ? Voyons le bon côté des choses, elle semble enfin avoir digéré sa rupture avec Stan.

— C'est vrai, murmurai-je.

— Champagne ? proposa Julien.

— Avec plaisir.

Je reportai mon attention sur la piste de danse. Enzo se déhanchait comme personne. Vu sa carrure, c'était presque comique. Autour de lui, Diane riait aux éclats, tentant de suivre son rythme et prenant des poses lascives qui démontraient à quel point elle lâchait prise pendant ses vacances. Stan, lui, se débattait avec trois autres filles, gardant ses mains à l'écart quand l'une d'elles avait l'audace de tenter de le toucher.

Je retins un rire et, comme s'il avait senti que je le regardais, Stan se tourna vers moi et m'adressa une grimace, avant de me faire signe de le rejoindre. Je fis non de la tête et levai ma coupe dans sa direction.

— Maintenant qu'Amélie semble avoir trouvé de quoi s'amuser pendant les vacances, est-ce que tu vas vraiment me forcer à te poser la question ? m'interrogea Julien.

— La question ? répétai-je.

— Celle qu'on déteste tous. Comment vont tes amours ?

— J'oubliais à quel point tu pouvais devenir l'oncle gênant, parfois.

— Ça ne me dit pas comment elles vont.

— Ça ne me dit pas non plus pourquoi tu poses cette question, éludai-je.

— Oh ! l'intéressée ne répond pas et en plus tente de changer de sujet, tout en me culpabilisant de l'avoir évoqué.

Je poussai un soupir las, avant de lever les yeux au ciel. J'évitais de répondre à ce genre de question. J'évitais aussi de me poser des questions sur le sujet. La plupart du temps, cela ne faisait que mettre en relief ma vie en décalé.

— Je suis certain que tu ne manques pas d'opportunités, continua-t-il.

— Julien, je suis sage-femme : la majorité des hommes que je croise sont sur le point de devenir père de famille, lui rappelai-je sèchement.

Je fixai à nouveau mon attention sur la piste de danse, espérant que cela suffise à conclure cette conversation. Je me surpris à taper nerveusement du pied, canalisant ma mauvaise humeur. Peut-être était-ce Warren et son tempérament conquérant ou sa relation idyllique avec Amélie... Ou cette question.

Ou Stan avec toutes ces filles autour de lui.

J'étais agacée. Et Julien ne méritait pas d'en subir les conséquences.

— Désolée, dis-je me tournant vers lui. Je ne voulais pas être cassante.

— C'était une question de merde, admit-il.

— C'est vrai.

— Enzo défie les lois de la mécanique du corps, constata Julien en observant la piste, les yeux plissés.

Je le retrouvai dans la foule, ondulant avec souplesse, dansant dans un style improbable, son imposante silhouette suivant le rythme de la musique. Diane ne tentait même plus de danser avec lui. Malgré tout, Enzo lui agrippa la taille et l'attira contre lui, ses hanches contre les siennes, un genou glissé entre ses jambes. Pour n'importe qui, ce mouvement aurait été interprété comme un préliminaire au sexe… Mais Diane était si hilare et avec deux temps de retard, que cela rendait la scène comique.

— Ils vont finir par se blesser, lâchai-je avec un rire.

— J'ai des contacts à l'hôpital du coin.

La voix de Julien était si monocorde et sérieuse, que j'en lâchai ma contemplation du cours de danse d'Enzo. L'état de santé de Julien avait toujours été une ombre menaçante sur le groupe. Au pire de la maladie, quand sa peau devenait presque transparente, que son corps était squelettique et que son crâne était aussi lisse qu'un œuf, j'avais fait des cauchemars affreux, me réveillant sur un drap trempé de larmes.

Julien, lui, avait encaissé cet épisode avec sérénité et courage. La fatigue, les séances de chimio, les examens… Il avait tout surmonté, et ses cheveux avaient fini par repousser. Depuis, l'ombre était restée, plus ou moins forte, plus ou moins éloignée. Mais je redoutais toujours ses appels, craignant qu'il m'annonce une rechute.

— Je vais bien, dit-il immédiatement.

— Tu en es sûr ?

— Certain. Tu veux lire mes derniers bilans ?

— Ça ira. Évite de plaisanter avec ça.

— Il faut plaisanter avec ça. En particulier parce que j'ai gagné le combat et que je finirai par tous vous enterrer !

J'esquissai un sourire. Nous n'abordions jamais cette partie de la vie de Julien. Je soupçonnais Diane d'en savoir plus que nous, mais c'était si intime que personne n'osait vraiment poser la question. À nouveau, je fixai la piste. Stan se débattait toujours avec une collection de filles, aussi souriantes que tentantes. Stan souriait aussi, mais il était crispé et je décelais une détresse hilarante dans ses mouvements.

— Il faut que tu mettes un terme à ses souffrances, lança Julien.

— Je n'ai pas besoin d'aller le sauver de ces filles ! Il a toujours su se débrouiller tout seul.

— Je ne parlais pas de ce soir.

Mon sourire se fana un peu, et mes doigts se refermèrent nerveusement sur ma coupe de champagne. J'avais pris soin de ne pas penser à ma dernière conversation avec Stan, faisant en sorte d'oublier ce qu'elle me faisait ressentir – un mélange atroce de culpabilité et de frustration –, tout en me serinant que toute cette histoire ressemblait à une catastrophe en devenir.

— Il t'a parlé ? demandai-je, prudemment.

— Il n'a pas eu besoin. À vrai dire, il n'a jamais eu besoin d'en parler.

— Julien, c'est...

— Compliqué. Oui, je sais. Mais tu vas devoir l'aider : soit vous passez le cap, soit tu mets un terme à ses espérances. Dans tous les cas, tu l'aideras.

— Je ne peux pas faire ça, Julien. Je ne peux pas. C'est... On est amis, tous. Et je ne prendrai pas le risque de tout foutre en l'air, pas après ce qu'il s'est passé avec Amélie.

— Amélie ? Celle qui se tape le sosie du Bachelor ? railla-t-il.

— Amélie est ma meilleure amie, Julien. Sans elle, je ne serais certainement pas avec vous tous à boire du champagne.

— Stan est un mec bien. Tu devrais... Tu ne devrais pas penser à Amélie.

— Bien sûr ! m'exclamai-je en retenant un rire amer. Et lui dire « Au fait, tu te souviens de Stan ? Eh bien on est ensemble ! Pardon, c'est... oh, oui, ton ex ! Désolée ! »

— Avant d'être son ex, c'est aussi ton ami.

Son ton calme, posé et juste me rendait encore plus fébrile. Julien était rationnel, avec un esprit d'analyse décuplé par sa vocation de médecin. J'étais sur la corde raide, partagée entre mes sentiments pour Stan, mon amitié pour Amélie et mon attachement au groupe.

— Julien, leur histoire est encore tiède. Ils passent leur temps à s'écharper dès qu'ils le peuvent. Comment... comment je pourrais expliquer à Amélie que... non. Il y a des règles dans toute amitié, Julien. Des limites, des trucs... des trucs interdits, m'affolai-je.

— Comme ne pas coucher avec l'ex de sa meilleure copine ?

Je hochai la tête. C'était la première fois que je parlais de ce que je ressentais à quelqu'un. Devant Stan, j'étais trop tétanisée de peur et de désir pour articuler le moindre son ; quant à Amélie, son énergie passait dans mon relooking ou dans sa campagne anti-Stan. Sans le savoir, Julien m'offrait un sas, un terrain neutre pour exprimer mes émotions contradictoires et exacerbées.

— Très bien, fit-il.

— Très bien ? répétai-je, stupéfaite.

— Très bien, répéta-t-il.

— Rappelle-moi de ne jamais devenir une de tes patientes. Je pensais que tu allais plaider la cause de Stan.

— Stan sait très bien plaider sa propre cause. Et si ce truc entre vous n'évoluait jamais, il serait le premier à te défendre et à défendre votre amitié.

— C'est vraiment ce que tu penses ? m'étonnai-je.

— Oui. Oh ! évidemment, il serait malheureux comme les pierres, oublierait de saler ses plats et murmurerait ton prénom dans son sommeil. Beaucoup de souffrances, soupira Julien, un poil mélodramatique, mais il te défendrait. Il est comme toi, Eileen : il fera toujours passer votre amitié avant tout.

— Sauf cet été, murmurai-je.

— Parfois, il faut sauter dans le vide et profiter du paysage quand le parachute s'ouvre.

Il m'adressa un sourire heureux et plein de promesses. Sur la piste, la musique évoluait, et seuls Warren et Amélie, étroitement enlacés, ne quittèrent pas les lieux. Enzo, Diane et Stan revinrent à la table. Ce dernier s'assit près de moi. Je me laissai aller sur la banquette, ma tête finissant sur son épaule.

Ma conversation avec Julien m'avait secouée. J'avais évacué mes doutes et mes questions, mais de nouvelles surgissaient, tout aussi envahissantes.

Stan enroula son bras autour de moi puis posa un baiser sur ma tempe. S'il n'y avait pas eu cette musique affreuse aux basses saturées, j'aurais pu rester ainsi pendant une bonne partie de la nuit.

— Tu veux que je te ramène ? demanda-t-il à voix basse.

Je relevai les yeux vers lui, si proche que je pouvais déceler les nuances de bleu dans ses iris. Pendant quelques secondes, je ne perçus plus le battement désagréable de la musique. J'étais perdue, oscillant entre culpabilité, désir et crainte. Mon cœur frappait dans ma poitrine, et il s'affola encore plus quand Stan se pencha vers moi… pour me parler à l'oreille.

— Je donnerais cher pour savoir à quoi tu penses, murmura-t-il.

— Un… truc, bégayai-je.

— Ça avait l'air d'être un truc bien.

Stan se redressa, ses yeux toujours plongés dans les miens, son petit sourire en coin accroché aux lèvres. Il savait ce qu'il faisait. Sûrement parce qu'il l'avait fait des dizaines de fois avec un tas de filles. Il savait séduire. J'avais la sensation que tout m'échappait. Même mon corps ne répondait plus : le souffle court, je me sentis rougir et, quand mon regard se posa sur ses lèvres, je compris que le désir était en train de l'emporter sur tout le reste.

— Juste bien ? insista Stan.

À mon tour, je lui adressai un sourire. Si Stan savait séduire et me mettre mal à l'aise, je pouvais tout à fait jouer aussi avec sa patience.

— Bien. À ce qu'on m'a raconté. Un peu débile aussi.

— Tu devrais m'en parler. J'ai une expertise très poussée en trucs débiles.

— Et en trucs bien, aussi ?

— Je dois admettre que c'est plus limité. Je tape plutôt dans... renversant. Ou sismique.

Je le fixai, laissant échapper un rire. Nous n'étions pas dupes du véritable sujet de cette conversation. C'est ce qui rendait les choses simples avec Stan : nous nous connaissions suffisamment pour nous comprendre.

À nouveau, Stan se pencha vers moi, prêt à me murmurer à l'oreille.

— Sismique, Eileen. Un truc débile et sismique, qui pourrait changer ta vie.

Il se redressa, mesurant l'effet dévastateur de sa promesse. Je n'avais aucune idée de comment j'allais me tenir debout, tellement mes jambes ressemblaient à du coton. Quoi qu'en dise Stan, si mes premières pensées étaient encore relativement chastes, maintenant un flot d'images aussi intenses que brûlantes me traversait l'esprit.

— Ta proposition tient toujours ? l'interrogeai-je.

À son regard flamboyant et son sourire de gamin ravi, je compris que nous n'étions plus tout à fait sur la même longueur d'onde. Mais ce malentendu était grisant et touchant.

— De me ramener à la maison, ajoutai-je pour dissiper le flou.

— Évidemment, dit-il.

Nous nous levâmes de la banquette et saluâmes nos amis. Diane et Julien étaient en grande conversation, alors qu'Enzo avait disparu, sûrement en plein plan drague au bar. Nous rejoignîmes l'extérieur, et Stan commanda un taxi. Sur le trajet, nous restâmes silencieux, comme si nous craignions que le taxi nous dénonce.

En sortant du taxi, Stan me donna sa veste et nous remontâmes l'allée en nous jetant des regards idiots.

Ou peut-être étaient-ils débiles.

— J'ai réfléchi, lança Stan alors que nous regagnions nos chambres, situées l'une en face de l'autre.

— Je m'inquiète dès maintenant ou j'attends le fruit de ta réflexion ? me moquai-je.

J'ouvris la porte de ma chambre et retirai mes talons qui massacraient mes orteils. Stan resta sagement sur le seuil, l'épaule appuyée contre l'encadrement de la porte. Je soupirai de soulagement en sentant mes pieds s'enfoncer dans le tapis moelleux de la chambre.

— Je ne t'ai pas encore dit que je te trouvais très belle, ce soir. Cette robe te va très bien.

— La robe ? Arrête, je ressemble à un sapin de Noël qui carillonne en permanence.

— Je suis sérieux.

Je fis comme si son regard ne m'enveloppait pas comme une couverture chaude, comme si cette intimité n'était pas nouvelle, comme si je n'étais pas en train de perdre le contrôle de la situation.

Nous étions seuls dans la villa, sans personne pour nous retenir de sauter dans le vide.

— Alors, à quoi as-tu réfléchi ? l'interrogeai-je.

— À comment j'allais te draguer.

Je retirai les pinces qui maintenaient mes cheveux en hauteur et passai une main dans les longueurs pour les démêler. Stan me fixait toujours, comme appréciant le spectacle. Je mentais : c'était moi qui aimais ses yeux sur moi.

— Pique-nique, demain ? proposa-t-il.

— Juste... juste nous deux ?

— Je n'avais pas prévu de public, en effet.

— D'accord.

Nous échangeâmes un sourire, et Stan se détacha de la porte. Je l'observai traverser en deux pas le couloir pour retrouver sa propre chambre, marquant ainsi la fin de la soirée. Il ouvrit sa porte et m'adressa un dernier regard avant de la refermer derrière lui. Je demeurai stupidement sur le seuil de ma propre chambre, comme assommée. J'étais restée inerte, comme une idiote, à ne pas savoir le retenir. Car j'aurais dû le retenir. J'en étais certaine, parce que sinon cette soirée n'aurait pas cet affreux goût d'inachevé. Je n'avais jamais été une fille courageuse et je ne l'avais jamais autant regretté qu'à cet instant, à regarder une porte, avec mes pieds endoloris et mes cheveux en nid d'oiseau.

Je fermai la porte et retournai dans ma chambre, prête à maudire mes doutes dans mon oreiller. Je me sentais idiote et surtout, maintenant, je me sentais seule. Je retirai ma robe, pris une douche et enfilai un vieux T-shirt et un shorty. Je me démaquillai et parvins à démêler mes cheveux sans les massacrer. Je ruminai ma soirée : ma rencontre avec Warren, ma conversation avec Julien et ce silence intense et lourd de sous-entendus.

Je jetai un coup d'œil à ma porte.

Sismique. Débile et sismique. C'était ce que je devais faire. Il était temps de prendre mon courage à deux mains. J'allais ouvrir cette porte, traverser le couloir et frapper à la porte de Stan. Et ensuite... Et ensuite, j'improviserais.

Aussi, déterminée et prête à sauter dans le vide, je fonçai vers ma porte et manquai de l'arracher de ses gonds.

Je n'eus pas à traverser le couloir, car Stan était devant moi, habillé d'un bas de jogging et le corps encore humide de la douche. Il planta ses yeux dans les miens, comme incrédule. Je n'osais plus bouger, presque tétanisée par ce que je ressentais.

L'instant suivant, la main de Stan était sur ma nuque et il posait ses lèvres contre les miennes. Il me fit reculer dans ma chambre, et je trébuchai, surprise par son élan. Je me hissai sur la commode, accueillant Stan entre mes jambes, son parfum boisé embaumant toute la pièce. Stan prit le contrôle, ses lèvres ne me laissant aucun répit, une de ses mains remonta dans mes cheveux, pendant que l'autre pressait ma taille.

Je serrai mes jambes autour de lui, gémissant sous la force de son baiser.

C'était un baiser étourdissant, de celui qui fait taire vos doutes, vos questions et toute forme de culpabilité. Celui qui faisait courir une chaleur incandescente dans votre corps et vous étourdissait d'un désir fiévreux, à en être ivre. Jamais un homme ne m'avait embrassée ainsi, comme si sa vie en dépendait et qu'il craignait que je lui échappe.

Sa langue se faufila entre mes lèvres, et je laissai échapper un gémissement de désir et de soulagement. Mes mains descendirent le long de son torse, devinant ses muscles se tendre sous mes paumes. Son cœur battait la chamade et un frisson courut sur sa peau. Cela me donna confiance : je n'étais pas la seule à être chamboulée par ce baiser.

Stan abandonna mes cheveux et ma taille, et posa ses mains sur mes joues. Notre baiser s'adoucit, la frénésie retombant peu à peu. Stan se contentait de ponctuer mes lèvres de baisers légers, ses pouces caressant ma peau. Je poussai un lourd soupir, délivrée de toute la tension accumulée depuis plusieurs jours. Après un ultime baiser doux et attentionné, Stan colla son front contre le mien, aussi essoufflé que moi.

— Je ne pouvais pas... Je n'aurais pas réussi à dormir si je ne t'avais pas embrassée, avoua-t-il.

— Tu as bien fait. La sérotonine est importante pour un sommeil réparateur, marmonnai-je.

Encore haletante, je passai mes mains sur son torse qui se soulevait au même rythme effréné que le mien. Ce n'était pas une vue inédite, mais l'explorer était une véritable nouveauté qui attisait ma curiosité.

— Je voulais juste t'embrasser, m'avoua Stan dans un murmure.

— Et ensuite ?

— Rien. Juste t'embrasser.

Il se recula, et nos deux corps se détachèrent. Je passai mon index sur mes lèvres un peu gonflées et déjà accoutumées à celles de Stan. Je n'étais pas certaine de passer une bonne nuit, parce que je voulais déjà réitérer cette expérience. Voire en vivre d'autres.

— Et te souhaiter une bonne nuit, ajouta-t-il

Il se pencha vers moi et m'embrassa à nouveau, délicatement. Son baiser était doux, mais j'avais besoin de plus. Je voulais sentir cette frénésie crépitante et cette vague de désir brut et incandescent me submerger tout entière, à m'en faire oublier le reste du monde. Je décidai de ne plus être une trouillarde et d'assumer ce que je ressentais. Stan l'avait fait en franchissant cette porte et en m'embrassant à en perdre haleine.

Je devais le faire en l'empêchant de la franchir à nouveau.

Aussi, j'attrapai la ceinture de son jogging et l'attirai contre moi. Stan haussa un sourcil, mais n'opposa aucune résistance quand mes lèvres se posèrent sur les siennes.

— Reste, murmurai-je contre sa bouche.

— Je voulais juste t'embrasser, se défendit-il.

Il prit mon visage entre ses mains, ses yeux brillant de sincérité. Évidemment je n'aurais pas été contre aller plus loin – surtout si le « plus loin » était du même acabit que ses baisers –, mais je ne voulais surtout pas le voir quitter ma chambre. Pas cette nuit.

— Je sais, dis-je en sautant de la commode. Je veux juste que tu restes.

— Tu dors toujours à droite ?

Alors que Stan s'allongeait dans mon lit, étirant ses bras pour ensuite les coincer derrière sa tête, je songeai au conseil de Julien. J'avais sauté dans le vide et maintenant...

— Qu'est-ce qui te fait sourire ? demanda Stan alors que je posai ma tête contre son torse.

— Rien. Rien du tout.

Maintenant, j'admirais le paysage.

La nuit où Eileen a connu son quart d'heure de gloire

Diane
Avril 2022

— Pas certaine d'aimer le principe du réveil à 5 heures du matin, marmonna Amélie.

Elle bâilla bruyamment et sans discrétion aucune. Accrochée au bras de Stan, elle avançait à pas lents.

— C'était ton idée, lui rappelai-je.

— Mon idée était de faire ça de jour, à une heure raisonnable ! Là, il fait nuit et froid. Et il risque même de pleuvoir !

— On ne va pas rester dehors pendant des heures, indiqua Julien.

— On ira prendre un petit déjeuner ensuite, promit Stan. Il y a un café en face de l'hôpital. Ils servent des burgers, même à 3 heures du matin.

— Comment sais-tu ça ? demanda Enzo.

— Je suis venu il y a un mois. Quand Eileen était encore stagiaire. Elle avait eu une garde difficile.

J'échangeai un sourire avec Stan. Nous étions plus étonnés par un café proposant des burgers à 3 heures du matin, que par son intervention secourable auprès d'Eileen. J'avais presque de la peine pour Stan : être ami avec Eileen était facile, j'avais l'impression que, pour lui, désormais, ça s'apparentait à une lente torture.

Après avoir traversé le parking, nous nous postâmes sous un réverbère, en face de l'entrée de la maternité. Au fur et à mesure de nos longues années d'amitié, nous avions affiné notre organisation. Enzo avait un sac, toujours prêt, rempli d'ustensiles divers et variés ; Stan lançait généralement les hostilités avec un ou deux messages et nous nous rassemblions pour célébrer l'un des nôtres.

— Elle finit à quelle heure ? m'enquis-je.

— D'ici dix minutes, répondit Stan après avoir vérifié l'heure sur son téléphone.

— Dix minutes ! s'exclama Amélie. Mais le projet c'est de mourir de froid ?

Enzo se plaça derrière elle et lui frictionna vigoureusement les bras, avant de la serrer contre lui. J'ouvris son sac, sortant une paire de maracas. Julien vint récupérer l'un des tambourins, pendant que Stan s'emparait de notre dernier ajout : une splendide casserole cabossée et sa spatule en bois : donnée gracieusement par la grand-mère d'Eileen. « Comme ça, je serai un peu avec vous quand vous la fêterez ! » avait-elle dit, il y a quelques semaines quand nous lui avions parlé de notre projet.

Amélie et Enzo déplièrent notre banderole improvisée et, lorsque nous fûmes prêts, nous repérâmes les premières sages-femmes qui quittaient leurs gardes. En nous voyant, elles eurent un sourire, et certaines, qui semblaient pressées de partir, paraissaient maintenant vouloir attendre.

— Tout va bien ? me demanda Julien.

Je grelottais de froid et je ne sentais plus mes pieds.

— Ça va, dis-je en claquant des dents.

Sans me demander mon avis, il retira son bonnet et me l'enfonça sur la tête, s'assurant que mes oreilles soient bien protégées.

— Tu vas attraper froid, murmurai-je.

— Mes cheveux repoussent, dit-il doucement. Donne-moi tes mains.

Je coinçai les maracas entre mes jambes et les lui tendis. Julien les prit entre les siennes et doucement souffla dessus pour les réchauffer. Il garda ses yeux rivés aux miens, et même s'il ne soufflait que sur mes doigts c'est tout mon corps qui réagissait, évacuant lentement le froid.

— Tu es gelée, dit-il avec un sourire. On ira se réchauffer ensuite.

— J'y compte bien. Tu as toujours ce plaid bleu nuit en cachemire ?

— Sur le canapé. Tu préfères un marathon films d'horreur ou comédies musicales ?

— Tu n'es pas censé réviser pour tes rattrapages ?

— Je revois mes priorités. Et aucun cours ne tient la distance face à toi.

— Je serais venue pour le plaid, tu sais !

— Je sais, soupira-t-il dramatiquement.

Il libéra mes mains et resta près de moi, le regard tourné vers la porte de la maternité. Je pris mes maracas, mes doigts un peu moins engourdis. Eileen apparut sur le seuil et leva les yeux vers nous. C'était le signal.

Maracas, casseroles, cris, applaudissements. Nous faisions un tel vacarme qu'on risquait sûrement de finir au commissariat du coin pour tapage à quelques mètres d'un hôpital. Eileen riait aux éclats, les yeux brillants de larmes. Elle approcha de nous, et Enzo fit voler des confettis dans sa direction.

Comme à chaque fois que nous avions fêté nos moments de gloire, c'était festif, joyeux et un peu fou. Nous prîmes Eileen dans nos bras et nous l'embarquâmes dans une danse improvisée. Elle riait toujours, ses joues désormais barrées de larmes.

— Je ne pensais pas que vous viendriez, dit Eileen quand notre enthousiasme fut retombé.

— 6 heures du matin et une température négative, tu avais raison de douter, répondit Amélie, en grelottant.

— Comment était cette première garde officielle ? demandai-je.

— Trois accouchements, c'était calme. Et c'était génial. Je vous assure. Je me sens… à ma place.

Stan la prit dans ses bras et l'embrassa sur le front. Nous rangeâmes notre matériel, déjà prêt à être réutilisé. À son tour, Julien m'attira contre lui, espérant sûrement me réchauffer.

— On devrait aller manger, dis-je.

— J'ai envie d'un truc chaud qui me fera gémir de plaisir.

— Stan est juste là, commenta Enzo.

— Commençons par un chocolat chaud, proposa Eileen. On verra plus tard pour le reste.

Ce « plus tard » flotta autour de nous pendant quelques secondes, suffisamment longtemps pour que j'échange un regard avec Stan. Ses yeux brillaient d'espoir et d'admiration.

Il y croyait.

Et, à la manière dont Eileen souriait, il avait raison d'y croire.

— Pourquoi tu souris comme ça ? me demanda Julien.

J'enroulai mon bras autour de sa taille et me pressai contre lui. J'étais gelée, mes doigts menaçaient de tomber et je ne sentais plus le bas de mon visage.

— Parce que j'envisage d'épouser ton plaid, répliquai-je.

— Putain de chanceux ! s'exclama Julien.

Chapitre 9

Stan

Quand j'ouvris les yeux, j'étais dans la chambre d'Eileen. Elle dormait profondément, me tournant le dos, ses cheveux éparpillés sur l'oreiller. J'enroulai mon bras autour de sa taille, avant de nicher ma tête dans le creux de son cou. Elle remua légèrement et posa sa main par-dessus la mienne.

— Il faut que je me lève, chuchotai-je.

— On est en vacances, marmonna Eileen, les yeux toujours clos.

— J'ai un pique-nique à préparer. Pour draguer une fille.

— J'espère qu'elle en vaut la peine.

— J'en suis certain.

J'embrassai son cou, suçotant doucement la peau entre mes lèvres, avant de tirer sur l'encolure de son T-shirt pour dévoiler son épaule. Eileen se colla à moi et soupira profondément.

— Tes lèvres, demandai-je, en laissant ma main glisser de sa taille vers ses hanches.

Elle pivota vers moi, et nos bouches avides se retrouvèrent. Elle gémit contre ma bouche, et tout mon corps fut brutalement en éveil. L'embrasser avait été longtemps un fantasme, puis un rêve inaccessible et douloureux.

Hier soir, c'était devenu une réalité délicieuse.

Et la nuit dernière, l'embrasser avait été un défi insoutenable pour moi. J'avais lutté des centaines de fois contre l'envie de la déshabiller. Ce matin ne dérogeait pas à la règle : avec son corps brûlant et ses baisers enflammés, j'étais au bord de l'implosion.

— Il faut vraiment que je me lève, répétai-je, haletant.

— Pour le pique-nique ?

— Pour ne pas déchirer tes sous-vêtements.

Elle leva un sourcil surpris, et je pris son silence pour un défi. Eileen me connaissait bien, mais certaines facettes de ma personnalité lui étaient encore étrangères. Nous allions devoir apprendre à nous connaître différemment.

— Oui, ça m'arrive de faire ça, répondis-je.

— De déchirer des sous-vêtements ?

— Oui.

Je n'étais pas certain que cette conversation soit saine pour ma santé mentale. Une nuit près d'elle, à sentir ses lèvres sur les miennes, avait déjà exigé que je conserve tout mon self-control. Voir maintenant son regard flamboyer de désir et sentir ses mains alors que je l'imaginais nue sous moi relevaient de la torture.

— Il faut que je me lève, répétai-je.

— Tu essayes de t'en convaincre ?

— Mes intentions étaient pures quand je suis rentré dans cette chambre hier soir.

— Pures ? Tu m'as embrassée comme si la fin du monde était à venir, rétorqua-t-elle en riant.

— Et tu m'as supplié de rester.

— Supplier ?

Elle éclata de rire, sa tête contre mon torse. Quand elle releva les yeux vers moi, je pris conscience que l'atmosphère avait changé. Dans cette chambre, nous étions seuls au monde et loin du monde. En sortir, c'était nous confronter à la réalité... Et nous n'avions pas vraiment évoqué ce que nous étions et comment nous allions le gérer.

— Qu'est-ce que tu veux faire ? demanda-t-elle.

— Je veux quitter cette chambre, puis grimper sur le toit et dire au monde entier que je ne suis plus un abruti.

— Quoi ? Pourquoi tu serais un abruti ?

— Longue, très longue histoire. Mais je veux quand même grimper sur le toit et faire un truc genre déclaration solennelle.

Je posai mes lèvres sur les siennes, mais très vite je sentis qu'elle n'était pas avec moi. Même si nos corps étaient emmêlés, Eileen était subitement distante.

— Tu ne veux pas que je monte sur le toit, murmurai-je, déçu.

— Je crois... On devrait garder ça pour nous, quelque temps. Histoire de voir où ça nous mène.

— Tu as des doutes ? m'enquis-je, alarmé.

— Stan, on a été amis pendant des siècles. Et maintenant, je... À vrai dire, à mes yeux nous sommes toujours amis, mais depuis hier soir, c'est différent. On a besoin d'un temps d'adaptation.

— On ? Je suis parfaitement adapté, de mon côté. Je n'ai pas honte de...

— Je n'ai pas honte, me coupa-t-elle en posant sa main sur ma joue. Tu es Stan des toilettes, me rappela-t-elle avec un sourire, tu es la prise de l'année.

Je parvins à sourire, mais, malgré tout, je ne comprenais pas l'attitude d'Eileen. Je plongeai mes yeux dans les siens, cherchant une explication.

— Je veux pouvoir le dire à Amélie, avoua-t-elle finalement.

— Elle est avec quelqu'un d'autre. Je crois qu'elle a tourné la page. Tu t'inquiètes pour rien.

— Peut-être. Mais je préfère prendre mon temps. C'est ma meilleure amie et, techniquement parlant, j'ai passé une partie de la nuit à embrasser son ex.

— Elle ne pourra pas te reprocher d'avoir très bon goût.

— Elle me reprochera sûrement d'avoir beaucoup trop aimé ça. Et je veux préserver ça, nous préserver un peu. Les autres vont poser des questions, ils vont nous regarder bizarrement, et Amélie… Elle peut se montrer vraiment dure parfois, à tendance volcanique. Je culpabilise. C'est plus fort que moi. J'ai l'impression de la trahir et de trahir notre amitié. Du temps, Stan, c'est tout ce que je te demande.

Je restai silencieux, mes doigts jouant avec ses cheveux, pendant que je fixais ses lèvres avec envie. Je voulais tellement grimper sur le toit.

— Stan ?

Je me contentai de l'embrasser à nouveau, avec gourmandise, envie et une pointe de frustration. Eileen s'enfonça dans le matelas, tandis que je couvrais son corps du mien. Elle gémit, ses mains glissant dans mes cheveux, pendant que ses jambes remontaient sur mes hanches.

Ce baiser-là marquait la fin de notre amitié, et, avec un peu de chance, le début d'autre chose. J'aurais tout donné pour Eileen, y compris le sacrifice ultime de mon cri de victoire sur le toit.

Quand nous nous séparâmes, Eileen avait les joues rougies et le souffle court.

— C'était quoi ça ? fit-elle.

— Un baiser. Tu m'as convaincu quand tu as dit que tu avais beaucoup trop aimé ça. Bonne nouvelle : c'est tout à fait réciproque.

— Tu es d'accord, alors ?

— D'accord, oui. Mais pas éternellement.

Elle hocha la tête, et au prix d'un effort intense, je parvins à sortir du lit. Après avoir vérifié que le couloir était désert, je gagnai ma chambre. Je pris une nouvelle douche, conscient que le parfum d'Eileen devait être partout sur moi, puis descendis sur la terrasse pour l'habituel petit déjeuner du groupe.

À l'exception d'Eileen, qui m'avait prévenu qu'elle voulait encore traîner au lit quelques minutes, tout le monde était là.

— Regardez qui vient de rentrer ! s'exclama Enzo, avant de mordre dans une tartine.

— Oh ! notre bellâtre aurait-il découché ?

La voix d'Amélie était sèche et son sourire ironique. Elle porta son mug de café à ses lèvres, attendant ma réponse.

— Merci, Amélie, je vais bien, et toi ?

— Parfaitement bien. Warren doit venir me chercher d'ici une heure pour une sortie en bateau.

— Il a un bateau ? s'écria Julien.

— Son père, corrigea-t-elle. Mais il sait naviguer et il voulait me faire plaisir. Encore un truc que tu n'as jamais fait quand nous étions ensemble.

— Amélie, nous ne sommes plus ensemble depuis des mois, est-ce qu'on peut désormais passer à autre chose ?

— Tu as Warren, maintenant, ajouta Diane, d'un ton prudent.

— Certes. Et lui, au moins, se lève aux aurores pour bosser et atteindre ses objectifs.

— Je suis en vacances, Amélie. Est-ce que notre petite relation de quelques mois va anéantir tout ce que nous étions avant ? Il y a encore un an, ici même, tu étais ravie de manger des pâtes que j'avais préparées et une tarte aux pêches que tu m'avais demandée.

— Tu as ruiné beaucoup de choses, fit-elle, acerbe. Et tu as pris la fuite. Je ne sais pas encore ce qui me dérange le plus.

— Et toi, tu es en train de ruiner le petit déjeuner de tout le monde.

La voix d'Eileen me surprit. Je fis volte-face, la remerciant d'un mouvement de tête pour son intervention.

— Est-ce qu'on ne pourrait pas prendre notre petit déjeuner comme avant ? Avec les toasts trop cuits d'Enzo, les oranges pressées et filtrées par Diane et le mauvais café de Julien ?

— Mon café est délicieux ! se défendit ce dernier.

— C'est vrai, admit Eileen. Ce qui rendra donc ce petit déjeuner encore meilleur !

Elle s'installa sur une des chaises libres, et je m'assis face à elle. Amélie avait l'air furieuse d'avoir été interrompue en pleine poussée capricieuse. Julien me donna le café, pendant que Diane remplissait nos verres de jus.

Je savourai l'accalmie, songeant avec amertume qu'Amélie n'était pas si méchante habituellement. Sûre d'elle, franche, drôle : Amélie avait toujours eu du tempérament. J'appréciais sa chaleur, son ambition et sa loyauté. Son agressivité actuelle n'était qu'un moyen de me faire payer l'échec de notre relation. Elle avait placé ses espoirs en moi, et je l'avais déçue.

— Bon alors, tu as découché ?

Accalmie de moins de trente secondes. Merci, Enzo.

— Je suis allé dans ta chambre ce matin, et même si le lit était défait, tu n'étais pas là.

— Laisse-le tranquille, intervint Julien.

Il me suffit d'un bref coup d'œil vers lui pour savoir qu'il se doutait de quelque chose. Je parvins à ne pas regarder Eileen : il n'avait pas besoin de plus d'indice. Alors que j'avais eu du mal à comprendre la volonté d'Eileen de rester un couple clandestin, je pris conscience à cet instant qu'elle avait raison. Elle voulait rester discrète et, dans ce groupe, avoir une vie intime, voire secrète, relevait du miracle.

— Je ne fais que demander. Hier soir, quand je suis revenu à la table, Eileen et toi étiez rentrés.

— J'avais mal aux pieds, Stan m'a raccompagnée.

— Oh et donc tu es ressorti ensuite ?

— Non, Enzo. Je suis rentré dormir, car je voulais aller à la criée ce matin très tôt. J'ai pris une douche pour vous épargner les odeurs tenaces de poisson. D'autres questions ?

Ma patience était en train de s'effriter. Entre Amélie et ses remontrances et Enzo et sa passion pour les potins, l'ambiance de la matinée s'annonçait nettement plus désagréable que celle de la nuit que je venais de passer.

— Alors, cette criée ? demanda Eileen.

— Pas très intéressante. Même pas une daurade à vous proposer. Tu me passes les tartines, Amélie ?

Elle me tendit l'assiette comme si je lui demandais de renier Anna Wintour. Amélie quitta la table quelques instants plus tard, pour se préparer à sa journée en mer. La voir partir fut un soulagement certain. Ce ne fut que quand elle fut hors de portée que je m'autorisai à jeter un regard à Eileen.

Elle portait une robe longue, blanche avec quelques broderies sur la poitrine. Elle avait noué ses cheveux dans une tresse qui tombait sur son épaule, et ses lèvres, délicieusement gonflées, la rendaient très attirante.

— Quel est le programme de votre journée ? s'enquit-elle.

— Je suis en binôme avec Enzo ce matin. On donne la première couche de peinture, répondit Diane.

— Et de mon côté, je dois récupérer une commande de ma mère, fit Julien.

— Encore des meubles ? demandai-je.

— Deux tapis et quelques bibelots. Mais la boutique est loin, ça va me prendre la matinée. Eileen, tu as prévu quelque chose ?

— Pas vraiment, peut-être une balade sur la plage. Et toi Stan ?

— Je vais cuisiner. Comme ça, vous aurez de quoi faire une pause ce midi, et ensuite, si ça vous va, on peut aller à la plage ensemble pour la soirée.

— Je valide cette idée, marmonna Enzo en croquant dans une pomme.

Je sentis le regard d'Eileen sur moi. Je n'avais pas réellement menti : j'allais vraiment cuisiner pour tout le monde, y compris pour elle et moi, dans le but de nous échapper quelques heures de la villa.

— Je vais me changer, annonça Diane en se levant de table. Enzo, on se rejoint dans la bibliothèque ?

— J'arrive. Mets-nous un peu de musique. Et pas un de tes vieux trucs de mecs qui hurlent, de la vraie musique.

— Du disco ? lança-t-elle en quittant les lieux.

— Tu sais quoi ? Laisse tomber ! Sors juste l'enceinte, je me débrouillerai avec la musique.

Enzo se leva de table à son tour, finissant son verre de jus de fruits d'un trait, avant d'embarquer un morceau de brioche, deux pommes et le dernier pancake. Il quitta la terrasse avec son butin, nous laissant médusés à table.

— C'est pas comme si j'avais faim, marmonna Eileen.

— Il reste des choses en cuisine, tu veux que j'y aille ? proposa Julien.

— Non, je vais y aller. Et puis, il faut refaire du café.

À son tour, elle quitta la terrasse, prenant la verseuse à café avec elle. Je suivis sa silhouette du regard, me perdant dans les souvenirs de notre conversation, entre arrachages de sous-vêtements et ces baisers qu'elle aimait beaucoup trop.

— Si vous ne voulez pas vous faire surprendre, tu ferais bien de retenir tes coups d'œil salaces et ton imagination débridée, se moqua Julien.

— Je ne vois pas de quoi tu parles, répondis-je, en m'emparant d'une banane pour avoir l'air occupé.

— Je parle du fait que tu n'es plus un abruti. Apparemment, l'information n'est pas encore vraiment publique.

— Non, murmurai-je. Elle craint la réaction d'Amélie et elle ne veut pas affronter vos questions.

— Des questions ? Quelles questions ? poursuivit Julien en feignant très mal l'ignorance.

— Celles que j'entends d'ici.

— Oh ! donc tu entends un truc du genre où... ou quand ? Et surtout comment ? Et oh, non... combien de fois ?!

— Je ne répondrai pas à ça.

— Mais on veut savoir !

— On ? m'étonnai-je.

— Eh bien moi... Et Diane.

— Diane ?

— Diane. Grande, brune, celle qui chante.

Je lui lançai un regard sombre, replongeant dans la liste des toutes les bonnes raisons de ne pas tuer Julien. Diane, évidemment, arrivait en premier. Cette villa, juste après. Et notre amitié... loin derrière.

— Comment Diane peut savoir ? l'interrogeai-je.

— Aussi surprenant que cela puisse paraître : Diane a des yeux. Magnifiques, au demeurant. Et opérationnels, c'est un vrai plus. Elle vous a vus partir ensemble hier soir et, honnêtement, vous avez bien fait : cette tension sexuelle entre vous était intenable.

— Eileen veut qu'on reste... discrets. Secrets, même.

— Tu peux compter sur nous. On est très forts en secrets.

— Vraiment ?

— Pas ce genre de secrets, corrigea-t-il immédiatement.

Nous échangeâmes un sourire. Même si Julien me taquinait, je savais qu'il nous protégerait. Mais il avait raison : si Eileen voulait de la clandestinité, j'allais devoir travailler mon *poker face* et éviter de faire turbiner mon imagination dès que je la voyais.

— Vous allez bien ensemble, dit-il finalement.

— Je crois, oui.

Eileen réapparut, avec le café et un saladier rempli de croissants. Nos regards s'accrochèrent, et elle me fit un petit sourire complice. À y réfléchir, j'adorais garder ce secret avec elle et voler du temps pour être ensemble. Quand nous finirions par nous retrouver seuls, les retrouvailles seraient éblouissantes.

Quand elle fut installée, je revins à la réalité et croisai le regard dépité de Julien. Il secoua la tête, but une ultime gorgée de son café et marmonna :

— Y a du boulot quand même !

— Arrête, on n'a pas fait ça depuis au moins cinq ans ! s'esclaffa Eileen.

Elle prit une fraise parmi celles que j'avais embarquées pour notre pique-nique. Elle s'appuya contre moi, son dos contre mon torse, et mordit dans le fruit, avant de me tendre ce qu'il en restait. Nous avions été très calmes et bien élevés : hormis un ou deux baisers furtifs, nous agissions comme nous l'avions toujours fait : riant ensemble, partageant notre déjeuner, tout en discutant de nos vies respectives.

Chaque été, avec le groupe, nous rattrapions ce que nous avions loupé les uns des autres. Entre les études de Julien et les tournées de Diane, nous nous manquions souvent. Enzo était toujours affairé dans son garage, et l'agenda d'Amélie était rythmé par les semaines de la mode. Et puis, pour cette dernière, je devais admettre que notre relation était maintenant plus distante. Cependant, avec Eileen, cette année, les choses étaient différentes : nous nous étions beaucoup vus, et je n'avais pas la sensation d'avoir manqué autant d'événements que d'habitude.

— Cinq ans. Oui, donc on a matière à discuter ! Tu as bien dit qu'il fallait qu'on apprenne à se connaître, non ?

— Si, si, admit-elle. Allons-y ! Tu commences.

— D'accord.

Je posai mon menton dans le creux de son épaule, admirant la vue de l'océan en face de nous. Je respirai le parfum d'Eileen et je la sentis frissonner quand mes lèvres frôlèrent sa peau.

— La dernière fois où tu as fait un cauchemar ? murmurai-je contre sa peau.

— Je ne rêve pas beaucoup... En tout cas, je ne m'en souviens pas. Mais, je dirais, quand... Le soir de mon anniversaire, en seconde.

— Je ne t'aurais jamais laissée partir, dis-je.

— Tu n'aurais rien pu faire. Ou alors si, peut-être un truc débile.

— Probablement.

Elle se tourna légèrement vers moi et plongea ses yeux émeraude dans les miens. Cette soirée d'anniversaire tenait l'une des premières places dans la liste de mes mauvais souvenirs.

— La dernière fois où tu as détesté quelqu'un ? m'interrogea-t-elle.

— Thomas. Sans nul doute.

— Quand il m'a quittée ?

— Non, quand il t'a quittée, j'aurais pu lui baiser les pieds ! plaisantai-je.

— Quoi ? cria-t-elle, partagée entre rire et stupéfaction. J'ai été malheureuse comme les pierres, lui rappelai-je.

— Ah oui, je l'ai détesté pour ça aussi. Mais je savais que tu t'en remettrais et que tu méritais mieux. Honnêtement, Thomas n'était pas pour toi.

— Est-ce que ton avis est vraiment objectif ? demanda-t-elle.

— Peut-on faire confiance à un mec qui te dit qu'il n'aime pas les desserts au chocolat ?

Elle rit à nouveau, un rire léger et adorable qui me donnait envie de m'isoler avec elle pour des heures. Je posai les lèvres dans son cou, avant de tracer une ligne de baisers sur sa nuque. Elle bascula la tête en arrière, m'offrant un accès plus large à son cou.

— C'est vraiment pour ça que tu le détestais ? demanda-t-elle après quelques secondes.

— Entre autres.

Elle embrassa doucement mes lèvres, avant d'enrouler son bras autour de mon cou et d'approfondir notre baiser. C'était à la fois familier et nouveau, doux et intense, et surtout, j'aimais, moi aussi, beaucoup trop ça. Je l'entraînai sur le sable avec moi, mon corps couvrant partiellement le sien. Mes mains parcoururent délicatement son corps, ses hanches, sa taille, sa poitrine, pour finir sur ses joues. Une vague de chaleur me traversa, et Eileen laissa échapper un gémissement.

— Dernière fois que tu as perdu le contrôle ? chuchotai-je contre sa bouche.

— J'ai arrêté de compter depuis hier soir.

Nous changeâmes de position, et Eileen posa sa tête sur mon ventre, les yeux fixés vers le ciel, pendant que je tripotais ses cheveux en rêvassant.

— Dernière fois où tu as eu des regrets ? m'interrogea-t-elle.

— Quand j'ai teint mes cheveux en rose.

Eileen tourna son visage vers moi, surprise par ma réponse.

— Je n'ai pas pour habitude d'avoir des regrets, expliquai-je. C'est trop fatigant. Ce qui est fait est fait. Donc... Non, peu de regrets. Dernière fois que tu as eu peur ?

— Hier soir, quand tu as quitté ma chambre. Et puis hier soir, quand tu étais juste derrière la porte. Et encore hier soir, quand tu m'as embrassée.

— Tu as eu peur quand je t'ai embrassée ?

— Personne ne m'a jamais embrassée comme tu l'as fait.

Je me redressai pour m'asseoir, et Eileen m'imita. Elle semblait embarrassée par son aveu quand, de mon côté, mon envie de grimper sur le toit de la villa revenait au triple galop. J'étais fier de moi et, surtout, j'étais rassuré. Ce matin encore, Eileen me demandait de la distance et de la discrétion et maintenant, elle me parlait à cœur ouvert.

— D'accord, dis-je, la gorge un peu serrée. *Spoiler alert*, Eileen, je compte ne laisser personne t'embrasser comme je l'ai fait.

— Stan ?

Une voix masculine me dévia du chemin des lèvres d'Eileen. Je me figeai et vis une ombre passer dans le regard de cette dernière. Elle se mit debout, essuya le sable collé sur sa robe et s'écarta de moi aussi vivement qu'elle se serait écartée d'une maladie honteuse. Ses yeux furetèrent partout, se posant nulle part et, surtout, évitant les miens.

Malgré l'air chaud estival et le soleil ardent, je sentis un courant d'air froid se faufiler entre nous.

— Tu es justement l'homme que je cherchais, fit Warren en tendant sa main pour me saluer.

Derrière lui, Eileen paniquait. Elle devait chercher Amélie.

— Tu ne devais pas faire de la voile avec Amélie ? demandai-je.

— Elle s'est arrêtée dans une boutique, on y va ensuite. Vous voulez vous joindre à nous ?

Il pivota vers Eileen. Fébrile, elle fit non de la tête et, machinalement, réajusta les bretelles de sa robe. Notre petit secret n'était pas si petit… et maintenant, il menaçait d'exploser sous nos yeux. À voir la tête d'Eileen, je savais que cela ferait des dégâts et que nous en garderions des cicatrices.

— On a prévu de rentrer à la villa ensuite, expliquai-je, tendu.

— D'accord.

Les yeux de Warren se posèrent sur notre serviette, partiellement couverte de sable, puis sur notre pique-nique. Il ne nous connaissait pas et ignorait tout de ma relation. Malgré tout, il devait déjà en tirer des conclusions.

— Pourquoi tu me cherchais ? m'enquis-je en espérant dissiper ses soupçons.

— Oh ! tu m'as bien dit que tu étais cuisinier ?

— En effet.

— Mon père est directeur de l'hôtel du golf. On a un mariage demain, genre gratin de la bourgeoise de la région, et un de nos cuisiniers vient de claquer la porte.

— Je suis en vacances, lui rappelai-je.

— Je sais. Mais ça nous dépannerait et c'est très bien payé. C'est demain soir.

— Tu devrais accepter, plaida Eileen. Ce n'est qu'une soirée et tu ne peux pas renoncer à un peu d'argent.

Elle m'adressa un sourire chaleureux, qui me rassura. Apparemment, elle avait digéré l'irruption de Warren. Et moi, je voulais m'en débarrasser au plus vite pour retrouver mon intimité avec Eileen.

— Amélie a mon numéro, envoie-moi les détails.

— Super, merci !

Nous nous serrâmes la main, gage de notre accord et, après un ultime coup d'œil vers Eileen, il s'éloigna de nous pour rejoindre la jetée. Eileen resta à distance, observant la silhouette de Warren disparaître au loin. Quand enfin il fut hors de portée, elle retrouva son souffle.

— On devrait rentrer, lança-t-elle.

— Quoi ? Non... Arrête, on peut passer l'après-midi ici sans problème. Ils seront en mer.

— Stan, il nous a vus.

— Il a vu deux amis en train de se parler sur une plage.

— Tu ne sais pas depuis combien de temps il était là ! objecta-t-elle.

— Eileen, tu paniques. Et tu laisses ta culpabilité prévaloir sur tout le reste. Il y a encore dix minutes, nous étions en train de nous embrasser.

Cette conversation prenait un chemin désagréable et insensé. Warren n'avait sûrement rien vu. Eileen me fixait, indécise, sûrement partagée entre sa culpabilité dévorante et le souvenir de notre nuit passée.

— Je t'assure que tu t'inquiètes pour rien, soufflai-je en approchant d'elle.

— Presque dix ans d'amitié avec quelqu'un, ce n'est pas rien, Stan. On n'aurait pas...

— Ne dis pas que nous n'aurions pas dû, Eileen. Parce que tu m'as demandé de rester hier soir.

Je tentai de capter son regard, cherchant une réponse ou une issue à cette conversation. Mais, instinctivement, parce que je connaissais Eileen depuis des années, je savais que je ne gagnerais pas cette fois.

— Tu veux qu'on s'arrête là ? lançai-je, redoutant déjà la réponse.

— Stan...

Le ton de sa voix me donna la réponse. Elle me regarda avec tristesse, pendant que j'encaissais l'ascenseur émotionnel des quinze dernières minutes. Eileen était en face de moi, belle comme jamais, désirable et inaccessible. Je pris son visage entre mes mains et posai mon front contre le sien.

— Il vaut mieux qu'on reste éloignés l'un de l'autre.

— Aucun regret, lui rappelai-je.

Elle resta muette, et ce silence lourd, pesant et définitif brisa en tout petits morceaux mes derniers espoirs et mon cœur.

Le jour où Amélie a connu son quart d'heure de gloire

Diane
Septembre 2020

— Ça va aller, Amélie ? Tu as l'air un peu... stressée !

J'échangeai un regard avec Eileen, perchée sur une table, avec une robe – enfin un morceau de tissu – qui ne tenait que grâce aux multiples épingles accrochées dessus. Et à quelques coutures provisoires. Derrière elle, Amélie s'affairait, une épingle dans la bouche, des ciseaux noués à sa taille et un mètre ruban autour du cou.

— Ça va aller, marmonna-t-elle.

Elle plissa la soie qui composait le bas de la robe, vérifiant que le pli tombe parfaitement. Sur son perchoir, Eileen poussa un soupir. Elle se tenait debout depuis près d'une heure, parfaitement immobile et vraisemblablement à la limite de crampes douloureuses.

— Je pensais que tu avais fini tes créations, déclara Eileen en remuant la nuque pour se détendre.

— J'ai fini. Mais il y a eu un désistement et j'ai donc droit à deux modèles supplémentaires.

— Deux ? m'écriai-je.

— Cette robe et un trench-coat. Julien était volontaire pour m'aider, il ne devrait plus tarder.

Je jetai un coup d'œil à l'horloge suspendue dans le petit studio d'Amélie. Il était déjà 21 heures, et le défilé des jeunes créateurs d'Amélie était prévu le lendemain après-midi. Réaliser deux pièces en si peu de temps était de la folie.

Sauf pour Amélie, qui vivait et respirait la mode, comme moi, je vivais et respirais le chant lyrique. Son cerveau semblait en ébullition permanente, grouillant d'idées de robes, vestes et autres costumes. Cette énergie débordante aurait consumé n'importe qui, mais, chez Amélie, cela avait l'effet inverse, ça l'emportait dans un élan créatif, nous laissant tous épuisés pour elle.

— Tu n'as pas dormi depuis combien de temps ? demandai-je à Amélie.

— J'ai dormi une heure la nuit dernière. C'était largement suffisant. Tu peux te tourner, Eileen.

Cette dernière s'excusa, pivotant avec prudence et dans un agréable frou-frou. Amélie, assise sur un tabouret à roulettes la regarda de longues secondes, avant de reculer en marmonnant.

— Il me faut de l'organza.

— Il est 21 heures, Amélie. Tout est fermé, lui fit remarquer Eileen.

— J'en ai dans ma chambre. Deuxième tiroir de la commode, tout à gauche. Teinte champagne.

Elle ne s'adressait pas directement à moi, mais je savais pourtant que l'ordre me concernait. Amélie reprit son travail, lissant la soie du plat de la main pour en vérifier le tombé. Je rejoignis sa chambre. C'était plutôt un petit coin sommeil coincé entre deux murs de son studio. Amélie avait installé des panneaux en liège sur les murs, punaisant ses inspirations issues des magazines de mode ou de photos d'inconnus qu'elle prenait dans la rue. Sur son bureau étaient étalés un grand nombre de croquis et d'échantillons de tissus.

Je trouvai l'organza à l'endroit exact qu'Amélie avait indiqué. Triomphante, je le confiai à Amélie qui l'attacha au bustier de la robe pour créer une bretelle asymétrique. Elle coupa le tissu et, l'instant suivant, elle ajoutait une longueur d'organza à la jupe, donnant ainsi du volume à la robe.

— Si tu gagnes ce prix, est-ce que tu as prévu de nous inviter au moins à déjeuner ? lançai-je.

— J'ai des cours à payer, nous rappela-t-elle.

— Aïe ! cria Eileen. Mollo sur les épingles !

— Désolée, fit Amélie. Je suis un peu nerveuse. Tu peux descendre ?

Délicatement, Eileen descendit de la table sur laquelle elle était montée. Je m'installai sur le petit canapé pour lui faire face, rapidement imitée par Amélie. La soie ivoire tombait impeccablement sur la silhouette d'Eileen, et le bustier affichait un plissé audacieux, parfaitement maintenu à l'aide de baleines. Cette rigidité contrebalançait l'opulence du bas de la robe, avec tout ce tissu qui recouvrait ses jambes.

— À la réflexion, cette bretelle n'apporte rien. Tu en penses quoi ? me demanda Amélie.

— Je trouve que c'est sublime. Cette soie est vraiment belle. Je voudrais la même. En noir, évidemment. Pour la scène.

— Vraiment ? s'étonna Amélie.

— Vraiment. Je la payerai, évidemment.

Amélie se tourna vers moi et dans un élan inattendu me prit dans ses bras. Surprise, je me figeai, avant de lui rendre son étreinte amicale.

— Diane, tu es ma toute première commande officielle ! s'exclama-t-elle, les yeux brillants de joie.

Je ne savais pas comment c'était humainement possible de survivre à la nouvelle étreinte que m'offrit Amélie. Elle y mettait suffisamment de force, d'énergie et d'amitié pour risquer de m'étouffer. Je ris avec elle, pendant qu'Eileen, s'impatientant, s'éclaircissait la gorge pour rappeler sa présence.

— Je commence à avoir des crampes dans les épaules, expliqua-t-elle.

— Je célèbre ma première commande, répliqua fièrement Amélie. Tu ne te rends compte que tu assistes à un moment charnière de ma vie ?

— J'en parlerai au réalisateur de ton biopic, ironisa Eileen. Je peux bouger ? Je t'assure que je commence à sentir des muscles dans mon corps dont je ne connaissais pas l'existence il y a deux heures quand on a commencé !

— J'allais justement t'en parler. Il faut que tu bouges.

— Ah, super ! soupira Eileen.

Ses mains qui étaient accrochées à sa taille depuis le début de l'essayage retombèrent, et elle secoua les bras pour dissiper les tensions de son corps. Elle grimaça deux ou trois fois, se souvenant sûrement douloureusement des épingles accrochées sur le tissu et qui devaient lui mordre la peau.

— On va aller dans le hall de l'immeuble, annonça Amélie.

— Dans le hall ? Mais euh… Pourquoi ? s'enquit Eileen.

— Pour bouger. Il faut que je vérifie ce que ça donnera demain sur le *catwalk*.

— Tu… Tu veux… Amélie, je ne sais pas défiler, j'étais d'accord pour t'aider, mais…

— Je t'en prie, ce n'est que pour quelques minutes, plaida Amélie. J'ai besoin de voir la robe en mouvement, de m'assurer qu'elle flotte avec délicatesse sur scène.

— On pourrait faire ça ici, non ? proposai-je.

— Mon studio est trop petit et mal éclairé. Le hall est parfait ! Marbre et luminosité ajustable : c'est exactement ce qu'il nous faut. Eileen, tu prends l'ascenseur, Diane et moi on emprunte l'escalier, on se retrouve en bas.

— Amélie, je peux à peine respirer avec ce bustier ! Je ne vais pas défiler !

— Ça ira très vite, ensuite, tu pourras remettre ce vieux jogging hideux.

— Hideux, mais confortable, objecta Eileen. Tu es censée aimer les femmes, Amélie, pas les maltraiter en compressant leurs seins comme des crêpes ! protesta Eileen, en tentant de desserrer son bustier avec son pouce.

— On parle de haute couture, Eileen. Le beau prime sur le confort. Allez, dans le hall !

Après s'être emparée d'une boîte d'épingles, de l'organza et d'une paire de ciseaux, Amélie dévala les six étages qui nous séparaient du hall à toute vitesse. Quand j'y parvins à mon tour, elle avait repoussé deux plantes dans un coin et vérifiait le bon fonctionnement des spots. Eileen sortit de l'ascenseur, peinant à tenir l'excès de tissu autour d'elle.

— Eileen, tu commences ici, indiqua Amélie en désignant l'autre extrémité du hall. Avec Diane, on va t'observer et voir ce que cela donne.

Le hall de cet immeuble récent était impressionnant et sûrement qu'un défilé aurait pu s'y tenir facilement.

— Tout droit ? demanda Eileen.

— Tu tournes à l'angle, tu pivotes, demi-tour, et tu retournes à ton point de départ.

Appuyée contre le mur, je fixais Eileen. Amélie, nerveuse, était agitée et semblait frétiller comme un poisson hors de l'eau. Je finis par poser ma main sur la sienne, espérant l'apaiser. Eileen rejoignit le point de départ, et il y eut un moment de flottement, pendant lequel elle nous regarda alternativement.

— Tu attends quoi ? demanda Amélie.

— Je... Je défile comme ça ? Enfin, je marche et...

— Tu penses à quelque chose en particulier ?

— Aucune idée. De la musique peut-être ?

— Il y a dix minutes, tu râlais pour défiler, et maintenant tu veux de la musique ? s'étonna Amélie dans un rire. Allez, défile, Eileen !

Et, l'instant suivant, Eileen, superbe dans sa tenue expérimentale, se mit à marcher dans le hall, sa robe flottant autour d'elle avec élégance. Elle jouait parfaitement le jeu, droite comme un I, les yeux fixant un point à l'horizon, évoluant sur le sol en marbre avec sa grâce habituelle.

Derrière nous, la porte de l'immeuble grinça et les garçons apparurent, des sacs à la main. Je posai mon index contre ma bouche pour les inviter à se taire, pendant qu'Amélie regardait sa robe avec attention.

— Qu'est-ce qu'il se passe ? me demanda Julien à voix basse.

— On teste la robe.

Très vite, les garçons se postèrent près de moi, gardant un silence religieux, pendant qu'Eileen faisait demi-tour pour retrouver son point de départ. Quand elle y parvint, elle se tourna vers nous, découvrant qu'elle avait un public fourni. Elle leva les yeux au ciel, exaspérée, avant d'afficher un sourire de façade.

Nous applaudîmes sa performance silencieusement, pendant qu'Amélie approchait d'elle, une lueur déterminée dans le regard.

— Pourquoi Amélie sort ses ciseaux ? s'inquiéta Enzo. On n'avait pas dit qu'on ne la laissait plus avec des objets tranchants ?

— Elle doit préparer cette robe pour demain, laisse-la faire. Stan, tu as ramené à manger ?

— J'ai pris des restes au rest...

Il ne termina pas sa phrase, coupé par un bruit de déchirure. Aux pieds d'Eileen, Amélie déchirait la soie dans le sens de la hauteur, dégageant la jambe d'Eileen jusqu'à la hanche.

— Tu es sûre de ce que tu fais ? demanda Eileen.

— Parfaitement. Laisse-moi fixer le haut de la fente.

Je vis Eileen rougir, pendant qu'Amélie œuvrait sur le tissu de la jupe. La fente était spectaculaire sur elle, laissant deviner l'ombre de son sous-vêtement.

— Diane, tu peux remonter au studio et récupérer une paire de sandales à talons ? J'ai une paire argentée qui devrait aller. Sous la commode, à droite, celle avec fermoir cheville.

— Des talons ? hurla Eileen. Tu veux me tuer ?

Je fis l'aller-retour en quelques minutes. À mon retour, Enzo avait ouvert une des boîtes ramenées par Stan et grignotait un morceau de pommes de terre, assis par terre. Julien et Stan, eux, étaient installés sur un des murets qui camouflaient un immense bac à fleurs. Amélie, elle, s'affairait toujours sur la robe, postée dans le dos d'Eileen, à ajuster la ceinture.

— On peut aider ? demanda Stan.

— Julien, il faut que tu essayes ton perfecto, intima Amélie, il est sur le mannequin dans ma chambre,. Enzo, est-ce que tu pourras filmer Eileen ?

Ce dernier hocha la tête, posant son plat sur une boîte aux lettres, avant de dégainer son téléphone.

— Diane, tu peux aider Julien avec le perfecto ? Il y a encore des épingles et j'aimerais être certaine qu'il puisse le porter sans tout défaire.

Alors que je m'apprêtai à monter l'escalier, j'entendis Amélie crier :

— Torse nu pour le perfecto !

— Euh, d'accord.

Faire remarquer à Amélie que généralement on portait un perfecto à la saison la plus froide ne servirait à rien. La mode avait raison de tout, pour elle, y compris de la météo.

Aider Julien à enfiler le perfecto me tira quelques grimaces. Son corps était encore marqué par la maladie, un peu décharné et trop pâle. J'avais eu la sensation qu'il allait se casser en deux quand il avait tendu le bras en arrière.

— Tout va bien ? demandai-je quand il se tourna vers moi.

— Tout le monde pose beaucoup cette question dernièrement. Enfin, tout le monde, sauf mon coiffeur, plaisanta-t-il.

— Ne me reproche pas de m'inquiéter, murmurai-je.

— Je vais bien, Diane. Je te le promets. Je m'apprête à défiler torse nu dans un hall d'immeuble, à presque minuit, avec le duvet d'un nourrisson sur la crâne et habillé d'un perfecto, orange métallisé, pas tout à fait terminé. J'aime bien l'idée d'avoir retrouvé une vie normale.

Je ris doucement et posai ma main sur sa joue. La maladie avait abîmé sa peau, la rendant plus fragile et sèche, mais son regard n'avait pas changé : toujours doux et pétillant.

— Tu crois que je devrais lui demander ? m'interrogea-t-il soudain.

— Demander quoi à qui ?

— Demander à Amélie pourquoi son perfecto est sans manches ? Si mes souvenirs sont bons, les manches sont normalement fournies avec le reste des pièces, non ? Et ce orange ?

— Ne lui demande pas, lui conseillai-je. Tu as survécu à la maladie, aux chimios et à la nourriture de l'hôpital, ça serait dommage de mourir atomisé par le regard d'Amélie.

À notre retour dans le hall, Stan aidait courageusement Eileen à enfiler ses talons. À genoux, aux pieds de cette dernière, il tentait de nouer la chaussure. Au-dessus de lui, Eileen, embarrassée comme jamais, donnait la sensation de vouloir disparaître au plus vite.

— C'est pas un peu trop... ouvert ? s'enquit-elle, inquiète.

— On dit « sexy », en langage de mode. Et non, ce n'est pas trop sexy. Regarde-toi, tu es superbe. Et tu as des jambes incroyables.

— Mec, t'es... orange ! remarqua Enzo en dévisageant Julien.

— Ouais. C'est vraiment pas mon année, répondit ce dernier. Je me mets où ?

— Fini ! s'exclama Stan en se relevant.

Eileen murmura un merci à peine audible, et ils échangèrent quelques mots à voix basse, avant qu'elle ne lève les yeux au ciel, passablement agacée. Après avoir vérifié à nouveau la robe, puis le perfecto, Amélie, s'installa dans un des coins du hall, seule avec son esprit créatif.

Je restai à l'écart avec Stan, appuyée contre l'un des murs. Eileen, perchée sur ses talons, était en pleine souffrance et, à son seul regard, je compris qu'elle voulait que tout cela s'arrête. Espérant lui redonner le sourire et faire passer le temps plus vite, je sortis mon téléphone pour mettre un peu de musique.

— Vas-y, Eileen ! ordonna Amélie d'un ton encourageant.

Elle se lança, marchant avec une assurance surprenante et inédite dans ce grand hall. Ses talons claquaient sur le marbre tandis que le bas de la robe, fastueux et aérien, flottait autour d'elle. Sa jambe apparaissait à chaque pas, et l'évidence me sauta aux yeux : Amélie avait eu raison d'ouvrir la jupe.

— C'est magnifique, murmurai-je.

Eileen pivota et nous fit face. Elle nous adressa un sourire crispé, pendant qu'elle prenait soin de rester stable sur le sol glissant avec ses talons. C'était la première fois que je voyais Eileen aussi apprêtée et élégante. Malgré ses hésitations et son équilibre fragile, elle était superbe.

— C'est vrai, renchérit Stan après un court silence.

Je me tournai vers lui, prête à lui parler de sa journée au restaurant, mais me ravisai en le voyant regarder Eileen avec fascination. Plus rien d'autre ne semblait exister à ses yeux. Je m'étais souvent interrogée sur ce qui les liait : une amitié indéboulonnable, c'était certain, mais quand il m'arrivait de capter un regard échangé ou un sourire complice, j'avais la sensation que c'était plus que ça.

Et, surtout, j'avais la sensation que c'était si fugace que ni Stan ni Eileen ne semblaient vraiment se rendre compte du « plus ». Ou alors, ils avaient le syndrome du film d'horreur et se cachaient dès qu'ils craignaient d'affronter ce qui leur faisait peur.

Je finis par m'éclaircir la gorge, espérant capter l'attention de Stan. Eileen parvint à son point de départ, mais Amélie agita sa main, lui intimant de continuer à défiler.

— Bien joué pour les chaussures, dis-je.

— Bien joué surtout pour Eileen de réussir à marcher avec, répondit-il.

— Oh ! donc tu l'encourageais tout à l'heure ?

— Entre autres. Je lui ai aussi dit qu'elle ressemblait à un joli porc-épic. À cause des épingles, expliqua-t-il.

Consternée, je restai muette. Alors que je me questionnais sur sa relation avec Eileen, Stan venait de répondre en partie à mes interrogations. Un porc-épic. À ce niveau, ce n'était plus de la crainte ou de la fuite, c'était un véritable sabordage.

— Tu as dit à Eileen qu'elle ressemblait à un porc-épic ? répétai-je.

J'espérais encore que j'avais mal compris. Ou que lui finirait par comprendre qu'on ne dit pas à une fille qu'elle ressemble à un porc-épic. Je scrutai Stan, comme on fixe un animal rare, guettant une réaction et cherchant même une explication rationnelle. Stan savait draguer, il sortait avec des filles, donc il savait séduire. Il n'était ni timide ni gauche et, parce que j'avais une excellente vue, je ne pouvais que dire qu'il était vraiment… canon.

— Quoi ? grogna-t-il, en voyant que je le dévisageai.

— Un porc-épic.

— J'ai dit « joli ». Un joli porc-épic.

— Allez, Julien, à toi !

— Bon sang, on dirait un gyrophare sur pattes, lâchai-je en retenant un rire.

Julien passa devant nous, exagérant une démarche chaloupée et habitant son rôle de mannequin de manière un peu trop intense. Je le suivis des yeux, son corps maigre déambulant dans le hall comme s'il s'agissait d'une marche victorieuse. À son tour, il pivota, mains sur les hanches, déclenchant le rire d'Enzo et d'Eileen. Le dos cambré, il revint vers nous, lèvres pincées et joues aspirées. Je ris à nouveau, suivie par Stan.

Je n'avais aucune idée de ce qu'Amélie ferait de ce perfecto quand son défilé serait terminé, mais j'étais prête à y mettre toutes mes économies pour qu'il reste sur le dos de Julien. Quand il retourna à son point de départ, nous laissant tous hilares au milieu de ce hall, Amélie lui ordonna de défiler à nouveau.

— Un gyrophare sur pattes ? répéta Stan.

— C'est ce qu'il est ! Regarde-le !

Julien irradiait de joie. Son large sourire parlait pour lui et me faisait oublier les derniers mois pendant lesquels j'avais eu la sensation d'être sur pause, attendant de reprendre nos vies respectives. J'avais détesté cette pause forcée.

— Moi, au moins, j'ai glissé un « joli ». Franchement, Diane, tu pourrais faire un effort ! se moqua Stan.

Je me contentai de secouer la tête, mon attention de nouveau captée par Julien. J'aurais pu glisser un « joli », mais j'aurais été loin du compte. Dévastateur. C'était ça. C'était un gyrophare dévastateur.

Après un ultime défilé, Amélie décréta qu'elle en avait vu assez et qu'elle avait encore du travail. Entassés dans son petit appartement - les garçons écrasés sur son petit canapé, pendant qu'Eileen, Amélie et moi étions assisses au sol -, nous étions parvenus à manger tous ensemble, picorant dans les restes rapportés par Stan. La fin du dîner, au milieu de la nuit, avait coïncidé avec notre départ du studio d'Amélie. Nous savions tous qu'elle se dirigeait vers une nuit blanche avant son défilé du lendemain.

— Cet après-midi ?

La voix de Stan perça dans le haut-parleur de mon téléphone. Avec Enzo, nous étions assis autour d'une table de bistrot. Julien avait prévu de nous rejoindre, et nous tentions maintenant de convaincre Stan et Eileen.

— Je sais que tu travailles, mais on a toujours fait ça tous ensemble, arguai-je.

— Tu n'as qu'à dire que ta vieille grand-mère est malade, continua Enzo.

— J'ai déjà servi cette excuse trois fois ! Et je n'ai plus de grand-mère depuis quelque temps !

— Stan, on ne le fera pas sans toi ! insistai-je.

Je l'entendis soupirer lourdement. Amélie méritait cette célébration. Elle avait créé ce moment de joie et de fête, et, cette fois, c'était son tour.

— Mec, elle a eu un article dans *Vogue*. Paraît que c'est une sorte de Saint-Graal pour une styliste ! intervint Enzo.

— Il faut que tu viennes ! Elle viendrait, elle, pour toi, si tu avais une critique dans le Michelin ! ajoutai-je.

— Oh ! la culpabilité ? Vraiment, Diane ? s'étonna Stan dans un rire.

— On l'attendra à la sortie de son dernier cours de la semaine. J'ai acheté une pile de *Vogue*, ça fera office de banderole. Enzo va aller acheter du champagne et...

— Ah bon ? fit ce dernier.

Enzo finit par hausser les épaules, acceptant son sort et sa mission. Au même moment, je sentis une main sur mon épaule, puis un baiser sur l'arrière de mon crâne. Julien s'assit près de moi, déposant une pile de *Vogue* devant lui et y ajoutant un monstrueux sachet de confettis.

— Y a une supérette au coin de la rue, murmura-t-il.

— Stan, on compte sur toi ! repris-je. Oh ! j'ai oublié de te dire qu'Eileen sera là.

C'était ma dernière et ma meilleure carte. J'avais dégainé celle de la culpabilité, mais la présence d'Eileen était sûrement plus efficace pour attirer Stan dans nos filets. Il n'avait pas besoin de savoir que je bluffais. Près de moi, Enzo et Julien fronçaient des sourcils. Eux, évidemment, n'avaient encore rien compris. Stan soupira lourdement.

— À tout à l'heure ! conclus-je avant de couper la communication. Il va venir, annonçai-je, confiante.

— Eileen va venir ? s'étonna Enzo.

Sans prendre le temps de lui répondre, je composai le numéro d'Eileen et, sans même lui avoir dit bonjour, je me lançai.

— On va faire le quart d'heure de gloire d'Amélie en fin d'après-midi pour fêter son article dans *Vogue*. Tu viens ?

— Euh, je suis au supermarché et...

— On sera tous là. Même Stan va lâcher son service !

À son tour, Eileen soupira. Leur mimétisme était si troublant et si simple à utiliser que cela me tira un sourire : un véritable talent de marionnettiste. Comme je l'avais fait avec Stan, je ne lui laissai pas le temps d'argumenter et raccrochai aussitôt.

Ignorant les regards médusés d'Enzo et de Julien, j'annonçai sans frémir :

— Elle va venir.

Et nous étions tous là. Agglutinés devant l'école de stylisme d'Amélie, avec nos *Vogue* attachés les uns aux autres avec un morceau de ficelle de cuisine – le gérant du bistrot avait été adorable –, ouverts à la page où la robe d'Amélie, celle qu'Eileen avait portée, figurait en pleine page.

Des confettis dans les poches, nous scrutions l'apparition d'Amélie. Quelques élèves étaient déjà sortis, nous fixant, à la fois amusés et dubitatifs. Stan mit de la musique, et soudain Amélie surgit, l'air fatigué. En un instant, nous nous mîmes en mouvement : des cris, des bravos, un déluge d'acclamations de joie et de félicitations. Nous agitâmes notre banderole bricolée, nous scandâmes le prénom d'Amélie.

C'était désordonné, cacophonique et heureux. C'était à l'image de notre petit groupe.

Amélie approcha de nous, et nous ajoutâmes les confettis à notre célébration. Très vite, ils tapissèrent le trottoir à nos pieds et nous attirèrent de nouveaux regards curieux. Enzo déboucha la bouteille de champagne, arrosant Amélie copieusement. Elle se laissa faire, hilare, jetant ses cheveux trempés en arrière.

Nous nous étreignîmes un peu maladroitement – Enzo, t'es définitivement trop costaud –, mais avec chaleur. Peu à peu, nos cris s'éteignirent, mais la joie était toujours là, intense et sincère. Les confettis collaient à nos cheveux et à notre peau et notre banderole avait été malmenée par nos sautillements et notre chorégraphie bordélique, mais Amélie souriait si fort que j'avais mal aux joues pour elle.

— Merci, murmura-t-elle.

— Un article dans *Vogue*, ça se fête, dis-je.

— Tout ça, fit-elle, en nous désignant de la main, c'est encore mieux que *Vogue*. C'est mieux que tout.

Amélie entreprit une conversation avec Eileen, la remerciant encore pour son aide et ses défilés impromptus.

— Bravo pour l'organisation, me déclara Stan.

— Alors ? Qui est malade ? Ta vieille tante ou ta grand-mère imaginaire ? lui demandai-je.

— J'ai démissionné.

— Quoi ?

— Le chef ne voulait pas me laisser partir. Alors j'ai démissionné.

Il haussa les épaules comme si c'était sans importance. J'avais les yeux écarquillés, et une vague de culpabilité m'engloutit dans l'instant. Même si je me doutais que Stan retrouverait vite un job, je ne pouvais pas m'empêcher de me sentir mal pour lui.

— Stan, je suis désolée. Je ne voulais pas...

Je m'interrompis en voyant son fameux sourire en coin, celui qu'il dégainait autant pour séduire que pour vous rendre complice d'un acte horrible. Il n'avait sûrement pas démissionné et était en train de me mener en bateau. Il se pencha vers moi et chuchota à mon oreille :

— Je n'étais pas au travail, Diane. Et j'étais avec Eileen quand tu as appelé.

Il se recula, admirant l'effet de son aveu sur moi. J'étais muette, les joues rouges de honte et me demandant si je devais trouver un nouveau mensonge pour m'en sortir. Il finit par déposer un baiser sur ma joue, ruinant mes plans pour conquérir le monde.

— On va boire un verre maintenant ? proposa-t-il à la cantonade.

— Tout va bien ? me lança Julien.

— Je suis une marionnettiste en carton, murmurai-je.

— Arrête de geindre, j'ai porté un perfecto orange métallisé et tu as au moins trois vidéos pour me faire chanter.

Chapitre 10

Eileen

Je pouvais compter sur les doigts d'une seule main le nombre de mes disputes – « désaccords » serait plus juste – avec Stan.

Il y avait eu la fois où nous avons dû rédiger un exposé ensemble en sciences et qu'il vérifiait absolument toutes mes assertions. Qu'il ne me fasse pas confiance me rendait dingue.

Il y avait aussi eu la fois où il a voulu abandonner la cuisine pour devenir banquier. Il n'était même pas ivre. Qu'il ne se fasse pas confiance me rendait dingue.

Il y a eu la fois où je lui ai annoncé que mes parents voulaient que je les rejoigne. Nous avions fini par nous hurler dessus, avant de comprendre que ça ne servait à rien. Nous nous étions alors promis de toujours rester proches et de ne jamais nous mentir.

Et maintenant cette stupide conversation sur la plage où j'avais menti. Je ne voulais pas que ce que j'avais avec Stan s'arrête, mais je ne voyais pas d'autres solutions. Je n'avais pas la force d'affronter Amélie, et pas le courage d'envisager les conséquences sur le reste du groupe. Tout me semblait insurmontable, et la perspective qu'on soit surpris en flagrant délit ne faisait que m'effrayer et me culpabiliser davantage.

Nous pouvions encore prendre nos distances. Et c'est ce que je faisais depuis la veille, quand j'avais laissé échapper une larme sur la plage avant de prendre la fuite. Depuis, j'étais restée la plupart du temps dans ma chambre, prétextant une migraine persistante, craignant de m'effondrer devant Stan.

Il m'avait ignorée toute la soirée, prenant soin d'aller se coucher en même temps que moi pour mieux refermer sa porte devant mon visage de cendres.

Ce n'était plus de la douleur, c'était un immense trou béant où s'accumulaient regrets, non-dits et frustration. Et ce trou était si profond que je ne voyais pas comment en sortir.

— Tu ne m'écoutes pas vraiment, n'est-ce pas ?

La voix d'Amélie me sortit de mes pensées. Je détachai mes yeux du bleu de la piscine pour tourner mon attention vers elle. Après une journée avec Warren en mer et un dîner romantique avec lui, elle rayonnait - dans tous les sens du terme avec sa peau bronzée -, se perdant dans l'interminable descriptif des qualités de son nouveau petit ami.

— Il fête son anniversaire d'ici une dizaine de jours. Vous êtes invités, bien sûr !

— Avec plaisir, fis-je.

Ce n'était pas une réponse, c'était un réflexe pavlovien. Je me fichais de Warren, de son anniversaire et du nouveau bonheur d'Amélie. Enfin, non. Parce que tant qu'elle était heureuse, alors je l'étais. J'étais malheureuse, mais cela ne me donnait pas le droit de maudire le bonheur des autres.

— Et ensuite, on a prévu de passer quelques jours à Londres, reprit Amélie.

— Mais... Mais vous êtes sur une vraie relation ? demanda Diane, surprise.

— Bien sûr !

— Amélie, tu connais ce mec depuis quelques jours, dis-je doucement. Ce n'est pas un peu... précipité ?

— Je connaissais Stan depuis des années, et ça a fini en catastrophe. J'ai donc revu certains de mes principes. Et puis c'est Londres, pas Vegas.

Elle porta la paille de son cocktail à ses lèvres et tendit son visage vers le soleil. J'enviais Amélie. Pas pour sa relation avec Stan, mais pour sa capacité à se jeter corps et âme dans une histoire, au risque d'en sortir blessée. Elle ne se posait aucune question et vivait sa vie amoureuse avec facilité et enthousiasme.

— Bon, et vous les filles ? Comment se passent ces vacances ? demanda Amélie, en vissant ses lunettes de soleil sur son nez.

— Calme plat, marmonna Diane. Mais, ça me va. Ma vie professionnelle est trop compliquée, aucune relation n'y survivrait. Eileen ?

— Calme plat aussi, murmurai-je. Mais je ne cherche pas vraiment.

Toujours glisser une pointe de vérité dans un mensonge énorme : cela permet de le défendre au mieux. Je cachai mon visage dans mon cocktail, avant de m'étendre, les yeux clos, sur mon bain de-soleil. Je voulais éviter les questions, parce qu'elles me ramenaient invariablement à Stan et me donnaient envie de pleurer.

— Je suis sûre que Stan a découché l'autre soir, reprit Amélie.

Je poussai un soupir discret. J'avais envie de silence pour réfléchir. Je ne pouvais pas rester fâchée avec Stan indéfiniment. Non seulement ça finirait par se voir et on nous demanderait des explications, mais surtout je n'avais pas envie de cette distance entre nous. Stan était important dans ma vie et faire sans lui depuis vingt-quatre heures était déjà compliqué.

Alors faire sans lui tout court était inenvisageable.

— Tu devrais le laisser tranquille, intervint doucement Diane.

— Et vous devriez cesser de le défendre tout le temps, contra-t-elle.

— On ne le défend pas, soufflai-je. On cherche une forme de normalité. Tu es sur son dos en permanence, c'est épuisant pour tout le monde.

— Tout le monde oublie que notre relation a été merdique.

— Arrête, répliqua Diane, Stan n'est pas si horrible. Et puis, il faut être deux pour danser le tango !

Son ton était enjoué, mais je savais déjà que ça ne suffirait pas à calmer Amélie. J'avais déjà tenté ma chance avec un succès très limité. Elle lui en voulait. Elle lui en voulait terriblement et, en bonne rancunière, elle n'allait pas l'oublier si facilement.

— En amitié, non. Mais en tant que petit ami, il était incapable d'assurer les minima. Il a oublié tous nos anniversaires. Tous ! s'exclama-t-elle, en colère. Quand je me cassais la tête pour trouver des idées et célébrer nos anniversaires, il rentrait à minuit, exténué et sans un mot pour moi.

Je me pinçai les lèvres, me retenant de lui rappeler qu'il travaillait. Je défendais Stan. Depuis le début. Maintenant que je m'en rendais compte, c'était embarrassant. J'avais passé des soirées entières avec Amélie à décortiquer sa relation avec Stan, à la rassurer, à tenter de tempérer ses colères tout en dénichant des explications au comportement de Stan. Malgré tout, j'avais pris le parti de ce dernier, déjà convaincue, à l'époque, que leur histoire finirait par échouer.

— Amélie, peut-être que tu devrais lui parler. Histoire de ne pas ruminer tout ça, suggéra Diane.

— Il ne m'a quasiment jamais présentée à ses collègues, continua-t-elle. On ne sortait que très rarement et il ne s'intéressait pas beaucoup à ce que je faisais. Apparemment, il est hermétique à la mode, ironisa Amélie.

— J'en ai assez, dis-je.

Ma voix n'était qu'un murmure. Diane, qui était près de moi, m'avait vraisemblablement entendue, mais Amélie, lancée dans sa diatribe contre Stan n'avait sûrement pas compris un mot. Je me redressai, prête à quitter les lieux, mais Diane posa sa main sur mon bras pour me retenir.

— Je me sentais... de trop, dit finalement Amélie. J'étais là, dans sa vie, je lui tenais la main dans la rue, et malgré tout, j'avais la sensation d'être transparente. C'était humiliant, ajouta-t-elle, visiblement blessée.

— Tu devrais juste considérer votre histoire comme une erreur de parcours. On en fait tous, et maintenant tu sais exactement ce que tu ne veux pas dans une relation, commenta Diane.

— Je crois qu'il y avait quelqu'un d'autre, répondit Amélie. Que je n'étais là que pour compenser quelque chose. J'ai déployé des tonnes d'efforts pour attirer son attention, mais j'ai fini par me dire que je m'épuisais pour rien.

J'avais toujours eu du mal à comprendre l'agacement et l'obstination d'Amélie vis-à-vis de Stan. Après leur rupture, j'avais été très proche de Stan, prenant inconsciemment son parti. Mais avec les explications d'Amélie et surtout ses états d'âme, je comprenais mieux. Elle avait vécu une liaison à sens unique, avec un homme qu'elle connaissait bien, et elle cherchait à savoir ce qu'elle avait fait de mal.

— Peut-être qu'il n'avait juste pas envie d'une relation, répondit Diane.

Je lui étais reconnaissante d'alimenter la conversation. À chaque explication d'Amélie, j'avais la sensation qu'on m'enfonçait la tête sous l'eau.

— Diane, j'ai assisté à l'effondrement du mariage de mes parents. Et j'ai vu la manière dont mon père se comportait avec ma mère. Je sais quand un homme cache quelque chose. Il y avait vraiment quelqu'un d'autre. Une des rares fois où je suis allée au restaurant où il travaille, un de ses collègues a demandé si les muffins au jasmin étaient pour moi. Stan a très vite changé de sujet et... Il y avait aussi ces messages au milieu de la nuit. Quelques jours plus tard, nous avons rompu.

Il y avait encore deux jours, dire la vérité à Amélie sur ma relation avec Stan me semblait... compliqué. Maintenant, cela ressemblait à une mission suicide. Je me sentais nauséeuse et fébrile.

— Il ne m'a pas laissé une chance, soupira-t-elle. C'est pour ça que je suis en colère après lui : il n'a rien fait pour que notre relation fonctionne. Il savait qu'il n'en voulait pas et n'a rien dit.

J'étais en apnée. Je buvais tasse après tasse, coulant un peu plus sous les révélations d'Amélie. Si elle n'avait pas fait le lien, moi, je l'avais fait. Les muffins. Les messages nocturnes.

L'autre fille, c'était moi. Et maintenant j'étais dans une situation horrible. Nous étions amis, Stan et moi. Du moins, jusqu'à hier soir, où je n'aurais pas bien su définir ce que nous étions à ce moment-là.

Et ce que nous étions maintenant était une énigme supplémentaire, dont je redoutais la réponse.

Si Amélie apprenait que j'étais l'autre fille, elle le prendrait au mieux comme une trahison, au pire comme une manœuvre de déstabilisation. La situation me dépassait. J'aurais aimé me dire que j'avais finalement bien fait de remettre de la distance entre Stan et moi, mais je n'arrivais plus à me mentir.

Stan me manquait. Notre amitié me manquait. Et sa façon de me regarder, avec une intensité à me coller des frissons, me manquait encore plus.

— Tout va bien, Eileen ? Tu ne dis rien, constata Amélie.

— Oui, sauf que j'ai toujours cette migraine envahissante, prétendis-je.

— Mais maintenant j'ai Warren, enchaîna-t-elle. Et il est incroyable et, à ses yeux, au moins, j'existe. Vous devriez essayer, les filles, et vous trouver un mec qui vous place avant tout le reste.

J'échangeai un bref regard avec Diane. Elle m'offrit un pâle sourire, plein de compassion et d'amitié. J'étais allongée sur mon bain de soleil, tétanisée, la gorge sèche et le cœur en petits morceaux. Je ravalai mes larmes et camouflai mon visage dans mon cocktail. Le téléphone d'Amélie sonna et, à son petit cri de joie, nous devinâmes qu'il s'agissait de Warren.

Elle décrocha et s'éloigna de nous pour rejoindre le salon. Diane se tourna vers moi. Je récupérai mes lunettes, espérant ainsi masquer mes états d'âme.

— Tu veux en parler ? proposa Diane.

— D'Amélie ? Non, je crois qu'elle n'a pas besoin de nous, répondis-je, en l'entendant rire aux éclats.

— De Stan.

— Pourquoi je voudrais parler de Stan ?

— Parce que je vous ai vus l'autre soir, assis sur cette banquette. Et parce que Julien ne sait pas garder un secret.

Il faisait chaud, mais cela ne suffisait pas à expliquer mes joues rougissantes et l'embarras qui m'envahit. J'avais supplié Stan de garder le secret, et maintenant Julien et Diane, et probablement Warren, étaient déjà au courant.

— C'était...

— Non, Eileen. Ce n'était pas un moment d'égarement, m'interrompit Diane.

— Si. Un moment. Déjà passé. Et qui ne se reproduira plus. C'est trop compliqué.

— Ça ne l'est pas. Stan et Amélie ont eu leur histoire, ça ne t'empêche pas d'avoir la tienne avec lui. Et puis, regarde, elle roucoule avec le prince charmant. Elle a d'autres choses à faire que...

— C'était moi, la coupai-je. Les messages, les muffins... C'était moi.

Son sourire s'effaça peu à peu. Comme moi, elle devait se rejouer la conversation d'Amélie, qui révélait autant sa frustration que sa colère.

— Tu veux dire qu'avec Stan, ça dure depuis plusieurs mois ? m'interrogea-t-elle.

— Bien sûr que non ! C'est juste que... On était amis. On est amis, corrigeai-je, comme pour mieux m'en convaincre. C'était innocent et... Ce n'était rien de plus que de l'amitié, insistai-je. Ce n'est rien de plus que de l'amitié.

— D'accord, répondit Diane. Ça ne te rend pas responsable pour autant. Et puis, je t'assure qu'elle est passée à autre chose.

Nous regardâmes toutes les deux en direction du salon. Amélie était lancée dans une discussion enthousiaste et pleines de rires avec Warren. Elle était heureuse et détendue. La seule idée de tout lui avouer pour Stan me retournait l'estomac. J'aurais aimé être certaine qu'elle prenne l'information avec désinvolture et humour, mais je savais qu'elle se sentirait trahie.

La culpabilité me dévorait de l'intérieur. J'avais l'estomac retourné et la gorge serrée. Je devais maintenant faire de mon mieux pour oublier ce que j'avais vécu avec Stan, pour effacer chaque souvenir de notre nuit ensemble, pour tirer un trait sur les détails.

— Ça ne change rien. J'ai pris mes distances avec Stan. C'était trop compliqué à gérer et... Et sûrement qu'on faisait une erreur, de toute façon.

— Eileen, tu cherches à te convaincre de quoi au juste ? On dirait que tu veux trouver des prétextes pour ne pas être avec lui !

— Je ne peux pas être avec lui, rétorquai-je immédiatement.

La seconde suivante, devant le sourire victorieux de Diane, je pris conscience de la portée de mon aveu. Je ne pouvais pas. Notre amitié, Amélie : c'était trop de risques. Et je n'avais jamais eu le goût du risque. J'aimais que les choses soient simples, prévisibles et sûres.

— Amélie se remettra de tout ça, continua Diane.

— De Stan et moi ? Ou de savoir que c'est moi la fille aux muffins ? Ou d'apprendre que tout le monde est au courant sauf elle ?

— Enzo ne sait rien.

— Voilà qui va sûrement ravir Amélie, ironisai-je.

— Tu dramatises. Oublie Amélie, deux secondes, m'intima-t-elle.

Je poussai un soupir las. Diane ne lâchait rien et me renvoyait au visage les questions que j'ignorais sciemment.

Amélie était là, toujours présente dans un coin de ma tête, toujours en colère contre Stan, toujours ma meilleure amie. Pourtant, l'omniprésence d'Amélie ne m'empêchait pas de penser à Stan et à son visage défait quand j'avais quitté la plage. La douleur était sourde et me hantait, bataillant avec une culpabilité continue.

Avant que Diane ne puisse reprendre la parole, nous entendîmes des éclats de voix et les garçons apparurent près de la piscine. Planquée derrière mes lunettes de soleil, je fis de mon mieux pour éviter que mes yeux ne divaguent sur Stan.

— Oh ! cocktail ! fit Enzo en s'installant à la place qu'Amélie occupait avant l'appel de Warren.

— Pas touche, siffla Diane en maintenant son verre à distance. Vous ne deviez pas rentrer beaucoup plus tard ?

— Julien voulait profiter de la piscine. Je crois surtout qu'il en avait marre que je lui colle une raclée au badminton.

— Pas faux, admit ce dernier.

Je pris une gorgée de mon cocktail, priant pour que les garçons ne restent pas. C'était peine perdue : Stan avait rejoint le bain de soleil en face de moi. Alors que nous étions séparés par la piscine, je sentis néanmoins son regard dévaler sur mon corps comme une douce couverture chaude. Je remuai sur mon transat, mal à l'aise et prête à prendre la fuite.

— Eileen ?

La voix de Diane me parvint difficilement, masquée par les rires d'Enzo et le désir violent pulsant à mes oreilles. En face de moi, j'avais Stan. Le Stan. Celui sur lequel les filles fantasmaient : son corps sculpté, sa peau bronzée, ses yeux bleu azur et son sourire en coin. Je me redressai, de plus en plus mal à l'aise, gênée par ce mélange maintenant familier d'excitation et d'interdit.

Nerveuse, je retirai mes lunettes et m'emparai de ma serviette, prête à rejoindre ma chambre.

— Tu viens de te baigner ?

Je secouai la tête. Je ne savais même pas qui avait posé la question. Tout était étouffé et cotonneux. J'avais la sensation d'être ivre et incapable de garder le contrôle de mon corps. Stan me fixait toujours, avec défi et détermination. Il ne se cachait pas et c'était déstabilisant. Il finit par plonger dans la piscine, son long corps musclé se mouvant sous l'eau avec aisance.

J'aurais aimé pouvoir détacher mon regard de lui, mais j'étais subjuguée. Les souvenirs de notre nuit ensemble surgissaient et étaient autant de bonnes raisons d'aller m'excuser pour reprendre notre histoire clandestine. Ce n'était plus un simple désir difficile à canaliser, c'était une attraction puissante et magnétique.

Si puissante et magnétique, que je préférais battre en retraite avant de faire l'impensable en plongeant dans l'eau. J'enfilai mon débardeur et mon short qui traînaient sous mon bain de soleil et pris la fuite en direction de la maison, étouffant ainsi les voix de la culpabilité et de la raison qui me taraudaient depuis plusieurs heures.

Je me réfugiai dans ma chambre, verrouillant ma porte comme si ça allait m'aider. Le souffle court, je m'effondrai contre un mur. J'aurais aimé dire qu'être dans ma chambre m'apaisait. Mais, même sans Stan, les souvenirs affluaient. Stan était partout : sur ce lit, à cette porte, contre ce mur, sur chaque parcelle de ma peau dénudée et dans chaque espace de mon cerveau.

Après de longues minutes, je finis par me redresser. Pour me changer les idées, je rejoignis la bibliothèque, espérant trouver un livre en fouinant dans les cartons. De cette pièce, j'entendais le rire sonore d'Enzo, les cris enthousiastes de Diane et le clapot de la piscine. Je finis par dénicher deux vieux romans policiers.

— Est-ce que tu vas te cacher ici jusqu'à la fin des vacances ? fit la voix de Stan derrière moi.

Penchée sur les cartons, je sursautai avant de me figer. Je n'avais pas la prétention de pouvoir éviter Stan jusqu'à la fin des vacances, mais j'aurais aimé avoir encore quelques heures de répit.

— Je venais prendre un livre, expliquai-je en me tournant vers lui.

— Je suis rassuré : depuis hier, j'étais intimement persuadé que tu faisais tout pour m'éviter. Je n'avais pas compris qu'il te fallait plus de vingt-quatre heures pour trouver un livre.

— On avait dit qu'on devait rester éloignés l'un de l'autre, lui rappelai-je.

— On ? Je ne me souviens pas d'avoir sorti une énormité pareille.

— Une énormité ?

— C'est une énormité, Eileen. Pire que ça : c'est même une connerie absolue ! s'exclama-t-il.

La bibliothèque était vide : les étagères attendaient les livres, les murs dégageaient encore une odeur entêtante de peinture et le sol était toujours bâché. Malgré les tons clairs de la pièce et la lumière naturelle qui perçait par les fenêtres, j'avais l'impression d'étouffer. Ou peut-être était-ce le regard acéré de Stan devant moi. Le souffle court, je tentai de rassembler mes pensées éparpillées.

J'avais envie de courir pour franchir la porte et rejoindre ma chambre, mais Stan était posté devant, rendant toute tentative de fuite impossible.

— C'est vraiment ça que tu veux ? me demanda-t-il. Qu'on s'évite toutes les vacances ?

— Qu'on s'éloigne, corrigeai-je.

— Ça revient au même ! Je ne veux ni rester à l'écart ni t'éviter.

— On n'a pas le choix, Stan. C'est… Ça serait trop dur pour Amélie d'encaisser de nous voir ensemble.

— Amélie est avec quelqu'un.

— C'est vrai. Mais elle rumine encore votre relation. Je ne veux pas lui faire de peine. Il n'y a pas que nous dans cette histoire, c'était trop... dangereux. Je n'arrête pas de culpabiliser et c'est en train de me rendre cinglée !

— J'ai toujours eu le goût du risque, répondit-il en haussant les épaules.

Il était si désinvolte que cela m'angoissait encore plus. Pour Stan, tout semblait facile et digne d'un jeu. De mon côté, encore secouée par les révélations d'Amélie, j'étais déterminée à mettre un terme à notre relation.

— Stan, il faut qu'on arrête. On le peut encore.

Il me dévisagea, avant de secouer la tête, dépité. Il approcha de moi, ses yeux bleus prenant une couleur plus sombre. Tout mon corps se tendit, en alerte. Stan me scrutait avec attention, et j'avais la sensation de n'être qu'une proie impuissante.

— Parce qu'on n'a pas encore couché ensemble ? demanda-t-il.

Sa question me tira un frisson. Je ne pouvais pas nier que je l'avais imaginé, que de l'embrasser toute une nuit avait été à peine suffisant, que de me souvenir de ses lèvres sur les miennes parvenait à réchauffer mon corps. Maintenant que nous étions si proches l'un de l'autre, je n'arrivais pas à canaliser le désir incandescent qui courait dans mes veines.

— Tu crois... Tu crois qu'il ne s'agit que de sexe ? insista-t-il dans un murmure.

— Stan, on est sept milliards sur terre. Potentiellement, il y a sûrement un bon milliard de filles qui adoreraient avoir une histoire avec toi. Tout ça n'a pas de sens et...

— Et maintenant des statistiques ? fit-il en ravalant un rire.

— Je tente de rationaliser et...

— Eileen, me coupa-t-il, si je voulais juste une fille, comme tu le dis, je pourrais aller sur la plage et draguer la première venue.

Il prit mon visage entre ses mains et plongea ses iris bleus dans les miens. Surprise, je lâchai le livre que je tenais et fermai les yeux, me sermonnant sur mes réactions. Je détestais ce que je ressentais, je détestais perdre le contrôle, je détestais me sentir si vulnérable.

— Il ne s'agit pas de sexe, ajouta-t-il. Même si...

— Même si quoi ? répétai-je, tout en redoutant la réponse.

— Même si j'ai passé la journée à imaginer tes lèvres sur moi. J'ai imaginé comment je pourrais te retirer tes vêtements un à un.

Je détestais être tiraillée entre mon amitié pour Amélie et mes sentiments pour Stan.

Plus que tout, je détestais avoir la sensation de perdre, quel que soit mon choix.

J'étais à bout de souffle, envoûtée par la voix chaude de Stan et par les images qu'elle faisait naître. Mes mains brûlaient de le toucher, et je me pinçai les lèvres pour éviter de me laisser aller.

— Je t'ai imaginée contre moi, Eileen. Tes gémissements...

— Stan, s'il te plaît...

— Tes suppliques aussi. Je t'ai imaginée bouger contre moi, Eileen. J'ai imaginé mes mains sur toi, j'ai imaginé tes murmures, ton souffle court et tes lèvres mordues comme maintenant.

Je levai les yeux vers lui. Mon sang bouillonnait, et chacune de ses paroles faisait surgir de nouvelles images incandescentes. Stan et moi partagions la même imagination. Mais, face à ses arguments, mon cœur et ma résistance étaient en train de fondre.

— Je ne veux pas de ce milliard de filles. Parce que je te veux toi, murmura-t-il.

— Depuis combien de temps ? demandai-je dans un chuchotis.

— Suffisamment longtemps pour être sûr de moi.

Mon cœur frappait si fort dans ma poitrine que j'étais certaine que Stan devait l'entendre. Il déposa un baiser sur mon front, avant de retirer ses mains de mon visage et de reculer.

— Je crois en nous, Eileen. J'y crois encore plus depuis notre nuit ensemble. Mais je ne peux pas y croire pour nous deux.

— Stan, essaye de comprendre…

— Je comprends. Je t'assure que je comprends. Et je comprends que tu ne veuilles pas affronter Amélie. Je comprends que tu souhaites garder le secret, je comprends tout, Eileen. Mais, contrairement à toi, je ne parviens pas à rationaliser ce que je ressens pour toi. J'ai essayé. Ça fait quelque temps que j'essaye, même.

Il resta silencieux, scrutant mes réactions. J'étais en apnée, comme si j'avais couru un marathon.

— Tu fais ce que tu veux, Eileen. Tu l'as toujours fait. Mais la nuit dernière, tu étais derrière cette porte toi aussi. Tu voulais qu'il se passe quelque chose.

Il m'adressa un bref sourire et, pendant un court instant, des souvenirs de notre nuit ensemble affluèrent. Ses lèvres, son corps, sa chaleur, ses mains… J'en frissonnai de manque.

— Tu n'as jamais peur de rien ? l'interrogeai-je, hésitante.

— Plus maintenant.

— D'accord… Et on fait quoi maintenant ?

Si j'avais pu, j'aurais arraché le sourire de Stan de ses lèvres. Il me scrutait, tout en reculant pour rejoindre la porte de la bibliothèque. Je savais ce qu'il faisait : il me défiait. J'étais éreintée par notre conversation et je ne parvenais plus à réfléchir. Mais Stan était là, attirant comme jamais, des gouttes d'eau encore accrochées à sa peau, les cheveux humides et légèrement ondulés, s'éloignant d'une démarche féline qui aurait fait fondre n'importe quel glacier. Ce que je ressentais, en le regardant, était aussi inédit qu'effrayant.

— Stan ? l'interpellai-je avant qu'il quitte la pièce.

— Eileen ?

— Aucun regret ?

C'était idiot. Mais ce mantra était au cœur de notre amitié. Au milieu du chaos de mes sentiments et de mes sensations, j'avais besoin d'une certitude. Je voulais être sûre que nous étions toujours Stan et Eileen, que je pourrais toujours grimper sur son dos après une soirée trop arrosée ou qu'il pourrait toujours me faire tester ses recettes.

Stan m'adressa un sourire et hocha la tête avant de répondre :

— Aucun regret.

Le jour des dernières fois

Amélie
Juin 2018

— Active, Stan, on va finir par se faire choper ! dis-je, dents serrées, les yeux rivés sur le couloir.

— Amélie, on a fini le lycée, ils ne vont pas nous expédier en salle de colle ! répondit Stan.

— Non, mais ils peuvent appeler la police pour dégradation, riposta Eileen.

— Dégradation ? Vous avez vu l'état des tables ? On les embellit, là !

Je refermai la porte et rejoignis mes amis en salle de colle. C'était une idée de Stan. Évidemment. Responsable en chef des idées tordues. Armés de vieux tournevis et de pics à graver, nous étions en train de graver nos prénoms sur nos tables de salle de colle.

On les avait tellement fréquentées qu'elles méritaient des noms de baptême. C'était notre dernier jour ici, dernier jour à arpenter les couloirs à la peinture écaillée, dernier jour à tenter de comprendre quelque chose en maths, dernier jour à affronter la bouffe – ça ne méritait même pas ce nom – de la cantine, dernier jour à nous retrouver ici ensemble, comme nous le faisions chaque matin et chaque soir.

J'étais un peu nostalgique de nos derniers mois ici. Être avec eux cinq m'avait permis de tenir bon. Ils m'avaient encouragée à faire un book, aidée à écrire mes lettres de motivation et, d'ici deux mois, je ferais ma rentrée dans la plus grande école de stylisme.

J'étais fière de moi, mais je savais que sans leur soutien je n'aurais pas eu l'audace de me croire assez douée pour ça.

— Prends un tournevis, m'intima Diane.

Nous étions silencieux, accaparés par notre tâche. Au bout de dix minutes, l'un après l'autre, nous admirâmes notre œuvre. Mes lettres n'étaient pas droites, d'autres étaient trop profondément gravées, mais c'était beau.

Eileen prit des photos, et nous sortîmes en catimini de la salle. Nous descendîmes dans la cour, là où on pouvait encore entendre des bribes de musique. Les terminales avaient organisé une soirée : alibi parfait pour visiter le lycée et y laisser des marques de notre passage.

Nous nous installâmes sur une pelouse - normalement interdite -, et Diane ouvrit son sac à dos. Elle déposa les mignonnettes d'alcool qu'elle trimbalait depuis le début de l'après-midi, pendant que Stan déballait des gâteaux au chocolat.

— À notre dernier jour ici, lança Enzo.

— Enfin ! soupirai-je. J'ai détesté ce lycée.

— Tu exagères, on a aussi de bons souvenirs ici ! contra Diane. Souviens-toi de cette expérience de chimie où tu as réussi à faire évacuer une partie du bâtiment !

— Ce n'était pas fait exprès, lui rappelai-je.

— Bon alors la fois où Stan a imité ton père pour que tu puisses sortir du lycée et assister à un défilé de la Fashion Week.

Je ris doucement, avalant un morceau du gâteau de Stan. Il avait été incroyable, prenant les intonations bourgeoises de la voix de mon père et prétextant une urgence familiale pour m'exfiltrer. Eileen m'avait couverte, indiquant à mes parents que je dormais chez elle, alors que je passais une soirée fabuleuse et très chic dans un hôtel particulier.

— Je te l'accorde, dis-je. Vous savez, ça me fait bizarre de me dire qu'on ne va plus se voir aussi souvent.

— On verse déjà dans le larmoyant, là ? s'enquit Julien. On se verra, Amélie. On aura sûrement plein d'occupations, mais on se verra.

— Est-ce qu'on fait un de ces trucs ringards où on se donne rendez-vous dans dix ans au même endroit ? proposa Enzo.

— Surtout pas ! s'écria Stan. Aucune chance qu'Eileen trouve le chemin de toute façon !

— Tu vas te moquer de moi pendant longtemps ? riposta cette dernière.

— Ça dépend. Tu penses être coincée avec moi pendant combien de temps ?

Eileen et Stan échangèrent un sourire. Pendant longtemps, entourée par Enzo, Julien et Stan, j'avais été la seule fille du groupe. Devenir amie avec Eileen avait été génial. Nous avions partagé nos secrets et nos fringues, et, surtout, elle n'avait pas fait l'erreur de craquer pour Stan. Ça aurait tout gâché.

— Quand je pense à toutes ces filles qui nous envient parce qu'on est amies avec toi, souligna Diane en se tournant vers Stan.

— Elles ne savent sûrement pas ce qu'on subit au quotidien, dis-je avec un rire.

— Ce que vous subissez ? s'étonna Stan. Vous devriez vous sentir flattées que je daigne vous porter de l'attention.

— Flattées ? s'écria Eileen. Ton humour est catastrophique, Stan, tu nous embarques dans des plans improbables, tu es persuadé d'être bon en maths, alors que tu copies sur Julien en permanence. Tu as dit à tous les mecs du lycée qu'on sortait avec toi alternativement et aucun mec ne vient s'aventurer autour de nous.

Le sourire de Stan s'élargit. Il rayonnait de fierté à m'en faire lever les yeux au ciel.

— Et malgré tout ça, nous sommes toujours amis, constata-t-il en baladant son regard bleu azur époustouflant sur nous.

— C'est de l'ingérence, protesta Eileen.

— C'est de la protection. Aucun mec ici ne t'arrive à la cheville, Eileen. Aucun. Tu es trop bien pour eux.

— C'est un compliment ? lança Eileen plus doucement.

— Évidemment, Eileen.

Ils échangèrent un regard complice, et Eileen, avec son rire légendaire, effaça toute trace de ressentiment. Elle changea de place, s'installant entre les jambes de Stan, son dos collé contre son torse. Leur complicité n'était pas nouvelle, mais, ce soir, avec la bouffée de nostalgie qui nous étreignait tous, elle prenait une autre dimension. Il embrassa le haut de sa tête, et elle mordit de bon cœur dans un morceau de gâteau.

— Vous savez que dans les toilettes des filles, au milieu de tous les « Stan » entourés de cœurs et de déclarations d'amour, il y a en un qui est juste... mitraillé, dis-je.

— Comment ça, « mitraillé » ? demanda Stan, avec curiosité.

— Comme si quelqu'un enfonçait des aiguilles vaudoues... mais sur une porte. Elle t'en veut vraiment ! expliquai-je.

— Tu as raison, troisième porte en partant de la droite ? Dernièrement, elle s'est lâchée ! affirma Diane.

Stan fronça des sourcils. À force d'attirer tous les regards féminins, Stan oubliait parfois qu'il n'était pas l'idole de tout le monde et qu'il avait sûrement brisé des cœurs. Sans être un tombeur, il sortait parfois avec des filles : jamais suffisamment longtemps pour être exclu du clan des célibataires, mais assez pour nous démontrer qu'il avait un certain talent en la matière.

— Peut-être qu'on fait peur, suggéra Eileen. Diane chante, et toi, Amélie, tu es une grande créatrice. Alors peut-être que, comme Stan, on... filtre sans le savoir.

— En tout cas, cette soirée marque la fin d'un mythe, répondit Stan. Je ne serai plus jamais Stan des Toilettes.

Le premier à rire fut Enzo, imité ensuite par Diane. La seconde suivante, nous fûmes secoués d'un fou rire interminable. De tous les souvenirs que le lycée nous laisserait, Stan des Toilettes était sûrement le plus indélébile.

— Tu seras, pour toujours, Stan des Toilettes, dis-je en essuyant les larmes de joie sur mes joues.

— Désolé, mec, souffla Julien, entre deux rires.

Nous passâmes la soirée sur cette pelouse, à manger du gâteau en nous rejouant les meilleurs moments de notre amitié. Mon avenir était encore incertain, voire flou, mais, d'une certaine manière, savoir qu'ils étaient tous dans ma vie me rassurait. Mon père avait fait ses bagages quand je n'étais qu'une enfant, et ma mère, trop prise par sa carrière, n'avait guère été plus présente.

— Enzo ? La dernière fois que tu as menti ? demandai-je.

— Tu veux jouer à ça ? s'étonna-t-il.

— Une dernière fois, plaidai-je. Avant que le monde nous engloutisse et nous recrache en petits morceaux.

— Ce matin. J'ai promis à mes parents que je ferais des études de droit.

Il n'avait pas l'air ému par son mensonge. Et nous, nous n'étions pas surpris. La passion d'Enzo pour la mécanique n'était plus un secret, il avait une connaissance fine des voitures, en particulier des plus anciennes, et avait un véritable talent pour les réparer. Mais ses parents n'avaient jamais pris au sérieux sa passion et s'entêtaient à lui payer des études dont il n'avait pas envie.

— Ils finiront par comprendre, répondit Julien.

— Oui. Ou je finirai par prendre le large.

Enzo souriait, mais ça ne cachait pas sa peine. Il avait tenu pendant le lycée, préférant le silence sur sa relation avec ses parents, ne s'épanchant jamais, arborant un sourire lumineux quand il le fallait. Enzo verrouillait ses émotions. Je me demandais parfois quel genre de secret il gardait.

— C'est à moi, donc ? demanda-t-il.

Nous hochâmes la tête à l'unisson. Il prit une seconde de réflexion et pivota vers Julien.

— La dernière fois que tu as fait un cadeau à quelqu'un ? lança-t-il.

Julien ouvrit la bouche et jeta un coup d'œil furtif vers Diane. Cette dernière ouvrit la bouche à son tour, prête à répondre, avant de se raviser. De toute évidence, j'avais loupé une information. Eileen et Stan haussèrent les épaules, perdus tout comme moi.

— J'ai offert une robe à Diane, répondit finalement Julien.

— Ce n'est pas vraiment un cadeau, rectifia cette dernière. J'ai prévu de rembourser Julien rapidement. Mais...

— C'est un cadeau, la coupa-t-il. Diane avait une audition et elle avait besoin d'une tenue habillée. J'ai pris la carte de ma mère, je lui ai offert une robe. Ce n'est pas si important.

Diane, embarrassée, baissa les yeux. Elle tritura ses mains nerveusement.

— Rassure-moi et dis-moi que ce n'est pas Julien qui a choisi la robe, dis-je pour tenter de la faire rire.

— Hé ! J'ai très bon goût, riposta l'intéressé.

— Julien, tu portes des pulls en maille trop grands avec des jeans informes. Ta couleur préférée est le kaki et tu te trouves chic quand tu portes un nœud papillon !

— J'ai choisi la robe, répondit Diane en réprimant un sourire. Et je te trouve très chic avec ton nœud papillon ! Mais je maintiens ce que je dis : je te rembourserai.

— Et je maintiens ce que j'ai dit : si tu le fais, je te rendrai chaque centime en les déposant dans ton chapeau, quand tu chantes dans la rue. C'est un cadeau, Diane. S'il te plaît, accepte-le.

— Alors, cesse de dire que ce n'était pas si important, répliqua cette dernière.

Je brûlais de savoir pourquoi ni Julien ni Diane ne nous en avaient parlé. Mais, en les regardant depuis quelques semaines, j'avais compris qu'ils avaient noué une amitié particulière et intime. Nous n'avions jamais eu de secrets les uns pour les autres.

Cette robe n'était d'ailleurs pas un secret. C'était un geste d'affection. Julien avait raison : on ne rembourse pas de l'affection.

— À toi, Diane, lança Eileen.

— D'accord. Stan, la dernière fois que tu as embrassé quelqu'un ?

— Ma mère, ce matin, répondit-il sans sourciller.

— Non. Je veux dire... Embrasser. Tu fais toujours ton truc où tu poses ta main sur leur joue pour les attirer à toi ?

— Je quoi ? s'esclaffa-t-il.

— Ah oui, tu fais ça tout le temps, commentai-je.

— D'un point de vue sociologique, c'est fascinant, continua Diane. Tu le fais systématiquement.

— Systématiquement ? s'exclama-t-il. Attendez, je n'ai eu que... quatre ou cinq relations cette année ! se défendit-il.

— C'est toujours quatre ou cinq fois plus que certains, marmonna Julien en s'acharnant sur une touffe d'herbe.

— Mais deux fois moins que d'autres, se vanta Enzo. Mec, tu vas devoir revoir tes pratiques !

— Je n'avais pas remarqué que j'avais un public, déclara finalement Stan entre deux rires. Je vais travailler ma... euh... méthode, alors.

— Ça ne répond pas à la question, souligna Eileen en levant légèrement la tête vers lui.

Constatant que Stan avait l'air perdu et semblait même avoir oublié la question de Diane, elle répéta :

— Ton dernier baiser ?

— Lisa. Avant-hier, marmonna-t-il. Franchement, c'était... moyen.

Une nouvelle salve de rires nous secoua. Stan faisait une vague grimace, le souvenir de ce baiser ne serait donc pas impérissable. Il mordit dans un morceau de gâteau et haussa les épaules, pendant que nous nous calmions.

— De toute façon, ce n'est pas comme si ça voulait dire quelque chose, continua-t-il.

— Tu embrasses des filles et ça ne signifie rien pour toi ? s'écria Diane.

— Pas vraiment. Si ça voulait dire quelque chose, j'embrasserais toujours la même fille, non ? C'est pas comme ça que ça se passe ? Genre j'embrasse une fille et j'ai une sorte de révélation ?

— Depuis quand es-tu devenu romantique ? m'enquis-je.

— Peut-être que je le suis depuis toujours. C'est à mon tour ?

Je hochai la tête. Nous n'entendions plus la musique derrière nous, signe que nous allions bientôt devoir quitter les lieux. À nouveau, je ressentis une bouffée nostalgique. J'avais souvent rêvé de quitter cet endroit, de vivre en adulte, et maintenant que j'étais enfin libre, tout ce que j'avais vécu ici me revenait et me faisait sourire.

— Amélie, puisque tu as initié le jeu... La dernière fois que tu as fait un truc... vraiment, vraiment méchant ?

— J'ai planté Léo au cinéma, répondis-je avec une petite pointe de fierté.

— Tu as fait quoi ? s'étonna Eileen.

— J'ai planté Léo au cinéma, répétai-je. En pleine séance. J'ai dit que je devais aller aux toilettes et je suis juste... partie.

— Mais pourquoi ? demanda Julien. Tu as mis des mois à attirer son attention !

— Eileen m'avait appelée. Sa grand-mère était malade, elle devait aller à la pharmacie, mais ne voulait pas la laisser seule. Je n'ai pas vraiment réfléchi, j'ai juste...

Je n'eus pas le temps de finir ma phrase. Se dégageant des bras de Stan, Eileen m'étouffait des siens, me pressant contre elle en guise de remerciement. Dans son élan, je finis allongée sur la pelouse, Eileen contre moi, ses lèvres collées à ma joue, m'offrant un baiser sonore et baveux.

— Merci, dit-elle en riant. Tu m'as sauvée ce jour-là !

— C'est normal, non ? Nous sommes amis, on doit pouvoir compter les uns sur les autres.

— Ce n'est même pas un truc méchant, protesta Stan. J'exige une autre réponse ! Histoire d'avoir de quoi te faire chanter quand tu seras une célébrité de la mode !

— Hé ! Vous !

La voix désagréable du gardien nous fit nous redresser précipitamment. Enzo rassembla les mignonnettes, pendant que Diane refermait la boîte contenant les morceaux de gâteau. En courant, nous regagnâmes le parking arrière du lycée. Nous nous dispersâmes, profitant de la semi-obscurité pour passer inaperçus.

Je décelai le rire communicatif d'Eileen et la voix grave d'Enzo. Nous patientâmes quelques instants, scrutant le bruit des graviers ou un mouvement quelconque.

— On peut y aller ! fit la voix étouffée de Julien.

Quelques instants plus tard, nous franchîmes le portail pour la dernière fois. Je jetai un dernier coup d'œil vers le mur d'enceinte. Nous avions réussi à nous échapper. Ce soir, comme tous les autres jours.

Et c'était notre dernière fois à tous.

Chapitre 11

Stan

Cuisiner avait eu au moins le mérite de me changer les idées. Même s'il s'agissait d'un mariage et que, quelque part, j'enviais ces gens de vivre une histoire, travailler m'avait permis de chasser Eileen de mes pensées.

Avant d'arriver à l'hôtel du père de Warren, j'avais rejoué notre conversation dans la bibliothèque. J'avais senti son corps vibrer contre le mien, et sa voix, tremblante et incertaine, l'avait définitivement trahie. Elle ressentait la même chose que moi… la culpabilité en plus.

Amélie était toujours là, une ombre au-dessus de notre histoire. J'avais été sincère avec Eileen : je la comprenais vraiment, je comprenais ses réticences et ses doutes. Son amitié avec Amélie était importante, et notre rupture avait laissé des cicatrices, des cicatrices encore fraîches qui restaient douloureuses.

— Stan, si jamais vous cherchez un poste, je serais ravi de vous accueillir dans ma brigade.

Le chef du restaurant tendit la main dans ma direction et m'adressa un sourire. Je la serrai et affichai une mine réjouie. L'ambiance avait été agréable et, même si je ne connaissais personne, j'avais très vite été dans le bain de cette cuisine.

— J'y penserai, promis-je. Vous remercierez Warren pour l'opportunité.

— L'équipe a l'habitude de partager un verre au bar, ils seront sûrement d'accord pour vous ouvrir leur table.

Je vérifiai mon téléphone : aucun message d'Eileen. J'étais presque certain de l'avoir convaincue. Presque. C'était la fille la plus entêtée et loyale du monde. Mais je ne m'avouais pas vaincu : je savais qu'elle finirait par comprendre qu'elle et moi étions une forme d'évidence tenace. Malgré tout, la déception était bien présente. J'aurais aimé dire que je m'étais habitué à être déçu, autant par moi que par elle.

Mais nous nous étions embrassés, nous avions été « ensemble » pendant quelques heures, et maintenant la déception était teintée de regrets et d'amertume.

— Je vais aller boire un verre rapidement avec eux, alors. Merci encore.

Je sortis des cuisines et remontai un long couloir qui menait au hall de réception de l'hôtel. En sourdine, la musique du mariage me parvenait, accompagnée de cris de joie et de rires. Cela suffit à me faire sourire, tandis que le souvenir d'une danse hésitante avec Diane remontait à la surface.

— Tu es le plus mauvais danseur du monde, avait gloussé Eileen alors que je me rasseyais auprès d'elle.

— Tu es juste jalouse parce que personne ne t'a invitée !

— C'est le renouvellement des vœux des parents de Julien : je me doutais un peu que je n'allais pas trouver l'homme idéal assis à l'une des tables, avait-elle répondu.

Pourtant, quand ses yeux s'étaient portés sur la piste de danse, j'avais clairement décelé de l'envie. Si j'avais eu une once de courage, ce soir-là, je l'aurais invitée à danser. Mais je n'avais pas eu le temps de jouer les valeureux cavaliers, un des cousins de Julien avait surgi et avait enlevé Eileen pour l'emmener sur la piste.

Je retrouvai une grande partie de la brigade autour d'une table, des verres à la main. Une des pâtissières me tira une chaise. À nouveau, je vérifiai mon téléphone, espérant, même à cette heure tardive, un signe de vie.

— On t'attend ? demanda une grande blonde près de moi.

— Non. À vrai dire, c'est plutôt moi qui attends, plaisantai-je.

La jeune femme haussa un sourcil, avant de tendre sa main pour se présenter.

— Marie. Pâtissière et célibataire.

— Stan. Cuisinier.

Je m'arrêtai là. J'étais célibataire, mais non disponible. Je n'étais pas avec quelqu'un, mais je ne voulais être avec personne d'autre.

— On n'est pas obligé de s'engager pour une vie tout entière, lança Marie avec un large sourire entendu.

— C'est vrai, admis-je.

Pendant près d'une heure, Marie me parla de sa vie de pâtissière, des anecdotes de la brigade et de ses projets d'avenir. Elle était plutôt jolie, souriante et drôle. Mais je n'arrivais plus à donner le change. Pendant des années, j'étais sortie avec des filles, enfouissant mes sentiments pour Eileen. Maintenant, je n'y parvenais plus. J'étais épuisé d'avoir bataillé, épuisé d'avoir perdu une première bataille et épuisé d'attendre une nouvelle chance. Alors, l'idée même de sortir avec une autre fille ne m'effleurait pas.

— Ça fait trois fois que tu regardes ton portable, me fit-elle remarquer alors qu'elle finissait son verre.

— J'aime bien me faire du mal, avouai-je avec un demi-sourire.

— Soit elle est aveugle, soit elle est cruelle.

— C'est un peu plus compliqué que ça. Mais je suis certain qu'elle finira par comprendre ce qui nous lie.

— Ce qui vous lie ? On dirait un truc mystique, commenta Marie dans un rire.

— Ça l'est. Et je ne crois pas que quelqu'un puisse vraiment comprendre. Mais elle est partout dans ma vie et, pour être honnête, elle l'a rendue plus belle et plus douce.

— Tu le lui as dit ?

— Pas dans ces termes, mais elle le sait.

— Je persiste : elle est cruelle, insista Marie. Parce que je ne connais aucune fille qui pourrait résister à une telle déclaration.

À son tour, elle termina son verre et se leva de table. Je l'imitai, espérant que, malgré l'heure très tardive, mes amis m'attendaient à la villa. Si Eileen continuait de m'éviter, j'étais décidé à forcer le destin et à multiplier mes chances.

Les basses du mariage frappaient toujours, quand je raccompagnai Marie à sa voiture. Dès qu'elle fut hors de portée, j'enfonçai mes écouteurs dans les oreilles. J'espérais que la musique suffirait à me distraire.

Eileen était parvenue à se faufiler partout dans ma vie : dans les bons, comme dans les mauvais souvenirs, dans mes photos, dans mon agenda, dans chacune de mes pensées. Être avec Eileen était comme respirer : instinctif et indispensable.

Je lançai mon appli de musique. Alors que les premières notes d'accordéon se faisaient entendre, je poussai un soupir.

— Eileen, tu es pénible.

— Je sais.

Je relevai les yeux vers elle, retirant mes écouteurs. Habillée d'une robe longue noire, accompagnée d'un gilet léger sur ses bras, elle était magnifique. À la lumière des spots qui bordaient l'allée principale dans le parc de l'hôtel, ses yeux brillaient.

— Je m'inquiétais, avoua-t-elle.

— Je suis resté boire un verre avec les équipes de cuisine. Je ne pensais pas que tu m'attendais.

— À vrai dire, je ne sais pas trop ce que je suis venue faire ici. Tu dois être fatigué de ta soirée de travail et…

— Je suis content de te voir, la coupai-je. Ça me manque quand on ne se voit pas.

Nous restâmes silencieux, dans un silence imparfait. D'ici, on décelait toujours la musique de la réception du mariage. Eileen se mordait les lèvres nerveusement.

— Tu veux rentrer à la villa ? proposai-je.

— Je… Je ne crois pas. Ici, au moins, il n'y a que nous. Quand je suis à la villa, j'ai toujours peur qu'on nous surprenne.

— Nous n'avons rien fait de mal, répondis-je.

— Pas encore.

Nous échangeâmes un sourire qui ressemblait à une promesse. J'ancrai mes yeux dans les siens, avant d'effacer la courte distance entre nous. Mon front contre le sien, ma main sur sa joue, je respirai son parfum. Après la séparation et les doutes, c'était rassurant de la sentir si proche de moi.

— Je déteste être loin de toi, lui avouai-je.

— J'ai paniqué. Je panique toujours. Je panique encore d'ailleurs.

— Mais tu es venue quand même.

— Certaines choses sont plus fortes que nous, répondit-elle. C'est même plus fort que tout.

Je m'écartai d'elle et pris sa main dans la mienne. Je fis le chemin inverse, rejoignant l'hôtel pour le contourner. Eileen me suivit, me demandant où nous allions, pendant que je cherchais un endroit à l'abri des regards et éclairé par les grandes baies vitrées de l'hôtel.

— Qu'est-ce que tu fais ? s'inquiéta Eileen quand je trouvai enfin le coin idéal.

— Deuxième rendez-vous, expliquai-je.

— Stan, il est plus de 1 heure du matin !

— Et tu m'as dit que tu ne voulais pas rentrer à la villa. Je nous offre du temps ensemble.

D'où nous étions, la musique nous parvenait distinctement, sans pourtant nous empêcher de discuter. J'entourai sa taille de mon bras et l'attirai contre moi. Surprise, elle plaça sa main dans la mienne et posa son autre main sur mon épaule.

— Prête à danser avec le pire danseur du monde ? demandai-je.

Elle se contenta de sourire, comprenant immédiatement à quoi je faisais allusion.

— Je ne le pensais pas, admit-elle en bougeant contre moi. Mais je voulais danser et je me suis dit qu'en te provoquant, tu finirais par m'inviter.

— Heureusement que tu n'es pas stratège de guerre, me moquai-je.

— J'en avais déduit que j'étais la seule fille transparente aux yeux de Stan des Toilettes !

Je la serrai plus étroitement contre moi, ma bouche à hauteur de son oreille. Nous bougions toujours, au ralenti, ignorant le rythme de la musique pour suivre le nôtre, un rythme plus lent, à l'image de notre longue amitié.

— Tu as toujours été la seule fille que je voyais, Eileen.

Je m'écartai lentement pour mieux me diriger vers ses lèvres. Nous ne dansions plus, et le silence régnait autour de nous. Ma bouche trouva la sienne et, en une seconde, tout devint parfait. De son corps collé au mien, à ses mains nouées autour de ma nuque, en passant par le goût sucré de ses lèvres, c'était mieux que tout ce que pouvait suggérer mon imagination fertile.

J'entourai sa taille de mes bras, mais très vite une de mes mains remonta à sa nuque, puis à ses cheveux. Eileen gémit contre moi, et je glissai ma langue entre ses lèvres. Notre baiser s'intensifia, effaçant nos ultimes doutes. Je voulais Eileen. Plus que tout, plus que notre amitié, plus que notre troupe d'amis.

J'abandonnai ses lèvres à regret pour retrouver mon souffle.

— Suis-moi, soufflai-je en prenant sa main dans la mienne.

— On va où ? s'enquit-elle.

— Où on a du temps.

Je franchis les portes de l'hôtel et me dirigeai vers l'accueil. Eileen avait les cheveux emmêlés et les joues rouges. Elle voulait du temps, et moi, je la voulais, elle. Retourner à la villa semblait exclu pour le moment, il ne restait donc qu'une solution.

— Bonsoir, avez-vous encore une chambre de libre ? demandai-je à l'hôtesse d'accueil.

— Stan, qu'est-ce que tu fais ?

— Nous avons une suite, si vous voulez.

Sans demander le prix, que je savais pourtant bien au-dessus de mes maigres moyens, je sortis ma carte bancaire. En quelques minutes, l'hôtesse enregistra mon nom et me donna la clé électronique. Dans l'ascenseur qui nous menait au quatrième étage, Eileen resta silencieuse. Je craignais qu'elle veuille à nouveau prendre la fuite ou qu'elle ressente un nouvel accès de culpabilité. Mais, quand elle entra dans la suite, son sourire s'élargit.

Je refermai la porte derrière moi, la regardant déambuler dans une suite plus grande que mon petit deux-pièces. J'étais ruiné, mais cette dernière dépense extravagante valait la peine. Eileen avait retiré ses chaussures, enfonçant ses pieds dans la moquette épaisse.

Pauvre, mais heureux, ça m'allait. Avec elle

— C'est juste... la suite, c'est juste pour être ensemble, dis-je, en me débarrassant à mon tour de mes chaussures.

— Vraiment ? s'étonna-t-elle.

— Tu voulais du temps et tu ne voulais pas retourner à la villa. J'improvise. On peut... on peut regarder un film, si tu veux. Ou discuter. Ou... ou faire autre chose.

Eileen leva un sourcil, mais resta à distance. Elle me dévisagea longuement, comme si elle évaluait la situation. La chambre était décorée dans des tons beige et sable, avec quelques coussins bleu marine sur le lit. La salle de bains était largement ouverte, laissant apparaître une baignoire imposante.

Être ici, avec Eileen, était aussi inattendu que prometteur.

— On dirait que tu es embarrassé, lança-t-elle d'un ton amusé.

— Je ne suis pas embarrassé, c'est juste que je ne veux pas que tu penses que je t'ai amenée ici pour... pour le sexe.

— Parce que tu n'y penses pas ? m'interrogea-t-elle en retirant lentement son gilet.

Elle me défia du regard, laissant tomber son vêtement au sol. Mes yeux glissèrent le long de son corps, dévorant chaque centimètre de peau qu'elle m'offrait, pour remonter ensuite jusqu'à ses lèvres. C'était comme présenter de l'eau fraîche à un type perdu en plein désert. Elle n'avait qu'à demander : je me perdrais autant de fois qu'il le fallait pour elle.

— J'ai répondu à cette question, il y a quelques heures, déclarai-je en approchant d'elle.

— Tu es vraiment embarrassé, remarqua-t-elle.

— Je t'assure que non. À vrai dire, j'hésite.

Elle garda son regard accroché au mien, mais, pendant une courte seconde, je vis l'ombre d'une hésitation assombrir ses iris. L'idée de regarder un film ou de discuter était déjà aux oubliettes. Je gardai le contrôle de mon corps, mais mon imagination avait déjà repris de dessus.

— Tu hésites ? répéta-t-elle d'une voix enrouée.

— Soit je t'entraîne dans la salle de bains et je nous fais couler un bain ; soit je me contente d'écouter mon imagination et je te retire cette robe dès maintenant.

— Tu me retireras ma robe de toute façon, si on prend l'option du bain.

— Eileen, murmurai-je en réduisant encore l'espace entre nous, si je te retire ta robe, je te promets que tu n'atteindras même pas le lit qui est à deux mètres.

— Ton imagination est vraiment... très fertile.

— Pas la tienne ? répliquai-je.

J'étais si près d'elle que je devinais son souffle. Je replaçai une mèche de cheveux derrière son oreille, avant de laisser traîner mon index le long de sa mâchoire pour gagner son cou, la courbe de son épaule et m'arrêter à l'une des bretelles qui tenaient sa robe. Sa respiration s'accéléra, et cela me rassura sur ce qu'elle ressentait. J'abandonnai sa bretelle et collai mon corps contre le sien.

Mes lèvres frôlèrent sa joue et ses mains accrochèrent ma chemise.

— Dis-moi ce que tu veux, Eileen. Le bain ou...

— Toi, répondit-elle d'une voix à peine audible.

Je souris contre son épaule, avant de l'embrasser délicatement. Je remontai jusqu'à ses lèvres, tandis que ses doigts défaisaient le premier bouton de ma chemise. Elle effleura ma peau, tout en répondant à mon baiser avec passion. J'entourai sa taille de mon bras et l'attirai contre moi pour nous mener jusqu'au lit. Elle abandonna mes lèvres, et je l'entendis rire doucement.

— Je croyais qu'on ne devait pas l'atteindre, remarqua-t-elle.

Elle bataillait toujours avec empressement avec les boutons de ma chemise, concentrée sur sa tâche.

— L'éclairage est meilleur ici. Je veux pouvoir te regarder.

Doucement, je posai une main sur les siennes, espérant calmer sa fébrilité. Elle était nerveuse.

— J'ai attendu longtemps, je ne voudrais pas perdre une miette du spectacle, ajoutai-je, sincère. Mais je peux encore attendre, si tu préfères.

En guise de réponse, elle parvint à défaire un nouveau bouton. Puis un troisième. Ses doigts frôlaient ma peau, et elle finit par repousser ma chemise sur mes épaules pour me la retirer. Ses yeux brillaient d'excitation contenue, et elle se mordillait les lèvres d'anticipation.

— Tu es magnifique, murmurai-je en passant mes doigts sur sa joue.

— Tu m'aides ? demanda-t-elle en se retournant.

Sa robe était lacée dans le dos avec un ruban en satin noir. Elle repoussa ses cheveux sur l'épaule, dégageant sa nuque. Je pressai mon torse contre son dos, nichant ma tête dans son cou pour goûter sa peau. Son corps se détendit, et elle bascula la tête en arrière pour m'offrir un meilleur accès.

— Tu me laisses les tâches ingrates ? lançai-je avec un sourire.

— J'utilise ton domaine d'expertise.

— Déshabiller les femmes est mon domaine d'expertise ? l'interrogeai-je.

— Plus que le mien, en tout cas.

Je dénouai le nœud dans le bas de son dos et passai mes doigts dans les entrelacements.

— Tu te trompes, dis-je entre deux baisers sur sa nuque.

— Tu vas me faire croire que tu n'as pas déshabillé plus de femmes que moi ? répliqua-t-elle, mutine, en tournant son visage vers moi.

Le satin glissait facilement entre mes doigts, laissant apparaître sa peau claire. Les bretelles tombèrent sur ses bras à l'instant où je retirai tout le ruban. Alors que la robe menaçait de finir au sol, Eileen cala son bras sous sa poitrine, pour la maintenir contre elle.

— Eileen, si je le voulais, il me suffirait de te faire asseoir sur cette console contre le mur, puis de soulever ta robe pour m'enfoncer en toi en moins de trente secondes. Te déshabiller est une perte de temps.

— Trente secondes ?

— Un truc brutal, rapide et intense. Un truc qui soulagerait cette tension entre nous, parce qu'on a assez perdu de temps.

Un frisson la parcourut, couvrant ses épaules de chair de poule. Elle se tourna vers moi pour me faire face et lâcha le tissu. Ne demeurait sur elle qu'une culotte en dentelle noire.

— Putain de merde, soufflai-je, avant de fondre sur ses lèvres.

Je l'attirai contre moi et reculai jusqu'au lit pour m'y asseoir. Eileen grimpa sur moi, sa bouche retrouvant aussitôt la mienne, ses mains nouées autour de ma nuque, pendant que les miennes exploraient son dos et la courbe de ses fesses.

Mon sexe tendu frottait contre le tissu de mon boxer et réclamait sa libération. Elle se redressa légèrement, et j'en profitai pour prendre un de ses seins en bouche. Elle gémit contre moi, ses mains perdues dans mes cheveux.

Après des mois à l'attendre, je dévorai chaque parcelle de sa peau : ses seins aux pointes tendues, la peau veloutée de son décolleté et ses lèvres gonflées. Je finis par l'entraîner sur le lit, m'allongeant complètement, pendant qu'elle restait assise sur mes cuisses, affairée à desserrer ma ceinture.

Après quelques secondes, elle m'aida à retirer mon pantalon et mon caleçon. Je mis fin à son petit jeu en accrochant sa nuque de ma main pour l'embrasser avec force. Elle gémit contre ma bouche, avant de s'écarter pour coller son front contre le mien. Allongés tous les deux sur le lit, mon corps nu, le sien seulement couvert de sa culotte, nous reprîmes lentement notre souffle.

Je caressai sa peau, savourant avec fierté les petits frissons qui la parcouraient. Elle était à moi. J'ignorais si cela allait durer, si elle culpabiliserait au réveil ou si elle finirait par préférer son amitié avec Amélie. Mais, si je n'avais que cette nuit – déjà écourtée –, j'étais décidé à en savourer chaque seconde.

— Montre-moi, murmura-t-elle. Montre-moi l'arrachage de culotte.

Je ris doucement. Pendant une seconde, j'avais imaginé une déclaration tendre ou un aveu secret.

— Je ne plaisante pas, me prévint-elle.

— Je sais. Je ne ris pas à cause de ça. Je ris parce que tu ne cesses de me surprendre, tout le temps. Quand je crois prédire ce que tu vas dire, tu fais l'inverse.

— Personne n'a jamais arraché ma culotte. C'est pour ajouter une expérience à mon CV.

— Ton CV ? Tu as un CV de ton parcours... sexuel ?

— J'ai une certaine expérience à partager.

Elle déposa un baiser sur mes lèvres, mais, très vite, elle parcourut ma mâchoire de sa bouche avant de finir dans mon cou. Elle suçota doucement ma peau, pressant sa poitrine contre mon torse, pendant que ses mains parcouraient le bas de mon dos. À mon tour, je glissai mon doigt dans sa culotte, longeant la couture contre sa taille. Eileen bougea contre moi, son bassin épousant le mien.

— Tu as prévu une remplaçante pour demain ? demandai-je à voix basse.

— Non, fit-elle, en esquissant un sourire facétieux.

— Donc, tu vas remettre cette robe et ce gilet, sans aucun sous-vêtement ? l'interrogeai-je en passant mon pouce sur ses lèvres.

Un désir intense incendiait mes reins. Eileen parcourut mon torse de ses mains, s'aventurant dangereusement vers mon sexe tendu et impatient. Quand elle l'atteignit et passa furtivement la main sur mon membre, je fermai les yeux et m'enfonçai dans les coussins trop nombreux du lit, à la fois soulagé et excité.

— Ça te pose problème ? m'interrogea-t-elle.

— Pas du tout. Tu es officiellement, la femme la plus excitante avec laquelle je suis sorti.

Je rouvris les paupières, les doigts d'Eileen toujours égarés sur mon intimité. Elle les fit coulisser, me tirant un sifflement de plaisir torturé. Nous échangeâmes un nouveau baiser, sensuel et intense, entrecoupé de gémissements et de sourires heureux.

À ma grande surprise, elle finit par se lever du lit, superbe et presque nue. Je me redressai à mon tour, attendant une explication.

— Un problème ? m'enquis-je avec inquiétude devant son silence.

De l'index, elle me fit signe de m'approcher. Je m'exécutai, m'extirpant du lit. Eileen recula à nouveau, un air mutin sur le visage. J'approchai au fur et à mesure, incapable de comprendre ce qu'elle voulait faire.

Quand enfin je parvins à sa hauteur, elle se hissa sur la pointe des pieds pour m'embrasser. J'entourai sa taille de mes bras, sentant sa langue titiller la mienne. Je m'écartai légèrement et captai son regard. J'étais si excité que cela me dévorait de l'intérieur. Mes mains me picotaient, ma gorge était sèche et mon corps était brûlant.

— À quoi penses-tu ? demandai-je à voix basse.

Le silence crépitait autour de nous. Eileen était nue, contre moi, sa peau chaude caressant la mienne, désirable, foutrement sexy et avec cette lueur inédite dans le regard qui la rendait irrésistible. Je pensais avoir accompli le plus difficile en faisant preuve de patience pendant des mois, je réalisais maintenant que cette proximité relevait de la torture.

— J'ai envie de toi, dis-je, terriblement excité.

Un nouveau baiser, encore. Un peu d'elle, encore. Pas assez. Je voulais tout. Maintenant, ici, sans condition.

— Moi aussi. Mais j'ai eu une idée. À cause de toi.

— À cause de moi ?

Elle recula encore, m'entraînant avec elle. Je suivis son rythme, captivé par ses lèvres. Je me consumai littéralement. Encore un baiser, chaud, brûlant, nos gémissements en chœur, nos mains avides et ce trac dévastateur, rempli de promesses. Je la voulais. Aveuglément et sans aucun doute, convaincu que rien ne pouvait maintenant nous arriver.

— Un truc que tu as dit tout à l'heure, dit-elle.

Eileen haletait, pendant que mon cœur menaçait de sortir de ma poitrine.

— Eileen...

Encore un baiser, long, profond. Elle noua ses bras autour de ma nuque, tandis que je la soulevais, incapable de me retenir plus longtemps. Elle verrouilla ses jambes autour de ma taille et murmura sur mes lèvres :

— La console.

Ce fut l'ultime signal. En deux secondes, je la posai sur le meuble et m'installai entre ses cuisses. Elle retrouva mon sexe dur et gonflé, et le caressa doucement. Je me perdis dans sa nuque, entre ses seins, sur ses lèvres, embrassant chaque parcelle de peau enfin offerte. Eileen se cambra, et j'en profitai pour tirer sur l'élastique de sa culotte pour l'en débarrasser.

Je jetai le morceau de tissu quelque part dans la suite, incertain de son état.

— Laisse-moi une seconde, dis-je.

L'abandonner me coûtait, mais je parvins à faire l'aller-retour à la salle de bains en un temps record. Quand je la rejoignis, je retrouvai la même frénésie. Nos baisers erratiques et fous, ses mains partout sur moi, ses cheveux emmêlés à cause de moi. Je couvris mon sexe d'un préservatif, puis attirai Eileen contre moi, ses fesses sur le rebord de la console. Elle était nue, offerte et tellement belle que j'en étais ébloui.

Mon sexe caressa le sien, désormais détrempé. Je la pénétrai lentement, savourant chaque seconde de cette douce torture. Eileen se tendit, et sa bouche retrouva la mienne. J'étouffai ses gémissements et posai mes mains sur ses fesses pour mieux l'attirer contre moi. Elle quitta mes lèvres, mais pressa sa joue contre la mienne.

Sa peau chaude me tira un soupir, pendant que son bassin bougeait dans un rythme parfait contre le mien.

— Je ne vais plus pouvoir enlever mes mains de toi, murmurai-je.

— Tant mieux, répondit-elle.

Je pressai ses fesses, lui tirant un petit cri, et accélérai le rythme. La console cognait contre le mur et Eileen haletait contre moi. Le souffle court, j'embrassai Eileen, la sentant se cambrer davantage.

— Plus... fort, m'intima-t-elle.

C'était un rythme fou, désordonné et intense. Mon cœur battait à un rythme improbable, et Eileen accompagnait chacun de mes coups de reins avec enthousiasme.

— Encore, souffla-t-elle.

— Encore ?

— Promets-moi qu'on le fera encore, murmura-t-elle.

— Je te promets qu'on le fera pour toujours.

L'instant suivant, je sentis son intimité se resserrer autour de moi. Elle chuchota mon prénom, déclenchant une nouvelle salve de désir incandescent dans tout mon corps. Je savais déjà que je n'oublierais pas cette étreinte ni la façon dont son corps ondulait contre le mien. Mais ce murmure rauque, mon prénom s'échappant de ses lèvres avec cette pointe d'excitation resterait gravé.

Elle enfonça ses doigts dans mes épaules et dans un ultime halètement se tendit. Je la soulevai pour la serrer contre moi, son orgasme la faisant trembler.

Mon sexe coulissait toujours en elle, pendant que ses yeux papillonnaient. Je l'embrassai avec passion, devinant à mon tour un orgasme fabuleux me menacer. La voir jouir autour de moi et grâce à moi était le meilleur des excitants. Sa peau luisait de sueur, ses cheveux étaient fous, son regard brillant et intense.

— Putain, tu es magnifique, grognai-je.

Mes coups de reins devinrent frénétiques, et quelques secondes plus tard je jouis en elle, me délectant d'un orgasme puissant et apaisant.

À bout de souffle, je pris Eileen dans mes bras et la déposai sur le lit. Je me débarrassai de mon préservatif et la rejoignis. Elle se lova dans mes bras, caressant mon torse du bout des doigts, entrelaçant nos jambes.

— C'est d'accord, fit-elle. Je vais mettre ça sur mon CV sexuel.

— Sur le mien aussi. C'était incroyable.

Elle hocha la tête. Nouveau baiser. Plus calme, plus serein, plus assuré. Elle s'écarta de moi et plongea son regard dans le mien.

— Stan...

— Eileen ?

Le seul son de sa voix, légèrement éraillée par le désir, me donnait envie de lui refaire l'amour sur-le-champ. Dans ce lit, sur le tapis, dans la putain de baignoire, contre la porte et même debout contre ce mur.

— Aucun regret, assura-t-elle avec un sourire lascif.

— Aucun regret, répondis-je.

Elle couvrit mon corps du sien, nous lançant ainsi dans une nouvelle course contre la montre. Nous nous offrions du temps, loin de tout, loin des autres. Nous n'en aurions sûrement jamais assez.

Le jour où Stan a appris à danser

Eileen
Janvier 2022

— Tu n'étais pas obligé de venir, lançai-je alors que Stan tenait la porte d'entrée de la maison de retraite de ma grand-mère.

— Je n'ai rien à faire de mon après-midi. Et ta grand-mère m'adore.

— Ce qu'elle aime, Stan, c'est parader avec toi, quand tu lui tiens le bras. Elle adore crâner devant les autres.

— J'ai toujours pensé que ta grand-mère était une femme de goût.

La maison de retraite disposait d'un grand parc, dans lequel les résidents pouvaient se promener. Chaque après-midi, elle avait le choix entre deux activités et, à l'occasion, elle jouait au bingo avec une réussite insolente. Ma grand-mère détestait sa maison de retraite, mais ses problèmes de vue et de mobilité ne lui permettaient pas de rester seule dans son appartement.

Je me faisais donc un devoir de la visiter régulièrement, histoire de la distraire et de lui offrir un sas de décompression. En notre compagnie, ma grand-mère se transformait en langue de vipère, racontant des anecdotes peu reluisantes sur ses voisines de chambre ou leur trouvant des défauts horribles.

— Elle doit être dans le parc, dis-je en désignant la roseraie où elle avait ses habitudes.

Elle y était effectivement, assise sur un banc, face à des roses rouges en pleine éclosion. Quand elle nous aperçut, son regard s'éclaira et son visage se détendit.

— J'ai eu peur que ce soit cette infirmière désespérante et têtue ! dit-elle en s'appuyant sur sa canne pour se lever.

— Pourquoi têtue ? l'interrogeai-je.

— Parce qu'elle veut toujours me faire faire des choses ! Le Scrabble, le yoga, les jeux de société ! La barbe ! Je veux juste qu'on me laisse tranquille ! râla ma grand-mère.

Je l'embrassai avec tendresse et, quand Stan approcha d'elle, ses yeux s'éclairèrent de malice.

— Stanislas. Toujours un plaisir pour les yeux de te voir !

— Mamie ! m'écriai-je, embarrassée.

— À mon âge, on peut tout dire. Et Stanislas est un très beau garçon. Ne fais pas comme si tu ne l'avais pas remarqué !

Stan leva un sourcil dans ma direction et, à son tour, embrassa ma grand-mère. Galamment, il lui proposa son bras, qu'elle s'empressa d'accepter.

— Alors, les enfants, quelles sont les nouvelles de l'extérieur ?

— Mamie, arrête de parler comme si tu étais en prison !

— Tu as raison. Je pense qu'on mange mieux ici qu'en prison. Mais tout de même, je ne peux rien faire sans être épiée.

— Ils ne t'espionnent pas, ils surveillent juste que tout va bien. Dis-nous plutôt comment tu vas ?

Ma grand-mère poussa un long soupir et, lentement, remonta l'allée cernée de roses du parc. La température était douce, et nous avions deux heures devant nous avant la fin des visites. Accrochée à Stan, ma grand-mère nous parla de ses dernières activités. À chaque résident que nous croisions, elle se redressait, fière et déterminée, et marchait comme si sa hanche n'était pas douloureuse.

— Regarde cette mégère de Dumont : elle crâne avec sa nouvelle hanche en titane !

La vieille dame passa près de nous d'un pas rapide, salua ma grand-mère d'un hochement de tête poli et afficha un large sourire. Ma grand-mère lui rendit la même politesse, mais, dès qu'elle fut hors de portée, fulmina :

— Quelle prétentieuse !

— Elle t'a juste saluée.

— En marchant vite ! Juste pour me faire sentir minable.

Je retins un rire et jetai un regard vers Stan. Il se pinçait les lèvres lui aussi et faisait de son mieux pour afficher le visage le plus sérieux possible.

— Je crois que j'ai réussi mon examen d'entrée à l'école de sage-femme, dis-je pour changer de sujet.

— Elle a beaucoup travaillé pour ça, déclara Stan.

— Oh ! ça, je n'en doute pas. Ma petite-fille a toujours su travailler. J'aimerais qu'elle pense aussi à s'amuser.

— J'y pense, mamie. Mais plus tard. Pour l'instant, je veux me concentrer sur mes études. J'aurai les résultats d'ici quelques semaines.

— Et toi, Stanislas, que fais-tu à la rentrée ?

— Pas grand-chose. Je vais sûrement chercher un poste dans un restaurant.

— Mon cher Stanislas, si tu peux me ramener encore des pâtisseries, tu serais vraiment adorable.

— En douce, comme la dernière fois ? demanda ce dernier en se penchant vers elle.

Ma grand-mère hocha la tête avec plaisir. Stan lui adressa son sourire de séduction absolue, me faisant secouer la tête d'incrédulité. La complicité entre Stan et ma grand-mère me faisait souvent rire. Stan sortait le grand jeu, sourires, œillades et bras secourable, et ma grand-mère rentrait dans son rôle, minaudant et se pavanant avec lui.

— Tu les partages toujours avec Georges ? interrogeai-je ma grand-mère.

— Georges préfère aller danser avec la Dumont. Donc, cette fois, je garderai mes pâtisseries pour moi.

J'étouffai un rire, pendant que Stan trouvait un intérêt inédit aux roses autour de lui pour mieux camoufler son hilarité.

Ma grand-mère était une femme entière : se détourner d'elle revêtait souvent un caractère très définitif. Georges, son voisin de chambre et partenaire de danse, allait finir par regretter son petit béguin pour Mme Dumont.

— Ou alors, je glisse un ou deux laxatifs dedans, marmonna ma grand-mère.

J'éclatai de rire pour de bon. Ma grand-mère avait du génie. Le génie du mal, principalement. Elle avait une faculté inégalée pour rendre votre vie impossible, dès lors qu'elle avait décrété que vous étiez dans le camp adverse au sien.

— Ça me paraît un peu excessif, dis-je finalement.

— Juste un peu ? Bon, je vais trouver autre chose alors. Je pourrais peut-être lui cacher ses lunettes ? Ou rédiger une lettre anonyme avec des révélations sur son incontinence ?

Nous sortîmes de la roseraie. Stan et moi étions hilares, tandis que ma grand-mère affichait le sérieux d'un général d'armée sur le point de mener une attaque déterminante. Nous descendîmes la grande allée qui menait au bâtiment principal. Au loin, on percevait des bribes de musique.

— Oh ! atelier danse aujourd'hui ? suggéra Stan.

— En effet, affirma ma grand-mère, avant de s'immobiliser net.

Elle planta sa canne dans le sol avec force et leva des yeux pétillants de malice vers Stan.

— Stanislas, tu es un garçon brillant. On te l'a déjà dit ? demanda-t-elle.

— Pas si souvent que ça. Eileen, tu prends des notes ? Ta grand-mère me trouve brillant.

— Et joli garçon, ajouta cette dernière.

— Et joli garçon ! répéta Stan d'une voix forte. Eileen, tu devrais vraiment écouter les paroles de grande sagesse de ta grand-mère.

Je me contentai de lever les yeux au ciel. Stan n'avait pas besoin de tous ces compliments. Et ma grand-mère, en grand chef tactique, savait parfaitement manœuvrer pour parvenir à ses fins. Aussi, je me doutais que ces éloges n'étaient pas gratuits.

— On va aller danser, décréta ma grand-mère.

Je manquai de m'étouffer tant je me retenais de rire. Stan, médusé, la fixait comme si elle avait annoncé la fin du monde.

— Danser ? répéta-t-il, inquiet.

— Danser. On va danser tous les deux devant Georges et la Dumont.

— Oh. Mais le but est de les tuer en pirouettant ? lançai-je.

— La jalousie, ma chérie. La jalousie, ça fonctionne toujours. Par essence, l'humain veut encore plus ce qu'il ne peut pas avoir.

— Et tu penses que danser va suffire à lui ouvrir les yeux ? demandai-je.

— Danser, non. Mais danser avec Stan, oui. Regarde cet homme, Eileen, toutes les femmes voudraient danser avec lui. Tu ne crois pas ?

Du coin de l'œil, Stan sembla me questionner sur la véracité du commentaire de ma grand-mère. Je ne m'étais jamais vraiment posé la question : personnellement, je n'avais pas d'atelier danse toutes les semaines pour tester sa théorie.

Néanmoins, je savais ce que Stan provoquait autour de lui auprès des femmes. Danser était loin dans leur liste de priorité, coincé entre « jouer aux cartes » et « plier du linge », certainement.

— Probablement, marmonnai-je, alors que nous reprenions notre marche.

— Tu pourrais faire un effort, ironisa Stan. Tu ne voudrais pas qu'on danse ensemble ?

— Pour être honnête, ce n'est pas la première chose à laquelle je pense quand je te vois, rétorquai-je.

— Ah bon ? Et tu penses à quoi ?

Je fis comme si je n'avais pas perçu l'allusion graveleuse, et comme si mes joues n'étaient pas en train de flamber devant lui. Stan était beau, il le savait. Et les filles le savaient. À l'occasion, il m'était arrivé de le regarder toucher ces autres femmes, les embrasser parfois, et j'avais très vite chassé les images qui avaient surgi.

— Je pense à te gifler, la plupart du temps, répondis-je finalement.

— Je le savais, répliqua-t-il en souriant.

Il savait surtout que je lui mentais, et je n'étais pas assez naïve pour croire que Stan allait l'oublier. Nous parvînmes enfin à la grande salle d'activité. L'espace avait été dégagé des tables et chaises habituelles, et quelques résidents dansaient. La majorité les regardait en discutant.

— Où est Georges ? s'enquit Stan en se penchant vers ma grand-mère.

— Sur la droite. Gilet gris et cheveux portés disparus. Tu as donc un avantage indéniable sur lui. On y va ? demanda-t-elle.

— Avec plaisir. Dès que j'ai appris à danser, prévint Stan.

— Je ne vois pas en quoi c'est un obstacle.

Ma grand-mère était frêle et petite. D'après moi, c'était pour cette raison qu'elle avait développé un tel tempérament. Elle compensait un physique d'apparence fragile. Aussi, quand elle entraîna Stan sur le carré de piste de danse, il fut aussi surpris que moi de sa soudaine énergie.

Je levai mes deux pouces dans sa direction en signe d'encouragement, avant de m'appuyer contre le mur pour contempler le spectacle. C'était catastrophique. Stan était grand, élancé, mais il donnait la sensation de ne rien contrôler des mouvements de son corps. Ma grand-mère tentait de mener leur danse, mais ils semblaient à contretemps : elle allant à gauche, quand Stan reculait.

Je me retenais de rire difficilement. Je croisai furtivement le regard atterré de Stan et, cette fois, je m'autorisai à rire franchement. Sur sa chaise, Georges ne tenait pas en place. Les yeux rivés sur ma grand-mère, il trépignait. Au bout de quelques secondes, en gentil garçon très brillant, Stan finit par comprendre le sens des pas et le rythme à appliquer.

Ils dansaient véritablement, avec de larges sourires et une facilité aussi soudaine que déconcertante.

Quand la musique cessa, des applaudissements fusèrent. Sauf ceux de Georges, évidemment. Ma grand-mère, rayonnante, et Stan, confus, saluèrent la foule. Ce dernier aida ma grand-mère à s'asseoir sur l'une des chaises, avant de me rejoindre.

— J'oublie que tu as une imagination sexuelle débordante et tu oublies cette petite danse honteuse, proposa-t-il.

— Je n'ai pas honte de mon imagination sexuelle débordante, dis-je avec une assurance stupéfiante.

— Tant mieux. Ça nous fera un sujet de conversation sur le chemin du retour.

Je ne cillai pas. Je voulais tenir et ne pas baisser le regard. Stan se contenta de sourire, ses yeux bleus pétillants rivés aux miens. Lentement, il approcha de moi et murmura à mon oreille :

— Maintenant c'est moi qui ai beaucoup d'imagination.

— Tu es faible, répondis-je avec un rire nerveux.

— Toujours, avec toi.

Brusquement, il recula. En tout cas, on le fit reculer car, quelques instants plus tard, Stan était sur la piste de danse, en ligne, entraîné par des résidentes motivées. À nouveau, j'eus droit à un regard terrifié et un appel au secours du bout des lèvres. La musique commença, et Stan se retrouva à danser le madison avec des femmes qui avaient au moins trois fois son âge.

— Il est charmant.

La voix de ma grand-mère me fit tressaillir. Absorbée par la danse devant moi, je n'avais pas vu ma grand-mère me rejoindre. Je hochai la tête, pendant que Stan tournait sur lui-même et reproduisait aussi justement que possible la chorégraphie.

— Et il sait danser, ajouta ma grand-mère.

— Il essaye en tout cas.

— Tu as les yeux rivés sur lui. Est-ce que j'ai loupé une information importante entre ton école de sage-femme et tes parents encore à l'autre bout du monde ?

— Nous sommes amis, mamie.

— Quelle drôle d'idée ! Pourquoi ?

— On a toujours été amis.

— As-tu des problèmes de santé ? Ou fait vœu de chasteté ? Ou aimes-tu particulièrement te torturer ? Personne ne veut de Stanislas comme ami, crois-moi.

La musique se tut, et Stan m'adressa un sourire éblouissant. Je poussai un soupir. Entre ma grand-mère, mon imagination et l'arme de séduction massive qu'était Stan, je perdais un peu mes repères. Quand il nous rejoignit, je fis de mon mieux pour entretenir la conversation, notamment pour éviter qu'elle dérape encore sur des sujets sensibles.

— Tu es bien silencieuse, remarqua Stan alors qu'il déverrouillait la voiture pour qu'on rentre.

— Un peu de fatigue, prétextai-je.

— Fatiguée ? Alors que tu n'as pas dansé une seule fois ! Tu veux qu'on dîne ensemble ?

— Euh… oui, si tu veux.

— Eileen, qu'est-ce qui t'arrive ? Tu as l'air ailleurs. Et ne me dis pas que tu es fatiguée, parce que je sais que ce n'est pas ça !

— Pourquoi sommes-nous amis, Stan ?

— Pourquoi nous sommes amis ? C'est ça qui te tourmente ? On dirait un sujet de philo insoluble. J'ai combien de temps pour rendre ma copie ?

Je me contentai de sourire à sa plaisanterie. Malgré tout, la question persistait. Stan et moi étions amis. Nous n'avions jamais été plus. Notre amitié s'était installée naturellement, facilement, et jamais nous n'avions franchi la ligne.

— Tu ne m'as jamais draguée, lui fis-je remarquer.

— Tu aurais voulu ?

— Je ne sais pas. Je me demande juste pourquoi tu n'as jamais essayé. Est-ce que... je ne sais pas, est-ce que je ne suis pas assez jolie ? Ou assez... intelligente ? Je sais que...

— Eileen, Eileen, stop, me coupa Stan vivement.

— Ou alors, je ne suis pas ton style ?

Il réduisit l'espace entre nous, me forçant à m'appuyer contre la portière de la voiture. Il posa sa main près de ma tête, s'appuyant à son tour, avant de baisser les yeux vers moi.

— Tu veux que je te drague ?

— Non. C'est... Je me demandais juste pourquoi tu ne l'avais jamais fait, bégayai-je, mal à l'aise.

— Tu es belle, Eileen. Et intelligente. Et drôle. Et je pourrais faire une longue liste de toutes tes qualités. Tellement longue qu'elle m'empêcherait de tenter ma chance.

— Qu... Quoi ?

— Eileen, je tiens à notre amitié. Vraiment, elle est précieuse pour moi. Mais si j'étais certain d'avoir la chance de te rendre heureuse, je la massacrerais en tout petits morceaux avec joie. Pour le moment, j'essaye d'être à la hauteur.

Je hochai la tête, à la fois soulagée et perplexe. Stan se pencha encore un peu plus près de moi, son souffle caressant la peau fine de mon cou.

— Maintenant, si tu cherches un volontaire pour explorer ta fameuse imagination florissante, je suis prêt à me dévouer corps et âme, murmura-t-il d'une voix chaude.

Il prit un peu de recul, mesurant l'effet de ses paroles sur moi. Je me pinçai les lèvres, cherchant une parade pour le tenir à distance et lui prouver que je n'étais pas si facilement impressionnable.

J'étais impressionnée. Et vaguement tentée. Mais Stan n'avait pas besoin de le savoir tout de suite.

— Je peux aussi explorer mon imagination toute seule.

Stan secoua la tête, et je l'entendis étouffer un juron. Il s'écarta de moi et ouvrit doucement la portière. Avec un sourire triomphant, je m'installai sur le siège. Stan, ensuite, s'assit derrière le volant et mit le contact.

— Tu es définitivement plus forte que moi, lâcha-t-il avec un regard sombre et lourd de sous-entendus.

— Et tu n'as encore rien vu.

— Je commence à me demander si ce n'est pas justement le nœud du problème !

Chapitre 12

Eileen

— Eileen !

La voix de Diane me tira de mes pensées. Je rouvris les yeux, affrontant le soleil brûlant. Je me redressai, embarrassée, et m'emparai d'un magazine pour me distraire.

— Mince, tu dormais ? lança Diane. Je pensais que tu étais juste en pleine réflexion.

— Je... oui, je dormais.

— Des insomnies ? s'enquit-elle.

Mes insomnies étaient toutes volontaires et toutes consenties. Depuis quatre nuits, Stan traversait le couloir qui séparait nos deux chambres et nous passions la nuit ensemble. Au réveil, le matin, il s'assurait que personne ne rôde à l'étage pour regagner discrètement son lit.

Nous vivions deux vies : la journée, parfaitement amis, loin l'un de l'autre, riant à nos blagues, partageant de la musique, rangeant la bibliothèque quand nous étions en binôme. Nous étions au-dessus de tout soupçon.

La nuit, nos corps se retrouvaient avides et curieux. J'aidais Stan à retirer ses vêtements, il couvrait mon corps avec le sien. Nous dormions peu, nous chuchotions pour nous parler. J'avais la sensation que nous étions seuls au monde et intouchables.

Nous volions du temps. Nous nous offrions des parenthèses. Nous vivions notre histoire. C'était beau, intense et irrésistible.

Dès que Stan était avec moi, les regrets s'estompaient et le désir, plus fort que tout, me faisait tout oublier. Puis, quand Stan s'éloignait, quand il regagnait sa chambre, je reprenais le contrôle de mes émotions, la culpabilité resurgissait dévorante et puissante.

C'était une sensation douce-amère. J'étais bien, heureuse, mais, dès que le jour se levait, la seule idée d'affronter nos amis, d'affronter Amélie, me rendait malade. Je lui parlais, je riais avec elle et, dans le même temps, je lui mentais sur ma vie privée, camouflant ma relation avec Stan.

Stan, mon meilleur ami et son ex-petit ami. J'avais la sensation de trahir notre amitié et de transgresser une règle intangible.

— Juste un coup de fatigue, marmonnai-je.

— Je vais dans l'eau, tu te joins à moi ?

— Non merci.

J'avais encore mon short et mon débardeur sur moi, et mes cheveux étaient rassemblés dans un chignon approximatif. Je fixai la piscine, chassant les ultimes souvenirs brûlants de mon rêve avorté.

— Tu es sûre que tout va bien ? insista Diane.

— Tout va bien. Je préfère juste lézarder au soleil.

Elle se leva du transat et glissa gracieusement dans l'eau. Je plongeai dans la lecture de mon magazine, tentant de chasser les dernières bribes de mon rêve et mes souvenirs de la nuit précédente. Quand je pensais enfin y parvenir, Stan arriva près de la piscine, accompagné de Julien, et s'installa dans un transat en face de moi. Il mit ses lunettes de soleil et se lança dans une conversation avec Julien.

Après quelques minutes, Julien gagna la piscine et j'entendis le rire de Diane. Malgré tous mes efforts et après avoir relu la même phrase de mon article pour la quinzième fois, je reposai mon magazine. La silhouette de Stan allongé en face de moi, prenant le soleil en maillot de bain, délicieusement tentante, était bien trop distrayante.

Stan avait toujours capté les regards. Stan des Toilettes était une célébrité jusqu'à la terminale. Il était séduisant, affichant de l'assurance, ouvrant les portes aux vieilles dames, dansant même avec elles quand il venait avec moi visiter ma grand-mère et cuisinant pour les anniversaires.

Ce que la plupart des gens ne savaient pas et que j'avais découvert au fur et à mesure, c'était que sa personnalité était encore plus attirante.

Si attirante que j'étais tombée amoureuse de lui sans même m'en rendre compte.

En face moi, Stan baissa ses lunettes de soleil et m'offrit son sourire en coin, celui qu'il dégainait aussi bien pour draguer que pour rire de ses propres blagues. Il s'assura que Diane et Julien soient occupés, avant de me rejoindre.

— Je connais ce regard, murmura-t-il.

— Quel regard ?

— Celui qui étincelle quand tu es nue et contre moi. Je l'ai vu ce matin, crois-moi, ça ne s'oublie pas !

— Parle moins fort, les autres pourraient t'entendre, lui intimai-je.

Il haussa les épaules, désinvolte et terriblement attirant. Ses yeux cavalèrent sur mon corps, et aussitôt je suffoquai et ma peau picota d'un désir aussi violent que coupable.

— À quoi étais-tu en train de penser ? demanda-t-il en s'installant dans le transat de Diane.

— À rien.

— Tu as toujours été une lamentable menteuse, répondit-il dans un rire.

— Ce n'est pas drôle, marmonnai-je.

— Non. Mais c'est très excitant.

— Stan !

Je lui lançai un regard sombre avant de m'assurer que Julien et Diane étaient hors de portée. Stan avait toujours eu le goût du risque. Et, même si nous étions tous les deux d'accord pour préserver notre petit secret, il ne pouvait s'empêcher de jouer avec le feu. Dès que nous étions seuls, il en profitait pour prendre ma main ou caresser mon dos. À l'occasion, il m'embrassait furtivement, se fichant de nos amis souvent dans la pièce voisine.

Nous échangeâmes un regard, lourd de tension et de sous-entendus. Stan tendit sa main pour caresser ma joue.

— Tu ne veux pas aller te baigner ? m'interrogea-t-il.

— Stan, tu penses à voix haute.

— Eileen, tu as les idées mal placées, rétorqua-t-il.

— Aussi mal placées que les tiennes. Nous ne sommes pas à la plage, masqués par les vagues et par les touristes.

Ses doigts glissèrent sur mon épaule, avant de suivre distraitement la ligne de mon bras. Deux jours auparavant, nous avions passé l'après-midi sur la plage, et Stan avait profité d'une baignade pour me prendre dans ses bras et grappiller une étreinte fugace. L'eau avait caché nos mains et nos corps pressés l'un contre l'autre.

— Avoue que tu as adoré, fit-il en tournant son visage vers moi.

— C'était risqué.

— C'était excitant, corrigea-t-il. Pas parce que c'était risqué, mais parce que c'était avec toi.

Je secouai la tête. Stan était fort, si fort qu'il parvenait à tourner une conversation tendancieuse en aveu romantique. Par conséquent, mon envie de le faire taire ou de le gifler se transformait en besoin de l'embrasser.

Stan était en train de me faire perdre les pédales. Loin de lui en vouloir, je lui en étais presque reconnaissante. Nous nous connaissions par cœur et je n'avais aucun secret pour lui, mais l'évolution de notre relation ouvrait de nouvelles portes et me poussait à trouver un nouvel équilibre.

— Putain, Eileen ne me regarde pas comme ça, murmura Stan.

Je me contentai de sourire, tout à fait consciente de ce que j'étais en train de faire.

— Je ne vois pas de quoi tu parles, soufflai-je.

— Je parle du fait que je veux t'embrasser.

— Oh ! ça...

— Et je parle du fait que ce n'est pas ta bouche que je veux embrasser.

Je poussai un lourd soupir. Stan ne suivait pas les règles. Il s'en fichait. Ce qu'il aimait, c'était me déstabiliser en permanence, me pousser dans mes retranchements pour voir comment je pouvais ensuite m'en sortir.

Mal, généralement. Honteusement, souvent. Parce que mes conversations avec Stan ne m'empêchaient pas de penser à Amélie et qu'une culpabilité désagréable et lancinante me mordait à chaque regard que j'échangeais avec lui. Diane et Julien étaient au courant et me soutenaient ; mais Amélie m'en voudrait. Je le savais. Elle plaçait notre amitié au-dessus de tout le reste, et être avec Stan – être avec le mec qui lui avait brisé le cœur et l'avait rendue malheureuse – était une brèche géante dans notre relation. À la façon dont elle ruminait son amertume et sa colère contre Stan, je redoutais qu'elle finisse par me rayer de sa vie. Je n'étais pas assez forte pour ça, je n'étais pas armée pour subir ses foudres, pas assez prête pour affronter sa colère.

Je ne voulais pas perdre l'amitié d'Amélie. Elle avait été présente durant toutes ces années, elle m'avait soutenue après ma rupture avec Thomas. Elle avait été une constante dans ma vie. Je ne me voyais pas faire sans elle. Et le groupe, lui, ne pouvait pas faire sans elle.

Stan se leva de son transat et d'un petit mouvement de tête me fit signe de le suivre.

— T'es cinglé ? sifflai-je, dents serrées.

Il s'accroupit à ma hauteur, son visage tout proche du mien.

— Diane et Julien sont dans la piscine, Amélie est avec son mec, et Enzo est dans une casse à plus de deux cents kilomètres pour acheter le carburateur de ses rêves. On ne risque rien.

— Je risque toujours quelque chose avec toi.

Il se contenta de sourire, avant de se redresser. J'avais une envie folle et déraisonnée de le suivre. Je demeurai sagement assise sur mon transat, reprenant mon magazine. Au bout de deux minutes, j'abdiquai. C'était plus fort que moi, plus fort que ma raison hurlante, plus fort que ma culpabilité piquante, plus fort que tout, plus fort que nous.

Je me levai de mon transat, traversai la terrasse et me retrouvai dans le salon.

— Stan ?

Ma voix résonna dans la salle à manger vide. Je me dirigeai vers l'immense cuisine, quand je sentis une main entourer ma taille et m'entraîner jusqu'à la buanderie.

— Stan ?

— Tu espérais quelqu'un d'autre ? répondit-il.

La porte claqua derrière nous et mon dos se retrouva plaqué contre la porte, tandis que Stan m'embrassait avec gourmandise. Je posai mes mains sur son torse, devinant son cœur battre à toute allure. Le mien menaçait de craquer, comme un vêtement trop étriqué.

Quand il quitta mes lèvres, ce fut pour soulever mon débardeur et me le retirer. Je me laissai faire, ravie de sentir ses mains avides contre ma peau. Je craignais d'être découverte, mais Stan savait me faire oublier mes doutes et électriser mon corps.

— On est censés être discrets, chuchotai-je, à bout de souffle.

— Nous le sommes. Personne ne viendra nous chercher ici.

— Diane et Julien savent.

— Ils savaient. J'ai dit à Julien que c'était fini. Il était très déçu.

La bouche de Stan me fit taire, avant de parcourir ma peau jusqu'à mon décolleté. Je me cambrai contre la porte, et Stan me souleva doucement pour m'entraîner vers un plan de travail.

— Peut-être que tu préférais debout contre la porte ? me taquina Stan.

— Peut-être que tu préférerais que je me mette à genoux ?

Le regard de Stan prit une teinte plus sombre, cette même couleur envoûtante que prenaient ses yeux quand il était excité et au bord de la rupture. J'esquissai un petit sourire victorieux, devinant son sexe se durcir contre ma cuisse.

— Tu es au-delà de tous mes fantasmes, Eileen.

Ravie de mon effet, je retirai le haut de mon maillot de bain, laissant Stan me dévorer des yeux.

— Et maintenant ? demandai-je à voix basse.

— Et maintenant, je ne sais pas comment je vais faire pour ne pas te toucher dès que je le peux.

Il posa sa main sur ma joue et attira mes lèvres contre les siennes. Nous échangeâmes un baiser brûlant et chaotique. Les mains de Stan étaient partout sur moi, pendant que je bataillais avec son short de bain pour l'en débarrasser.

— Ce n'est pas ce que j'avais prévu, avoua Stan quand enfin mes doigts parcoururent son sexe tendu.

— C'est toi qui m'as attirée ici, lui rappelai-je.

— Je pensais que tu serais plus raisonnable que moi et que tu resterais autour de la piscine.

Ma main se referma sur son sexe gonflé, lui tirant un hoquet de surprise. Il poussa un long soupir d'aise et baissa les yeux sur son entrejambe. Ma paume coulissa lentement, et Stan étouffa un juron.

— D'accord, tu n'es pas raisonnable du tout, constata-t-il, le souffle court.

— Pourquoi le serais-je ? répliquai-je.

— Eileen, tu es en train de me caresser dans une buanderie, n'attends pas de moi une véritable réponse.

La respiration de Stan était lourde et saccadée. J'accélérai le rythme, ma main coulissant sur lui avec facilité. Haletant, Stan posa ses lèvres sur les miennes et m'embrassa doucement. Il colla son front au mien, son visage marqué par le plaisir qu'il ressentait.

— Je... Putain, Eileen, c'est vraiment ça que tu veux ? m'interrogea-t-il à voix basse.

— Toi et rien d'autre, répondis-je.
— Je vais devoir te rendre la politesse, promit-il.
— J'y compte bien.

J'accélérai encore, et Stan accrocha ses mains sur mes cuisses. Il riva ses yeux incandescents aux miens. J'y décelai du désir pur, brûlant, avec cette pointe de douceur que je reconnaissais et qui me bouleversait à chaque fois que nous étions si intimes. J'embrassai Stan, capturant ses soupirs.

— Tu vas me tuer, chuchota-t-il contre mes lèvres.
— Je suis certaine que tu as déjà survécu à ça, dis-je dans un sourire.

Il secoua la tête, alors que mes doigts jouaient avec son membre. Je passai mon pouce sur son extrémité, récoltant un grognement étouffé. Cela me tira un nouveau sourire et, surtout, cela me donna confiance. Quoi qu'en dise Stan, il était sûrement le plus expérimenté de nous deux. Alors le voir à ma merci, entre mes mains, l'entendre réagir, deviner sa respiration laborieuse, me rendait puissante.

Stan réduisit le court espace entre nous et son souffle caressa la peau de mon cou. Un long frisson me parcourut et mon corps se tendit.

— Il n'y a que toi, dit-il contre ma peau, il n'y a que toi qui peux me toucher ainsi et me faire perdre les pédales.

Il embrassa mon épaule, et son sexe se durcit davantage dans ma main. J'allais et venais sur lui, oubliant le lieu, notre secret et tout ce que nous risquions de mettre en péril. Il n'y avait plus que nous, nos corps en feu, notre histoire à la fois courte et déjà longue, et nos promesses muettes.

— Il n'y a que toi, répéta-t-il. Depuis le début, Eileen, il n'y a que toi.

Ses mots firent battre mon cœur encore plus vite et plus fort. J'aimais Stan. Depuis longtemps, avec force et conviction : notre amitié était mon port d'attache. Mais depuis que nous étions plus, depuis que j'avais compris ce qui nous liait vraiment, je me sentais capable de tout et invincible.

— Il n'y a que toi, avouai-je à mon tour. Il n'y a que nous.

Stan colla son front au mien et, dans une ultime caresse accompagnée d'un sourire victorieux, il jouit dans ma main. Il ferma les yeux et prit quelques secondes pour reprendre son souffle. Je posai ma main libre contre sa joue.

— Ce n'était vraiment pas ce que j'avais prévu, s'exclama Stan en saisissant une serviette près de lui.

— On ne peut pas déjà s'enfoncer dans la routine !

Il se nettoya rapidement, et j'attrapai une serviette aussi pour m'essuyer les mains. Nous nous perdîmes dans un nouveau baiser, moi toujours à moitié nue et Stan me maintenant dans un équilibre précaire, mes fesses sur le rebord du plan de travail.

— Est-ce que tu vas maintenant m'avouer ce à quoi tu pensais près de la piscine ?

— Si je ne garde pas quelques secrets, où sera le mystère ?

— Eileen, je sais très bien à quoi tu pensais au bord de la piscine, j'ai juste envie de l'entendre de ta bouche.

— Tu sais ?

— Je le sais. Justement parce que tu ne me le dis pas. Si tu pensais à la météo ou notre prochaine séance de plage, tu me l'aurais dit immédiatement.

Nous échangeâmes un baiser doux et tendre, aux antipodes de ce que nous venions de vivre. Stan posa ses mains sur mes joues, me retenant contre lui avant de murmurer sur mes lèvres :

— On devrait faire ça plus souvent.

— On le fait très souvent depuis quelques jours, lui rappelai-je.

— Je parlais de cette petite escapade dans la buanderie.

— C'est vrai, admis-je en me mordant les lèvres d'embarras.

Je n'avais encore jamais vécu une telle expérience. Thomas, comme mes autres amants, manquait de surprises et d'improvisation. Stan ouvrait de nouvelles portes dans mon imagination. Stan dut sentir ma gêne, car, de l'index, il me fit relever la tête pour croiser son regard.

— Est-ce que... est-ce que ça ne t'a pas plu ? s'enquit-il.

— Ai-je l'air contrariée ?

Je lui adressai un large et sincère sourire. J'avais aimé chaque seconde de notre éteinte, j'avais aimé avoir le contrôle sur lui. C'était nouveau et excitant. Et le faire en cachette rendait notre escapade encore plus intense.

— Stan ?

La voix de Julien nous fit sursauter. D'un même geste, nous fixâmes la porte. J'étais certaine qu'elle n'était pas verrouillée. Être enfermés ensemble, ici, à moitié nus ne laissait pas de place au doute. Stan s'écarta de moi, saisit mon débardeur, pendant que je descendais du plan de travail.

Je me rhabillai à toute vitesse, envisageant une improbable fuite par la petite fenêtre de la buanderie. J'étais en plein ascenseur émotionnel, passant de l'euphorie à la panique. Quand Julien appela à nouveau, j'avais juste envie de fermer les yeux pour éviter d'assister au désastre.

— J'arrive, répondit Stan.

— Bordel, t'es où ?

— Je lance une lessive, j'arrive dans deux minutes.

Il était aussi serein que j'étais effrayée. Il prit ma main dans la sienne pour m'apaiser. Je secouai la tête, maudissant ma décision de le suivre ici. J'allais payer très cher nos quelques minutes de plaisir et de luxure.

— Tu as vu Eileen ? Diane la cherche, continua Julien.

— Elle est probablement dans sa chambre, répondit Stan en me fixant droit dans les yeux.

— Elle en revient, indiqua Julien.

— Il sait, murmurai-je.

— Aucune chance, répliqua Stan dans un chuchotis.

J'avais la gorge serrée. C'était d'autant plus ridicule que nous étions juste ensemble et que Julien, même s'il apprenait la vérité, aurait été capable de garder le secret. Mentir, nous cacher, voler du temps, chuchoter, nous embrasser entre deux portes, nous effleurer quand personne ne nous regardait...

— Je suis là, dis-je soudain.

Stan écarquilla les yeux, et sa main se resserra plus fort autour de la mienne. Toute notre histoire était plus forte que tout, et ce secret, délicieux, intime et heureux, menaçait d'imploser.

— Tu n'as pas à faire ça, dit Stan doucement.

— Julien saura se taire. Et je le crois assez futé pour comprendre ce que nous faisions ici, seuls, au lieu de bronzer au soleil. Personne ne peut croire que tu sais faire une lessive !

— Ta confiance me touche, ironisa Stan. On fait comment maintenant ?

Des coups furent frappés à la porte. Personne ne frappait jamais à la porte d'une buanderie, sauf à savoir qu'il allait déranger un moment intime.

— Je vais à la cuisine, vous pouvez sortir, annonça Julien, le temps que j'occupe Diane à autre chose.

Nous échangeâmes un regard avec Stan, partagés entre l'envie de rire et le soulagement. Quelques instants après la proposition de Julien, nous nous échappâmes de la buanderie pour rejoindre la cuisine. À notre arrivée dans la pièce, Julien se tourna vers nous et secoua la tête avec un air paternaliste.

— Diane est partie chercher mon téléphone près de la piscine, expliqua-t-il.

— Julien, écoute, commença Stan, ce n'est pas...

— Si, c'est ce que je crois, le coupa-t-il dans un rire. Vous êtes mignons tous les deux.

— Tu es le seul à savoir, dis-je.

— Je sais garder un secret, Eileen. J'en garde certains depuis plusieurs années, ajouta-t-il en braquant son regard sur Stan.

— Ça... Tu n'as pas l'air perturbé, bégayai-je, mal à l'aise.

Julien se contenta de sourire. Si je surprenais deux de mes meilleurs amis planqués dans une buanderie, je les bombarderais de questions. Mais Julien, lui, acceptait de partager notre secret, sans poser de questions. J'étais aussi reconnaissante que perplexe.

— Je suis content pour vous, dit-il finalement. Mais faites en sorte de rester discrets si vous voulez vraiment rester sous les radars.

— Je ne veux pas que tu te sentes obligé de mentir, dis-je, encore gênée.

— C'est votre secret, pas le mien. Mais ma chambre n'est pas loin des vôtres, alors préservez-moi, répondit-il. Oh ! Eileen ?

— Oui ?

— Très sympa, tes cheveux.

Je passai les doigts dans mes mèches. Stan adorait y plonger ses mains quand nous nous embrassions. Un bref coup d'œil dans une des portes vitrées de la cuisine me confirma ce que je redoutais : mes cheveux étaient emmêlés et je portais à la perfection le brushing « post-orgasme ».

— Tu sais, tu devrais mettre un verrou sur la porte de la buanderie, plaisanta Stan.

— C'est vrai. Et puis, c'est pas comme si la maison n'avait pas huit chambres, une cave et une remise dans le jardin.

— Je n'avais pas pensé à la cave, médita Stan, à voix haute.

Je lui offris un fabuleux coup de coude dans les côtes. J'étais toujours inquiète, quand, lui, vivait parfaitement la situation. Il avait l'air de jubiler fièrement devant Julien, pendant que j'évaluais les chances qu'Amélie ne soit au courant de rien.

— Tu as opté pour le choix le plus pratique, commenta Julien. J'aurais sûrement fait la même chose.

La conversation me fit lever les yeux au ciel. J'étais donc la seule à être en train de m'agiter, passant d'un pied sur l'autre, dévorée par la culpabilité. Malgré tout, j'esquissai un sourire. Julien savait alléger toutes les situations. C'était même sa spécialité.

— Eileen, je t'assure que ce n'est rien, reprit Julien. Je suis vraiment content pour vous. Content et jaloux, pour être honnête. Vous avez l'air heureux. Et ça me rend encore plus jaloux, dit-il avec humour.

— Merci, murmurai-je.

Je croisai le regard de Stan, qui repoussa une de mes mèches folles et rebelles, derrière mon oreille. C'était un geste furtif et il l'avait fait des milliers de fois quand nous n'étions encore qu'amis, mais Julien râla.

— J'ai dit « sous les radars ». Donc on évite les regards langoureux, les mains qui se touchent, les sourires niais et toute la panoplie des contacts corporels de manière générale.

— Mais...

Julien fit taire Stan d'un simple regard.

— J'ai dit non, répéta-t-il, très docte. Je crois que vous ne ne vous rendez pas compte que d'être dans la même pièce que vous est déjà étouffant. Donc on se calme sur les pensées scabreuses, les rêves cochons et les allusions salaces. Pensez aux autres qui sont... qui sont là, termina-t-il plus doucement.

Diane apparut dans l'encadrement de la porte et tendit son téléphone à Julien. Elle me détailla des pieds à la tête, avant que son regard passe de Stan à Julien, posant des milliers de questions silencieuses.

— Donc, oui, on va changer le verrou, reprit Julien.

— Le verrou ?

— Eileen était enfermée dans la buanderie et Stan essayait de la libérer, expliqua-t-il.

Je retins un rire tonitruant. Ce n'était même pas vraiment un mensonge. Près de moi, Stan hocha la tête pour approuver. Un silence confus s'installa. J'allais m'éclipser pour me réfugier dans ma chambre, quand Diane prit finalement la parole.

— Eileen ? lança-t-elle.

— Oui ?

— Ton débardeur est à l'envers.

Et, sans même oser relever les yeux vers Diane, je sus qu'elle aussi savait.

Le jour où Julien a connu son quart d'heure de gloire

Diane
Août 2021

— Les parents de Julien sont vraiment très... généreux.

— Le mot que tu cherches est « riche », me corrigea Amélie. Ils sont très riches.

J'avançai ma chaise pour me rapprocher de la table. Elle était faite d'un agréable tissu rembourré ivoire. J'osais à peine m'appuyer contre le dossier, de peur de le salir. Les parents de Julien avaient vu les choses en grand : restaurant gastronomique, vue sur mer, un menu en huit plats, des serviettes en tissu, une table étincelante et un pianiste en sourdine.

L'ambiance était feutrée et les conversations à peine perceptibles. Tous les six installés autour de la table, nous faisions un peu tache. Les autres clients paraissaient avoir plus de cinquante ans et semblaient savoir faire la distinction entre un verre à eau et un verre à vin.

Dire que j'étais mal à l'aise était un euphémisme. Ma jambe s'agitait nerveusement et, en lisant le menu, j'avais du mal à comprendre ce que j'allais manger.

— Suis le mouvement, m'intima Amélie à voix basse en lissant sa serviette sur ses genoux.

— Tu t'y connais ? l'interrogeai-je, surprise.

— Absolument pas, répondit-elle en souriant. Mais personne ne le sait.

Julien fut le dernier à s'asseoir autour de notre table, s'installant à ma droite. Il y eut un silence, pendant lequel Eileen, Stan, Enzo, Amélie et moi-même osions à peine nous regarder. Julien nous avait invités – convoqués aurait été plus juste – dans ce restaurant, indiquant qu'il avait une nouvelle à partager.

La dernière fois qu'il avait eu quelque chose à annoncer, c'était carrément horrible et j'avais versé des litres de larmes. Ce soir, avec son crâne lisse, ses joues émaciées et sa peau si fine qu'elle en était transparente, nous n'étions pas sereins. La chimiothérapie avait délesté Julien d'une bonne dizaine de kilos. Aussi, quand je relevai les yeux vers lui, je ne pus m'empêcher de penser que sa chemise était deux fois trop grande, flottant autour de lui comme un parachute.

— J'avais dit à mes parents de faire simple, fit-il. Je ne pensais pas qu'ils allaient nous dégoter une table ici.

— Tes parents ont un goût prodigieux, commenta Stan, le nez plongé dans la carte.

— Je savais que tu apprécierais, répondit Julien avec un sourire fragile.

Même sa voix avait changé. Elle était plus grave et éraillée. Elle aussi allait garder des cicatrices. Comme si on avait besoin de se souvenir de ça…

Autour de nous, les clients regardaient furtivement dans notre direction. L'allure de Julien ne trompait personne. Je comprenais la curiosité, mais je détestais voir la pitié. Elle n'était ni réconfortante ni nécessaire. Pendant des mois, nous lui avions tenu compagnie, nous avions fait preuve d'optimisme à outrance, nous avions voulu lui donner la force qui lui manquait parfois.

Et maintenant nous étions tous ici, en vacances, dans la villa des parents de Julien. Ce matin, ils nous avaient demandé de nous faire chic – par chance, Amélie avait pu me dépanner – pour venir dîner ici.

Plus je nous voyais autour de cette table, plus je trouvais que ça ressemblait à un dîner d'adieu.

— Merci à tous d'être venus, lança Julien d'une voix incertaine.

— Comme si on allait refuser une invitation à dîner, s'exclama Enzo.

— Tu as même trouvé une chemise à ta taille, se moqua Eileen.

— Elle m'a coûté l'équivalent d'une paire de pneus haut de gamme, j'espère que tu te rends compte du sacrifice !

— On s'en rend tous compte, ironisa Amélie en levant un sourcil.

— Si tu nous disais plutôt pourquoi tu nous as fait venir ici ?

Ma question resta comme suspendue au-dessus de notre table. J'avais l'estomac en vrac et le cœur déjà fissuré. Ce suspense, cette atmosphère aseptisée, ces regards inquisiteurs : c'était intenable. Le silence s'éternisa, lourd, pesant, m'empêchant même de respirer correctement.

— J'ai vu mon médecin ce matin, commença Julien. Mon oncologue.

Je me tordis les mains, levant les yeux vers mes amis. À leurs visages tendus, je compris qu'ils étaient aussi inquiets que moi. Ma jambe bougeait de manière incontrôlable et j'avais une désagréable sensation de vertige. J'avais vu Julien malade, fiévreux, nauséeux, épuisé après avoir marché quelques mètres. Mais je refusais de croire que tout cela n'avait servi à rien. Son corps avait tout supporté, ça ne pouvait pas être en vain.

— Je l'avais déjà vu il y a quinze jours. Pour une batterie de tests sanguins et une scintigraphie.

Julien nous regarda tour à tour et termina par moi. Avec un sourire, il posa sa main sur ma jambe, m'apaisant instantanément.

— Ces examens doivent nous aider à adapter le traitement, continua Julien.

— Tu vas commencer un nouveau cycle de chimio ? l'interrogea Stan.

— Pitié, non, entendis-je Eileen murmurer.

— C'est injuste, ajoutai-je, en retenant difficilement mes larmes.

— On a eu les résultats aujourd'hui.

Un serveur approcha de notre table, large sourire aux lèvres, tablette à la main. J'envisageai de le renvoyer manu militari à la réception, une fourchette plantée dans la joue pour effacer son sourire. Enzo dut lire dans mes pensées, car il leva un index dans sa direction, lui demandant ainsi de patienter.

Amélie saisit ma main, et je vis Stan prendre celle d'Eileen dans la sienne. Nous étions sur la brèche, le souffle court et prêts à entendre le pire.

— Ma scintigraphie est... parfaite, lâcha Julien en souriant.

— Parfaite ? répétai-je.

J'avais peur de mal comprendre. J'avais peur de bien comprendre. L'espoir, c'était terrifiant. Je sentis la main d'Amélie se resserrer autour de la mienne, et le silence lourd et pesant qui occupait jusqu'alors tout l'espace était maintenant plus supportable.

— Parfaite. Plus aucune trace de cellules cancéreuses, affirma Julien.

Mon cœur fit un bond, avant de se calmer. Nous avions vécu des moments difficiles, je ne voulais pas maintenant faire preuve de trop d'optimisme.

— Et tes examens sanguins ? demanda Enzo.

Ma jambe reprit ses tremblements incontrôlables. Ce n'était plus de la peur, mais de la joie. Une joie qui ne cherchait qu'à exploser et à effacer ces derniers mois.

— Normaux, répondit Julien. Ils sont...

Il n'eut pas le temps de finir sa phrase que nous nous levions tous de nos chaises pour l'entourer. Les verres s'entrechoquèrent et l'un d'eux termina au sol en petits morceaux. Les autres clients nous dévisagèrent, médusés, pendant que nous célébrions notre ami.

J'entendis Enzo hurler « champagne » tandis que Julien nous étreignait un à un en riant. Quand il me prit dans ses bras, je pleurai autant de joie que de soulagement.

— Merci, murmura-t-il à mon oreille.

Il s'écarta de moi et effaça mes larmes de ses pouces. Je risquai un sourire, et nous nous offrîmes une nouvelle étreinte, longue et réconfortante.

Chanter m'avait toujours procuré du bonheur. C'était aussi instinctif que respirer : je chantais et un monde heureux s'ouvrait à moi.

Cette étreinte avec Julien allait bien au-delà du chant, bien au-delà de la joie la plus profonde, bien au-delà de tout ce que nous avions vécu tous ensemble.

— Ne me refais plus jamais ça, dis-je doucement en m'écartant à nouveau.

— Tu as vraiment cru que j'allais annoncer un truc épouvantable ?

Je me contentai de hocher la tête, tentant de refouler les images horribles qui me hantaient encore quelques minutes auparavant.

— Il ne peut rien m'arriver quand tu es là, répondit-il.

Je n'eus pas le temps de lui rappeler que c'était lui qui avait fait tout le travail. Près de nous, Enzo et Stan étaient armés chacun de bouteilles de champagne et en firent sauter les bouchons. C'est en voyant leurs pouces collés au goulot que je compris qu'ils allaient saccager notre table, la décoration et la réputation des parents de Julien.

L'instant suivant, une pluie fine de champagne tombait sur notre petit groupe.

— C'est ton quart d'heure de gloire, hurla Amélie.

Sous le regard stupéfait des autres clients, nous nous mîmes à sautiller et à applaudir. Les employés du restaurant nous fixaient, médusés, et incapables de savoir s'ils devaient nous virer. Nous faisions plus de bruit que ce restaurant n'en avait jamais entendu. Sûrement que nous n'en faisions pas assez pour célébrer Julien et lui dire à quel point on était heureux pour lui. Eileen cognait une fourchette contre un verre, Enzo tapait du pied, Stan et Amélie criaient.

Je hurlai à m'en faire mal aux cordes vocales, évacuant toute ma colère et ma tristesse des derniers mois.

Julien souriait. Largement, sans retenue, sans crainte pour son avenir proche. C'était libérateur, beau et vivifiant.

Après quelques minutes, l'ambiance retomba. À bout de souffle et maculés de champagne, nous nous réinstallâmes autour de la table. Nous avions eu dix minutes de folie et maintenant nous reprenions le cours normal de notre vie. Sauf que désormais nos yeux pétillaient et que mon estomac ne semblait plus peser une tonne.

— Je meurs de faim ! s'exclama Eileen en s'emparant de la carte.

— Moi aussi, avoua Stan.

— Prenez ce que vous voulez, déclara Julien. De toute façon, je crois que mes parents vont devoir aussi rembourser la moquette.

— On n'est pas désolés pour ça, souligna Amélie. C'était une bonne cause. Je crois même qu'on a réveillé la petite dame sur la droite.

Nous avons traîné à table jusqu'à 23 heures Le temps pour nous de voir les tables se vider peu à peu et les employés soupirer de plus en plus lourdement. Nous avions massacré leur table et pourri la moquette.

Surtout nous avions ri. Ri comme nous ne le faisions plus depuis que Julien était malade. Ri comme si le reste du monde n'existait pas. Ri parce que nous retrouvions nos marques. J'étais la dernière à avoir intégré le groupe, et c'était ça qui m'avait frappée : leurs rires faciles et spontanés, et leur loyauté.

Ils étaient toujours là les uns pour les autres, pour les moments heureux, comme pour les instants plus difficiles. Ils avaient été là pour mon audition à l'opéra, et nous avions tous été présents quand Julien avait subi son premier cycle de traitement. Et Julien était toujours là pour moi : un regard, un mot, un message, un signe de tête. Il était là, présent, touchant.

Je n'étais pas stupide : l'amitié que Julien et moi entretenions était un mystère pour les autres. Eileen avait longtemps hésité avant de me demander s'il y avait plus.

— Plus que de l'amitié ? avais-je demandé.

— Tu n'es pas obligée de répondre. C'est juste que vous êtes si... proches !

— On l'est.

Eileen n'avait jamais cherché plus loin. Mais, parfois, je sentais son regard sur Julien et moi, comme si elle s'appliquait à percer un mystère. Il n'y en avait pas. J'aimais Julien, comme un ami. J'aimais sa naïveté pure et sincère, j'aimais qu'il m'aide, qu'il me soutienne, qu'il croie en moi plus que n'importe qui.

Julien était là. Et j'étais certaine que sans lui je n'aurais pas accompli la moitié de ce que j'avais fait. Il me donnait de la force et de la confiance... plus que personne d'autre dans ma vie.

Et pour tout ça, je n'avais que de la reconnaissance à lui offrir.

— Ça veut dire que tu ne vas plus devoir chanter sous ma fenêtre, commenta Julien alors que nous sortions du restaurant.

— Je crois que je le faisais plus pour moi que pour toi. Pour évacuer ce que je ressentais.

— Ne t'arrête jamais de chanter, Diane. Jamais.

— Je pense qu'on va devoir manger ici tous les ans, blaguai-je pour changer de sujet. Comme un anniversaire, en fait.

— Tu veux ?

— Julien, c'était une blague...

— Faisons-le, me coupa Julien, déterminé. Un dîner ici, chaque année. Pour fêter notre amitié et tout le reste.

— Le reste ?

— Le reste, Diane. Tout ce qui reste à venir et qui va être incroyable.

Chapitre 13

Stan

— On devrait se lever, murmura Eileen en nouant ses doigts aux miens.

En guise de réponse, je la serrai contre moi et déposai un baiser furtif sur sa nuque. Elle avait encore son parfum sucré de noix de coco. Je plongeai le nez dans ses cheveux et sentis son corps épouser parfaitement le mien.

— Stan, il faut qu'on se prépare pour le dîner, me rappela-t-elle.

— Je sais. Encore trois minutes.

Eileen rit contre moi. À l'origine, elle était montée dans sa chambre pour se préparer et je m'y étais introduit, espérant une douche commune. Après négociations, j'avais gagné une courte séance de câlins. Nous étions donc allongés dans son lit, Eileen emboîtée contre moi, ses jambes nues emmêlées aux miennes et mon désir brûlant tenu en laisse.

Après notre flagrant délit de la veille, nous nous étions tenus à distance. Mais passer mes nuits avec elle ne suffisait plus. Je voulais lui prendre la main quand nous étions ensemble et sentir ses lèvres sur les miennes. Nous cacher, tant qu'Amélie n'était pas au courant, était aussi nécessaire que frustrant.

— Je peux t'aider à te préparer, suggérai-je.

Eileen se tourna vers moi, son regard noisette et pétillant perdu dans le mien.

— Comment tu comptes m'aider ? demanda-t-elle, suspicieuse.

— J'imagine que tu vas mettre une robe.

— C'est notre dîner annuel, tu sais ce truc un peu chic que Julien as instauré, il y a quelques années. Donc, oui, je vais sûrement mettre une robe.

Au départ, ce premier dîner avait eu lieu pour célébrer la rémission de Julien. Son père avait réservé dans un restaurant gastronomique coté, avec vue sur l'océan et fauteuils rembourrés. C'était sa façon à lui de nous remercier d'avoir été là, pendant plusieurs mois. Malgré tout, je restais persuadé que Diane avait fait bien plus toute seule, que nous cinq réunis.

Depuis, nous avions ce dîner : une façon pour nous de célébrer notre amitié, et une façon pour les parents de Julien de nous remercier en boucle.

Cette année était pourtant différente : Amélie était toujours en froid avec moi – même si sa relation avec Warren la tenait éloignée de la villa –, et j'étais enfin avec Eileen, heureux et déterminé à la garder coûte que coûte.

— Stan ?

La voix d'Eileen me ramena sur Terre. Je posai ma main sur sa joue, caressant du pouce sa peau douce et veloutée, à peine bronzée, mais parsemée de minuscules taches de rousseur.

— Tu as l'air ailleurs, dit-elle.

— On devrait lui dire. On devrait leur dire, corrigeai-je.

— Je croyais que tu aimais la clandestinité ? répliqua Eileen.

— J'aime ça. Mais je préfère nettement me sentir libre avec toi. Que je puisse te tenir la main ce soir au restaurant, que je puisse te parler à l'oreille…

— C'est le dîner de Julien. Je crois… je ne pense pas que ce soit le moment idéal.

— Au contraire, nous sommes tous là. Julien le sait déjà. Et Diane, par conséquent, est sûrement aussi au courant.

— Je connais Amélie, me coupa Eileen, être en public ne l'empêchera pas d'être en colère ou déçue. C'est le dîner de Julien, et je ne veux pas ruiner ça. C'est trop important pour lui.

Je camouflai ma déception dans un sourire compréhensif. Je savais qu'elle avait raison, que ce dîner était pour nous, pour Julien, pour toutes nos années d'amitié. Mais nous repoussions l'échéance, et mon instinct me hurlait qu'attendre ne faisait que rendre la situation encore plus dramatique, que ça allait abîmer définitivement une partie de notre amitié.

— Pas ce soir, mais on lui dira, me rassura Eileen. Je n'aime pas lui mentir non plus.

— Techniquement, on ne ment pas. C'est plutôt une omission, dis-je en espérant alléger l'ambiance.

— Je pense qu'Amélie se fichera de la sémantique. Elle comprendra juste qu'on lui a caché notre histoire.

— Tu veux lui dire ?

Pour être honnête, je me fichai de l'avis d'Amélie, je me fichai qu'on la préserve. Elle m'avait mené une guerre sans relâche pendant des mois. Je savais pourquoi elle m'en voulait : j'avais merdé, je lui avais fait croire qu'un nous était possible, je lui avais fait du mal.

J'en étais désolé. Autant de l'avoir blessée que d'avoir ruiné notre longue et solide amitié.

Surtout, je ne voulais pas qu'Eileen subisse ce que j'avais vécu après ma rupture avec Amélie. Cette tempête glaciale de reproches et ses regards colériques et amers avaient gâché notre amitié ; Eileen tenait trop à Amélie : elle ne survivrait pas à ce même traitement.

Pire, notre histoire n'y survivrait pas.

Mais maintenant, alors qu'Eileen me regardait avec intensité, que mon monde gravitait autour du sien et que j'avais la certitude que notre histoire allait durer, nous ne pouvions plus nous cacher.

— Je veux lui dire, murmura Eileen. Aussi difficile que ça puisse l'être, il faut qu'elle sache.

— Elle va t'en vouloir.

— Je sais. Mais elle finira par comprendre. Attendons que ce dîner soit passé, et on lui annoncera.

Elle m'embrassa doucement et faufila sa langue dans ma bouche. En quelques secondes, j'oubliai Amélie, le dîner et le reste du monde, me concentrant sur le corps d'Eileen pressé contre le mien. Mes mains remontèrent dans son dos, passant sous son T-shirt.

— Tu t'égares, murmura-t-elle contre ma bouche.

— Je reprends mon plan initial : si tu mets une robe, tu devras de toute façon retirer ce truc.

— Oh ! donc ton plan c'était de m'aider à me déshabiller ? demanda-t-elle dans un rire.

— Tu avoueras que je suis particulièrement doué pour ça.

Son T-shirt passa par-dessus sa tête et vola dans la chambre. Elle posa ses mains sur mon torse nu, gémissant en sentant mes lèvres dans son cou. Je repoussai les bretelles de son soutien-gorge et libérai un sein.

— On n'a pas le temps, Stan, me rappela-t-elle.

— Je sais.

Je passai mon pouce sur la pointe tendue de son sein. Une vague de douce chaleur nous enveloppa, pendant que ma bouche retournait à l'assaut de son cou. Je taquinai sa pointe de longues secondes, traçant des cercles autour de son mamelon, avant de presser mon pouce dessus. Mon sexe me faisait un mal de chien, c'était une vraie torture de caresser Eileen en sachant que nous ne pourrions pas aller plus loin. Mais c'était irrésistible.

J'abandonnai son cou, et mes lèvres glissèrent sur son décolleté. Je libérai son autre sein et aspirai la pointe dans ma bouche. Eileen laissa échapper un lourd gémissement et ses mains atteignirent mon entrejambe.

— Si tu me touches, nous n'irons jamais dîner, la prévins-je.

— Pourquoi est-ce à moi d'être raisonnable ? demanda-t-elle, haletante.

Je mordillai son sein, et ses mains trouvèrent mes cheveux, me gardant auprès d'elle. Le corps d'Eileen réagissait toujours avec enthousiasme à mes caresses. Elle se cambra contre moi, et je laissai sa poitrine pour retrouver ses lèvres.

— Tu n'es pas du tout raisonnable, susurrai-je. Tu es à moitié nue, contre moi, et tes seins font germer tout un tas d'idées peu catholiques.

Ses yeux flamboyaient de désir et de frustration. C'était dans ces moments qu'elle était le plus désirable, quand elle était sur la brèche, excitée et audacieuse, prête à oublier ses dernières barrières.

— On peut être en retard, murmura-t-elle.

Elle embrassa mes lèvres, puis mon cou, et ses mains trouvèrent finalement mon sexe gonflé. Je soupirai en sentant ses doigts sur moi. Les yeux clos, je savourai son contact. Je grognai contre son cou, mordillai sa peau et laissai mes mains vagabonder jusqu'à son intimité, la caressant par-dessus le tissu de sa culotte.

— Je veux te sentir autour de moi, chuchotai-je.

— Je croyais que c'était mes seins qui t'inspiraient, répliqua-t-elle d'un ton amusé.

— Déraisonnable et attentive, déclarai-je. Je suis un putain de chanceux.

J'approchai ma bouche de son oreille, mon index accrochait le tissu de sa culotte au niveau de la hanche.

— Il n'y a que toi, murmurai-je doucement.

— Eileen ?

La voix d'Amélie, perchée et joyeuse, brisa notre bulle de volupté. Elle frappa à la porte pendant qu'Eileen et moi sortions précipitamment du lit. Je donnai son T-shirt à Eileen et elle réajusta son soutien-gorge sur sa poitrine.

— Planque-toi, siffla-t-elle, les dents serrées.

— On peut...

— Elle ne peut pas l'apprendre comme ça. Et pas ce soir, me rappela-t-elle. File dans la salle de bains, je m'en occupe.

— Eileen ? insista Amélie. Je peux rentrer ?

Notre excitation était retombée soudainement et, dans les yeux d'Eileen, je ne voyais plus que de l'inquiétude et de la contrariété. Elle se recoiffa, prit une profonde inspiration et alla jusqu'à la porte de sa chambre pendant que je me cachai dans la salle de bains. La porte entrouverte, je guettai leur conversation, prêt à intervenir si nécessaire.

— Tout va bien ? s'inquiéta Amélie. Tu as l'air... essoufflée.

— Oui, j'allais prendre une douche et je me suis rhabillée à la va-vite.

— Ça se voit, ton T-shirt est à l'envers.

J'étouffai un rire et vis nettement Eileen sourire, songeant sûrement à un précédent.

— Tu voulais quelque chose ? demanda Eileen.

— Est-ce que je peux t'emprunter tes escarpins argentés pour ce soir ? J'en ai laissé une paire chez Warren et je n'ai pas le temps de faire l'aller-retour sans nous mettre en retard.

— Oui, bien sûr. Je t'amène ça dans quelques minutes dans ta chambre.

Je vis Amélie fureter dans la chambre d'Eileen. Je la connaissais suffisamment pour savoir qu'une flopée de questions devait la tarauder. Même si Eileen tentait de donner le change, son corps tendu et crispé parlait pour elle. Elle avait encore les joues rouges de notre étreinte, et mentir n'était pas son point fort.

Affronter Amélie était une chose ; lui cacher qu'elle nous avait interrompus en était une autre.

— Tu es certaine que tout va bien ? insista Amélie. Tu as vraiment l'air... bizarre.

— Oui, oui, je t'assure.

— Je sais que je ne suis pas très présente et qu'on a parfois eu des discussions compliquées, mais je me disais que ce soir serait peut-être le bon moment pour parler.

Elle lui adressa un sourire sincère et radieux. J'hésitai presque à sortir de la salle de bains pour révéler notre secret. Amélie semblait dans de bonnes dispositions.

— On aura le temps de bavarder, répondit Eileen. Tout va bien avec Warren ?

— Il est génial ! Tellement différent de ce que j'ai vécu avec Stan. Il est prévenant. Son anniversaire est dans deux jours, donc j'aimerais vraiment marquer le coup, tu as une idée ?

— De nous deux, c'est toi qui as l'esprit créatif, Amélie. Je... Je vais devoir te laisser, il faut encore que je me prépare.

— Bien sûr, on s'en reparle ce soir ? lança Amélie en s'éloignant. Il faut que tu me racontes tes vacances !

Eileen referma la porte et reprit son souffle. Elle me jeta un coup d'œil avant de secouer la tête. J'envisageai déjà le pire, comme si cette interruption d'Amélie lui avait rappelé la réalité. Nous étions dans notre bulle depuis plusieurs jours, repoussant tout ce qui pouvait nous en sortir.

Je la rejoignis et pris son visage en coupe. L'inquiétude avait quitté son regard, laissant place au soulagement. Nous avions survécu à la buanderie et nous avions évité un drame.

Eileen se mordit les lèvres, avant de se hisser sur la pointe des pieds pour m'embrasser. Cela me rassura définitivement : elle était bouleversée, mais prête à assumer notre histoire.

— Il n'y a que toi, chuchota-t-elle.

Je me contentai de sourire, heureux comme jamais, déterminé à tout affronter pour la garder près de moi. Je m'éclipsai quelques instants plus tard, après avoir vérifié que le couloir était désert.

— À l'avenir, il faut que tu apprennes à mettre ton T-shirt dans le bon sens, ironisai-je.

— Stan, lui, doit savoir ! s'exclama Amélie alors que je me réinstallais à table.

Nous avions passé un dîner agréable, échangeant autant sur nos vacances que sur nos projets. Nous attendions maintenant nos desserts et, au regard que me lança Julien, je compris que le sujet était épineux.

— Eileen te dit tout, alors forcément, tu es au courant, reprit Amélie.

— Quelqu'un veut du vin ? intervint Diane.

Je tentai de capter le regard d'Eileen. Mais, pour la première fois depuis des années, je fus incapable d'y lire quoi que ce soit. Elle se réfugia dans son verre, me laissant mal à l'aise.

— Tu ne veux vraiment pas me dire qui ? demanda Amélie.

— Pourquoi insistes-tu autant, Eileen a le droit d'avoir son jardin secret, non ?

— Oh ! mais elle ne m'a rien dit. Mais je sens qu'il y a quelqu'un. Alors, Stan, dis-nous !

— Que je dise quoi à qui ?

— Eileen a quelqu'un.

Je manquai de m'étouffer avec ma gorgée de vin. Près de moi, j'entendis Julien retenir un rire. Je ne m'étais absenté que quelques instants, mais j'avais visiblement loupé la partie révélation de notre dîner.

— Tu vois, même lui ça semble l'épater ! s'esclaffa Amélie.

— Je ne suis pas épaté, corrigeai-je. Mais Eileen ne m'a pas fait de grandes révélations sur le sujet.

— Je suis certaine que si ! Tu la couvres ?

— Si Eileen m'avait confié un secret, je serais le premier à le garder, rappelai-je à Amélie.

Sa curiosité me dérangeait. Pendant des années, nous nous étions tout dit – ou presque. Enzo n'avait jamais fait secret de ses conquêtes féminines et Amélie s'amourachait d'un nouveau mec chaque semaine. Pourtant nous restions discrets sur le reste : je n'avais jamais parlé à personne de ce que je ressentais pour Eileen, et je suspectai Diane d'adopter la même politique que moi, concernant Julien.

— Qu'est-ce qui te fait dire qu'elle a quelqu'un ? demandai-je finalement.

Eileen fronça des sourcils, inquiète de la tournure de la conversation. Je voulais à tout prix détourner l'attention d'Amélie et trouver un moyen de réorienter nos discussions.

— Justement le fait qu'elle ne dise rien.

— C'est peut-être juste pour le sexe, lançai-je.

— Pitié, arrêtez, supplia Eileen. Je ne veux pas qu'on parle de ma vie sexuelle !

— Ah ! Donc il y a une vie sexuelle ? conclut Amélie dans un rire.

J'échangeai un furtif regard avec Eileen. Ses joues rosirent légèrement, pendant que les souvenirs de la nuit dernière me revenaient

— Tu as raison, il y a quelque chose, poursuivit Enzo. Elle rougit. Et vu que la chambre de Stan est en face de la sienne, il doit effectivement savoir.

— Merci, Enzo, de ton soutien, siffla Eileen.

— J'aime faire avancer le débat ! s'exclama-t-il en riant. Ce n'est pas honteux de coucher avec quelqu'un, tu sais.

— Je n'ai pas honte, répondit finalement Eileen dans un soupir. C'est juste... nouveau.

Un silence s'installa. Amélie et Enzo attendaient des révélations, quand Julien et Diane semblaient sous le choc. Quant à moi, je dévisageai Eileen, tentant de comprendre.

— Et c'est... c'est vraiment bien, avoua-t-elle à voix basse.

— Eileen, tu n'as pas à te justifier, dit Julien.

— Vraiment bien ? répéta Amélie, stupéfaite.

— Vraiment bien. Facile, en fait. Et quand on est ensemble, il n'y a que nous.

Le serveur arriva à notre table, et je le remerciai silencieusement de son intervention. Eileen plongea dans son dessert avec gourmandise. Ses révélations avaient fait mouche et fait taire Amélie.

Enzo, évidemment, avec son absence légendaire de subtilité, pensa à voix haute :

— Si ce mec te brise le cœur, Julien, Stan et moi, on ira lui casser les jambes.

— Il ne le fera pas, assura Eileen.

— Je crois que je vais devoir commander un deuxième dessert, marmonna Diane.

Elle échangea un sourire avec Eileen. Diane savait. Elle savait tout, et je me demandais même si elle ne le savait pas avant tout le monde. Julien me donna un coup de coude discret :

— Cesse de la regarder comme ça ! dit-il, les dents serrées.

— Je ne la regarde pas ! protestai-je.

— Si. Et même si je te comprends, il faut que tu arrêtes.

— Tu vois, Stan : il est possible d'avoir une relation saine et normale avec quelqu'un, ironisa Amélie.

J'avais passé le dîner à me demander si Amélie était encore en guerre contre moi. Il avait fallu attendre le dessert pour avoir ma réponse. Elle m'en voulait toujours et n'avait rien perdu de son mordant.

— C'est ce que je vois, répondis-je. Certains ont de la chance.

— Ce n'est pas de la chance, Stan. C'est porter attention aux autres. Et d'après ce que dit Eileen, il a l'air au niveau, lui. Elle devrait te le présenter, pour que tu t'en inspires.

Lui dire la vérité aurait été savoureux et jubilatoire. Mais le soulagement aurait été trop éphémère, et j'avais besoin qu'Amélie et moi rebattissions notre amitié. Jeter de l'huile sur le feu ne faisait que la conforter dans sa vision erronée de notre relation : j'avais merdé, je le savais ; mais nous étions deux dans cette histoire et elle devait en prendre conscience.

— Tu as sûrement raison, dis-je avec diplomatie.

— Et toi, tu as quelqu'un ? demanda-t-elle soudain. Tu n'as sûrement pas passé ton été tout seul.

— Je ne sais pas si j'ai quelqu'un, Amélie. Mais, elle, elle m'a.

Elle haussa un sourcil, surprise par mon aveu. À nouveau, je sentis le coude de Julien s'enfoncer dans mes côtes, suivi d'un regard sévère en guise d'avertissement. J'avalai une bouchée de mon dessert et fus reconnaissant envers Diane qui lança une conversation sur la pluie qui tombait contre les carreaux.

La fin du repas se passa dans une ambiance plus légère. Enzo nous parla de son dernier fantasme – une voiture italienne de

1972 qu'il voulait entièrement retaper – pendant que Diane égrenait ses prochaines villes de concert.

— Je vais en boîte ensuite, quelqu'un m'accompagne ? proposa Enzo. Stan ?

— Sans moi, répondis-je.

— Je t'accompagne, marmonna Julien.

— Idem ! Je crois que j'ai besoin de me changer les idées, renchérit Diane. Amélie, tu viens ?

— Je dois rejoindre Warren. Peut-être plus tard, si vous voulez ? Eileen ?

— Je passe mon tour.

— Un rendez-vous nocturne et intime ? lança Amélie avec un clin d'œil lourd de sous-entendus.

— Je ne ferai aucun commentaire, répondit Eileen avec un large sourire. Ça risquerait de vous rendre tous très jaloux.

— Julien, tu me donnes tes clés ? Eileen, tu as besoin que je te raccompagne à la villa ?

Je pris mon air le plus innocent possible, en espérant camoufler mon empressement à me retrouver seul avec elle. La table s'agita quand tout le monde se leva, et Julien me tendit les clés de sa voiture.

— Pas dans la voiture, m'intima-t-il.

— Si on le fait dans ta voiture, tu n'en sauras jamais rien, dis-je avec un sourire.

Je lui arrachai les clés des mains, laissant Julien grimacer de dégoût. Nous avions survécu à ce dîner et cela suffisait à me rendre heureux. Je savais que nous faisions que repousser l'échéance, mais chaque minute gagnée avec elle était une victoire.

Nous nous dirigeâmes vers la sortie du restaurant. Tous alignés sous le porche, nous regardâmes la pluie s'abattre sur le parking. La main d'Eileen frôla la mienne, et un élan nostalgique me surprit. Nous avions nos habitudes ici : le dîner, les tenues chics, des tas de souvenirs et une flopée d'anecdotes. Sous ce porche, n'existait que notre amitié, forte et indélébile, celle qui nous avait aidés à grandir et faisait accélérer le temps.

Et surtout il y avait Julien, à l'origine, malgré lui, de tout ça.

Nos dîners finissaient invariablement sous ce porche et, par habitude et surtout par superstition, Julien avait toujours le dernier mot, la petite phrase qui nous assurait que nous reviendrions ici, l'année prochaine.

— On remet ça l'an prochain, murmura-t-il.

C'était une promesse, autant pour lui – même si désormais la maladie était loin – que pour nous. Nous ne l'avions jamais trahie.

Traverser le parking et rejoindre la voiture me coûta ma veste et ma chemise. Trempé comme une soupe, je mis le moteur en route, poussai le chauffage à fond et approchai le véhicule aussi prêt que possible du porche. Julien et Diane s'étaient volatilisés avec Enzo, pendant qu'Amélie, au téléphone, appelait Warren pour qu'il joue les taxis.

Sous une pluie battante, je me garai et vis Eileen courir, pieds nus, ses talons à la main, jusqu'à la portière. Il n'y avait que quelques mètres, mais quand elle s'installa dans l'habitacle, ses cheveux étaient trempés et des gouttes de pluie glissaient sur sa peau.

— Pluie d'été, soufflai-je.

— Déluge d'été, corrigea-t-elle en abaissant le miroir de courtoisie.

Avec un mouchoir en papier, elle tapota ses yeux, camouflant les dégâts de l'humidité sur son maquillage. Après quelques minutes, elle rabattit le miroir et alluma la radio.

— Tu m'en veux ? demanda-t-elle brutalement.

— De quoi je devrais t'en vouloir ?

— D'avoir donné des informations à Amélie.

— Tu n'avais pas vraiment le choix. Et, pour être honnête, c'était sympa d'entendre tout ça. Ce mec a de la chance de t'avoir, rétorquai-je en riant.

— Dommage que son humour soit catastrophique, ironisa-t-elle.

Je pris sa main dans la mienne et en embrassai délicatement le dos. Je me fichais d'Amélie, de ce qu'elle pouvait penser ou imaginer.

— Il faut qu'on lui dise, reprit Eileen, plus sérieusement. Dans deux jours, c'est l'anniversaire de Warren, on pourra sûrement lui annoncer après.

— Tu crains toujours sa réaction ?

Je profitai d'un feu de circulation pour me tourner vers Eileen. Elle m'adressa un sourire, avant de répondre :

— Stan, je viens littéralement d'avouer à table que j'étais dans une relation importante. Quand elle comprendra que c'est de toi qu'il s'agit, elle sera forcément en colère. J'ai trahi sa confiance.

— Tu n'as rien trahi du tout. Tout ça, dis-je en désignant un vague espace entre elle et moi, ça ne se contrôle pas.

— Vraiment ?

— Vraiment. Crois-moi : je maîtrise le sujet !

Eileen pencha la tête, sans comprendre ce que j'essayais maladroitement de lui avouer. M'avouer que j'étais amoureux d'elle m'avait pris du temps ; lutter contre ce que je ressentais m'avait dévoré, aspirant toute mon énergie : le lui dire maintenant était presque impossible tant les mots restaient coincés dans ma gorge.

Surtout, ça me collait une trouille monstre : cela revenait à me mettre en danger et à risquer définitivement notre amitié.

— Te concernant, Eileen, j'ai perdu le contrôle depuis très longtemps.

Le feu passa au vert, et j'appuyai sur l'accélérateur. Les mains serrées sur le volant, mon cœur fracassant ma poitrine, je gardai les yeux sur la route. Le reste du trajet se déroula dans un grand silence, troublé par le bruit de la pluie frappant la carrosserie.

Je garai la voiture et suivis Eileen qui courait devant moi pour rentrer dans la villa. Elle abandonna ses chaussures dans l'entrée, pendant que je retirais les miennes et mes chaussettes. Tous les deux trempés, nous nous dirigeâmes vers le salon. Eileen grelottait, ses mains frictionnant ses bras nus.

Je retirai ma chemise et accueillis Eileen dans mes bras.

— On a la maison pour nous, murmurai-je.

Je l'embrassai doucement, la repoussant vers le canapé. Eileen finit par tomber, s'allongeant sur les coussins moelleux et confortables. Elle crocheta mon pantalon de l'index, m'attirant contre elle. Nos baisers furent entrecoupés de rires. Son corps glacé épousait parfaitement le mien, et elle frissonna en sentant ma main remonter le long de sa cuisse. Dans la pénombre, nous étions protégés.

— Il n'y a que nous, soufflai-je.

— Presque.

J'entendis l'interrupteur du salon et fus ébloui par la lumière dans la pièce. Eileen s'écarta brutalement de moi, m'expédiant au sol. À bout de souffle, nous nous redressâmes vers la voix qui nous avait interrompus. On devait ressembler à des lapins effarés devant une voiture folle.

— Merde, soufflai-je.

Le jour où Diane a connu son quart d'heure de gloire

Enzo
Novembre 2021

Je posai mon sac chargé sur le parvis de la place de l'Opéra. Devant le palais Garnier, notre enthousiasme s'était un peu dégonflé. Dire qu'on était impressionnés aurait été un euphémisme. La façade, ses sculptures, ses arcades… la taille même du bâtiment nous coupaient le souffle.

— Vous êtes certains qu'on peut rentrer ? demandai-je.

Nous étions tous en jean et baskets, et je savais déjà qu'on allait faire tache dans les dorures du palais. Habituellement, ruer dans les brancards ne me gênait pas… mais cette fois on risquait de passer pour des pouilleux de service, massacrant un monument national.

— Les auditions sont publiques, répondit Eileen.

— On pourrait aussi l'attendre ici, proposa Stan.

— On doit rentrer, trancha Amélie avec détermination. On n'a pas trimbalé tout ce matériel pour abandonner sur le parvis.

— Comme vous voulez. Qui on appelle si la police débarque ? lançai-je avec un large sourire.

— Ma grand-mère, répliqua Eileen. Elle va adorer cette histoire.

Je repris mon sac et le jetai par-dessus mon épaule. Accompagné par Julien, Stan, Amélie et Eileen, je grimpai l'escalier menant aux arcades, puis je franchis l'une des grilles.

L'intérieur avec son sol en marbre et son plafond décoré était encore plus impressionnant. Nos baskets crissaient sur le sol et le bruit résonnait dans tout le couloir. Dehors, j'avais déjà l'impression d'être un intrus ; à l'intérieur, j'avais désormais la sensation d'être un malfaiteur en pleine effraction.

— Deuxième étage, annonça Amélie.

D'un pas rapide nous montâmes un escalier discret. Au deuxième étage, nous débouchâmes sur un interminable couloir.

— Salle 245, indiqua Amélie.

— Tu t'es renseignée ? s'enquit Julien.

— J'ai piqué son téléphone et lu ses mails. Un jeu d'enfant. D'ailleurs, elle a commandé ton cadeau d'anniversaire, tu veux savoir ?

— Quoi ? Mais non, je ne veux rien savoir, répondit Julien d'une voix forte.

Amélie marchait vite, tout en vérifiant la numérotation des portes. Nous croisâmes deux personnes à la barbe grisonnante, qui nous suivirent des yeux en tentant de déterminer si nous n'étions pas des malfaiteurs.

— C'est ici ! cria Amélie.

Elle poussa la lourde porte, qui grinça sur ses gonds et laissa apparaître un impressionnant auditorium. La scène, garnie d'un piano, était en contrebas, pendant qu'une dizaine de rangées de sièges la surmontait. Quelques fauteuils étaient occupés. Sûrement en raison du bruit de la porte, tous les visages étaient tournés vers nous.

— On devrait s'asseoir, suggéra Julien.

En guise de réponse, il récolta une collection de « chut » et de regards furibonds. Nous nous installâmes sur l'un des derniers rangs. Les sièges étaient si étroits que mes genoux tapaient dans le siège devant. Je poussai un profond soupir, pendant que, sur la scène, une jeune femme s'avançait.

— Si ça se trouve, elle a déjà auditionné, lâcha Stan.

— Si c'était le cas, elle nous aurait déjà envoyé un message, dit Eileen.

— Il va falloir l'attendre.

Une heure dix. Une heure dix dans un siège trop petit et inconfortable. L'amitié, ça tient à ça : à votre capacité à tout supporter, y compris, des chanteuses d'opéra au talent discutable. Diane auditionnait pour intégrer l'école de chant. Compte tenu du nombre de candidats, les auditions s'étalaient sur la semaine. Quand Diane apparut, visiblement nerveuse, elle garda les yeux rivés vers le micro. Puis, lentement, elle salua les membres du jury d'un hochement de tête.

Le silence se fit. Quasiment religieux, doux et plein de promesses. Je retins mon souffle, pendant que Julien à l'autre bout de l'allée de sièges se penchait en avant, gagné par le trac.

J'avais déjà vu Diane chanter, je l'avais écoutée, et elle était parvenue à me tirer des larmes d'émotion, un truc fou, entre beauté, tristesse, joie et stupéfaction. Je n'avais jamais ressenti autant de sentiments différents et salvateurs. J'étais sorti de la salle aussi ébloui qu'apaisé.

Aussi, quand la voix de Diane commença à vibrer dans l'auditorium, je ne fus pas surpris de sentir un frisson parcourir mon dos. Elle avait cette présence magnétique sur scène, de celle qui vous empêchait de regarder ailleurs. Diane chantait avec foi. Elle vivait chaque mot, chaque mesure, chaque note et y insufflait toute sa sensibilité.

Diane m'impressionnait. Chanter, être sur scène, se mettre à nu... j'en étais incapable. Elle, si discrète habituellement, se transformait en diva à la voix puissante sur scène, belle, envoûtante et bouleversante. Parfois même, je me demandais si c'était la même femme.

Près de moi, j'entendis Stan relâcher son souffle, stupéfait.

— Ça me colle la chair de poule, avoua-t-il à voix basse.

De la tête, je désignai Julien, qui fixait Diane comme si elle risquait de s'évaporer dans la seconde. Ce ne fut qu'après quelques secondes d'observation que je compris qu'il connaissait les paroles, les chantant lui aussi du bout des lèvres.

Dans une ultime note longue et déchirante, Diane fit trembler les murs, les sièges et sûrement tout l'arrondissement. J'avais la sensation d'avoir pris un uppercut et d'être sonné, incapable d'être à la hauteur face à elle.

Le silence qui suivit fut surnaturel. J'étais sidéré, bouche bée et les yeux humides de larmes. Écouter Diane me remuait toujours, comme si sa voix secouait de vieux souvenirs et soufflait sur la poussière. Elle chassait le superflu et me ramenait à l'essentiel : notre amitié indéboulonnable et ce que nous voulions faire de nos vies.

C'est Julien qui brisa le silence en premier. Il commença à applaudir, se redressant lentement de son fauteuil. D'un regard, il nous encouragea à l'imiter et nous l'imitâmes. Doucement au départ, puis de plus en plus fort.

— Le sac, Enzo ! fit Amélie en fronçant des sourcils.

— Merde.

Précipitamment, je sortis notre attirail : une banderole improvisée dans un vieux rideau avec le prénom de Diane, deux tambourins et une paire de maracas. Notre joie redoubla. Nous fîmes un vacarme improbable et inédit dans cet opéra. Une véritable cacophonie, avec des applaudissements, des cris, des tambourins aussi vieux que moi, des larmes de joie, des encouragements, des pieds qui tapent au sol… On passait sûrement pour des extraterrestres.

Diane nous fit un petit signe de la main, retenant difficilement un rire.

Nous continuâmes notre manifestation dans des sifflements et le prénom de Diane scandé façon supporters de foot.

Cela dura une minute, peut-être deux, avant que Diane ne quitte la scène. Nous posâmes notre attirail, et je le rangeai dans le sac. Les autres spectateurs semblaient être sous le choc. Eux aussi venaient de prendre un bon uppercut et frôlaient le K-O.

— On va dehors l'attendre ? proposa Julien.

L'audition de Diane lui avait redonné le sourire. Alors qu'une autre audition se préparait, nous en profitâmes pour sortir de la salle. Évidemment, avec la discrétion d'un troupeau d'éléphants. Nous fîmes alors le chemin inverse : couloir, escalier, re-couloir, grille, arcade... marches.

— On aurait peut-être dû être certains qu'elle soit prise avant de faire ça, non ? lança Eileen.

— Elle va être prise, assura Julien. Elle chantait mieux que tous les autres réunis.

— Es-tu vraiment objectif ? l'interrogea Stan.

— Non, admit-il. Ça ne me donne pas tort pour autant !

J'eus la sensation d'attendre l'éternité. Tous assis sur ces fichues marches, nous attendions que Diane apparaisse. Je n'étais pas d'un naturel patient. C'était l'avantage avec les voitures : une panne, une réparation, et elles redémarraient. Là, je me sentais impuissant et vaguement angoissé.

— La voilà ! s'exclama Julien en bondissant vivement.

J'échangeai un regard entendu avec Stan. Même pas surpris ! Nous nous levâmes à notre tour, observant Diane descendre lentement les marches. Je tentai de capter son visage, cherchant à savoir si elle était prise ou non.

— C'était incroyable, lança-t-elle dans un rire. Vous avez fait un raffut de tous les diables !

— Dis-nous que tu es prise ! répondit Eileen.

Diane hocha la tête, et nous nous ruâmes sur elle pour la serrer dans nos bras. Elle éclata de rire, prise en étau, et nous la félicitâmes. Notre étreinte dura de longues secondes et nous finîmes par nous écarter. Julien garda son bras autour de ses épaules et l'embrassa sur le front avec affection.

— Tu as été géniale, lui dit-il.

— C'est vrai, tu as été grandiose, renchérit Eileen. On était tous...

— ... sur le cul, finis-je pour elle.

— Merci pour le compliment. On va manger un truc ? demanda-t-elle. Ça fait trois jours que je n'ai rien avalé et j'ai envie d'un truc riche appétissant et culpabilisant.

C'était plus fort que moi, ma réponse fusa dans l'instant :

— Julien est là, dis-je en le désignant.

— Très drôle, Enzo, répondit l'intéressé sans esquisser un sourire.

Nous traversâmes la rue, visant le premier restaurant abordable du quartier : une pizzeria. Je savais déjà comment ce dîner se déroulerait : Amélie commanderait une salade et mangerait une part de ma pizza, Eileen et Stan partageraient les leurs, Diane et Julien mangeraient un plat de pâtes, et ce dernier insisterait pour l'inviter.

— Ah, au fait, vous êtes bannis de l'Opéra, nous informa Diane alors que nous entrions dans le restaurant.

Chapitre 14

Eileen

— On va éviter le « ce n'est pas ce que tu crois » ?

Stan se redressa, et je me levai moi aussi précipitamment du canapé. Avec mes cheveux collés à mes joues et mon maquillage ruiné par la pluie, je devais faire peine à voir. Stan, lui, torse nu et les cheveux humides me lança un regard inquiet.

— Enzo, on peut t'expliquer, déclara Stan.

— Je suis mécanicien, Stan, pas débile, répondit-il en s'appuyant contre un des murs. La situation ne nécessite pas vraiment d'explication ou de schéma.

— Amélie n'est pas au courant, dis-je, troublée d'avoir été surprise.

— Ça aussi, je m'en doutais. C'est lui ? me demanda-t-il.

— Lui ?

— Le mec dont tu as parlé au restaurant.

— Oui, murmurai-je.

— Ça me rassure, répondit Enzo. J'avais un peu peur de finir avec un Stan dépressif avant la fin des vacances.

Je sentis Stan glisser sa main dans la mienne. Cela me tira un sourire furtif et me réchauffa presque dans la seconde. Le regard d'Enzo passa de Stan à moi, avant qu'il ne secoue la tête. Son air amusé me rassura. Peu à peu, mon accès de panique s'apaisait.

— Qu'est-ce que tu fais ici ? demanda Stan.

— Hormis vous choper en train de faire des cochonneries sur le canapé ?

— On ne faisait pas de cochonneries, protestai-je.

— Vous alliez en faire ! J'étais juste venu récupérer mon portefeuille. Vous allez pouvoir reprendre vos activités.

— Enzo, est-ce que tu peux garder le secret ? demanda Stan. Eileen et moi… enfin, on va le dire à Amélie, bien sûr, mais on préférerait lui annoncer nous-mêmes.

— Ce n'est pas mon secret, répondit-il. Mais si j'étais vous, je lui dirais dare-dare ! Principe de l'obus.

J'échangeai un regard avec Stan. Principe de l'obus ? Je n'avais jamais été la plus assidue en histoire, cette histoire d'obus m'échappait. Stan haussa les épaules, tout aussi perdu que moi.

— Le principe de l'obus ? répétai-je, dans l'espoir d'une explication.

— Tu sais, quand parfois on retrouve des obus de la dernière guerre enterrés dans des jardins ou noyés dans des rivières ?

À l'unisson, Stan et moi hochâmes la tête. Enzo était un spécialiste des métaphores hasardeuses et tirées par les cheveux. D'après lui, être en couple revenait à porter un bracelet électronique et tomber amoureux était un scénario de film d'horreur saturé d'hémoglobine.

— Vous ne comprenez pas, c'est ça ? reprit Enzo devant nos mines atterrées.

— Pas vraiment, non, souffla Stan.

— Vous savez ce qu'on fait quand on trouve ces vieux obus ?

— On les désamorce ? dis-je.

— Exactement. Et pour faire ça, on évacue des zones. Des kilomètres parfois. On s'assure que personne ne soit dans les parages. Au cas où ça tournerait mal. C'est le problème de ces vieux obus : enterrés, on les oublie ; à l'air libre, personne ne sait vraiment quel genre de dégâts ils peuvent faire.

— D'accord, murmurai-je.

— Votre histoire est un putain d'obus, conclut-il, triomphant.

— C'est très… parlant, commenta Stan.

— Et juste, ajoutai-je, en sentant une pointe de culpabilité dans le creux de mon ventre.

Aussi tordue qu'elle puisse être, la théorie d'Enzo était vérifiable. Même si j'appréciais que ma relation avec Stan soit secrète et protégée d'un flot de questions pénibles, je redoutais aussi le moment où Amélie apprendrait la vérité.

— J'y vais. Je vous laisse à vos… cochonneries, déclara Enzo dans un sourire, avant de quitter la pièce.

— Enzo ? lançai-je.

Il se tourna vers nous, un large sourire aux lèvres. Ses yeux noirs passèrent de Stan à moi, avant de s'attarder sur nos mains nouées.

— On va lui dire, assurai-je. On a juste besoin de temps, mais…

— Ce n'est pas mon secret, répéta-t-il. Et honnêtement, je ne peux pas dire que je suis surpris de ce que je vois. Vous n'avez pas besoin de temps, souligna-t-il.

— Ah bon ? s'étonna Stan.

— Non. Vous vous connaissez depuis plus de dix ans. Eileen, tu es du genre prudente et toi, Stan, tu as une photo de vous deux dans ton téléphone, dans ton portefeuille, au-dessus de ton lit et certainement dans un des frigos de ton restaurant. Je suis à peu certain que vous ne vous êtes pas mis là-dedans sur un coup de tête.

— Tu as une photo de moi dans un des frigos de ton restaurant ? m'exclamai-je.

— Une photo de nous, corrigea Stan. Et elle est dans mon vestiaire.

— Vous êtes si mignons que j'ai un début de diabète, se moqua Enzo. Je vous laisse. Je suis à peu près certain que Stan aura assez d'imagination pour prendre d'autres photos de vous et les planquer dans chaque recoin de sa vie.

Il s'empara de son portefeuille, posé sur un meuble, et pivota pour quitter les lieux. Stan resserra ma main dans la sienne et m'adressa un petit sourire.

— Bonne nuit, les amoureux ! lança Enzo avant d'éclater de rire.

J'attendis d'entendre la porte se refermer pour retrouver ma respiration. J'étais partagée entre l'envie de rire et le besoin de tout avouer à Amélie. Tout le monde était au courant maintenant.

Cela rendait le secret plus facile à porter.

Cela le rendait aussi beaucoup plus dévastateur. Et cela suffisait à me sentir encore plus coupable.

Stan posa une main sur ma joue et m'attira contre ses lèvres. Surprise, je mis quelques secondes à réagir avant de me laisser aller. J'ignorais comment il faisait ça, mais le moindre contact avec lui transformait la culpabilité en désir.

— On devrait monter, murmura-t-il contre ma bouche. On aura le temps de se poser des questions demain.

— Il faut qu'on lui dise, répondis-je, la gorge serrée.

— Je sais. Volons une dernière nuit avant.

— Je crois qu'il ne la voit même pas, fit la voix de Diane derrière moi.

Elle s'installa sur la chaise en face de moi et retira ses lunettes de soleil. Le bar dans lequel nous étions installées donnait directement sur la plage. La terrasse, accueillante, était en bois avec de longs voilages blancs en lin. La serveuse nous avait fait asseoir à l'extrémité de la terrasse, sur des chaises garnies de coussins épais bleu océan. Les garçons étaient restés dans l'eau, improvisant une partie de frisbee.

— La fille au maillot de bain noir, précisa-t-elle.

— Oh ! je ne regardais pas vraiment.

— Eileen, on t'a déjà dit que tu ne savais pas mentir.

Elle m'adressa un sourire chaleureux. C'était vrai : j'étais une mauvaise menteuse, de celles qui rougissaient et culpabilisaient en un quart de seconde. Depuis mon réveil, chaque minute qui passait me tordait l'estomac. En quelques jours, mentir était devenu une seconde nature. Me cacher, camoufler, prétexter, prendre la fuite, éviter les questions, faire comme si tout était normal, parvenir à ne pas échanger de regards complices avec Stan, étouffer les souvenirs de nos nuits clandestines, ravaler la boule d'angoisse qui se formait dans ma gorge dès que je pensais à Amélie...

Je parvenais à jongler, mais j'étais mal à l'aise.

— Est-ce que tout va bien ? demanda Diane.

— Oui, ne t'en fais pas.

— Je le pensais, tu sais : Stan ne voit que toi, tu n'as pas à être inquiète.

— Il a vu d'autres filles, lui fis-je remarquer dans un rire. Stan n'est pas... un débutant.

— Il compensait. C'est ce que les gens font quand ils ne peuvent pas avoir ce qu'ils veulent. Ils font autrement.

— C'est ce que tu fais ? l'interrogeai-je. Avec Julien ?

— Julien ? Julien est un ami.

— Diane...

— Je t'assure : c'est un ami. Et parce que c'est un ami, je le préserve. Il ne peut rien y avoir entre nous deux. Nos vies sont trop différentes et trop remplies. De toute façon, on ne parlait pas de moi.

Je fis la moue, comprenant que ma tentative de diversion était tombée à l'eau. La relation entre Diane et Julien m'avait toujours interrogée. Parfois même, j'en avais été jalouse. Stan et moi étions proches, mais ce que vivaient Diane et Julien relevait d'une chimie secrète et insaisissable.

— Est-ce que c'est comme je l'imagine ? demanda Diane.

— Qu'est-ce que tu imagines au juste ?

— Les papillons dans le ventre, les mains moites, le cœur battant, les jambes flageolantes et la sensation de flotter ?

Je hochai la tête. J'avais tout ça : des papillons des pieds à la tête, le cœur tellement gonflé qu'il menaçait d'imploser et la sensation d'être à ma place, dans un équilibre confortable. En tout cas, quand j'oubliais Amélie et les risques que nous prenions.

— Tu dois trouver ça bizarre, dis-je finalement.

— Bizarre ? répéta-t-elle.

— Je connais Stan depuis dix ans et là... C'est... Stan.

— Tu t'es toujours moquée de ces filles, celles qui écrivaient son nom dans les toilettes.

— Oh non, ça je l'ai fait, rétorquai-je. J'ai ajouté une cible autour et j'y ai planté une punaise à chaque fois qu'il m'exaspérait.

— C'était toi ? s'exclama-t-elle d'une voix haut perchée.

La serveuse nous déposa nos jus de fruits, laissant Diane sur la brèche, attendant ma réponse.

— Forcément, affirmai-je après avoir bu une gorgée de mon jus d'orange. Qui d'autre ?

Diane fut secouée d'un rire interminable et contagieux. Cette histoire de punaises était mon dernier et ultime secret. Même Stan ne le savait pas. Au lycée, il était si sûr de lui et arrogant que j'avais envie de le frapper. Il lui suffisait d'une œillade appuyée et d'un sourire en coin pour vous faire croire que vous étiez l'élue... alors que, la plupart du temps, Stan voulait juste copier un devoir de maths ou éviter une retenue.

Maintenant que j'y pensais, j'étais moi aussi tombée dans le panneau.

— Mais ce n'est pas bizarre, reprit Diane. C'est même tout à fait l'opposé de bizarre.

— Je suis comme toutes ces filles, finalement.

— Bien sûr que non. Stan et toi, c'était inévitable. Toutes ces années ensemble... disons que c'était une très longue cour !

Je tournai mon attention vers la plage, croisant le regard de Stan. Il m'adressa un clin d'œil aussi ridicule que mignon.

Je répondis d'un petit sourire discret, mes yeux dévorant son corps musclé et parfaitement bronzé.

Je me réfugiai dans mon verre, tentant de masquer mes émotions débordantes. Nous avions volé une dernière nuit et, peut-être parce que c'était la fin de notre secret, elle avait été différente des autres. Moins physique, plus douce et, surtout, plus lente. On volait du temps et on avait tout fait pour le retenir. Stan, comme moi, redoutait cette journée. Mais, quand lui était confiant, j'étais assez inquiète.

— On va le dire à Amélie. Ce soir, certainement, murmurai-je.

— Pour l'anniversaire de Warren ?

— Ça devient trop compliqué de garder le secret. Je culpabilise et… je ne veux pas que Stan imagine que j'ai honte de notre histoire.

— Il n'imagine pas du tout ça ! répondit Diane, visiblement surprise.

— Je sais. Mais je me sentirai mieux qu'elle le sache. C'est ridicule : vous le savez tous maintenant. Je fais aussi ça pour le groupe. Que Stan et moi cachions notre relation est logique… mais si Amélie apprend que tout le monde est au courant et nous couvre, elle vous en voudra aussi.

— On sait se défendre, tu sais.

— Je sais. Mais comment réagirais-tu si j'avais passé une partie de mes vacances avec Julien à faire des choses inavouables ? Et si en plus tu l'apprenais en dernier ?

— Je ne suis pas l'ex de Julien. Et, si je l'étais, je serais assez grande pour comprendre qu'il a sa vie.

Je triturai la paille en bambou fichée dans mon verre. J'enviais l'optimisme de Diane. Mais elle ne savait pas tout. Amélie était amère et en colère, et quand elle comprendrait – et je savais qu'elle comprendrait – que j'étais la fille aux messages nocturnes et aux muffins, sa colère nous anéantirait.

— Tu n'as pas à craindre Amélie. Elle sait, elle aussi, que Stan et toi étiez inévitables. J'en ai déjà parlé avec elle, il y a longtemps.

— Vraiment ? Vous parliez derrière mon dos ? m'étonnai-je avec un sourire.

— On ne parle pas derrière ton dos. On parle. Elle a toujours pensé que ton amitié avec Stan était une sorte d'accident, que Stan avait toujours voulu plus et que vous êtes devenus amis… malgré lui.

— J'ai quand même l'impression d'avoir mené une grande trahison.

— « Ta trahison » est amoureux de toi.

La voix de Diane était douce et prévenante. Pourtant, je me figeai sur ma chaise. Déjà, la veille, la petite phrase finale d'Enzo m'avait sonnée. Avec Stan, nous ne nous étions fait ni déclaration ni promesse.

Peut-être parce que c'était évident, peut-être parce que nos corps avaient parlé pour nous, peut-être parce que c'était inutile. On le savait. Je le savais. On s'aimait. Mais l'entendre dans la bouche de quelqu'un d'autre – d'abord Enzo, hier soir, et Diane, maintenant – rendait notre relation encore plus réelle. Et cela suffisait à m'inquiéter encore plus. Amélie aurait sûrement pu pardonner une passade ou le fameux moment d'égarement. Mais il ne s'agissait définitivement pas de ça.

— Tout ira bien, assura Diane. Vous lui dites, vous lui expliquez, et elle se contentera de rire. Avec un peu de chance, elle acceptera d'être témoin à votre mariage.

— Avec un peu de chance, quoi ? m'esclaffai-je.

— Je pourrais chanter, tu sais. Un truc sur l'amour fou.

— Tu vas un peu trop vite pour moi. On va commencer par passer l'été. Non, en fait, on va commencer par passer cette journée, corrigeai-je.

La maison du père de Warren était sûrement la plus imposante et la plus spectaculaire de la côte. Les murs étaient bardés de bois, les baies vitrées monumentales, et la piscine aurait fait rêver n'importe quel champion olympique.

— Et vue sur la mer, souffla Diane, ébahie, près de moi.

— Oui, c'est... incroyable, marmonnai-je.

Nous étions tous les cinq dans le jardin, les basses de la musique tapant contre les murs. En complément de l'éclairage bleuté de la piscine, des boules de lumières multicolores avaient été éparpillées dans le jardin. Des coussins épais étaient disséminés sur le gazon, permettant aux invités de s'asseoir confortablement, tout en profitant de la vue sur l'océan. D'ici, en écoutant attentivement, on pouvait deviner le bruit rythmé du ressac.

— Je veux voir son garage, murmura Enzo, ses yeux papillonnant de la piscine, au jardin, en passant par la terrasse en bois.

— Amélie m'a dit que son père collectionnait les voitures de sport, confia Julien.

— Je l'aime déjà, s'exclama Enzo.

— Surtout les récentes, je crois.

— Nul n'est parfait, répliqua Enzo en grimaçant. Le ronronnement d'un vieux moteur est incomparable.

— Ça doit être génial de vivre comme ça, soupira Diane.

— Tu veux un verre ? proposa Julien.

— Je veux une bouteille entière et ensuite je veux vomir dans un de ces buis qui coûtent plus cher que ma dernière robe de récital.

— Je suis ton homme ! s'exclama Julien en lui proposant son bras.

Ils se dirigèrent vers la maison, là où Warren avait fait installer un bar derrière lequel quatre barmans préparaient des cocktails parfaitement dosés. Deux jeunes femmes en robes courtes passèrent près de nous, parvenant à faire décrocher Enzo de sa contemplation de la propriété. Ce dernier nous adressa un petit signe de la main, avant de les suivre, prêt à garnir son tableau de chasse.

Je me retrouvai seule avec Stan, m'inquiétant de notre timing hasardeux. Entre la foule, l'anniversaire de Warren et notre présence en territoire inconnu, je me demandais maintenant si avouer à Amélie notre relation était une bonne idée.

— Tu sais, on n'est plus à une journée, dit finalement Stan, comme s'il lisait dans mes pensées.

— Comment sais-tu que je pense à ça ? lançai-je, surprise.

— À ton froncement, là, expliqua-t-il en posant doucement son index juste au-dessus de mon nez. Tu fais ça quand tu réfléchis.

Je pivotai vers la maison, observant les guirlandes lumineuses suspendues dans les arbres. La foule était dense et, de loin en loin, on devinait des cris chantés et des exclamations de joie. Des silhouettes allaient et venaient dans le jardin, à peine discernables dans la pénombre. Je me sentais en décalage : je connaissais à peine Warren, tout le monde riait et dansait, et je rejouais en boucle mon éventuelle conversation avec Amélie.

— Il faut qu'on lui dise. Ce n'est peut-être pas le meilleur moment, mais je me sens dépassée.

— Tu veux faire tes adieux à la clandestinité ?

— Je veux éviter un ulcère parce que je culpabilise de lui cacher des choses.

Stan posa ses mains sur ma taille et m'attira à lui pour me réconforter. Il embrassa doucement mon front, à l'endroit où devaient se former des tas de rides d'inquiétude.

— Tout ira bien, promit-il.

— Je sais que tu cherches à te convaincre, répondis-je dans un rire.

— C'est vrai. Mais je sais surtout que ce qu'on vit est plus important que l'assentiment d'Amélie. Elle peut râler, raser les arbres ou faire un scandale, c'est toi que je choisirai.

— Dix ans d'amitié, Stan, lui rappelai-je.

— Je sais. Mais tu fais un excellent retour sur investissement !

Il plaisantait pour m'aider à évacuer mes angoisses. Et il y parvenait : pendant quelques trop courtes secondes, je ris avec lui et j'oubliai ce que nous devions faire. Mais, malgré tous ses efforts, dès que le silence s'imposait à nouveau entre lui et moi, mes doutes remontaient à la surface.

— Ça te dirait d'aller t'encanailler avec moi, dans un des coussins plus gros que ton lit ?

— T'encanailler ? répétai-je en éclatant de rire.

— J'ai passé trop de temps avec Diane. Mais j'aime bien cette idée : à la fois un peu cochon et immoral. Et c'est ce que tu m'inspires : des choses cochonnes et immorales.

— Stan, on est en public !

— Public qui ne nous connaît pas. Julien est avec Diane, et Enzo drague. Nous sommes dans le noir, personne ne fera attention à nous. De toute façon, nous ne pouvons rien faire de mieux : Amélie doit être à l'intérieur.

Je pivotai la tête en tous sens. Il faisait nuit, et les lumières artificielles ajoutées éclairaient d'un doux halo le jardin. Même d'ici, alors que les conversations nous parvenaient à peine, j'aurais été incapable de reconnaître quelqu'un. C'était tout juste si on décelait des silhouettes et des éclats de voix. Stan se plaça derrière moi, ses bras autour de ma taille, son torse agréablement pressé contre mon dos.

— Tu veux vraiment rentrer là-dedans pour la chercher ? m'interrogea-t-il d'une voix chaude.

Ses mots vibrèrent contre ma peau, grignotant déjà mes bonnes résolutions. Du pouce, il caressa les quelques centimètres de peau découverts, entre la ceinture de mon jean et mon chemisier dont j'avais noué les pans.

Objectivement, la seule idée d'aller me perdre dans la foule des invités et de me faufiler entre tous ces gens que je ne connaissais pas pour trouver Amélie me faisait maintenant grimacer.

— Avec un peu de chance, il y a aura moins de monde dans une heure, murmura Stan.

— Tu tentes de me dévier du droit chemin, répondis-je en posant mes mains sur les siennes.

— C'est le seul but de ma vie. Comme ça, tu rejoindras le mien, de chemin.

— Le chemin immoral et cochon ? demandai-je dans un rire.

— Exactement. À gauche, après le chemin de la perdition et avant le grand boulevard de la débauche.

Sans attendre mon accord, Stan prit ma main dans la sienne et m'entraîna dans l'obscurité, en quête d'un coussin disponible. La nuit s'assombrissait de plus en plus. Nous croisâmes des couples et des silhouettes et, très vite, nous trouvâmes un emplacement à l'écart, masqué par une haie de clôture.

Stan s'installa, son dos s'enfonçant dans l'épais coussin, je m'installai sur lui, à califourchon sur ses cuisses, mes mains posées sur son torse. Une boule de lumière nous permettait de ne pas rester complètement dans le noir. Je poussai un soupir heureux, devinant une brise iodée souffler dans mes cheveux.

— Je crois qu'on ne profite pas assez des soirées à l'extérieur, dis-je.

— Sûrement parce que tu n'as jamais voulu prendre un bain de minuit dans l'océan avec moi.

— Penses-tu parfois à autre chose qu'au sexe ? l'interrogeai-je dans un rire.

— Eileen, tu es assise sur moi, mes mains sont sur tes fesses et tes lèvres sont à quelques centimètres des miennes : évidemment que je ne pense qu'au sexe. Parce qu'on est doués dans ce domaine.

— Stan...

— J'arrête, promis. Mais puisque tu sembles aimer les soirées océaniques... on m'a proposé un poste ici.

— Le restaurant du père de Warren ?

Stan hocha la tête, un large sourire aux lèvres. Je mis une seconde à comprendre ce qu'il me disait et à faire le lien avec notre histoire. Rester ici. Ensemble. L'idée était très séduisante et tout à fait terrifiante.

— On pourrait rester ici. Ensemble.

Sa voix faisait écho à mes pensées, et cela me tira un sourire. Ce n'était pas inhabituel, mais ce soir le grain de sa voix, un peu éraillée, montrait qu'il n'avait pas son assurance coutumière.

— C'est ce que tu veux ? l'interrogeai-je.

— Je veux être avec toi, Eileen. Si tu m'annonçais que tu partais vivre au pôle Nord, j'irais apprendre la pêche sous glace et la construction des igloos.

— Je ne suis pas une grande fan du froid, répliquai-je, amusée.

— Tant mieux. Je suis très mauvais en igloo.

J'appuyai mon front contre le sien et fermai les yeux. Rester ici avec lui était terriblement tentant. Rapide, voire précipité, mais tentant. J'aimais l'océan, le parfum de l'iode et ce vent doux et léger qui nous enveloppait.

Et j'aimais Stan.

Je rouvris les yeux, plongeant dans ses iris bleus. Mon cœur s'affola et, à cet instant, j'aurais pu jurer que le monde était parfait, que tout était à sa place et que j'étais à la mienne.

— Tu me rends heureux, murmura-t-il.

— Sûrement parce que tes mains sont toujours sur mes fesses, plaisantai-je.

— C'est vrai. Mais je ne parlais pas de maintenant. De manière générale et répétée, quand on parle ensemble, quand je cuisine et que tu dégustes mes préparations, quand on regarde un film et même quand on danse sur de l'accordéon... Tu me rends heureux, Eileen. Je n'ai aucun doute, aucune faille...

— Depuis quand ? demandai-je, dévorée de curiosité.

— Un jour tu es rentrée en salle de retenue...

— Tu en fais trop, dis-je dans un rire.

— Je suis sérieux. Meilleure punition de ma vie !

Nous rîmes ensemble, et Stan finit en posant un baiser furtif sur mes lèvres. Il esquissa un bref sourire avant de chuchoter contre ma bouche :

— Aucun regret.

— Aucun regret, acquiesçai-je en retour.

Il entoura ma nuque de sa main et m'attira contre lui. Nos bouches se trouvèrent aisément. Ce baiser, doux et au léger goût de sel, était aussi mâtiné de nostalgie et plein de promesses. Une fois de plus, le monde se révélait parfait. Je pressai mon corps contre celui de Stan. Sa main quitta ma nuque, et il enserra ma taille de ses bras. Il étouffa un gémissement quand mes hanches bougèrent doucement contre son bassin.

J'abandonnai ses lèvres et glissai lentement vers son cou. La respiration de Stan était lourde, et je sentis son corps se tendre brutalement. La douce lumière qui nous éclairait sembla s'éteindre. Je me redressai, perplexe, et alors que les mains de Stan quittaient mon corps, ce dernier se glaça d'effroi.

Je n'eus pas le temps d'ouvrir la bouche que, déjà, les yeux furieux et incrédules d'Amélie transperçaient les miens. Il y eut un silence, lourd, pénible et sibérien.

— Putain de merde, c'est quoi ce bordel ?

Le jour où Diane est partie en tournée

Amélie
Novembre 2020

Je n'avais jamais pris l'avion. Aussi, j'avais toujours imaginé que les adieux dans les aéroports se passaient comme dans les films. Pour moi, on attendait le dernier instant pour franchir une espèce de grande porte qui menait à un couloir moquetté, qui menait lui-même à l'avion.

Et ensuite, le nez collé à la vitre, ceux qui n'étaient pas du voyage regardaient l'avion. Les portes se fermaient, et l'appareil s'éloignait, abandonnant des gens, aux yeux larmoyants, derrière cette fichue vitre.

La vérité était plus froide et moins poétique.

Nous nous étions entassés dans deux voitures : Julien, Diane, Eileen et moi – hors de question que je tienne la chandelle entre Julien et Diane – et, dans l'autre, Enzo et Stan. J'avais rarement été aussi silencieuse dans la voiture. Une chape de plomb s'était installée dans l'habitacle dès que nous avions bouclé nos ceintures.

Stan et Enzo nous avaient suivis religieusement. À voir leurs mines à l'arrivée à Roissy, l'ambiance n'avait pas non plus été festive de leur côté.

Ce départ n'était pas une surprise, et nous avions fêté l'annonce de Diane comme il se doit. Sûrement que nous avions tout organisé aussi pour occulter le fait que nous ne la verrions pas pendant des semaines.

— Je ne pars que trois mois, dit finalement Diane.

— C'est long, trois mois, répondit Eileen.

— Ça va passer très vite. Je vous enverrai des photos. Et on s'appellera !

Diane partait pour vingt dates de récital partout en Europe. Elle avait été choisie parmi une dizaine de postulants. Même si nous étions fiers, nous étions aussi un peu déprimés. Julien, lui, semblait être au fond du trou. Je me demandais comment il allait vivre les prochains mois.

Nous marchâmes jusqu'au premier accès de son terminal : un labyrinthe délimité par des potelets et des mètres de ceinture noire. Nous étions loin du cliché, loin de la vitre et encore plus loin du couloir couvert de moquette. C'était presque décevant de nous séparer ici, au milieu d'un hall bondé, d'enfants hurlants et de valises à roulettes défaillantes.

Je trouvais ça horriblement banal. Alors que, en toute objectivité, on était extraordinaires. Et, ensemble, on était invincibles.

Diane sortit son passeport de sa poche, donnant ainsi le signal des ultimes adieux. Stan la prit dans ses bras, et ils s'étreignirent un long moment pendant lequel Diane retint un rire. Enzo fit de même, la soulevant du sol avec force, avant de la faire tournoyer quelques secondes. Entre ses bras imposants, elle ressemblait à une poupée fragile, risquant de se briser en deux.

Quand il la posa au sol, il embrassa son front avec affection.

— Putain de poussière, maugréa-t-il en écrasant une larme au coin de son œil.

— Stan me disait justement qu'il souffrait d'allergies au pollen, répondit Diane avec un rire.

— En novembre ? s'exclama Enzo en ricanant.

En guise de réponse, Stan lui asséna une tape sur la nuque. Ils s'écartèrent légèrement, me laissant à mon tour prendre Diane dans mes bras.

— Fais attention à toi, murmurai-je. Et ne traîne pas pour revenir.

— Promis. Tu prendras soin d'eux ?

— Je vais essayer.

Elle eut à peine le temps de reprendre son souffle qu'Eileen l'étreignait. Elle ne cachait pas ses larmes, elle, et c'est Diane qui finit par la faire rire. Quand Eileen la libéra, Diane lui tendit un mouchoir.

— J'ai trois autres paquets dans mon manteau, expliqua cette dernière.

— Veinarde, lâcha Eileen en reniflant.

Et puis, il y eut un silence, un moment de flottement où, soudainement, nous étions tous de trop.

Je me trompais : même la foule autour de nous était de trop.

Julien et Diane se fixèrent et, même si on avait l'habitude, même s'ils n'étaient qu'amis et même si nous étions tous amis, nous gênions. Ce n'était pas nouveau, mais cette fois on devinait, en plus, de la tristesse et une pointe de douleur.

J'échangeai un coup d'œil avec Stan, qui haussa les épaules, tout aussi impuissant que moi. Je trouvai une distraction dans le tableau des départs, espérant que cela suffirait à leur donner de l'intimité. La relation entre Diane et Julien était un grand mystère : profonde, silencieuse et intense. Toujours fourrés ensemble, toujours à rire des mêmes blagues, toujours à échanger des regards complices.

Si le départ de Diane nous faisait de la peine, je n'osais pas imaginer ce que ressentait Julien.

D'instinct, je remarquai que nous avions tous reculé, laissant Diane et Julien se dire au revoir. À ma grande surprise, et peut-être parce que nous étions en public, leurs adieux furent sobres. Julien, avec son corps frêle, la serra contre lui, ses bras entourant son dos, pendant qu'il parvenait à caler son menton sur le haut de son crâne. Il n'y eut ni larmes, ni sourires nerveux, ni blagues horribles.

Stan, Eileen, Enzo et moi nous contentâmes d'observer la scène. Leur étreinte dura quelques secondes, et Diane finit par s'écarter lentement. Ce n'est qu'à ce moment que je vis Julien la retenir par la main.

Pendant une seconde, j'imaginai qu'il allait finir par l'embrasser. Mais l'instant passa aussi vite qu'il était venu, et Diane se libéra doucement de lui.

— C'est le moment où je dois me débrouiller seule, dit-elle avec un large sourire.

— Tu verras, c'est moins bien qu'avec nous tous, lança Stan.

— J'en suis certaine. Je vous appelle quand j'arrive.

Ma gorge se serra et, à mon tour, je laissai échapper une larme. Eileen entoura ma taille de son bras, et nous adressâmes un dernier signe de main à Diane. Elle serpenta dans le hall, slalomant entre les potelets pour finir par tendre son billet et son passeport à un agent de sécurité.

L'instant suivant, elle avait disparu, nous laissant derrière elle.

À nouveau, il y eut un silence. Nous avions les yeux rivés sur le vide, un peu surpris et assez groggy.

— Trois mois, marmonna Julien.

— On va y arriver, répondis-je d'une voix parfaitement assurée.

C'était le plus grand *poker face* de ma vie. Évidemment qu'on allait y arriver.

— On est invincibles, dis-je.

C'était autant pour me convaincre que pour convaincre les autres. Presque invincibles.

— De guingois, ajoutai-je avec un sourire. Mais invincibles.

Chapitre 15

Stan

Je m'étais rejoué la scène au moins un millier de fois : Eileen assise sur mes cuisses, ses mains autour de ma nuque, mes lèvres sur les siennes. Et, l'instant suivant, le regard furieux d'Amélie, ses cris, ses larmes, et Eileen lui courant après.

Je m'étais retrouvé seul, désemparé, incapable de me décider entre prendre la fuite ou les chercher. J'avais fini par rentrer à la villa, seul et inquiet, accompagné de Julien et Diane.

— Elle a peut-être mal vu, avait suggéré Diane. En pleine nuit, tu pourras dire que...

— Elle nous a parfaitement vus, avais-je répondu, les dents serrées.

Je m'en voulais d'avoir été lâche. Garder le secret était excitant et m'avait permis d'être préservé des commentaires de nos amis. Avec le recul, je comprenais maintenant que ce n'était pas un secret : c'était une grenade qui était en train de faire beaucoup de dégâts.

— Ce n'était sûrement que de la surprise, avait dit Julien.

Il m'avait jeté un coup d'œil anxieux par le rétroviseur. Avachi sur la banquette arrière, j'avais simplement secoué la tête. Amélie n'avait pas été surprise. Ou alors, ça n'avait duré qu'une courte seconde et la colère avait pris dessus.

— Tu as des nouvelles d'Eileen ?

Diane avait pivoté vers moi, les yeux encore brillants de l'alcool qu'elle avait religieusement ingurgité. Elle n'était pas ivre, mais elle affichait un sourire joyeux et résolument festif, complètement en décalage avec ce que je ressentais.

— Aucune, avais-je marmonné après avoir vérifié mon téléphone pour la millième fois.

— Elle doit sûrement parler avec Amélie, avait indiqué Julien. Tu ne devrais pas t'inquiéter.

— Tu n'as pas aperçu son regard, avais-je répondu. Je n'ai jamais vu Amélie dans cet état. Et j'ai senti Eileen...

Amélie n'avait jamais été aussi furieuse et prête à tout dévaster dans l'instant, mais ce n'était rien, face au froid glacial et pénétrant qui m'avait percuté quand Eileen s'était détachée de moi. Son corps entier s'était figé, comme paralysé de terreur, puis, sans même un regard, elle m'avait laissé.

Ce froid ne m'avait pas quitté de la nuit. J'avais attendu, en vain, qu'Eileen toque doucement à ma porte. Mais, maintenant que le jour était levé, je ne pouvais que constater que j'avais passé la nuit seul. Mon téléphone affichait encore un écran parfaitement vierge, et cela ne fit qu'intensifier mon inquiétude.

Je m'extirpai du lit pour me jeter sous le jet de la douche. Je n'avais rien bu la veille, j'avais pourtant la sensation que ma tête ressemblait à une enclume sur laquelle une âme malfaisante avait frappé.

L'eau brûlante ne parvint pas à me changer les idées. Je traînai longuement dans la salle de bains, hésitant à appeler Eileen. Elle était forcément rentrée à la villa.

Tout le monde était forcément rentré à la villa. Hormis Amélie, qui avait, de toute façon un point de chute.

Je savais ce que je faisais : je renâclais. Je ne voulais pas quitter cette chambre et la protection qu'elle m'offrait. Je ne voulais pas me confronter aux regards de mes amis, à celui d'Amélie ou à celui d'Eileen. Parce que je ne voulais pas voir de la pitié, de la haine ou de l'indifférence.

Je pouvais survivre à un assaut de questions de la part de mes amis ou à une nouvelle vague de colère d'Amélie. Mais Eileen… ce froid polaire m'avait tétanisé. Ce matin, il m'effrayait. Eileen avait toujours mis notre amitié au-dessus de tout. Pour elle, notre petit groupe comptait plus que tout. Si elle devait faire un choix, elle le ferait sans même y réfléchir et je savais déjà que ce choix me laisserait à l'écart de sa vie.

Cette seule idée me tuait à petit feu. Pendant des années, j'étais parvenu à rester dans mon rôle d'ami, j'avais résisté à l'envie de lui prendre la main, j'avais lutté contre mes sentiments. J'avais été le confident, le meilleur ami, le mec qui l'avait aidée à réviser, celui sur lequel elle s'endormait le soir au lieu de regarder un film, l'homme qui organisait un séjour à Amsterdam à la dernière minute et qui faisait en sorte qu'elle en oublie un autre.

J'avais adoré tous ces rôles, j'avais adoré regarder Eileen rire, grandir, devenir la femme qu'elle désirait être. Elle avait rencontré d'autres hommes, elle était tombée amoureuse, elle avait été déçue. J'avais vécu et survécu à tout ça. Et depuis quelques jours nous étions plus.

Tellement plus. Il ne s'agissait pas de proximité – nous étions déjà aussi proches que possible – ni de confiance. C'était une forme d'évidence heureuse.

Parce qu'elle me rendait heureux.

Heureux comme jamais, soulagé de mes doutes et de mes questions, débarrassé de mes accès de tristesse – en particulier quand je ne la voyais pas pendant plusieurs jours – et enfin confiant en l'avenir.

Si heureux, que j'avais ignoré ses doutes et sa culpabilité. Si heureux, que j'avais imaginé qu'Amélie serait heureuse aussi. Si heureux, que je redoutais maintenant de descendre au rez-de-chaussée pour affronter la réalité. La redoutable réalité était pourtant déjà là : Eileen n'avait pas passé la nuit avec moi, Amélie était furieuse, et mon histoire avec Eileen, si heureuse, parfaite et pleine de promesses, semblait maintenant dans une impasse.

Je m'assis sur le lit et passai une main sur mon visage fatigué. Hier soir, je ne pensais qu'à Eileen, qu'à ce que nous avions vécu, qu'à ce que je ressentais. Désormais, je voyais notre histoire, perdue au milieu de toutes nos autres histoires : de la maladie de Julien au garage d'Enzo en passant par le défilé d'Amélie. Je comprenais maintenant ce qu'avait ressenti Eileen, cette sensation violente de mensonges et de trahison.

Notre histoire était en train de réduire en cendres toutes les autres. Et, rien que pour ça, je me détestais d'avoir voulu préserver notre secret à tout prix.

Je pris un temps ridiculement long à descendre les dix-huit marches de l'escalier. J'en connaissais chaque grincement et chaque aspérité. À l'avant-dernière marche, je perçus de l'agitation, et la voix d'Amélie, plus haute qu'à l'ordinaire, se fit entendre. Je poussai un soupir. Cette journée allait sûrement être interminable.

J'entrai prudemment dans l'immense séjour de la villa. Amélie était debout, devant le canapé, les yeux rougis et le teint pâle. Habillée d'un short en jean et d'un T-shirt, elle dévisageait Enzo et Diane postés dans la cuisine, protégée par l'îlot central.

— Oh ! voilà le personnage central de tout ce fiasco : le traître ! s'exclama Amélie en me découvrant dans l'embrasure de la porte.

— Bonjour tout le monde, murmurai-je, mal à l'aise.

— Depuis combien de temps ? lança Amélie avec hargne.

— On devrait avoir cette conversation seul à seul, répondis-je.

— Eileen et toi étiez l'un sur l'autre, dans le jardin, à la vue de tout le monde hier soir, et maintenant, tu veux de l'intimité ?

— Ça ne regarde personne d'autre que nous.

Du coin de l'œil, je vis Diane se réfugier dans un mug de thé. Enzo, bras croisés, suivait la scène, comme un arbitre prêt à intervenir en cas de débordement. Je voulais les protéger et éviter qu'ils prennent une balle perdue.

— Depuis combien de temps ? répéta Amélie.

Je restai silencieux. Je savais exactement quand j'avais embrassé Eileen pour la première fois. Mais notre histoire était bien plus ancienne que ça.

— Tu ne sais pas ? ricana-t-elle. En fait, ça ne devrait pas me surprendre, tu as toujours été nul pour retenir les dates importantes et j'imagine que...

— Je n'oublie pas les dates, Amélie, la coupai-je, en serrant les poings.

— Si. Tu l'as tout le temps fait quand nous étions ensemble. Tu ne retenais pas les horaires des séances de ciné ou nos anniversaires. Tu étais systématiquement en retard ou... absent et évidemment, tu...

— Dix jours, dis-je, l'interrompant encore.

Amélie me fixa, à bout de souffle. Elle jeta un coup d'œil vers Diane et Enzo, toujours muets. Dix jours. Tellement plus en fait. Dix jours.

— J'ai... Dix jours ? répéta-t-elle, stupéfaite.

— Dix jours. Tu étais déjà avec Warren.

— Et vous avez cru... alors parce que j'étais avec lui, vous avez décidé de passer du bon temps ensemble ? Vous vous ennuyiez à ce point ?

Ce fut à mon tour de la dévisager. Ses yeux brillaient de colère et d'incompréhension. Elle recula d'un pas, pour mieux aller et venir dans le salon.

— Tu crois... ce n'est pas que du sexe, Amélie. C'est loin de n'être que ça, corrigeai-je.

— Ce n'est que ça, Stan. Tu n'es pas capable de plus ou de mieux. Tu t'ennuyais et tu as jeté ton dévolu sur la première fille. Et puis, c'est pratique, après tout, tu n'as pas eu à aller chercher bien loin !

Amélie était terrifiante quand elle était méchante. Elle arpentait le salon, crachant son venin avec autant de force que de rage. Je savais qu'elle n'avait pas digéré l'échec de notre relation, j'avais entendu sa déception tous les jours depuis notre rupture. J'avais ajouté de la colère à la colère.

— Amélie, je sais que tu es en colère, je sais que je n'ai pas été à la hauteur quand nous étions ensemble, mais ce qu'il se passe avec Eileen ne se résume pas au sexe. Et ce n'est pas non plus un passe-temps, ajoutai-je dans une grimace.

— Tu as été lamentable quand nous étions ensemble

— C'est vrai.

— Pourquoi ? demanda-t-elle d'une voix cassante.

— Pourquoi quoi ?

— Pourquoi est-ce que tu es sorti avec moi ? Est-ce que c'était... pour la rendre jalouse ou un truc dans le genre ?

— Bien sûr que non, Amélie. Je ne me suis jamais servi de toi. On est sortis ensemble et ça n'a pas marché. Sûrement que nous sommes mieux en étant amis qu'amants.

Son visage se radoucit, et elle hocha la tête. Pendant une courte seconde, l'atmosphère sembla moins tendue. Amélie cessa ses allées et venues et se dirigea vers la cuisine.

— Vous le saviez ? demanda-t-elle à Enzo et à Diane.

— Amélie, ce n'est pas...

— Est-ce que vous le saviez ? répéta-t-elle. Juste pour savoir à quel point le couteau dans mon dos est foutrement bien enfoncé.

Enzo et Diane restèrent silencieux, mais baissèrent les yeux. Cela suffit à Amélie pour en déduire la réponse. Je vis Diane essuyer une larme sur sa joue, pendant qu'Enzo, parfaitement stoïque, faisait son possible pour disparaître.

— Vous le saviez, murmura Amélie d'une voix blanche. Vous le saviez et vous n'avez rien dit ?

— Ce n'était pas à nous de te le dire, se justifia Diane.

— Nous sommes amis depuis dix ans ! hurla Amélie. Dix ans ! Et vous voulez me faire croire qu'on a des secrets les uns pour les autres ?

— C'était plus qu'un secret, lâcha Enzo.

— Vous avez dû bien rire.

— Amélie, je t'assure que non, reprit Diane. Eileen et Stan... tu sais, toi aussi, qu'ils sont faits pour être ensemble. On en a déjà parlé et...

— Oh ! donc quoi... c'est la fatalité qui vous a empêchés de m'en parler ? répliqua-t-elle avec amertume.

— Ne t'en prends pas à eux, sifflai-je. Ils n'y sont pour rien. Ils ont gardé le secret parce que c'était à Eileen et à moi de te dire la vérité.

— J'imagine que Julien le savait aussi ? lâcha-t-elle.

Elle se tourna vers Diane. Cette dernière, tétanisée, se mordit les lèvres avant d'acquiescer. Je ne savais plus quoi faire ou dire pour calmer Amélie. Peut-être que c'était un objectif trop ambitieux. Peut-être qu'il fallait lui laisser du temps.

— Vous avez eu dix jours pour m'en parler, murmura-t-elle.

— Je suis désolé, Amélie. Il n'y avait rien de prémédité et ce n'était pas pour te faire du mal. C'est arrivé, c'est tout.

— C'est tout ? C'est arrivé et c'est tout ? Ce qui arrive, Stan, généralement, c'est un rhume en hiver, un bouton sur le nez ou un putain d'accident, s'emporta-t-elle. Eileen et toi couchez ensemble depuis dix jours. C'est loin d'être imprévisible !

— Pourtant ça l'était ! criai-je à mon tour. Nous n'avions rien calculé, Amélie. Rien !

— C'était donc à ce point incontrôlable ? m'interrogea Amélie avec des sanglots dans la voix.

À chaque question qu'Amélie posait, j'avais la sensation de lui faire un peu plus de mal. J'avais sous-estimé sa réaction. J'avais imaginé la surprise, la colère et même la stupeur... mais je n'avais pas envisagé qu'elle exige autant d'explications douloureuses. Vu l'ampleur du mensonge, elle méritait maintenant de la sincérité.

— Oui, murmurai-je. Ça l'était. Je suis désolé, Amélie.

Elle me toisa pendant de longues et pénibles secondes. Ma relation avec Amélie avait été chaotique et s'était terminée avec beaucoup de regrets et de souvenirs doux-amers.

Elle n'était pas en cause. Tout était ma faute, et avoir accepté cette relation sans broncher avait été la première de mes erreurs.

— On voulait te le dire. Eileen voulait te le dire, ajoutai-je.

— Est-ce que c'était elle ? demanda Amélie en insistant sur le dernier mot de sa question.

Encore une question douloureuse. C'était comme marcher dans des sables mouvants : à chaque pas, je m'enfonçais. Mon histoire avec Eileen n'avait rien de honteux ou de scandaleux, mais je prenais maintenant conscience des conséquences de notre clandestinité. De toutes les choses que m'avait reprochées Amélie pendant notre relation, une était vraie : j'avais menti.

— Oui, avouai-je.

Je relevai les yeux vers Diane et Enzo qui semblaient perdus.

— Les messages pendant la nuit ? insista Amélie.

— Oui.

— Les muffins ?

— C'était moi, fit la voix d'Eileen derrière nous.

Nous pivotâmes tous vers elle. Julien la suivait et, à l'instar de Diane et Enzo, se posta dans la partie cuisine. Eileen me rejoignit, mais je ne parvins pas à croiser son regard. Elle avait les traits tirés et les yeux marqués par le manque de sommeil. Sa main frôla la mienne, mais ne la saisit pas.

— C'était moi, répéta Eileen. Les messages, les muffins. On a toujours fonctionné comme ça avec Stan.

— Comment réagirais-tu si Stan m'écrivait au milieu de la nuit ? Alors que tu dors près de lui ? Ou s'il cuisinait pour une autre ? C'est... humiliant. Tu es ma plus vieille amie amie, Eileen. Comment as-tu pu faire un truc pareil ?

— Je suis toujours ton amie, je t'assure, Amélie.

— Pour moi tu n'es que la fille qui a couché avec mon ex. Pire, tu es la fille avec laquelle il préférait passer du temps quand j'étais avec lui.

— Amélie, ce n'est pas...

— C'est pour ça que tu voulais que je me calme ? Que tu voulais que j'arrête de m'énerver contre Stan ?

— Pas du tout. Je le voulais pour toi. Stan et toi avez été amis avant d'être… ensemble. Je voulais juste un retour à la normale.

— En couchant avec lui dans mon dos.

— Je te l'ai dit, Amélie, il ne s'agit pas de sexe, intervins-je.

Le regard d'Amélie passa d'Eileen à moi, avant de revenir sur Eileen. Elle avait toujours cette lueur froide et colérique dans le regard. Nous l'avions trahie, nous nous étions excusés, et j'étais certain que rien ne pourrait tarir son flot de questions. Elle revivait notre histoire, se perdant dans les détails, en tirant des conclusions, pour mieux me faire une litanie de reproches. Ma relation avec Amélie était un malentendu. Nous avions échangé un baiser, puis un autre et, sans m'en rendre compte, elle m'avait embarqué avec elle dans une relation à sens unique.

Passé d'amis à amants nous avait paru simple. Ça n'avait fait que compliquer toute ma vie.

Nous avions commis une erreur. Je le savais depuis le début, mais Amélie, elle, découvrait maintenant toutes les facettes de cette erreur. Elle était blessée, et ma relation avec Eileen ne faisait que rouvrir une plaie pas vraiment cicatrisée.

— Apparemment, vous n'avez plus besoin de moi.

— Amélie, je t'en prie, lança Eileen en la retenant par le bras. On est amis, on est tous ensemble depuis des siècles. Sans toi, jamais je n'aurais eu… ça, soupira-t-elle en nous désignant.

— De toute évidence, tu te débrouilles maintenant parfaitement sans moi.

— Je suis désolée, répéta Eileen avec des larmes dans la voix.

— Et tu le seras encore plus quand tu verras que tu as détruit une amitié pour un mec qui n'en vaut pas la peine. Il va te décevoir, Eileen. Il va te briser le cœur et te donnera la sensation de n'avoir aucune valeur. C'est ce qu'il fait le mieux.

Je méritais ses remarques, son amertume et sa colère. Mais Eileen, elle, n'avait rien fait pour devenir une cible.

Je m'interposai entre Amélie et Eileen, espérant que cela suffirait à calmer notre dispute.

— Ne t'en prends pas à elle, dis-je en retenant mon agacement.

— Sinon quoi ? Vous vous êtes foutus de moi pendant des jours. Dix jours, Stan. Et pas une seule fois l'un de vous est venu me dire que vous étiez ensemble ?

— Tu mélanges tout : évidemment qu'on allait te le dire, on cherchait juste le bon moment.

— Tu parles du moment où tu n'aurais plus ta langue dans sa bouche ? railla-t-elle.

— Je parle du moment où tu aurais été là.

Ma voix était plus cinglante que je ne le voulais. Faire des reproches à Amélie était presque déplacé... mais elle devait aussi admettre ses torts.

— Parce que... c'est ma faute ? s'étonna-t-elle.

— Ce sont nos vacances, Amélie. Le moment de l'année où on se retrouve ensemble. Mais depuis que nous sommes arrivés ici, on ne te voit quasiment jamais avec nous. Tu passes ton temps avec Warren.

— Je n'ai pas trouvé mieux comme prétexte pour t'éviter, répondit-elle sèchement.

— Je sais. Tu n'as pas arrêté de me le dire depuis qu'on s'est quittés. Tu m'en veux, d'accord. Tu veux passer du temps avec Warren, d'accord. Tu en veux à tout le monde parce qu'on t'a caché la vérité. Tu es en colère et crois-moi, on comprend pourquoi. J'aurais aimé que les choses soient différentes...

— Mais ?

— Pas de mais. Je suis désolé que tu aies appris la situation comme ça, désolé de ne pas avoir été à la hauteur avec toi, désolé que tu te sentes trahie. Et je vais m'excuser pour ça, sûrement pendant un long moment. Mais je suis amoureux d'Eileen : je ne m'excuserai pas pour ça.

Amélie me fixa. Son armure de rage se fendillait doucement, et je vis des larmes perler à ses yeux. Le séjour, pourtant grand et haut, semblait maintenant tout petit, comme vidé de tout air et cerné par les regards de tous mes amis.

— Ta grande scène romantique ne change pas grand-chose. Vous m'avez tous menti. Et vous deux, ajouta-t-elle, en désignant Eileen et moi, vous avez tout gâché.

— Je t'en prie, Amélie, ce sont nos vacances, plaida Eileen. Je ne veux pas que tu restes fâchée, c'est...

— Nos vacances ? s'écria Amélie. On est adultes, Eileen. Tout ça ne sert à rien. Tout ça ne sert plus à rien.

Nous restâmes silencieux, autant stupéfaits par sa colère froide que par ce qu'elle venait de dire. Notre amitié était précieuse et solide. Nous nous étions déjà disputés, nous restions en contact même quand nous étions éloignés les uns des autres, nous nous soutenions.

Cette fois, la rupture semblait définitive.

— Tu ne peux pas dire ça, dit finalement Julien.

— Je peux. Faites sans moi, apparemment, vous avez déjà commencé.

— Amélie, ne...

— Je vous ai tout confié. Vous avez été ma famille quand la mienne... Quand la mienne n'était plus à la hauteur.

Sa voix tremblait, me ramenant à nos souvenirs de notre année de terminale, quand Amélie avait dû soutenir sa mère alors que son père emportait une valise et quelques bibelots. Maintenant je me sentais minable.

— Et vous deux, Eileen, Stan, vous pouvez aller vous faire foutre, ajouta-t-elle en nous désignant de l'index.

Elle quitta la pièce dans l'instant, laissant derrière elle une bise glaciale et persistante. Un silence pesant emplit le séjour, et je relevai péniblement les yeux vers mes amis. Je n'attendais ni soutien ni reproches, mais voir Diane m'adresser un sourire compatissant m'aida à mieux respirer.

— Amélie est parfois... dramatique, dit-elle doucement. Mais elle finira par comprendre et par se calmer.

— Tu essayes de te convaincre ? lança Enzo. Parce que ça ne fonctionne pas.

Sa véhémence nous abasourdit. Personne ne devait prendre parti, mais qu'Enzo agresse Diane était inédit.

— C'est quoi la prochaine étape ? Tu vas aussi sortir avec Diane ? me demanda-t-il sèchement. Comme ça, tu ruineras une fois pour toutes ce qui reste de notre amitié !

Je n'eus pas le temps de lui répondre. Il partit à son tour, s'échappant vers la terrasse. Je poussai un lourd soupir, me sentant impuissant. En quelques minutes, j'avais la sensation que des pans de ma vie se fissuraient. Amélie était en colère et Enzo... Enzo me rappelait à quel point j'étais responsable de ce fiasco.

— Julien, tu es toujours d'accord pour m'amener à la gare ?

La question d'Eileen me glaça. Je pivotai vers elle, découvrant son visage de cendres et son regard vide. Elle se pinça les lèvres, mal à l'aise.

— Tu pars ? lâchai-je.

— J'ai fait mes sacs cette nuit. Je crois que c'est mieux pour tout le monde. Il reste encore quelques jours et il n'y a aucune raison de gâcher les vacances.

— Tu ne gâches rien, répondis-je. Je veux que tu restes. Tu peux rester, c'est...

— Stan, c'est mieux comme ça.

À nouveau, une partie de ma vie m'échappait. La meilleure partie, celle qui me maintenait debout. Eileen m'adressa un piteux sourire. Cela m'alarma davantage. Elle partait, mais il y avait plus que ça. Elle me laissait. Elle sauvait notre amitié, elle sauvait le groupe et elle sacrifiait notre relation.

Je n'aurais pas dû être surpris. Je tentai d'accrocher son regard, mais elle me fuyait. Elle nous fuyait. Pendant des années, j'avais patienté et j'avais enfoui mes sentiments : l'exercice s'était avéré pénible mais, avec un peu d'entraînement et d'autopersuasion, j'y étais arrivé. C'était différent cette fois. Dans cette cuisine, au milieu de nos vacances, devant nos amis, elle prenait ses distances et me laissait me débattre avec ce que je ressentais.

— Je te conduirai à la gare, si tu veux, proposai-je, en espérant qu'elle accepte.

— Julien a déjà chargé la voiture. Je vais aller vérifier que je n'ai rien oublié.

À son tour, elle quitta le séjour et détala vers l'escalier. Sans réfléchir, je la suivis jusqu'à sa chambre, parvenant à saisir sa main avant qu'elle en franchisse le seuil. Cette fois, nos yeux se trouvèrent et je vis dans ses iris une tristesse infinie et des regrets à la pelle.

— Reste, s'il te plaît.

Ma voix n'était qu'un murmure et mes mots n'étaient que supplique. Je voulais qu'elle reste. Pas pour la nuit ou pour les vacances, je voulais surtout qu'elle reste dans ma vie. J'étais assez lucide pour comprendre ce qu'elle était en train de faire, mais aussi assez fou et déterminé pour tenter de l'en empêcher.

— Je ne peux pas rester. Je me sens comme une intruse. Et puis Amélie est suffisamment en colère comme ça, je ne vais pas la provoquer encore et rester ici et faire comme si tout était normal.

— Tout est normal ! m'exclamai-je.

— Tu sais bien que non. Même Enzo est fâché contre nous. Il n'y a aucune raison de gâcher encore plus les vacances de tout le monde.

— Amélie est en colère, mais tu sais comment elle est : elle part au quart de tour et elle finit par réaliser qu'elle a été trop loin et...

— Et rien. J'aurais sûrement réagi comme elle si j'avais été à sa place. On lui a menti. On savait ce qu'on faisait, Stan. Tout le monde le savait et on n'a rien dit. On a fait comme si... comme si c'était sans conséquence.

Elle me dévisagea de longues secondes et repris son souffle. Je retins le mien, devinant que j'allais recevoir un nouvel uppercut et qu'en parfaite entêtée Eileen ne changerait pas d'avis.

— Je sais ce que tu vas faire, dis-je, la gorge serrée.

— J'ai toujours su que tu étais brillant.

Son sourire était pâle et à peine décelable. Elle dénoua ses doigts des miens.

— Je n'ai que vous, dit-elle doucement. Je refuse de détruire notre amitié à tous, j'aurais l'impression qu'on m'arrache un membre.

— Eileen, s'il te plaît. Ne fais pas ça.

— On devrait... s'éloigner toi et moi. Tu dois parler à Enzo et je dois m'excuser auprès d'Amélie. On ne peut pas être fâchés.

— Donc le groupe passe avant nous ? demandai-je, las.

Ce n'était pas un uppercut. C'était une pluie de coups directs et sincères. Je n'étais même pas sur la défensive : j'étais perdu et à bout de forces. Ma dispute avec Amélie m'avait épuisé et ma conversation avec Eileen était en train de m'achever. En une nuit, j'étais passé du mec le plus heureux au type le plus pathétique.

— Notre amitié passe avant tout, répondit-elle. Je ne veux pas être responsable d'une guerre des clans.

— Et nous deux ?

— On sera toujours amis, Stan. On l'a toujours été.

— Je ne veux pas qu'on soit amis. Tu es en train de nous sacrifier nous, Eileen. Comment peux-tu penser que je vais être d'accord avec ça ? Qu'est-ce que je suis censé faire ?

Elle resta silencieuse, et nous nous fixâmes de longues secondes. Elle semblait aussi perdue et dévastée que moi. Le temps que nous avions si souvent volé semblait maintenant suspendu, comme notre histoire. Nous étions, là, ensemble, dans cette chambre et, sans même nous en rendre compte, nous étions revenus au début de notre relation : tous les deux d'un côté de la porte à attendre l'autre.

— Il faut que j'y aille.

— Eileen ! Laisse-moi une heure et on part ensemble, si tu veux.

— J'ai besoin d'espace, Stan. De temps, de silence, d'espace et... quand tu es près de moi, je n'arrive plus à réfléchir, tu brouilles mes repères. Je crois que ça me fera du bien d'être un peu seule.

— Eileen ? Il faut qu'on y aille ! fit la voix de Julien du rez-de-chaussée.

Elle se hissa sur la pointe des pieds et m'embrassa délicatement sur la joue. Elle redescendit l'escalier, me laissant seul devant sa chambre. Tout était parfaitement rangé, le lit tiré, les coussins gonflés et les bibelots parfaitement à leur place.

Avec amertume, je songeai que la chambre était immaculée, comme si Eileen n'y avait jamais mis les pieds.

C'était ça : j'étais seul devant cette chambre et c'était comme si rien, ni notre histoire ni nos vacances, ne s'était passé.

Le jour où Stan a su

Stan
Mars 2023

Quand Enzo et Eileen franchirent la porte de l'appartement, je terminais ma seconde bière. Je posai la bouteille vide sur la table basse, avant de m'enfoncer sur le canapé. En me voyant, ils ne masquèrent pas leur surprise.

— Tu ne devais pas passer la nuit chez Amélie ? m'interrogea Enzo en accrochant son sac à dos à l'escalier.

— On s'est disputés.

— Deux bières, commenta Eileen. Tu es en train de ruminer.

— À vrai dire, je crois qu'on a rompu.

Enzo et Eileen échangèrent un regard, entre étonnement et lassitude. Cela faisait des semaines qu'Amélie et moi nous querellions. La plupart du temps, cela partait d'une broutille et cela dégénérait systématiquement. Amélie attendait beaucoup de choses de moi – de l'attention, de l'écoute et peut-être même un ou deux élans romantiques –, et j'étais incapable de donner le change.

Je n'y arrivais pas.

Ce n'était pas sa faute. Amélie, elle, se montrait prévenante et agréable. Mais notre relation était une impasse. J'avais refusé de me rendre à cette évidence depuis des semaines. Amélie avait fini par prendre une décision qui m'arrangeait.

Je me sentais affreusement lâche.

— Tu crois ? répéta Enzo.

— Je ne vois pas comment on pourrait recoller les morceaux après cette dispute. Enfin, après cette succession de disputes plutôt !

— C'était à quel sujet ? demanda Eileen. On peut peut-être...

— C'est sans importance, affirmai-je en grimaçant. Et je crois que c'est mieux ainsi.

— Alors pourquoi es-tu aussi dévasté ? reprit Enzo.

— Parce que j'espère ne pas avoir saccagé mon amitié avec elle. J'y tiens. Et j'ai la sensation que la fin de notre relation pourrait avoir un effet sur le groupe.

— C'est possible, admit Eileen.

Elle s'installa près de moi, pendant qu'Enzo prenait place dans un fauteuil. Je poussai un soupir, songeant aux dernières semaines. Je ne savais pas ce qui m'avait poussé à poursuivre ma relation avec Amélie. Dès le début, nous étions un immense malentendu. Mais je n'avais pas eu le courage de m'éloigner. Amélie pouvait se montrer redoutable et rancunière. Je savais déjà que je n'avais aucune chance de m'en sortir la tête haute.

— J'ignorais que vous aviez une soirée ensemble, dis-je pour changer de sujet.

— J'avais des places pour un match de basket, répondit Eileen. L'ambiance était vraiment bonne !

— Ça ne pouvait être que mieux que ma soirée en tout cas.

— Tu veux qu'on sorte demain ? proposa Eileen. Un ciné, si tu veux ?

— Je bosse, marmonnai-je. Mais on peut se faire une soirée film chez toi plus tard, si ça te convient.

— J'aurai du pop-corn, assura-t-elle. Ça te redonnera le moral.

— Je ne suis pas déprimé, répondis-je. Vraiment pas. Toute cette histoire... j'ai toujours pensé que c'était une erreur dès le départ, mais j'étais incapable d'y mettre un terme. Et maintenant... maintenant, c'est un putain de désastre.

— Vous étiez deux dans cette histoire, remarqua Enzo.

— Non. Amélie y était. Moi... je regardais, je crois. Faut se rendre à l'évidence, toutes mes histoires d'amour sont foireuses.

— Le sexe, mec, glissa Enzo. Le sexe est suffisant et résout tous les problèmes. En tout cas, ça n'en crée pas !

Je parvins à sourire, tandis qu'Eileen posait sa tête sur mon épaule en guise de réconfort. Je restai silencieux, me rejouant à nouveau le film de ma soirée avec Amélie. Je me demandais maintenant si je n'avais pas tout fait pour faire capoter la soirée. Amélie avait une vision très fusionnelle de la vie de couple ; de mon côté, j'avais besoin d'un sas de liberté pour réfléchir. Évidemment, nous ne tombions jamais d'accord.

— Ce n'est pas ce que je veux, soufflai-je.

— Pas de sexe ? s'étonna Enzo.

— Pas que du sexe, corrigeai-je. Je veux tout le reste.

— J'ai eu tout le reste, dit doucement Eileen. Et c'était tout aussi compliqué. Amélie est sûrement aussi triste que toi.

— Je ne vous demande pas de prendre la défense de l'un ou de l'autre, dis-je. Ni de prendre parti. On va régler ça avec Amélie.

— Laisse-lui du temps, proposa Eileen. Amélie a besoin de temps pour digérer et se calmer.

— Elle a clairement dit que si je revenais elle me tuait. Donc, oui, je vais être patient. J'ai connu Amélie quand nous avions treize ans. J'ai passé plus de temps avec elle que sans elle.

— Elle n'oubliera pas votre amitié, assura Eileen.

— On verra ce qu'on peut sauver. Ce qui est sûr, c'est que ça ne sera jamais tout à fait comme avant.

— Paraît que ça s'appelle devenir adulte, lâcha Enzo avec philosophie.

— Non, je crois qu'être adulte, c'est aller se coucher tôt parce qu'on travaille d'ici quelques heures, déclara Eileen dans un bâillement.

Elle se leva du canapé et s'étira. Son visage était marqué par la fatigue, mais elle avait toujours ses yeux pétillants d'enthousiasme.

— Je peux te piquer une veste ? me demanda-t-elle. Ça caille et je n'ai rien pris.

— Fais comme chez toi ! dis-je.

Je savais déjà quelle veste elle allait prendre, de quelle manière elle remonterait les manches, je savais que son parfum persisterait sur les pans pendant quelques jours et qu'immanquablement je trouverais, au fond d'une des poches, une pince à cheveux.

Quand Eileen réapparut, je ne pus m'empêcher de sourire. Elle avait coché toutes les cases – la veste, les manches – et elle m'adressa un sourire ravi.

— Tu pourras la récupérer demain, me prévint-elle.

— Il le faut bien. Sinon comment pourras-tu l'emprunter la semaine prochaine ? répliquai-je.

— Tu sais que j'adore cette veste. Elle est chaude et confortable.

— Je vais t'en offrir une pour ton anniversaire, promis-je. Tu pourras même dormir avec !

— Ça ne sera pas la même chose. Cette veste-là a une histoire : c'est ça qui la rend confortable.

Elle soutint mon regard, et cela parvint à me faire oublier ma soirée catastrophique pendant quelques instants. C'était la grande force d'Eileen : son optimisme et sa capacité à vous faire voir le verre à moitié plein en permanence.

Enzo aurait été tout à fait capable de me remonter le moral ; mais avec Eileen, c'était différent.

Mieux. Doux. Pétillant. Facile.

— On se voit demain ? lança-t-elle.

Elle m'embrassa furtivement sur la joue, puis fit de même avec Enzo. Je la suivis du regard, jusqu'à ce qu'elle quitte l'appartement avec un petit signe de la main. Quand je me tournai vers Enzo, ce dernier secouait la tête.

— Tu sais pourquoi toutes tes histoires d'amour sont foireuses ? me demanda-t-il.

— Non, prétendis-je.

Il savait que je mentais. Je ne faisais rien pour le camoufler. Des années de mensonge, ça use. Je n'y arrivais plus.

— Tu vas devoir prendre une décision : soit tu tentes ta chance avec elle, soit tu continues... à regarder.

Il se leva de son fauteuil, signifiant ainsi la fin de notre conversation. Il rejoignit sa chambre, pendant que, les yeux clos, je ressassai mes souvenirs. Cette veste avait une histoire ; Eileen et moi en avions une.

Je l'aimais. Depuis des années. Peut-être même depuis le jour où je l'avais rencontrée en salle de colle. Sa façon de me regarder droit dans les yeux, son rire communicatif, sa capacité à me comprendre sans même parler.

Mon téléphone vibra, laissant apparaître un message d'Eileen. Elle était engloutie dans ma veste, le col remonté jusqu'à son nez, les manches trop longues recouvrant ses mains. Je ris doucement, puis franchement en lisant son message.

Te la rends contre une rançon. Muffins acceptés.

Mieux. Doux. Pétillant. Facile. Adorable. Évident.

— Merde, murmurai-je.

Chapitre 16

Eileen

Rentrer à Paris et laisser la bande derrière moi m'avait coûté. Laisser Stan m'avait coûté encore plus. Mais j'étais persuadée que c'était la seule bonne décision à prendre. Nous avions tous besoin d'apaisement, et j'étais mal à l'aise à l'idée d'être au centre de l'attention et l'objet des conversations.

Trois semaines après mon retour, Amélie ruminait toujours sa colère et mes quelques messages pour elle étaient restés sans réponse. Je n'étais pas assez sûre de moi pour aller la confronter et, même si je l'avais voulu, je n'avais aucune idée d'où la trouver. Diane, quant à elle, m'avait proposé un verre, avant son départ pour une nouvelle tournée en Asie ; j'avais déjeuné avec Julien où nous avions, très consciencieusement, ignoré le sujet de ma relation – non-relation ? – avec Stan ; Enzo ne répondait qu'aux messages du groupe, et Stan...

Stan m'avait juste envoyé une photo de nous deux avec, en guise de légende, « aucun regret ».

Des regrets, j'en avais des tonnes.

— Tout va bien ?

Je pivotai vers ma grand-mère, affichant un sourire de façade qui ne dupait sûrement personne. Même pas moi.

— Houlà ! Non, ça ne va pas, fit-elle avec une petite grimace.

— Je vais bien. Je suis juste un peu fatiguée.

Nous étions assises sur un banc, situé dans l'immense jardin de sa maison de retraite. Il faisait encore doux et nous profitions des rayons du soleil. J'avais bêtement espéré que venir voir ma grand-mère m'offrirait une distraction et me permettrait de reprendre mon souffle. Venir ici n'avait fait que réveiller de vieux souvenirs.

Avant cet été, j'adorais encore chacun de ces souvenirs. Maintenant, cet endroit ne faisait que me rappeler ce que j'avais perdu.

— Fatiguée... tu ne reviens pas de vacances ? demanda ma grand-mère.

— Si.

Je poussai un soupir et me levai du banc.

— Tu veux qu'on marche un peu, proposai-je en tendant mon bras.

— Habituellement, tu es en bonne compagnie, dit ma grand-mère tout sourire, en s'aidant de sa canne pour se redresser. Où sont donc tes charmants amis ?

— Ils sont occupés, mamie.

Elle accrocha mon bras et, lentement, nous remontâmes l'allée. Je restai silencieuse, attentive au bruit de mes pas sur le gravier. J'avais la sensation d'être vidée de mes forces et j'étais incapable de faire la conversation.

— C'est ce Stanislas, c'est ça ? demanda ma grand-mère.

— Stan, mamie. Il n'aime pas qu'on l'appelle avec son prénom en entier.

— Ma chérie, j'ai peut-être quelques souvenirs qui se sont envolés et de fausses dents, mais je sais très bien quand quelqu'un tente de me rouler dans la farine.

— Mamie...

— Tu éludes la question. Donc, c'est Stan ?

Je hochai la tête. Je ne savais même pas par où commencer. Entre notre amitié abîmée, ma relation avec Amélie en pointillé et mon cœur en miettes, j'avais l'impression d'être à bout de souffle et, surtout, j'étais incapable de retrouver ma respiration.

— Il a fini par tenter sa chance ? demanda ma grand-mère sans masquer son amusement.

— C'est... Oui, c'est ça. Enfin c'est un peu plus compliqué que ça.

— Ah bon ? Oh... Eileen, tu n'as pas fait ça !

Elle s'arrêta net, manquant de me faire trébucher. Derrière ses lunettes, ma grand-mère me lança un regard sombre et secoua la tête. J'avais la sensation d'avoir quinze ans et de me faire surprendre après le couvre-feu. À voir le visage sévère de ma grand-mère, j'étais à deux doigts de me faire punir pour le reste de ma vie.

— Tu l'as repoussé ? Ce si charmant garçon ? poursuivit-elle.

— Non. Non ! m'exclamai-je. Non, je ne l'ai pas repoussé !

— Je savais que je t'avais élevée correctement. Tu as de la chance, il est très mignon. Tu viendras avec lui la prochaine fois. À chaque fois, il rend jalouses toutes les vieilles biques de mon couloir. Alors qu'en vrai elles portent des couches et sentent la lavande !

Je laissai échapper un rire. Ma grand-mère détestait cet endroit. Elle avait toujours eu un tempérament indépendant et déterminé. Aussi, se retrouver ici ressemblait pour elle à de la prison à perpétuité. Quand je venais lui rendre visite, elle retrouvait le sourire et le moral ; quand je venais avec la bande, elle sortait sa plus belle robe, riait aux éclats et paradait avec Stan et Enzo devant les autres pensionnaires.

— On s'est disputés, dis-je finalement en reprenant notre marche.

C'était presque la vérité.

— Je crois que c'est mieux qu'on reste amis, ajoutai-je. Et puis Amélie ne vivait pas bien la situation. Je ne veux pas tout ruiner.

— Tu es une fille loyale, commenta ma grand-mère.

— J'essaye.

— C'est bien.

— Je sais, mamie.

— Mais ça ne sert à rien. Je dirais même que c'est très surfait.

— Pas pour moi, me défendis-je. Je suis amie avec Stan et avec Amélie depuis des années. Ce qui s'est passé avec Stan n'a duré que quelques jours. J'aurais dû être plus intelligente, ce n'était que...

— Du sexe ?

— Pendant quelques jours.

Ma grand-mère s'arrêta à nouveau et me dévisagea. Elle avait ce petit sourire aux lèvres, celui qu'elle dégainait quand elle trouvait une situation drôle, mais qu'elle n'osait pas rire. Elle se retenait et ça m'exaspérait : rien n'était drôle dans ma situation.

— Quelques jours ? répéta-t-elle, en ravalant un rire.

— Oui, pendant les vacances. Mamie, je n'ai vraiment pas envie de parler de...

— Tu n'as pas à parler, me coupa-t-elle.

Ma grand-mère avait recouvré son sérieux. Et moi, je me retrouvais comme quand j'avais quinze ans et qu'elle me sermonnait sur mes notes en maths, mon comportement en histoire ou mes sorties nocturnes.

— Ce Stanislas. Enfin, ce Stan... tu sais qu'il est venu me voir plus souvent que le fils de la vieille Dumont ? Il est venu pour des soirées bingo, il est venu pour mes anniversaires, pour les fêtes de fin d'année et même pour les journées famille. Il ramenait à manger, il prenait de mes nouvelles, il m'offrait son bras quand j'en avais besoin.

— Stan a toujours été serviable.

— Serviable ? Tu crois qu'il le faisait pour moi ? Ma chérie, je veux bien croire que j'ai encore de jolis yeux, mais il ne faisait tout ça que pour toi.

Je restai silencieuse, songeant à toutes les fois où Stan avait tenu à m'accompagner ici, aux après-midi que nous avions passés avec ma grand-mère et à ses passages, en contrebande, de gâteaux au chocolat. Stan l'avait même aidée à trouver un meuble pour qu'elle puisse ranger ses livres.

— Tu crois que ça n'a duré que quelques jours ? Eileen, ça dure au moins depuis...

— Notre rencontre ? finis-je pour elle.

— Probablement, acquiesça-t-elle en reprenant notre marche. À vrai dire, je me suis toujours demandé ce qui vous empêchait d'être vraiment ensemble.

— On est amis, mamie.

C'était autant une affirmation qu'un vœu. J'ignorais si j'étais encore amie avec Stan. J'ignorais même si notre complicité d'avant existait toujours. C'était ce qui me manquait le plus avec lui : notre capacité à nous comprendre sans même nous parler. Et maintenant que j'y pensais, nous avions connu nos plus beaux fous rires ici, en regardant ma grand-mère interdire à quiconque de manger de ses gâteaux ou lorsqu'elle accaparait Stan pour danser sur du musette.

— Je ne doute pas que vous soyez amis. Mais il voulait plus et je me réjouis qu'il ait réussi à te le faire comprendre.

— On n'est plus ensemble, mamie.

— Je sais. Si je pouvais encore lever ma jambe, je te botterais les fesses. J'espère que tu as prévu une grande campagne de reconquête. Parce que je pense qu'il est fait pour toi.

— Je ne peux pas, mamie. Il y a Amélie. Il y a le groupe. Nous sommes amis et je ne veux pas ruiner notre amitié pour... ça.

J'aurais aimé être plus sûre de moi. J'aurais aimé dire autre chose que « ça », parce que, dit ainsi ça ressemblait à un truc sans importance. Ma relation avec Stan n'était pas une broutille. Pendant dix ans, nous avions été proches et pendant quelques jours, nous avions été plus. Et ce plus, ce n'était pas juste « ça ».

— On se fiche d'Amélie, reprit ma grand-mère.

— Mamie...

— Tu sais ce que je veux dire. Ils avaient rompu ?

— Oui. Elle a déjà quelqu'un d'autre.

— Deux bonnes raisons de se passer de son avis. Est-ce que toi, tu as boudé, quand elle a couché avec Stan ?

— Je n'avais aucune raison de bouder, dis-je avec un sourire.

— Après le drame de ton année de seconde ?

Sa question remua de vieux souvenirs, de ceux que je préférais oublier. J'avais passé un anniversaire horrible, à me demander comment je pouvais faire changer d'avis mes parents. Je ne voulais pas repartir avec eux. Surtout, je voulais rester ici.

— Je me suis toujours dit que tu voulais rester pour Stanislas. Stan, pardon.

— En partie, oui. Et pour les autres aussi. C'est différent, cette fois. Amélie est très en colère contre moi, on lui a menti et elle l'a découvert... Bref, elle nous a découverts avant qu'on puisse le lui dire. On a été nuls et je m'en veux. Alors je préfère qu'on garde de la distance et...

— ... Loyale et sacrificielle. Bon sang, Eileen. À moins de postuler à une carrière de nonne et de viser la canonisation, tout cela ne sert à rien.

Je ris doucement. Ma grand-mère avait toujours eu le sens de l'image et de la comparaison.

— Ça ne sert à rien parce que tu es amoureuse de lui. Alors tu peux te flageller autant que tu veux, te rendre malheureuse et finir ta vie avec un cactus comme cette satanée pipelette de Simone Chaumet, s'enflamma ma grand-mère. Mais... Mais ça ne sert à rien, Eileen.

Sa voix s'adoucit et, à nouveau, elle arrêta notre marche. Elle se tourna vers moi, un petit sourire accroché à ses lèvres. Elle avait raison. Je le savais depuis longtemps, mais je ne faisais que retarder cette évidence. Repousser Stan, m'éloigner et jouer à la reine du silence ne changeait rien à ce que je ressentais.

— Ça fait dix ans que je vous vois vous tourner autour, j'aimerais autant vous voir ensemble avant de passer de l'autre côté. Et puis si ça peut éviter à ce pauvre Stan de participer à une nouvelle soirée bingo...

— Il adore les soirées bingo ! m'exclamai-je.

Ma grand-mère amorça un demi-tour et nous reprîmes notre marche lente, en direction du bâtiment principal de sa maison de retraite.

— Oh ! je sais. Il est même très bon au bingo. Mais sûrement qu'il aimerait gagner autre chose que des chaussons molletonnés ou un abonnement à un magazine télé.

— Sûrement !

Après ma visite à ma grand-mère, j'avais enchaîné avec mon service de nuit. La nuit était calme, et je profitai d'une pause pour appeler Amélie. Parler avec elle était ma priorité. Je m'étais préparée à affronter son répondeur et j'avais répété mon message une dizaine de fois devant le miroir pour être certaine de ne pas bafouiller.

À ma grande surprise, elle décrocha au bout de deux sonneries. C'était stupide et un peu ridicule, mais j'avais un trac horrible, redoutant une nouvelle dispute.

— Tu as deux minutes, claqua-t-elle.

— Oh... Euh... Je voulais te proposer qu'on aille boire un café. Quelque part. Où ça t'arrange.

— Des semaines de silence et tu me proposes un café ?

— On ne peut pas rester sans se parler, Amélie.

— C'est pourtant ce que tu as fait quand tu étais avec Stan, non ? Vous n'avez pas jugé utile de me proposer un café pour me parler.

— Je t'en prie, Amélie. On pourrait discuter de ça de vive voix.

— Tu veux ma bénédiction ?

— Je veux qu'on soit amies.

Il y eut un court silence, pendant lequel les mots de ma grand-mère me revenaient. Mon amitié avec Amélie comptait. Et parce qu'elle comptait, je ne voulais plus lui mentir ni me mentir à moi-même.

— Je vais appeler Stan aussi, ajoutai-je.

— Tu veux mon approbation ?

— Je veux simplement te prévenir. Je ne sais pas encore où ça nous mènera.

J'entendis Amélie étouffer un rire. Je m'enfonçai dans mon siège, regrettant maintenant de ne pas avoir récité mon petit laïus à son répondeur. Mais, paradoxalement, le simple fait qu'elle me réponde me laissait croire que nous pouvions encore nous parler.

— Je reviens à Paris demain, m'annonça Amélie. Tu pourras m'offrir un café.

— Génial. Je... je suis vraiment contente.

— Je n'ai pas dit ce que je ferai de ce café, Eileen.

— Sûrement quelque chose de bien, soufflai-je.

— À demain, murmura-t-elle.

Ce n'était qu'un chuchotis, mais j'étais certaine d'avoir entendu l'ombre d'un sourire. Je coupai mon téléphone et le glissai dans ma poche. Entendre sa voix m'avait rassurée et m'avait remonté le moral. J'essuyai mes yeux larmoyants et repris mon souffle.

Réparer les dégâts allait prendre du temps. Mais j'étais prête à faire preuve de patience et de diplomatie.

— Eileen ? Chambre 8, on y va ! cria ma collègue en entrant dans la salle de repos.

— Je te suis !

Quelques heures avant ma garde, je m'installai nerveusement sur la banquette d'un bistrot branché. Amélie m'avait donné rendez-vous dans un quartier chic, en face des locaux d'un jeune créateur avec qui elle espérait collaborer.

Je ne me sentais pas vraiment à ma place, avec mon jean noir et mon T-shirt blanc, pendant que mes voisines de table s'affichaient avec des robes qui semblaient valoir plus que mon salaire du mois. Commander un café avait relevé du parcours du combattant : le serveur m'avait demandé quel type de café je voulais, l'origine, moulu, en grain, à l'italienne. J'avais fini par demander une orange pressée, terrifiée et anxieuse.

Très en avance, je repérai Amélie dès qu'elle sortit de l'immeuble. Elle traversa la rue et passa devant la devanture du bistrot sans un regard pour moi. Je pianotai sur la table en bois brut, le cœur battant la chamade et la gorge déjà sèche. Je redoutais ce face-à-face autant que je l'espérais.

Surtout, je m'étais préparée au pire, imaginant un scénario où Amélie couperait les ponts.

— On n'avait pas dit un café ? demanda Amélie en s'installant en face de moi.

— J'ai changé d'avis. Mais si tu veux un café, le serveur sera ravi de te faire un cours de géographie appliquée.

Elle retira sa veste en jean jaune pâle et posa son téléphone sur la table. Je ne l'avais pas vue depuis plusieurs semaines et, bizarrement, je la trouvai un peu changée.

— Tu reviens de voyage ? demandai-je.

— En effet. Je suis ici pour quelques jours. Je repars ensuite.

Elle m'adressa un sourire poli avant de planter son regard fier et déterminé dans le mien. J'entourai mon verre de mes mains et me pinçai les lèvres. J'avais rarement été aussi nerveuse, au point que mon estomac était en train de se rebeller et que j'avais la gorge serrée.

— Je suis désolée, murmurai-je.

— Tu l'as déjà dit.

— Je sais. Mais je le suis vraiment. Je suis désolée de t'avoir fait de la peine et de t'avoir caché ma relation avec Stan. On voulait te le dire ce soir-là.

— Et pourquoi pas avant ?

— Je ne sais pas. Je crois que je voulais être certaine de ma relation avec Stan. Je craignais ta réaction et puis, quand tu nous as dit que tu avais rencontré Warren...

— C'est ça ton alibi ? Warren ? lança Amélie en laissant échapper un rire amer.

— On ne voulait pas te faire de mal, je te le promets. Je culpabilisais en permanence de te mentir. Je culpabilise toujours, d'ailleurs. On est amies depuis des années et je ne me vois pas ne plus l'être.

Amélie me dévisagea, pendant que le serveur lui amenait un café. Elle l'avait sûrement commandé au bar, avant même de me rejoindre. Son regard était triste, et je brûlai d'envie de la consoler.

— J'attends le « mais », dit-elle finalement. Donc, tu n'imagines pas qu'on ne soit pas amies, mais...

— Mais il y a Stan.

Elle se redressa sur la banquette, comme si elle se préparait à prendre des coups. Je bus une gorgée de mon jus de fruits, cherchant du courage. M'excuser avait été simple. J'avais ruminé mes regrets et mes excuses des jours entiers. Me confronter à Amélie était plus compliqué. Je jouais notre amitié et ma relation avec Stan, risquant de tout perdre.

— Est-ce que... est-ce que tu savais ? me demanda-t-elle, intimidée. Pendant que j'étais avec lui, est-ce que tu savais qu'il voulait être avec toi ?

— Non.

— Les muffins ? Les messages ? insista-t-elle.

— Non, Amélie. Stan me fait des muffins depuis que j'ai commencé mes études et... Et on a des horaires décalés tous les deux, on se parle quand les autres dorment ou travaillent.

— Mais tu ne m'en as jamais rien dit.

— Je pensais que tu le savais. Ce n'était pas un secret, Amélie. J'ai toujours été amie avec Stan, je pensais que... Pour moi, ce n'était que de l'amitié.

— Même quand on s'est séparés ?

— Même. J'étais désolée pour vous deux.

J'étais sincère. La relation de Stan et d'Amélie nous avait surpris, mais n'avait pas changé la dynamique du groupe. Et puis, très vite, après quelques mois, tout s'était terminé. Si Amélie avait conservé beaucoup d'amertume, Stan avait préféré prendre ses distances.

Sauf avec moi.

Stan et moi avions multiplié les sorties, allant au cinéma, nous balader ou manger une crêpe. Il m'avait longuement parlé de sa relation avec Amélie, et j'avais tenté de jouer les médiateurs. Cela n'avait duré que quelques mois, mais je ne pouvais qu'admettre que cela nous avait encore plus rapprochés.

— Nous avons eu une relation merdique, lâcha-t-elle en secouant la tête. Mais maintenant je sais pourquoi.

— Amélie…

— Et je sais que ça ne se contrôle pas. Personne ne commande ses sentiments.

Je risquai un sourire. C'était exactement ce que je ressentais quand j'étais avec Stan, cette attraction puissante et irrésistible, et cette capacité à me faire oublier le reste du monde. Toute cette histoire avait été plus forte que tout. Plus forte que nous et que notre amitié.

J'étais tombée amoureuse de Stan. Doucement, année après année, fou rire après fou rire et secret après secret. Ce n'était ni un coup de foudre ni une révélation. C'était arrivé, lentement, discrètement avant de devenir inévitable et dévastateur.

— Tu l'as rappelé ? me demanda-t-elle doucement.

— Non. Je voulais te parler avant.

À son tour, elle m'adressa un sourire, allégeant aussitôt l'atmosphère entre nous. Elle but une gorgée de son café, avant de grimacer.

— Ce truc va m'empêcher de dormir pendant trois jours, expliqua-t-elle.

— Tu restes longtemps ici ?

— Deux jours. J'ai un rendez-vous demain. Pour consolider des liens et avoir une bonne raison de faire la fête à s'en exploser la voix. Ensuite, je repartirai à Londres.

— Warren t'attend ?

— Oui, murmura-t-elle dans un accès de timidité. Tu devrais appeler Stan. Sûrement qu'il t'attend, lui aussi.

— Tu es sûre ?

Ma question portait autant sur Stan que sur Amélie. Je savais que j'allais appeler Stan, mais évidemment savoir que ma relation avec ma meilleure amie était de nouveau sur les rails rendait les choses plus simples et plus faciles.

— Certaine. Aucun regret, c'est bien ça ?

Son sourire s'élargit et, dans un moment d'oubli, elle reprit une gorgée de son café. Elle repoussa la tasse loin d'elle et s'empara de mon verre pour me piquer une gorgée de mon jus d'orange.

Je ne savais pas comment elle avait appris ce petit mantra secret entre Stan et moi, mais cela me rassura. Amélie semblait apaisée, et ses yeux avaient retrouvé leur éclat habituel d'enthousiasme.

— Comment sais-tu ça ? l'interrogeai-je avec curiosité.

— Dix ans d'amitié, Eileen. Quel genre de secret pouvons-nous avoir ?

Ma garde fut animée et joyeuse. Retrouver le moral, renvoyer des messages stupides à Amélie et vivre sans avoir une enclume dans l'estomac me faisait du bien. Avec l'enchaînement des patientes, je n'avais pas eu le temps d'appeler Stan. Je n'avais aucune idée de ce que j'allais lui dire, mais j'avais ce délicieux sentiment d'urgence et d'anticipation qui collait un sourire niais sur mon visage.

À la fin de ma garde, je fonçai aux vestiaires et me changeai à toute vitesse. Après avoir fixé l'écran de mon téléphone pendant plusieurs secondes, j'avais fini par composer le numéro de Stan.

Répondeur. Évidemment. Après avoir vaguement bégayé, je lui présentai des excuses et lui proposai de nous voir dans la journée.

— Eileen ?

La voix de ma collègue me tira un grognement. Ça ressemblait à une urgence de dernière minute. Agacée, je poussai un soupir et abandonnai ma basket gauche.

— Une urgence ?

— Non. Mais j'ai oublié de te dire que tu avais reçu tes muffins habituels, me répondit-elle.

Je me levai précipitamment de mon banc, manquai de m'étaler comme une gourde et la rejoignis. S'il y avait des muffins, c'est que Stan était venu les déposer. Ma collègue m'offrit un large sourire.

— Il est venu quand ? m'enquis-je, essoufflée.

— Vers minuit.

— Minuit ? Et tu ne m'as rien dit ? m'exclamai-je, stupéfaite. Enfin, Marion, tu...

— Il m'a demandé de ne rien dire, me coupa-t-elle vivement. Et je devais te donner ça à la fin de ta garde.

Elle sortit une enveloppe de sa poche, et je la lui arrachai littéralement des mains. J'étais en train de l'ouvrir sans aucune précaution, quand ma collègue me salua.

— Passe une belle journée, chantonna-t-elle.

Je grognai un vague « toi aussi » et sortis une feuille de l'enveloppe. Après quelques secondes de stupeur, tentant de déchiffrer ce qu'avait représenté Stan, j'éclatai de rire. Stan avait dessiné un plan, très précis, me guidant de la sortie des vestiaires jusqu'au parking de l'hôpital.

C'était un dédale de couloirs et de services, et Stan, pour être venu ici fréquemment, en connaissait les moindres recoins. Il avait indiqué la machine à café – infâme –, le distributeur de friandises – au fonctionnement aléatoire –, les urgences, les salles d'attente et la sortie. Dans les vestiaires, j'étais symbolisée par une croix « tu es là » et, sur le parking, une autre croix, au-dessus de laquelle, il avait noté « je suis ici ».

Je retournai le plan de fortune, hilare et excitée. Il avait juste écrit la promesse qu'il m'avait faite pendant l'été.

Perds-toi autant que tu veux, Eileen, je saurais toujours te retrouver.

J'enfilai ma deuxième basket sans prendre soin de la nouer et, mon plan froissé dans la main, je fonçai jusqu'au parking, pestant contre l'ascenseur trop lent et les brancards abandonnés dans les couloirs.

Le jour se levait à peine quand je débouchai sur le parking, essoufflée et pleine de trac. Stan était là, debout, appuyé contre un arbre, beau comme jamais et affichant son sourire en coin. Il accrocha mon regard, et mon cœur accéléra si fort que je craignis qu'il lâche. Stan, toujours souriant, finit par rompre le silence qui nous enveloppait :

— J'ai failli attendre.

Le jour où Stan a joué les sauveurs

Eileen
Septembre 2022

Je retins un gémissement en m'installant sur un des plots devant un supermarché. C'était peine perdue : je parvenais à me perdre, même avec un plan, un schéma indicatif et un téléphone. J'étais venue dans ce quartier pour acheter des livres de cours et je me retrouvai assise, seule, redoutant une averse et... sans livres.

Trouver une librairie était pourtant à la portée de n'importe qui. Mais, dès que j'avais compris que j'avais pris la mauvaise sortie du métro, j'avais paniqué. Je n'avais que quinze minutes avant la fermeture et c'était autant une lutte contre le temps, qu'une lutte contre moi-même. De rue en impasse, de demi-tour en avenue interminable, j'avais fini par abandonner, en retard et incapable de retrouver la station de métro initiale.

En désespoir de cause, j'avais appelé Stan. Miraculeusement, il n'était pas de service ce soir et voyait, selon ses propres mots, « parfaitement où je me trouvais ». L'humiliation s'ajoutait à mon désespoir.

Cette histoire allait me poursuivre. Comme à chaque fois que je m'étais perdue, mes amis se régaleraient des détails de ma détresse et de mon incompétence à trouver ma route. Je scrutais les voitures qui remontaient le boulevard, cherchant la grande silhouette athlétique de Stan. Mon téléphone vibra entre mes mains.

— Je te dirais bien de me rejoindre là où je suis, mais j'ai peur que tu te perdes à nouveau.

— Très drôle. Tu es où ? grognai-je.

— Derrière toi.

Je pivotai et aperçus Stan, sourire aux lèvres, yeux pétillants, qui marchait vers moi, de cette démarche féline qui attirait les regards. Il se retenait clairement de rire, et j'eus envie de le gifler. Je me contrôlai : d'une part, ce n'était pas sa faute si j'étais ici ; d'autre part, il venait me sauver. Je ne voulais pas finir agonisante à errer dans ces rues.

— Tu fais quoi dans ce quartier ? demanda-t-il.

— Librairie spécialisée.

Du regard, il chercha un sac ou des livres. Me constatant bredouille, il fronça les sourcils.

— Je ne l'ai pas trouvée, soupirai-je.

— Oh. Tu vas donc devoir revenir ?

— Oui. Et ça ressemble déjà à un mauvais *running gag* !

Je sentis les premières gouttes de pluie tomber et relevai ma capuche. Cette journée virait à la catastrophe. Stan enroula son bras sur mes épaules, me pressant contre lui.

— Allez, viens, on rentre ! lança-t-il en nous approchant du passage piéton.

— Tu vas raconter cette histoire à tout le monde, n'est-ce pas ?

— Je sais garder des secrets, tu sais. J'ai du gratin de pommes de terre à la maison, ça te tente ?

— Tout me tente, tant que tu me sauves d'ici !

Il me serra contre lui, comme pour m'abriter de la pluie. Le temps d'arriver à la bouche de métro, une forte averse avait déjà trempé nos chaussures. Les vêtements et quelques mèches de cheveux déjà humides, nous grimpâmes dans la première rame, nous tassant contre les vitres, à l'opposé de la porte.

C'était idiot, mais être avec lui, dans cet habitable, me rassurait.

— J'espère que je ne ruine pas ta soirée, dis-je, à deux doigts de m'excuser.

— Je ne travaillais pas.

— Justement. Tu pourrais avoir prévu... des choses. Avec mes études, ma vie sociale est inexistante. Mais je pense que toi, tu as déjà plus d'opportunités.

— Tu devrais être plus claire, répondit-il en me jetant un coup d'œil.

— Qu... Quoi ?

— Des opportunités ? répéta-t-il. On parle de quoi au juste ?

— De filles, Stan ! J'essayais d'être subtile et élégante. Je m'en voudrais d'avoir tué une bonne soirée. Voire une chouette nuit.

— Rassure-toi, tu ne gâches rien. Je dirais même que tu embellis ma soirée. Enzo est parti en Espagne récupérer un vieux bolide, donc je suis seul pour quelques jours.

Je digérai l'information avec difficulté. Cette soirée avait un air troublant de déjà-vu. La pluie, Stan, moi, son appartement. Six mois auparavant, nous avions fini par nous embrasser, et Enzo nous avait interrompus, nous permettant de sauver notre amitié. J'avais pris soin d'oublier les détails de cette soirée, j'avais tout gommé avec rigueur et, quand Stan et moi nous étions revus, nous avions, lui comme moi, agi comme si rien n'était arrivé.

Mais, alors que le métro filait dans la nuit, il me suffisait de regarder la pluie s'écraser contre les vitres pour que tout remonte à la surface.

Ses lèvres chaudes sur les miennes, sa voix vibrant contre ma peau, ses mains prenant possession de mon corps. C'était à la fois familier et nouveau, évident et un peu dangereux, aussi.

— Et ce mec à l'hôpital ? reprit Stan après un court silence. Le médecin. Celui qui t'a offert un café après une garde.

— Le café venait de la machine à disposition du public. Je ne crois pas que nous ayons beaucoup en commun.

— Vous travaillez au même endroit. C'est déjà un début.

— Je dirais plutôt que c'est une fin, répondis-je dans un rire. Je ne peux pas... Je passe déjà beaucoup de temps au travail, je n'ai pas besoin d'avoir en plus un médecin pour passer mes nuits.

Stan se contenta de sourire, acquiesçant à mes explications.

— Et toi, le travail ? m'enquis-je.

— Le chef est tyrannique, les collègues infectent et une des serveuses me pince régulièrement les fesses.

J'éclatai de rire, posant mon front contre son torse pour dissimuler mon visage. Stan adorait cuisiner, mais le poste qu'il avait actuellement était horrible. Toutes ses propositions étaient rejetées sans discussion, et l'ambiance, sinistre et morose, le minait.

— Tu lui plais peut-être ? suggérai-je.

— Elle a l'âge de ma mère, répondit-il.

— Et ? Elle aurait sûrement plein de choses à t'apprendre.

— J'aime construire ma propre expérience. À mon rythme. Et avec qui je veux, ajouta-t-il un ton plus bas.

— Change de boulot, Stan. C'est en train de te détruire !

— Je sais. Je réfléchis.

La rame de métro eut un hoquet, et le conducteur freina brutalement. Stan bascula contre moi, et je me retrouvai coincée entre un strapontin relevé et son corps musclé. Il me surplombait et baissa ses yeux inquiets sur moi.

— Tout va bien ? demanda-t-il.

— Oui, oui, ça va, répondis-je alors que la rame reprenait sa marche.

Cinq secondes plus tard, la rame s'immobilisa sèchement à nouveau et, cette fois, Stan parvint à enrouler son bras autour de ma taille pour m'éviter de trébucher. Je plaquai mes mains contre son torse, sentant la foule s'agglutiner autour de nous, projetée elle aussi par la manœuvre du conducteur.

Stan me serra contre lui étroitement, sa main collée au bas de mon dos. À la pression qu'il exerçait, je compris qu'il me serrait même... un peu trop près de lui. Je cramponnai mes mains à son T-shirt, et Stan baissa à nouveau ses yeux sur moi. Ses pupilles arboraient une nuance de bleu plus foncée et sur ses lèvres était accroché son sourire en coin.

C'est à cet instant que cela me frappa : j'avais regardé la bouche de Stan et je luttais maintenant pour ne plus le faire. L'air crépitait, et j'avais la sensation d'étouffer, écrasée par les souvenirs de notre première et unique étreinte avortée et par la tension palpable entre nous.

— On devrait repartir bientôt, murmura Stan.

— Je sais.

Il risqua un sourire et se pencha sur moi.

— Moi aussi, j'aimerais que ça dure, avoua-t-il.

Sa main bougea, remontant le long de mon dos et me tirant un frisson. Je n'avais aucune idée de comment il faisait, ni de pourquoi mon corps appréciait tant ce contact, mais j'adorais ça. J'adorais que Stan me tienne contre lui, j'adorais cette intimité nouvelle et chaude et, surtout, j'adorais cette sensation de trac qui me chatouillait agréablement l'estomac.

J'en voulais plus. Comme la dernière fois, les limites s'étaient soudainement estompées. Cette proximité, que j'aurais dû éviter, me plaisait et attisait ma curiosité.

— On est arrivés.

Les mots de Stan interrompirent ma rêverie. Je me détachai de lui, mais remarquai que sa main restait dans mon dos pour m'accompagner jusqu'à la sortie du métro. Nous marchâmes jusqu'à chez lui en silence. J'étais toujours troublée par ce que j'avais ressenti et j'hésitai à prendre la fuite.

— Tu es très silencieuse, constata Stan tandis qu'il attrapait deux assiettes.

— Je crois que ma balade avortée m'a achevée.

— Tu veux dormir ici ?

— Non !

Ma réponse fut si vive que j'en fus moi-même surprise. Stan me lança un regard interloqué et reprit sa tâche. Je parvins finalement à ouvrir la bouche, prête à lui poser une question qui me taraudait depuis quelque temps, avant de me raviser.

— C'est nouveau, ça, dit-il.

— Quoi donc ?

— Que tu hésites devant moi. Tu allais dire quelque chose.

— Non. Rien. C'est... C'est rien du tout.

— Et maintenant, tu bégayes. Je ne sais pas qui vous êtes, mais j'apprécierais que ma meilleure amie réapparaisse !

Il s'affaira sur le plan de travail, mélangeant un reste de salade, pendant que je gambergeai toujours. Je n'avais jamais craint de poser des questions à Stan ou de le provoquer. Cette fois, c'était différent. Il ne s'agissait pas que de lui. Je pris mon courage à deux mains et appuyai mon dos contre le plan de travail de sa cuisine pour lui faire face.

À nouveau, j'ouvris la bouche, la refermai et récoltai un rire de Stan.

— Je ne sais pas ce que tu veux me demander, mais je crois bien que c'est la première fois que tu restes silencieuse devant moi.

— Tu es impressionnant, tu sais.

— Et de la flatterie, maintenant. Crache le morceau, Eileen !

Un silence s'installa, à peine troublé par le bruit de la pluie contre les carreaux. Mon cœur courait un marathon et redoutait déjà la prochaine accélération. J'aurais pu jouer les filles évasives et tenter de trouver un sujet moins dangereux... Mais je n'y arrivais plus.

Depuis ce baiser sur le canapé, les mêmes questions, les mêmes doutes me taraudaient. Les ignorer ne fonctionnait plus.

— J'ai... Tu dois me promettre de ne pas rire. Ou de ne pas te fâcher.

— Donc ce que tu vas me dire va soit me faire rire, soit me contrarier ?

— J'en sais rien pour être honnête. Tu promets, insistai-je.

— Je n'ai pas fait de promesse de ce genre depuis mes cinq ans… Mais si tu y tiens, je promets, assura-t-il, une main sur le cœur. Dis-moi maintenant !

Il prit nos assiettes et les posa sur la table basse du salon. À nouveau, une sensation de déjà-vu m'étreignit. Stan revint à sa place et me fit face, ses yeux curieux et impatients rivés sur moi. Je baissai la tête, mais, aussitôt, l'index de Stan se posa sous mon menton, me forçant à garder le contact.

— Maintenant, j'ai peur que tu m'annonces un truc affreux, dit-il doucement.

— Non. Non, ce n'est pas ça du tout. Je me demandais si… Si ça t'arrivait d'y repenser.

— De repenser à quoi ?

— Stan, soupirai-je.

— Eileen ?

— De repenser à ce qu'on a fait. Sur ce canapé, précisai-je en désignant le meuble. Tu sais, le soir où tu m'as prêté ton sweat et…

— À chaque fois qu'il pleut, me coupa-t-il.

Machinalement, mon regard se porta sur la fenêtre de sa cuisine, parsemée de gouttes de pluie. Stan se contenta de sourire avant de secouer la tête.

— Et toi ? Est-ce que tu y penses ? m'interrogea-t-il.

— Oui.

— Souvent ?

— Je crois, oui.

J'y pensais tous les jours. À chaque message de Stan, à chaque averse, à chaque plat de pâtes. Tout me ramenait à cette soirée et à ce que nous avions fait. Et failli faire.

— Est-ce que… est-ce que tu as des regrets ? demandai-je.

— Seulement qu'on ait été interrompus.

Il répondit si vite et avec une telle franchise que c'en était déstabilisant. J'étais embarrassée et hésitante, quand lui affichait sa confiance habituelle. Il réduisit l'espace entre nous, posant ses mains sur mes hanches. Mes yeux se braquèrent sur ses lèvres et une bouffée de chaleur me saisit.

— Tu veux mon avis ? s'enquit-il d'une voix éraillée.

Je hochai la tête, incapable de sortir un mot.

— J'y pense, c'est vrai. Mais j'évite de trop y penser. Parce que ça me donne envie de tuer Enzo.

Je laissai échapper un rire. Enzo avait sûrement été providentiel en rentrant dans l'appartement alors que nous étions sur ce canapé, à flirter avec les limites de notre amitié.

— Et surtout, reprit Stan, parce que ça me donne envie de le refaire. Encore, ajouta-t-il dans un murmure.

Il me repoussa contre le plan de travail, avant de me soulever pour me faire asseoir dessus. Il s'installa entre mes jambes, ses paumes sur mes cuisses, ses lèvres frôlant les miennes. Il était la tentation absolue, celle qui était en train de me faire perdre les pédales.

— Enzo ne rentrera pas, me rappela-t-il, en guise d'avertissement.

— Je sais, soufflai-je, haletante.

— Je crois que mes souvenirs ne rendent pas justice à ce que nous avons vécu.

Un nouveau frisson me parcourut pendant que les mains de Stan remontaient sur mes hanches pour agripper le bas de mon pull. Je hochai encore la tête, et le pull valsa quelque part dans la pièce, me laissant devant Stan avec un débardeur à dentelle. Stan embrassa doucement mon épaule, et ma peau frémit à son contact.

De l'index, je crochetai la ceinture de son jean, attirant Stan un peu plus près de moi. Il colla son front contre le mien, et je l'entendis soupirer.

— Je veux tes lèvres, Eileen. Et je te veux toi, en entier.

Mes lèvres caressèrent les siennes avec langueur. J'espérai que ça calme les battements de mon cœur, que cela apaise mon corps tendu, mais c'était encore pire. L'étincelle était là et maintenant elle s'enflammait.

— Mes souvenirs ne rendent pas justice non plus à ce qui s'est passé, murmurai-je.

— C'est ça que tu veux ? De nouveaux souvenirs ?

J'acquiesçai. Je ne parvenais plus à réfléchir. Je voulais tout. Stan, cette cuisine, notre amitié, ses lèvres. Tout se disputait, et j'étais comme enivrée, incapable de faire un choix.

— Je ne veux pas de souvenirs, Eileen. Je veux… Je veux un avenir. Avec toi, uniquement, répondit Stan.

— Stan, s'il te plaît…

— Si je t'embrasse maintenant, on sait tous les deux que ça ira plus loin. C'est ce que tu veux ?

— Oui, avouai-je dans un rougissement.

Nos lèvres se touchèrent alors. Un soupir de désir m'échappa et se transforma en gémissement quand la bouche de Stan trouva la mienne pour un baiser brûlant et incontrôlable. C'était comme respirer à nouveau après avoir été en apnée : naturel, facile et fantastique. Sa langue se glissa entre mes lèvres, et Stan entoura ma taille de ses bras pour me serrer contre lui.

— Je n'arrive pas à me contrôler quand tu es si près de moi, souffla Stan après s'être écarté de moi.

— Alors, ne le fais pas.

— Il le faut. Je te l'ai dit, je te veux, toi. En entier. Avoir ton corps cette nuit ne me suffira pas. Et je te connais suffisamment pour savoir que tu prendras sûrement la fuite au petit matin.

Nous restâmes silencieux. J'avais les yeux clos et le souffle court. Quand je rouvris les paupières, Stan s'était définitivement reculé. Le moment était passé : fugace, intense et crépitant.

Et surtout, terminé.

— Tu as faim ? m'interrogea Stan. Ça risque d'être froid.

Je descendis du plan de travail. J'étais frustrée, mais au moins j'avais les réponses à mes questions. Stan me voulait. Et même frustrée je restai lucide : Stan avait sûrement raison. Je n'étais pas prête à faire voler en éclats notre amitié et notre groupe d'amis pour une nuit de sexe.

J'échangeai un dernier regard avec Stan. En un instant, je retrouvais mon meilleur ami, complice et excellent cuisinier.

— Aussi facilement que ça, marmonnai-je.

— De quoi tu parles ?

— De ta capacité de passer d'un rôle à un autre. Il y a dix secondes, tu étais… et maintenant, tu es tranquillement assis sur le canapé à me proposer de manger.

— L'expérience, Eileen. L'expérience.

Chapitre 17

Stan

Quand je faisais le bilan de ma vie, ce n'était pas très brillant.

Ma relation avec mes parents était épisodique et compliquée.

Enzo, l'un de mes plus vieux amis, était en colère contre moi.

Amélie, l'une de mes plus vieilles amies, s'était transformée en tsunami de rage.

Eileen, la femme que j'aimais, avait pris ses distances.

Diane et Julien, eux, étaient devenus des Casques bleus, en charge de rétablir la paix au sein de notre petite assemblée.

Et moi... moi, je jouais la montre. J'espérais que tout le monde m'appelle et, à la fois, je redoutais de devoir les affronter. Le père de Warren m'avait relancé pour un poste de sous-chef, et, dans le même temps, je consultais mon livre de recettes, me demandant si j'étais vraiment fait pour ce métier.

C'était un tel merdier, que je ne savais même plus par où commencer.

Après une nouvelle nuit à ruminer, je décidai de commencer par le plus proche : Enzo. Il m'en voulait d'avoir ruiné le groupe en passant d'Amélie à Eileen. Je ne pouvais pas lui donner tort mais, avec quelques explications, je savais qu'Enzo finirait par comprendre. Je me levai aux aurores, espérant le voir autour du petit déjeuner, mais constatai qu'il n'avait pas passé la nuit dans sa chambre.

Je cuisinai tout de même un petit déjeuner digne de ce nom et installai mes préparations sur la table. Entre la salade de fruits, les pancakes et un bol d'œufs brouillés au bacon croustillant, j'avais organisé un petit déjeuner pour quinze. Enzo n'en ferait qu'une bouchée.

Le faire venir à l'appartement allait me demander plus d'imagination. Enzo avait le cœur sur la main et était toujours partant pour aider les autres. On pouvait l'appeler à n'importe quelle heure, il était prêt à bondir et à vous sauver, que ce soit pour vous faire sortir de cellule de dégrisement, que pour vous dépanner sur une aire d'autoroute.

Ce trait de sa personnalité était ma meilleure idée pour le faire venir à notre appartement. Même en colère contre moi, il ne me laisserait pas en pleine détresse. Armé de mon idée la plus tordue, je composai le numéro du garage d'Enzo. Je ne voulais pas prendre le risque de l'appeler sur son portable, il risquait de me filtrer et de faire échouer mon plan dans l'œuf.

— Stan ? fit la voix d'Enzo au téléphone.

— Merde, tu sais que c'est moi ?

— Reconnaissance du numéro. Je connais le tien par cœur. On ne sait jamais, si je dois t'appeler d'une cabine téléphonique du fin fond du Cantal.

Je laissai échapper un rire, me souvenant de Julien, désespéré, perdu sur une route de campagne et immobilisé après avoir heurté un animal. Sans réseau, il avait fini par marcher pendant deux heures, frapper à la porte d'une ferme isolée pour utiliser leur téléphone et composer le numéro de Diane – sans surprise, le seul qu'il connaissait par cœur –, qui nous avait ensuite tous contactés pour qu'on envoie une dépanneuse.

— Je suis flatté, dis-je sans masquer ma fierté.

— J'ai aussi appris celui d'Amélie. Au cas où, ajouta-t-il un ton plus bas.

— Je comprends.

— Pourquoi tu m'appelais ? Je suis un peu occupé...

— J'ai... ma voiture ne démarre plus. Je me demandais si tu pouvais venir m'aider.

— Ça fait un bruit particulier ? Ou c'est juste la batterie qui est cramée ?

— Ça fait un bruit bizarre, prétendis-je.

Pour une simple batterie à recharger ou à changer, Enzo aurait envoyé un de ses employés. Mais parler à Enzo de bruits étranges, de comportements suspects ou de voyants qui clignotent le transformait invariablement en Docteur House de la voiture, analysant chaque symptôme pour dénicher un diagnostic.

— J'ai pris de l'avance sur une intervention, donc je peux me dégager.

— Super. Merci.

Vingt minutes plus tard, Enzo déboulait dans une de ses vieilles voitures de collection, faisant vrombir son moteur plus que nécessaire. Je l'attendais près de ma voiture, jouant nerveusement avec mes clés. C'était un coup de bluff, et j'espérais qu'Enzo ne m'en voudrait pas pour lui avoir menti.

— Quel est le problème ? demanda-t-il à peine extirpé de sa voiture.

— Le problème, c'est que mon meilleur ami m'en veut. Et que je suis obligé de monter tout un stratagème pour qu'il daigne m'adresser la parole.

— Ta voiture n'a aucun problème.

— Aucun, affirmai-je.

— J'aurais dû m'en douter. Vu que je fais l'entretien. Je retourne au garage.

Il eut le temps de s'installer derrière le volant de sa voiture, mais je parvins in extremis à retenir la portière.

— Enzo, s'il te plaît. Je sais que tu m'en veux.

— Tu es perspicace. Oui, je t'en veux. Je t'en veux parce que tu attendu dix ans pour te jeter à l'eau. Et tu l'as fait au pire moment, sans prendre en compte que tout le groupe pouvait morfler.

— Tu morfles ?

— On morfle tous. Amélie a coupé les ponts avec nous tous. Au cas où tu ne l'aurais pas remarqué, je n'ai pas franchement d'autres amis que vous. Quant à ma famille... Bref, oui, on morfle. Tu as agi comme un abruti...

Malgré moi, un sourire m'échappa. Un abruti. Oui, encore.

— Égoïste et débile, ajouta Enzo. Tu aurais dû parler à Amélie dès le début. Lui mentir... Sans déc', mec, on ne se ment jamais. Qu'est-ce qui vous a pris ?

— Je l'aime, répondis-je à voix basse. Et tu as raison : je suis à l'origine de tout ce bordel, je le reconnais.. Je cherche à réparer les dégâts, expliquai-je.

— Remonte le temps, mec. Reviens au moment où tu t'es dit que fourrer ta langue dans la bouche d'Eileen était une bonne idée.

— Pour être honnête, je me suis souvent dit que c'était une bonne idée. Et je ne parle pas que de ces dernières vacances.

— Je sais, soupira Enzo. Ton problème, c'est le timing.

— J'ai préparé un petit déjeuner complet, ça te branche ? On pourrait en parler.

— Depuis quand est-on devenus un vieux couple chiant ? Et jouer sur la corde sensible, c'est... moche.

Il serra les mains sur le volant, fixant un point devant lui. Je savais qu'il luttait contre ses passe-temps préférés : manger et me mettre en boîte au sujet d'Eileen pendant des heures. Il était le premier à qui je m'étais confié, le premier qui m'avait encouragé à lui parler, le premier qui était persuadé qu'elle ne me repousserait pas.

— Enzo, je te connais depuis dix ans. Tu n'as jamais refusé de la nourriture.

— Je suis censé être en colère après toi, me rappela-t-il.

— Je sais. J'ai un plan. Pour remettre de l'ordre dans le merdier que j'ai foutu.

— Me nourrir fait partie du plan ?

— Te parler fait partie du plan. Te nourrir est juste... pour te faire plaisir. Allez, viens !

Après quelques secondes de réflexion, il sortit à nouveau de sa voiture et me suivit jusqu'à l'appartement. En silence, il s'installa sur sa chaise habituelle et commença à se servir. Je me contentai d'un café. J'étais toujours un peu nerveux. Affronter Enzo, c'était affronter mes erreurs.

— Je voulais m'excuser, dis-je finalement. J'ai conscience qu'Eileen et moi nous vous avons tous mis dans une situation intenable.

— Tu aurais dû parler à Amélie.

— C'était trop tôt, et Eileen...

— Non, avant, me coupa Enzo. Dès que vous avez rompu, Amélie et toi, tu aurais dû lui dire pourquoi ça ne pouvait pas fonctionner entre vous. Ça t'aurait évité un paquet de problèmes !

Je me réfugiai dans mon café, réfléchissant à ce qu'il venait de me dire. Amélie et moi nous étions quittés en mauvais termes. Je comprenais maintenant que notre histoire avait toujours été bancale : elle voulait le grand amour, quand j'étais déjà amoureux d'une autre. Je lui devais une explication.

— C'est vrai, admis-je. Mais je t'assure que je ne voulais pas... mentir ou nuire au groupe. Diane et Julien ont tout de suite compris et, quand tu nous as vus sur ce canapé, tu n'as pas eu l'air surpris.

— Non. Je me suis juste dit que ton timing merdait. Tu me parles d'Eileen depuis des années et tu choisis le moment où on est tous ensemble pour te lancer ?

— Ce n'était pas prévu, me défendis-je. C'était juste... c'était le moment, Enzo. J'aurais aimé faire autrement, j'aurais aimé que ça arrive cinq ans avant...

— Sans déconner ? répliqua Enzo.

— C'est arrivé, Enzo. Je ne pensais pas que ça bouleverserait notre petit groupe, je pensais même que tu serais content pour moi.

— Je le suis. Il n'en reste pas moins que tu as merdé dans les grandes largeurs.

— Je n'ai juste pas réfléchi. Je voulais juste... je voulais être avec Eileen. Je suis désolé d'avoir causé un tel... marasme. Tu as gardé mon secret pendant des années et... bref, on est amis, Enzo. Et j'aimerais bien qu'on reste amis.

Il déchiqueta un pancake et en fourra deux morceaux dans sa bouche. Il me fixa longuement, me laissant patienter, dans un silence insoutenable. Je trépignais sur ma chaise.

— Tu cuisines bien. Alors j'aimerais bien aussi qu'on reste amis.

— Alors, s'il te plaît, arrête de bouder comme si tu avais cinq ans, suppliai-je dans un sourire.

Il abandonna ses couverts et posa ses coudes sur la table. Il gonfla ses muscles et arbora un visage sérieux. Je ravalai mon sourire et pris une profonde inspiration.

— Stan, je te préviens que si tu foires tout avec elle, je t'expédierai à grands coups de pied au cul jusqu'à Pluton. Tu y tourneras en orbite jusqu'à la fin des temps.

— Évidemment, murmurai-je.

— Tu as parlé à Amélie ?

Il repiocha dans l'assiette de pancakes et parvint à en engloutir un sans même le couper.

— Non.

— Et à Eileen ?

— Pas vraiment.

Enzo fronça des sourcils et avala à toute vitesse son pancake. Je me demandai même s'il ne risquait pas de s'étouffer avec.

— Rassure-moi, tu as un plan ? lança-t-il. Je veux dire, hormis faire des pancakes et des œufs brouillés ? Un vrai plan ? Parler à Amélie ? Dégainer le grand jeu pour Eileen ?

— Le grand jeu ?

— Dîner, champagne, fleurs, week-end romantique, nuit torride, bijoux, promesses d'amour éternel ? Ce n'est pas une liste exhaustive, tu as le droit d'être créatif.

Je secouai la tête. Enzo écarquilla les yeux, stupéfait, avant de tendre la main vers la salade de fruits. Je n'avais aucun plan, ni stratégie. Appeler Amélie était ma prochaine mission, et trouver le moyen d'atteindre Eileen était mon objectif final. Mais, évidemment, je n'avais pas pensé au chemin à prendre pour atteindre au plus vite la destination.

Je n'avais pas l'ombre d'une idée.

— Pitié, n'attends pas encore des années, Stan. On n'y survivrait pas !

— Je crois que je vais avoir besoin d'aide.

— Une fille pour toi !

La voix de mon chef me tira de ma contemplation des blancs en train de monter en neige. J'essuyai mes mains dans un torchon, pendant que mon chef continuait :

— Elle t'attend en salle. Assez mignonne.

Pendant un court instant, mon cœur s'emballa, espérant qu'Eileen était en train de m'attendre. Aussi, quand je déboulai en salle en courant presque, la stupéfaction me figea.

— Amélie ?

— Tu as toujours un double de mes clés ?

Son regard était glacial et son visage de marbre. Debout près de la porte, elle semblait prête à pulvériser tout le monde d'un simple coup d'œil.

— Tu veux un café ? proposai-je.

— Non, Stan. Je veux savoir si tu as toujours un double de mes clés. J'ai laissé les miennes dans un autre sac et je suis bloquée à l'extérieur, rétorqua-t-elle, agacée.

Elle vérifia l'heure sur sa montre et poussa un long soupir. Cela faisait presque un mois qu'Amélie ne m'avait pas adressé la parole. Un mois. Nous n'avions jamais été si longtemps sans nous parler.

— Tu me manques, dis-je doucement.

— Stan, mes clés.

— Je t'en prie, Am'. Ça ne peut pas durer si longtemps.

Pour toute réponse, elle se crispa un peu plus et resserra sa prise sur la bandoulière de son sac.

— Écoute, tu peux m'en vouloir si tu veux. Mais ne tourne pas le dos au groupe. Tout le monde tient à toi.

— De toute évidence, pas assez pour me dire la vérité.

— Rien n'était intentionnel. Je déteste te faire du mal, Amélie.

Elle se pinça les lèvres et détourna le regard. J'en profitai pour approcher d'elle. L'occasion était trop belle pour la laisser s'échapper. Amélie venait à moi, sur mon territoire : je devais faire l'impossible pour recoller les morceaux.

— Le groupe n'est rien sans toi, Am'. Tu le sais. Au départ, il n'y avait que toi et moi. C'est toi qui as rencontré Julien et qui accueillit Eileen. Tu es à l'origine de nos célébrations, tu es celle qui nous pousse à être meilleurs, à vouloir plus pour nous. Sans toi, j'aurais fini dans un fast-food et Julien porterait toujours du kaki.

Ma dernière phrase lui tira un sourire.

— Être ami avec toi, c'est génial, soufflai-je. Tu es la fille la plus solide et la plus fière que je connaisse. Sortir avec toi... Am', tu le sais, toi aussi, que c'était une mauvaise idée.

— Je le sais maintenant.

— Tu n'as jamais eu de doutes quand nous étions ensemble ?

Elle haussa les épaules, sans répondre.

— Tu étais en colère contre ton père et triste. Et moi, j'étais... malheureux, je crois. Alors oui, on s'est réconfortés mutuellement, mais aucune histoire ne peut se construire là-dessus.

— Tu m'as menti, Stan. Tu m'as fait croire que j'étais importante pour toi, me rappela-t-elle d'une voix tremblante.

— Tu l'es. Tu l'as toujours été, Amélie. J'ai toujours pu compter sur toi. Et je veux que ça continue.

— Tu penses que notre relation était une erreur ? demanda-t-elle d'une voix étranglée.

— Je pense qu'on voulait se sentir mieux. Tu as toujours cherché l'amour...

— Alors que tu l'aimais déjà elle ?

Je me contentais de hocher la tête. J'avais l'impression que chacun de mes mots la blessait et la torturait un peu plus. Je fis un nouveau pas vers elle.

— Je suis désolé, Amélie. Notre histoire... On s'est embrassés et on s'est embarqués dans un truc rassurant. Mais tu as raison sur un point : tu mérites mieux. Bien mieux.

— Warren est... génial, murmura-t-elle.

— Et toi tu es incroyable, Am'.

Un long silence s'installa entre nous. J'eus la sensation d'avoir brisé la couche de glace qui gelait notre amitié.

— Je voudrais mes clés, Stan. S'il te plaît, demanda-t-elle à nouveau.

— Je vais voir si je les ai.

Le double était au fond de mon sac à dos. Après les avoir confiées à Amélie, nous nous retrouvâmes mal à l'aise, l'un face à l'autre, ne sachant que faire.

— Il faut que j'y aille, dit-elle finalement.

— Est-ce que... est ce que je peux t'inviter à boire un verre... ou autre chose quand tu seras libre.

— Stan...

— Je sais que j'ai merdé, la coupai-je. Et sûrement qu'on aurait dû te le dire. Mais on a besoin de toi. On a besoin de notre diva. J'ai besoin de ma meilleure amie.

Amélie demeura silencieuse et après un ultime regard quitta le restaurant. Je regagnai mon poste, frustré : Amélie m'en voulait, et Eileen me maintenait à distance.

J'avais la sensation d'avoir tout perdu.

Deux jours après avoir retrouvé mon meilleur ami et ses chaussettes sales éparpillées dans notre appartement, je faisais le pied de grue devant un immeuble du Marais. Si Amélie ne me parlait plus, elle continuait à discuter avec Enzo. En échange de la promesse de réaliser des pâtes au piment d'anthologie, il avait accepté de me donner l'adresse où Amélie travaillait.

J'avais attendu deux heures avant de la voir apparaître, entourée de deux autres filles. Ces dernières discutaient avec animation, Amélie, elle, écoutait, tête baissée, sa chevelure blonde nouée dans un chignon fouillis.

— Amélie ?

Elles s'arrêtèrent toutes les trois. Amélie me fixa d'un œil sombre, pendant que ses deux amies me reluquaient avec un large sourire.

— Je vais tuer Enzo, lâcha finalement Amélie.

— Tu ne pourrais sûrement pas planquer le cadavre sans un peu d'aide, plaisantai-je.

— Qu'est-ce que tu veux, Stan ?

— Mais tu pourrais l'humilier en lui dessinant une tenue de ton cru : un kilt en soie sauvage kaki avec un gilet en mohair bleu électrique.

Elle se pinça les lèvres pour masquer son rire. Peu à peu, ses traits se détendirent. Ces longues semaines de silence n'étaient plus tenables, et Amélie le savait autant que moi.

— Et pour toi, je prévois quoi ? demanda-t-elle.

— Deux pancartes. Façon homme-sandwich. Devant, on écrit « je suis un connard » et derrière « je suis désolé ». Parce que je suis vraiment désolé, dis-je en avançant dans sa direction.

— Et tu es vraiment un connard, précisa Amélie.

— Aussi. Je t'offre un verre ?

Elle me fixa longuement, comme si elle réfléchissait à ce qu'elle devait faire.

— Après tout ça, tu ne m'offres qu'un verre ?

— Touché, répondis-je.

Les deux copines d'Amélie s'éclipsèrent, non sans avoir gloussé et chuchoté à mon sujet sans aucune discrétion. J'avançai encore vers elle, son regard fixé au mien. Je retrouvais la Amélie que je connaissais depuis dix ans : celle qui avait toujours le sourire.

— On est sortis ensemble, reprit-elle, période pendant laquelle tu voulais être avec une autre femme. Autre femme qui s'avère être ma meilleure amie. Et là, pendant les vacances, tu parviens enfin à tes fins, tu me mens et je te surprends avec elle en pleine séance de roulage de pelle.

Elle marqua une pause mélodramatique. J'étais maintenant certain d'avoir retrouvé Amélie, *drama queen* absolue et rancunière émérite. Je ne pouvais pas lui en vouloir : cette fois, je méritais son ton acerbe et ses reproches.

— Et après tout ça, soupira-t-elle, tu ne veux m'offrir qu'un verre ?

— Un déjeuner ? suggérai-je.

— Un dîner. Pour deux. *Full service*, menu gastronomique, accord mets et vin, vue sur les toits de Paris, petit coucou du chef au moment du dessert, courbettes des serveurs et un taxi pour rentrer.

Elle croisa les bras sur sa poitrine, déterminée à me faire plier. Outre son sens inné pour la mode et pour le stylisme, Amélie était une redoutable femme d'affaires. Elle savait obtenir ce qu'elle voulait. Et, surtout, elle savait comment, d'une simple moue, vous convaincre qu'elle avait raison.

— Et si je fais tout ça, tu vas nous pardonner et comprendre mon histoire avec Eileen ?

— Je ne suis pas débile, Stan. J'ai très bien compris. L'amour, tout ça... Je crois que j'ai une idée de ce que c'est. Et puis, est-ce que ça changera quelque chose entre vous si je boude jusqu'à la fin des temps ?

— Eileen me tient à distance pour le moment. Elle tient vraiment à préserver votre amitié.

— Avant toi ?

— Avant moi, affirmai-je.

Amélie resta silencieuse, comme si elle assimilait l'information. Eileen avait été très claire : son amitié pour Amélie et le groupe passait avant tout le reste. Tant qu'Amélie se montrait en colère, elle refuserait de me voir.

— C'est idiot. Je ne lui ai rien demandé, se défendit Amélie.

— Je sais. Mais elle y tient. Elle y tenait depuis le début. Je crois juste qu'on s'est laissé emporter par notre histoire. Tout ça... ce n'était pas contre toi, je t'assure. Et je sais que j'ai été un petit ami horrible avec toi.

— Stan, j'ai déjà gratté un dîner complet qui va te coûter trois mois de salaire, ne me donne pas plus d'arguments pour exiger un week-end entier dans un Relais & Châteaux.

— Ce que je veux dire, c'est que ce n'était pas ta faute.

— J'ai toujours dit que c'était la tienne, répondit-elle dans un sourire. Cela étant, je te dois aussi des excuses. Pour ce que je t'ai dit depuis qu'on a rompu. J'étais... vexée.

Elle se mordit les lèvres, nerveuse. Depuis notre rupture des mois auparavant, c'était la première fois que nous nous parlions sans nous hurler dessus. Il n'y avait plus ce ton lourd de reproches et de culpabilité. Et, de mon côté, j'avais enfin compris que mes sentiments pour Eileen m'empêchaient de vivre pleinement.

— Je l'aime, murmurai-je. Ce que j'ai vécu avec Eileen était juste... plus fort que le reste, plus fort que tout le reste. J'aimerais te dire que je regrette, mais je ne regrette pas ce que j'ai vécu avec Eileen. C'était notre mantra cet été : aucun regret.

Ce seul souvenir me tira un sourire. Aucun regret, c'était certain.

— Je suis contente pour vous, dit-elle doucement.

— Vraiment ?

— Vraiment. J'étais en colère, c'est vrai. J'ai envisagé de ne plus vous parler et de partir pour de bon. Mais... Mais je ne sais pas comment faire sans vous cinq. Et puis, être aigrie donne un paquet de rides et de remontées gastriques.

— Amélie, je veux être sûr que tu es parfaitement d'accord, que de nous voir ensemble ne va pas te faire du mal. Parce que ni Eileen ni moi ne voulons te blesser.

— Stan, deux de mes meilleurs amis sont amoureux. Je me suis toujours dit que cela devait arriver. Vous êtes très beaux ensemble. Enfin, surtout elle, dit-elle après un court silence. Toi, tu es le mec horrible qui va m'éloigner de ma meilleure amie.

Elle plaisantait, mais je vis clairement ses yeux s'embuer de larmes. J'étais soulagé de constater qu'Amélie était prête à accepter notre histoire. Même si je ne l'avais pas dit à Eileen, je voulais, moi aussi, que notre petit groupe perdure.

— Viens par là, dis-je en tendant les bras.

Je serrai Amélie contre moi. Elle lâcha le sac qu'elle tenait à la main, le laissant s'écraser sur le trottoir, pour mieux entourer ma taille. Elle renifla lourdement contre mon T-shirt, tandis que je déposais un baiser sur ses cheveux.

— Je nierai avoir pleuré, me prévint-elle en relevant les yeux vers moi.

— Je garde très bien les secrets.

— Je l'ai remarqué, Stan des Toilettes. Appelle Eileen, dis-lui que tout va bien et...

— Non. Je crois que tu devrais la voir sans moi. Pour discuter et mettre les choses à plat. Elle s'en veut beaucoup.

— Elle peut ! s'exclama Amélie. Je vais voir ce que je veux faire.

Elle se détacha de moi et récupéra son sac au sol. Elle tamponna ses yeux, passa la main sur ses joues pour effacer ses larmes et m'offrit un sourire radieux. Même si Amélie se montrait compréhensive, je savais qu'il nous faudrait du temps avant de retrouver notre relation d'avant. Elle avait toujours été le moteur du groupe, celle sans qui les moments de gloire n'existeraient pas, celle qui nous entraînait avec elle dans des défilés improbables et des fêtes légendaires.

— Il faut que j'y aille, dit-elle en serrant la bandoulière de son sac sur son épaule.

— Avant que tu partes, j'ai un dernier service à te demander.

— Bordel, Stan, je vais te réclamer un deuxième dîner et tu vas devoir taper dans les économies de tes parents.

— Si tu acceptes, ça sera de l'argent parfaitement dépensé.

Le plan dessiné à la va-vite, parce qu'on ne peut pas se permettre qu'elle se perde encore : une idée de Julien.

Les muffins, parce que si on a un creux, ça peut aider : une idée d'Enzo.

L'attendre devant son travail, parce que notre chanteuse préférée a un vol dans cinq heures et refuse de manquer nos retrouvailles : une idée de Diane.

Le sourire en coin et la chemise en lin bleu nuit, parce que apparemment ça va avec mes yeux : une idée d'Amélie.

Je ne sais combien de fois j'ai regardé ma montre pour vérifier l'heure. Le jour se levait quand je vis les premières infirmières sortir du bâtiment. Mon cœur faisait le yo-yo entre ma poitrine et mon estomac. Je n'avais jamais été aussi nerveux.

D'après Amélie, je n'avais aucune raison de m'inquiéter. Mais toutes ces semaines de silence, elles, m'angoissaient.

Quand enfin Eileen apparut, essoufflée, ses yeux furetant partout avant de trouver les miens, mes inquiétudes s'envolèrent. Elle tenait son plan de fortune à la main, affichait son plus beau sourire et avançait vers moi avec enthousiasme.

— J'ai failli attendre, lançai-je.

— Combien de temps au juste ? demanda-t-elle.

— Dix ans.

Elle réduisit l'espace entre nous, se tenant face à moi. Ses cheveux virevoltèrent autour de son visage, et j'osai effleurer sa joue du bout des doigts. Mon cœur reprit sa course folle, prenant sa cadence habituelle et trop rapide, quand Eileen était près de moi.

— Je suis désolée, dit-elle doucement. Pour les dix ans et pour... pour cet été.

— Je sais. J'ai écouté ton message. Pour ce que ça vaut, je suis désolé aussi. Je n'aurais pas dû être aussi pressant.

— C'est vrai.

À son tour, elle s'appuya de l'épaule contre l'arbre. Son sourire avait disparu, mais ses yeux, comme toujours, disaient tout d'elle : ses doutes, ses certitudes et ses convictions.

— Pour ma défense, tu m'as brisé le cœur des dizaines de fois. À force, je crois qu'il est un peu cabossé et qu'il ne réagit plus comme il faut. Sauf avec toi. Avec toi, il réagit tout le temps.

— Et tu es là malgré tout ?

— On est amis, Eileen. Je ne sais pas où aller d'autre. Je ne sais pas vivre ma vie sans toi quelque part dedans.

Elle posa sa main sur mon torse et sembla reprendre son souffle. Je fermai les yeux, devinant la chaleur de sa paume. Eileen m'avait manqué. Mais c'était à l'instant où elle était plus proche de moi que jamais, qu'elle me manquait encore plus.

— On peut être plus que des amis, chuchota-t-elle.

— Si on fait ça, on ne pourra plus revenir en arrière.

— C'est vrai.

Je me penchai sur elle, si proche que ses cheveux indisciplinés caressaient mon visage, si proche que je percevais son souffle court, si proche que mes lèvres effleuraient la peau de son cou.

— Et donc qu'est-ce que tu veux qu'on soit exactement ? demandai-je.

Elle frissonna, et je luttai contre l'envie féroce de l'embrasser. Des semaines sans se parler, c'était douloureux. La sentir si proche de moi sans pouvoir la toucher, c'était de la torture.

— Tu sais ce que je veux, répondit-elle doucement.

— Je veux que tu le dises, Eileen. Je veux l'entendre.

— Je t'aime, Stan, avoua-t-elle enfin dans un murmure.

Je m'écartai légèrement, juste ce qu'il fallait pour plonger mes yeux dans les siens. Mon front posé contre son front, la gorge nouée d'émotions, je savourai l'instant.

— Pourquoi tu me regardes comme ça ? s'enquit-elle.

— À ton avis ?

— Tu vas pas faire un truc débile ?

— Non. Je te regarde comme ça parce que je t'aime aussi.

Nous échangeâmes un sourire, comme soulagés de nos aveux respectifs.

— Je te l'avais dit, susurrai-je.

— Quoi donc ?

— Que tu finirais par voir l'évidence et que tu aurais du mal à l'admettre. Mais que je te trouverais toujours adorable et que je gagnerais. Et que là, précisément, je t'embrasserais.

Je me penchai vers elle, pendant qu'elle se hissait sur la pointe des pieds. J'effleurai ses lèvres des miennes, tout en enroulant ma main autour de sa nuque. Eileen accrocha ma chemise et entrouvrit la bouche, prête à accepter sa défaite.

Notre baiser s'intensifia dans la seconde. Je la retrouvai douce et envoûtante. Elle gémit contre mes lèvres, tout en se pressant contre mon torse. Après avoir volé du temps pendant des jours, nous essayions maintenant de le rattraper. Une nouvelle course, plus agréable et moins dangereuse.

Quand nos bouches se séparèrent, elle planta ses yeux pétillants dans les miens.

— Il n'y a que nous, chuchota-t-elle contre mes lèvres.

— Il n'y a que nous. Je te ramène ? Ma voiture est garée devant.

Avec un naturel déconcertant, elle noua ses doigts aux miens et nous nous dirigeâmes vers le parking. Je déverrouillai les portes à distance et me demandai soudain si mon plan était une bonne idée.

Sur le papier, ça semblait idéal.

De derrière la voiture, Enzo, Diane, Julien et Amélie apparurent, hurlant de joie, applaudissant à tout rompre et nous lançant des confettis multicolores. Sur la droite, je vis Julien batailler avec le bouchon d'une bouteille de champagne, pendant qu'Amélie et Diane faisaient le plus de bruit possible avec des crécelles.

Je pris Eileen dans mes bras, collant mon torse contre son dos. Hilares, nous observâmes Julien esquiver le bouton de champagne de peu, pendant qu'Amélie grimpait sur Enzo dans un rire joyeux. Je respirai le parfum d'Eileen, me perdant volontiers dans ses mèches folles et bouclées.

— On y va ? lançai-je.

— On est censés aller où ? demanda Eileen.

— Manger, répondis-je. Manger un truc si bon que tu finiras par en mouiller ta culotte.

Nous étions cernés par de la joie, de l'amour et des confettis. C'était notre moment de gloire. C'était le nôtre, à nous six.

Et nous étions invincibles.

UNIS *jusqu'au ciel*

Remerciements

Dix-neuf ! Youhouuuuuuuu ! Je fais la maline, mais je suis allée voir dans le roman précédent à combien de romans j'en étais.

J'ai envie de dire, vingt en fait. Je considère que c'est un double roman. Ou un roman dans un autre, plus précisément. Je me suis beaucoup amusée avec cette troupe d'amis, avec les joies des uns, les douleurs des autres et les moments de gloire. J'ai aimé les voir grandir, tout en restant soudés ; j'ai aimé les voir rire, se fâcher, s'aimer.

Un nouveau roman, c'est toujours une aventure. En tout cas pour moi. Je sais d'où je pars, je sais où je veux arriver. C'est le chemin entre la fameuse ligne de départ et l'impressionnante ligne d'arrivée qui est un mélange d'improvisation, de chance et de « ah bah tiens, je vais mettre ça, ça tombe nickel ». J'aimerais être plus organisée, mais je crains que ce soit désormais sans espoir.

Dans l'écriture, je serai toujours un peu artiste, mal organisée et à la bourre. Il faudra faire avec.

Une fois encore, je vous remercie de faire avec ça. Avec mon bordel et mes deadlines qui débordent. Merci d'être présents à chaque sortie, de rire de mes blagues et de vos gentils mots d'encouragement. Vous rencontrer en salon, vous lire sur les réseaux... ça me fait toujours un petit quelque chose. Dans cette grande aventure solitaire de l'écriture, vous êtes toujours au port !

Un grand merci aux équipes d'Harper Collins France et de Collection &H pour leur soutien et leur souplesse (niveau olympique du grand écart !). Vous n'imaginez pas le nombre de gens qu'il y a derrière un roman.

Un grand merci aussi, et surtout, à mon mari pour sa patience légendaire et ses « t'écris pas ce soir ? ». La culpabilité, ça fonctionne à mort sur moi. Un grand merci à mes enfants qui sont tout aussi patients et indulgents. Mes trois grandes fiertés (qui, au moment où j'écris ces mots, ont transformé le salon en stade d'athlétisme).

Merci à tous d'être venus, merci d'être restés. On se revoit pour le jubilé du vingtième roman ?

Édité par HarperCollins France

Composition et mise en pages
Nord Compo à Villeneuve-d'Ascq

Achevé d'imprimer en juillet 2024.

FIRMIN-DIDOT

à Mesnil-sur-l'Estrée (Eure)

Dépôt légal : août 2024.

Pour limiter l'empreinte environnementale de ses livres, HarperCollins France s'engage à n'utiliser que du papier fabriqué à partir de bois provenant de forêts gérées durablement et de manière responsable.

Imprimé en France